畜禽养殖 科学安全用药指南丛书

YANGTU

KEXUE ANQUAN YONGYAO ZHINAN

科学安全用药指南

范国英 魏刚才 主编 ■

 化学工业出版社

·北京·

图书在版编目（CIP）数据

养兔科学安全用药指南/范国英，魏刚才主编. —北京：
化学工业出版社，2012.4
（畜禽养殖科学安全用药指南丛书）
ISBN 978-7-122-13622-0

Ⅰ．养… Ⅱ．①范…②魏… Ⅲ．兔病-用药法-指南
Ⅳ．S858.291-62

中国版本图书馆 CIP 数据核字（2012）第 028433 号

责任编辑：邵桂林 文字编辑：王新辉
责任校对：宋 夏 装帧设计：史利平

出版发行：化学工业出版社（北京市东城区青年湖南街13号 邮政编码100011）
印 装：大厂聚鑫印刷有限责任公司
850mm×1168mm 1/32 印张9 字数256千字
2012 年 5 月北京第 1 版第 1 次印刷

购书咨询：010-64518888（传真：010-64519686）
售后服务：010-64518899
网 址：http://www.cip.com.cn

凡购买本书，如有缺损质量问题，本社销售中心负责调换。

定 价：25.00 元

本书编写人员

主　　编　范国英　魏刚才

副 主 编　姚四新　齐永华　苗志国

编写人员　（按姓氏笔画排列）
　　　　　齐永华（河南科技学院）
　　　　　李君利（新乡医学院第二附属医院）
　　　　　苗志国（河南科技学院）
　　　　　范国英（河南科技学院）
　　　　　姚四新（河南科技学院）
　　　　　董永军（河南科技学院）
　　　　　魏刚才（河南科技学院）

前言

　　近年来，我国畜牧业发展快速，畜牧业占农业的比重不断增加，成为国民经济的一个重要产业，对提高城乡人们生活水平，促进农业经济发展，增加人们收入发挥着巨大作用。随着畜牧业的规模化、集约化发展，畜禽的生产性能越来越高、饲养密度越来越大、环境应激因素越来越多，这些都挑战着畜禽的适应力和抗病力，特别容易引发畜禽疾病，并严重影响产品数量及质量。为防治畜禽疾病，维护畜禽健康，增加产品数量，提高产品质量，改善饲料报酬，提高养殖效益，需要使用各种药物，包括化学药品、饲料添加剂、生物制品、中兽药等。

　　药物的使用对于减少兔的疾病发生、维护兔的健康和增加产品数量发挥着巨大作用，但药物的误用、滥用、不规范使用在我国的养兔生产中普遍存在，药物的残留和污染相当严重，极大危害畜禽健康、畜禽产品的卫生质量及食品安全生产，也影响到产品的出口。为此，我们组织了长期从事养兔生产、科研和疾病防治的有关专家编写了《养兔科学安全用药指南》一书。

　　本书包括三部分，第一部分是用药基本知识，包括药物的基本知识、药物的作用、用药方法及科学安全用药原则三章；第二部分是常用的药物，包括消毒防腐药物、生物制品、抗微生物药物、抗寄生虫药物、中毒解救药物、皮质激素类药物和解热镇痛药物、作用于机体各系统药物、中药方剂八章；第三部分是兔病的用药与处方，包括传染病、寄生虫病、营养代谢病和中毒疾病、其他疾病等用药和处方四章，书后还附录了药物使用规范和禁用药物等内容。

本书在编写过程中，以《中华人民共和国兽药典》、《兽药规范》和部颁标准为依据，收集有关资料，结合生产实际，突出实用性、准确性、安全性和系统性要求，注重重点突出，通俗易懂，便于应用。本书适用于兔场饲养管理人员、兽医工作者和养殖专业户阅读，也可以作为大专院校和农村函授及培训班的辅助教材和参考书。

由于水平有限，书中可能会有不妥之处，敬请广大读者批评指正。

编写者
2012 年春

目录

第一部分　药物基本知识 　1

第一章　药物的基本知识 ………………………… 1
　第一节　药物的概念和来源 …………………… 1
　　一、药物的概念 ……………………………… 1
　　二、药物的来源 ……………………………… 1
　第二节　药物的剂型和剂量 …………………… 2
　　一、药物的剂型 ……………………………… 2
　　二、药物的剂量 ……………………………… 2
　第三节　药物的储藏和保管 …………………… 4
　　一、包装、标签与说明书 …………………… 5
　　二、兽药的储藏保管条件 …………………… 6
　　三、不同兽药的储藏保管 …………………… 6
第二章　药物的作用 ……………………………… 13
　第一节　药物的基本作用 ……………………… 13
　　一、药物的有益作用 ………………………… 13
　　二、药物的毒副作用 ………………………… 15
　　三、药物的其他不良作用 …………………… 16
　第二节　药物的体内过程 ……………………… 18
　　一、吸收 ……………………………………… 19
　　二、分布 ……………………………………… 19
　　三、代谢 ……………………………………… 20
　　四、排泄 ……………………………………… 20
　第三节　影响药物作用的因素 ………………… 21

一、动物机体方面 …………………………… 21

二、药物方面 ………………………………… 22

三、给药方法方面 …………………………… 24

四、饲养管理和环境方面 …………………… 26

第三章　兽药的科学安全使用 ……………… 27

第一节　给药方法 …………………………… 27

第二节　科学安全用药的原则 ……………… 30

一、科学安全用药的目的 …………………… 30

二、科学安全用药的原则 …………………… 30

第二部分　常用的药物 35

第四章　消毒防腐药物 ……………………… 35

第一节　概述 ………………………………… 35

一、消毒防腐药物的概念和种类 …………… 35

二、消毒防腐药物的科学安全使用 ………… 35

第二节　常用的消毒防腐药物 ……………… 38

一、酚类 ……………………………………… 38

二、酸类 ……………………………………… 43

三、碱类 ……………………………………… 47

四、醇类 ……………………………………… 49

五、醛类 ……………………………………… 49

六、氧化剂 …………………………………… 52

七、卤素类 …………………………………… 53

八、染料类 …………………………………… 63

九、表面活性剂 ……………………………… 64

十、其他消毒防腐剂 ………………………… 69

第五章　生物制品 …………………………… 71

第一节　概述 ………………………………… 71

一、生物制品的概念和种类 ………………… 71

二、生物制品的科学安全使用 ……………… 72

第二节　养兔常用的生物制剂 ……………… 77

    一、常用疫苗 ································· 77

    二、常用的其他生物制品 ················· 81

第六章　抗微生物药物 ······················· 83

  第一节　概述 ····························· 83

    一、抗微生物药物的概念和种类 ········· 83

    二、抗微生物药物的科学安全使用 ······· 83

  第二节　常用的抗微生物药物 ············· 87

    一、常用抗生素 ······················· 87

    二、合成抗菌药 ······················· 101

    三、抗真菌药 ························· 110

第七章　抗寄生虫药物 ····················· 112

  第一节　概述 ··························· 112

    一、抗寄生虫药物的概念和种类 ········· 112

    二、抗寄生虫药物的安全使用 ··········· 112

  第二节　常用的抗寄生虫药物 ············· 114

    一、抗蠕虫药 ························· 114

    二、抗原虫药 ························· 121

    三、杀虫药 ··························· 124

第八章　中毒解救药物 ····················· 128

  第一节　概述 ··························· 128

    一、中毒解救药物的概念和种类 ········· 128

    二、中毒解救药物的科学安全使用 ······· 128

  第二节　常用的中毒解救剂 ··············· 129

    一、有机磷酸酯类中毒的解毒药 ········· 129

    二、重金属及类金属中毒的解毒药 ······· 131

    三、亚硝酸盐中毒的解毒药 ············· 133

    四、氰化物中毒的解毒药 ··············· 133

    五、有机氟中毒的解毒药 ··············· 134

第九章　皮质激素类药物和解热镇痛药物 ····· 136

  第一节　皮质激素类药物 ················· 136

    一、分类及特性 ······················· 136

    二、常用的糖皮质激素类药物 ··········· 136

　　第二节　解热镇痛抗炎药 ················· 138
　　　一、特性 ··················· 138
　　　二、常用的解热镇痛药物 ············· 139
　第十章　作用于机体各系统的药物 ········· 142
　　第一节　概述 ················· 142
　　第二节　作用于机体各系统的常用药物 ···· 142
　　　一、作用于消化系统的药物 ········· 142
　　　二、作用于呼吸系统的药物 ········· 153
　　　三、作用于泌尿系统的药物 ········· 156
　　　四、作用于生殖系统的药物 ········· 160
　　　五、作用于血液循环系统的药物 ······· 163
　　　六、作用于神经系统的药物 ········· 167
　　　七、作用于代谢系统的药物 ········· 174
　第十一章　常用的中药方剂 ············· 183
　　第一节　概述 ················· 183
　　第二节　常用的中兽药方剂 ··········· 183
　　　一、解表剂 ················· 183
　　　二、清热剂 ················· 184
　　　三、消导剂 ················· 186
　　　四、祛痰止咳平喘剂 ············· 187
　　　五、驱虫剂 ················· 188
　　　六、外用剂 ················· 188

第三部分　用药与处方　　　190

　第十二章　兔传染病的用药与处方 ········· 190
　　第一节　病毒性传染病 ············· 190
　　　一、兔病毒性出血症（兔瘟） ········· 190
　　　二、兔传染性口炎 ············· 192
　　　三、兔痘 ··················· 194
　　　四、兔的黏液瘤病 ············· 195
　　第二节　细菌性传染病 ············· 197

一、兔巴氏杆菌病 …………………………… 197

二、兔结核菌病 ……………………………… 200

三、兔伪结核病 ……………………………… 201

四、兔波氏杆菌病 …………………………… 202

五、兔大肠杆菌病 …………………………… 204

六、兔产气荚膜梭菌（A型）病 …………… 207

七、兔沙门菌病 ……………………………… 209

八、葡萄球菌病 ……………………………… 211

九、野兔热（土拉伦斯杆菌病） …………… 212

十、坏死杆菌病 ……………………………… 213

十一、链球菌病 ……………………………… 215

十二、泰泽病 ………………………………… 216

十三、李氏杆菌病 …………………………… 217

十四、兔痢疾 ………………………………… 218

第三节　其他传染病 ………………………… 219

一、密螺旋体病（兔梅毒） ………………… 219

二、兔体表真菌病 …………………………… 221

第十三章　寄生虫病的用药与处方 ………… 223

第一节　原虫病 ……………………………… 223

一、兔球虫病 ………………………………… 223

二、兔的弓形体病 …………………………… 225

第二节　蠕虫病 ……………………………… 226

一、豆状囊尾蚴病 …………………………… 226

二、兔蛲虫病 ………………………………… 227

三、兔蛔虫病 ………………………………… 228

第三节　体外寄生虫病 ……………………… 229

一、疥癣病 …………………………………… 229

二、兔虱病 …………………………………… 232

第十四章　普通病的用药与处方 …………… 233

第一节　中毒病 ……………………………… 233

一、霉变饲料中毒 …………………………… 233

二、亚硝酸盐中毒 …………………………… 234

三、氢氰酸中毒 ······ 234

四、食盐中毒 ······ 235

五、兔棉籽饼中毒 ······ 236

六、菜籽饼中毒 ······ 236

七、马铃薯中毒 ······ 237

八、有机磷中毒 ······ 238

九、有机氯中毒 ······ 238

十、灭鼠药中毒 ······ 239

第二节　营养代谢病 ······ 240

一、佝偻病和软骨症 ······ 240

二、全身性缺钙 ······ 241

三、维生素 A 缺乏症 ······ 242

四、维生素 E 及硒缺乏症 ······ 243

五、维生素 D 缺乏症 ······ 244

六、维生素 B_1 缺乏症 ······ 245

七、维生素 B_2 缺乏症 ······ 246

八、维生素 B_{12} 缺乏症 ······ 246

九、维生素 B_6 缺乏症 ······ 247

十、吞食仔兔癖 ······ 248

第三节　生殖系统疾病 ······ 248

一、乳腺炎 ······ 248

二、无乳或少乳症 ······ 250

三、流产与死产 ······ 250

四、难产 ······ 251

五、产后瘫痪 ······ 251

六、子宫出血 ······ 252

七、不孕症 ······ 252

第四节　其他疾病 ······ 253

一、便秘 ······ 253

二、积食 ······ 254

三、胃肠炎 ······ 255

四、肠臌气 ······ 256

　　五、毛球病 ……………………………………… 257

　　六、腹泻 …………………………………………… 258

　　七、消化不良 …………………………………… 259

　　八、感冒 …………………………………………… 260

　　九、支气管炎 …………………………………… 261

　　十、肺炎 …………………………………………… 262

　　十一、兔眼结膜炎 ……………………………… 263

　　十二、中暑 ………………………………………… 264

　　十三、外伤 ………………………………………… 265

　　十四、脓肿 ………………………………………… 266

　　十五、仔兔受冻 ………………………………… 266

　　十六、幼兔衰弱症 ……………………………… 267

附录 ………………………………………………… 268

　　一、药物配伍禁忌 ……………………………… 268

　　二、允许作治疗使用，但不得在动物性

　　　　食品中检出残留的兽药 ………………… 274

　　三、禁止使用，并在动物性食品中不得

　　　　检出残留的兽药 ………………………… 275

参考文献 …………………………………………… 276

第一部分

药物基本知识

◀ 第一章　药物的基本知识 ▶

第一节　药物的概念和来源

一、药物的概念

药物是人们用以预防、治疗和诊断疾病的物质。应用于畜、禽等动物的药物，统称为兽药。它还包括能促进动物生长繁殖和提高生产性能的物质。

毒物指对动物机体能产生损害作用的物质。药物超过一定的剂量或长期使用也可对机体产生有害作用。某些小剂量毒物在特定条件下使用也起防治疾病的作用。所以药物和毒物没有绝对的界限。

二、药物的来源

药物的来源见表1-1。

表1-1　药物的来源

来源		特　性
天然药物	植物性药物	利用植物的根、茎、叶、皮、花、果实和种子等经过加工而制成的。本类药物是天然药物中应用最广和应用历史最久的药物。如黄连、甘草、人参等

续表

来源		特 性
天然药物	动物性药物	是利用动物的整体或部分组织器官或其排泄物,经过加工或提炼而制成的。如鳖甲、胃蛋白酶、牛黄等
	矿物性药物	是直接利用原矿物或经过加工而制成的。如碘、硫酸钠等
	抗生素类	是从生物(如微生物)产生或提炼出来的一种化学物质。主要用来对抗致病微生物,如青霉素、链霉素、四环素等,也有些抗生素则可用以治疗恶性肿瘤,如放线菌素 D、阿霉素类
	生物药品	是利用现代微生物学和免疫学技术制造出来的药物。本类药物在预防和治疗传染病方面起着重要作用。如疫苗、血清、抗毒素等
人工合成和半合成药物		人工化学合成的或是在天然化学物质的基础上加入某些化学基团后合成的。如磺胺类药物、敌百虫和半合成的新青霉素等

第二节 药物的剂型和剂量

一、药物的剂型

根据药典、药品规范或处方手册等收载的处方制成具有一定浓度和规格的便于使用的制品,称为制剂。药物制剂的形态、类别称为剂型。兽医药物的剂型,按形态可分为液体剂型、半固体剂型和固体剂型(见表 1-2)。

二、药物的剂量

药物的剂量,是指药物产生防治疾病作用所需的用量。在一定范围内,剂量愈大,药物在体内的浓度愈高,作用也就愈强。如果剂量很小,达不到防治疾病的效果,称为无效量。药物达到开始出现治疗作用的剂量称为最小有效剂量或阈剂量。比最小有效剂量大,临床上常用于防治疾病,既可获得明显疗效而又比较安全的剂量称为治疗量或常用量。治疗量达到最大的治疗作用但尚未引起毒性反应的剂量称为极量。超过极量,引起机体毒性反应的剂量,称为中毒量。引起毒性反应的最小剂量称为最小中毒量。超过中毒量,能引起死亡的剂量称为致死量。

表 1-2　药物的剂型及特征

剂　型		特　性
液体剂型	溶液剂	指不挥发性药物的澄明液体。药物在溶剂中完全溶解，不含任何沉淀物质。可供内服或外用。如氧氟沙星溶液、氯化钠溶液等
	注射剂(亦称针剂)	是指灌封于特制容器中的专供注射用的无菌溶液、混悬液、乳浊液或粉末(粉针)。如 5% 葡萄糖注射液、青霉素钠粉针等
	合剂	是两种或两种以上药物的澄明溶液或均匀混悬液。多供内服，如胃蛋白酶合剂
	煎剂	是指生药(中草药)加水煮沸所得的水溶液。如槟榔煎剂
	酊剂	指生药或化学药物用不同浓度的乙醇浸出的或溶解而制成的液体剂型。如龙胆酊、碘酊
	醑剂	指挥发性药物的乙醇溶液。如樟脑醑
	搽剂	指刺激性药物的油性、皂性或醇性混悬液或乳状液。如松节油搽剂
	流浸膏剂	指将生药的醇或水浸出液经浓缩后的液体剂型。通常每毫升相当于原生药 1 克
	乳剂	指两种以上不相混合的液体，加入乳化剂后制成的均匀乳状液体。如外用磺胺乳
半固体剂型	软膏剂	指药物和适宜的基质均匀混合制成的具有适当稠度的膏状外用制剂。如鱼石脂软膏。供眼科用的灭菌软膏称眼膏剂。如四环素眼膏
	糊剂	指大量粉末状药物与脂肪性或水溶性基质混合制成的一种外用制剂。如氧化锌糊剂
	舐剂	指药物和赋形剂(如水或面粉等)混合制成的一种黏稠状或面团状制剂
	浸膏剂	指生药的浸出液经浓缩后的膏状或粉状的半固体或固体剂型。通常浸膏剂每克相当于原药材 2～5 克，如甘草浸膏等
固体剂型	散剂	指一种或一种以上药物均匀混合而成的干燥粉末状剂型。如健胃散、消炎粉等
	片剂	指一种或一种以上药物与赋形剂混匀后，经压片机压制而成的含有一定药量的扁圆形制剂。如土霉素片
	丸剂	指药物与赋形剂制成的圆球状内服固体制剂。中药丸剂又分蜜丸、水丸等
	胶囊剂	指将药粉或药液装于空胶囊中制成的一种剂型。供内服或腔道塞用，如四氯化碳胶囊、消炎痛胶囊等
	预混剂	指一种或多种药物加适宜的基质均匀混合制成供添加于饲料用的粉末制剂。如氨丙啉预混剂等

在实验研究中，常测定半数有效剂量和半数致死量，以此评价药物的治疗作用与毒性反应。半数有效剂量是指在一群动物中引起50％的动物阳性反应或有效的剂量，用 ED_{50} 表示。半数致死量是指在一群动物中引起 50％ 的动物死亡的剂量，用 LD_{50} 表示。LD_{50}/ED_{50} 的比值称为药物治疗指数，从该指数的大小可以估算一个药物的安全程度。治疗指数越大，表示药物的安全程度越大。药物剂量和浓度的计量单位见表1-3。

表 1-3 药物剂量和浓度的计量单位

类别	单位及表示方法	说 明
重量单位	公斤或千克（kg）、克（g）、毫克（mg）、微克（μg），为固体、半固体剂型药物的常用剂量单位。其中以"克"作为基本单位或主单位	1 千克＝1000 克 1 克＝1000 毫克 1 毫克＝1000 微克
容量单位	升（L）、毫升（ml）：为液体剂型药物的常用剂量单位。其中以"毫升"作为基本单位或主单位	1 升＝1000 毫升
浓度单位	百分浓度（％）：指 100 份液体或固体物质中所含药物的份数	100 毫升溶液中含有药物若干克（克/100 毫升） 100g 制剂中含有药物若干克（克/100 克） 100 毫升溶液中含有药物若干毫升（毫升/100 毫升）
比例浓度	$(1:x)$，指 1 克固体或 1 毫升液体药物加溶剂配成 x 毫升溶液。如 1：2000 的洗必泰溶液	如溶剂的种类未指明时，都是指的蒸馏水
其他	单位（U）、国际单位（IU）：有些抗生素、激素、维生素、抗毒素（抗毒血清）、疫苗等的常用剂量单位	这些药物需经生物检定其作用强弱，同时与标准品比较，以确定检品药物一定量中含多少效价单位。凡是按国际协议的标准检品测得的效价单位，均称为国际单位（IU）

第三节 药物的储藏和保管

药物在储藏保管过程中易受到外界多种因素的影响，储藏不当会引起效价降低或失效，甚至会变质导致毒副作用增强。因此，有必要了解药物本身理化性质和外来因素对药物质量的影响，针对不同类别的药物采取有效的措施和方法进行储藏保管。

一、包装、标签与说明书

（一）包装的基本要求

《兽药管理条例》（2004 年 11 月 1 日起施行）第二十条规定：兽药包装应当按照规定印有或者贴有标签，附有说明书，并在显著位置注明"兽用"字样。直接接触兽药的包装材料和容器应当符合药用要求。兽药包装材料应符合质量及卫生要求，按规定加贴标签和说明书。兽药分装的包装，必须注明兽药名称、规格、生产企业名称、批准文号、产品批号、分装单位和分装批号，并附有说明书。规定有效期的兽药，分装后必须注明有效期。

（二）标签的基本要求

新的《兽药标签和说明书管理办法》于 2003 年 3 月 1 日起施行，其中规定了兽药标签的基本要求和兽药说明书的基本要求。

兽药产品（原料药除外）必须同时使用内包装标签和外包装标签。内包装标签必须注明兽用标识、兽药名称、适应证（或功能与主治）、含量、包装规格、批准文号或《进口兽药登记许可证》证号、生产日期、生产批号、有效期、生产企业信息等内容。

外包装标签必须注明兽用标识、兽药名称、主要成分、适应证（或功能与主治）、用法与用量、含量、包装规格、批准文号或《进口兽药登记许可证》证号、生产日期、生产批号、有效期、停药期、储藏、包装数量和生产企业信息等内容。

安瓿、西林瓶等注射或口服产品由于包装尺寸的限制而无法注明上述全部内容的，可适当减少项目，但至少须标明兽药名称、含量规格、生产批号。

兽用原料药的标签必须注明兽药名称、包装规格、生产批号、生产日期、有效期、储藏方法、批准文号、运输注意事项或其他标记、生产企业信息等内容。

对储藏有特殊要求的必须在标签的醒目位置标明。

兽药有效期按年月顺序标注。年份用四位数表示，月份用两位数表示，如"有效期至 2012 年 01 月"，或"有效期至 2012.09"。

（三）说明书的基本要求

兽用化学药品、抗生素产品的单方、复方及中西复方制剂的说明书必须注明以下内容：兽用标识、兽药名称、主要成分、性状、药理作用、适应证（或功能与主治）、用法与用量、不良反应、注意事项、停药期、外用杀虫药及其他对人体或环境有毒有害的废弃包装的处理措施、有效期、含量、包装规格、储藏方法、批准文号和生产企业信息等。

中兽药说明书必须注明以下内容：兽用标识、兽药名称、主要成分、性状、功能与主治、用法与用量、不良反应、注意事项、有效期、规格、储藏方法、批准文号和生产企业信息等。

兽用生物制品说明书必须注明以下内容：兽用标识、兽药名称、主要成分及含量（型、株及活疫苗的最低活菌数或病毒滴度）、性状、接种对象、用法与用量（冻干疫苗须标明稀释方法）、注意事项（包括不良反应与急救措施）、有效期、规格（容量和头份）、包装、储藏方法、废弃包装处理措施、批准文号和生产企业信息等。

二、兽药的储藏保管条件

由于各种药物之间的成分、化学性质、剂型不同等原因，它们各自的稳定性均有差异。同时，药物在储藏期间，由于外界环境因素的作用，导致药物的稳定性发生变化，药物质量亦受影响，必须根据兽药的质量标准要求提出的具体规定执行。如"遮光（指不透明的容器包装，如棕色瓶或黑色纸包裹的无色透明、半透明容器）、密闭（将容器密闭，以防止尘土及异物进入）保存"；"密封（将容器密封，以防止风化、吸潮、挥发和异物进入）保存"；"密闭、在阴凉（指不超过 20℃）、干燥处保存"等。储藏保管条件在兽药标签、说明书中也有相应的描述。

三、不同兽药的储藏保管

一般药品都应按兽药典或兽药规范中该药"储藏"项下的规定条件，因地制宜地贮存与保管。各种药物的储藏保管方法如下。

（一）预混剂的储藏保管

预混剂是指 1 种或 1 种以上的药物与适宜的基质均匀混合制成的粉末状或颗粒状制剂，作为药物添加剂的一种剂型专用于混饲给药，如盐霉素钠预混剂、杆菌肽锌预混剂、氟苯尼考预混剂、伊维菌素预混剂等。

预混剂在贮存过程中，温度、湿度、空气及微生物等对其质量均有一定影响，其中以湿度影响最大。因为预混剂的分散度较大（一般比原料药大），其吸湿性也比较显著，吸湿后可引起药物结块、变质或受到微生物污染等，因此对于预混剂的保管养护，防潮是关键。

一般预混剂均应在干燥处密闭、低温、避光保存，同时还要结合药物的性质、散剂剂型和包装的特点来考虑。预混剂的具体保管要求如下。

第一，纸质包装的预混剂容易吸潮，吸潮后药物粉末发生润湿、结块，有时纸袋上出现迹印或霉斑等现象，所以应严格注意防潮保存。此外，纸制包装容易破裂，贮运中要避免重压，以防破漏。有些纸制包装用过糨糊加工，还应注意防止鼠咬虫蛀。

第二，塑料薄膜包装的预混剂虽较纸质包装稳定，但由于目前塑料薄膜在透气、透湿方面还有一定的局限性，尤其在南方潮湿地区，仍须注意防潮，并且不宜久贮。

第三，含吸湿性载体的预混剂应密封于干燥处，注意防潮。中草药载体预混剂吸湿后易发生霉变虫蛀，亦应防潮。

第四，含有遇光易变质药物的预混剂，要避光保存，特别要防止日光的直接照射。

此外，预混剂的包装一般相差不大，品种名称比较复杂，在保管养护中要按品名、规格、用途分类集中保管，收、发货要仔细校对，以免错收错发。对易吸湿变质的预混剂要经常检查有无吸湿情况；使用吸湿剂保存的预混剂，还要定期检查吸湿情况，及时加以更换。

（二）注射剂的储藏保管

注射剂亦称为针剂，是指供注入体内应用的一种制剂。注射剂在贮存期的保管，应根据药物的理化性质，并结合其溶液和包装容器的特点，综合加以考虑。

1. 根据药物性质考虑储藏保管方法

（1）一般注射剂　一般应避光贮存，并按药典规定的条件保管。

（2）遇光易变质的注射剂　如肾上腺素、盐酸氯丙嗪、对氨基水杨酸钠、维生素类等注射剂，在保管中要注意采取各种遮光措施，防止紫外光照射。

（3）遇热易变质的注射剂　包括抗菌注射剂、脏器制剂或酶类注射剂、生物制品等，它们绝大部分都有效期规定，在保管中除应在规定的温度条件下贮存外，还要遵守"先产先出、接近有效期先出"的原则，在炎热季节加强检查。

① 抗菌注射剂。一般性质都不稳定，遇热后可促进分解，效价下降，故应置凉处避光保存，并注意"先产先出、近期先出"的原则。如为胶塞铝盖小瓶包装的粉针剂，还应注意防潮，贮存于干燥处。

② 脏器制剂或酶类注射剂。如垂体后叶注射液、催产素注射液、注射用玻璃酸酶等，受温度影响较大，光照亦可使其失去活性。因此，一般均须在凉暗处遮光保存。一般来说，本类注射液低温保存能增加其稳定性，但温度不宜过低而使其冻结，否则亦会因变性而降低效力。此外，对于胶塞铝盖小瓶装的粉针剂型，应注意防潮，贮存于干燥处。

③ 钙、钠盐类注射剂。氯化钠、乳酸钠、枸橼酸钠、水杨酸钠、碘化钙、碳酸氢钠及氯化钙、溴化钙、葡萄糖酸钙等注射液，久贮后药液能侵蚀玻璃，尤其是对于质量较差的安瓿玻璃，能发生脱片及浑浊（大量小白点）。这类注射液在保管时要注意"先产先出"的原则，不宜久贮，并加强澄明度检查。

④ 中草药注射剂。由于其含有一些不易除尽的杂质（如树脂、鞣质），或浓度过高、所含成分（如醛、酚、苷类）性质不稳定，故在贮存过程中可因条件的变化而发生氧化、水解、聚合等反应，逐渐出现浑浊和沉淀。温度的改变（高温或低温）可以促使其析出沉淀。因此，中草药注射液一般都应避光、避热、防冻保存，并注意"先产先出"，久贮产品应加强澄明度检查。

2. 结合溶剂和包装容器特点考虑储藏保管方法

（1）水溶液注射剂（包括水混悬型注射剂、乳浊型注射剂） 这一类注射剂因以水为溶剂，故在低温下易冻结，冻结后体积膨胀，往往使容器破裂；少数注射剂受冻后即使容器没有破裂，也会发生质量变异，致使不可供药用。因此，水溶液注射剂在冬季应注意防冻，库房温度一般应保持在0℃以上。浓度较大的注射剂冰点较低，如25%和50%葡萄糖注射液，一般在−11～−13℃才会发生冻结。所以各地可根据仓库温度情况适当掌握贮存地点。

大容量的水溶液注射剂，除应注意防冻外，还须注意在贮运过程中切不可横卧倒置。因盛装溶液的玻璃瓶口是以玻璃纸或薄膜衬垫后塞以橡胶塞（目前使用的橡胶塞其配方中含有硫、硫化物、氧化锌、碳化钙及其他辅料等），橡胶塞虽经反复处理，但由于玻璃纸和薄膜均为半透膜，横卧或倒置时会使药液长时间与之接触，橡胶塞的一些杂质往往能透过薄膜而进入药液，形成小白点，贮存时间越长，澄明度变化越大（涤纶薄膜性能稳定，电解质不易透过）。玻璃纸本身也能被药液侵蚀后形成小白点，甚至有大的碎片脱落，影响药物的澄明度。此外，在贮存或搬运过程中，不可扭动、挤压或碰撞瓶塞，以免漏气，造成污染。输液瓶也能被药液侵蚀，其表面的硅酸盐，在药液中可分解成偏硅酸盐沉淀，所以在保管中应分批号按出厂日期的先后次序，有条理地贮存和发出，尽快周转使用。

（2）油溶液注射剂（包括油混悬液注射剂） 此类药物的溶剂是植物油，由于内含不饱和脂肪酸，遇日光、空气或贮存温度过高，其颜色会逐渐变深而发生氧化酸败。因此，油溶液注射剂一般都应避光、避热保存。油溶液注射剂在低温下虽有凝冻现象，但不会冻裂容器，解冻后仍能恢复澄明的油溶液或均匀混悬液，因此不必防冻。在将冻或解冻过程中，油溶液有轻微浑浊的现象，如天气转暖或稍加温即可溶化，这是解冻过程必有的现象，对质量无影响。有时油溶液注射剂凝冻温度也不一样，这是因为制造时所使用的植物油不同，它们的凝固点也不同，如花生油的凝固点为−5℃左右，而杏仁油的凝固点为−20℃左右。因此，在低温下用花生油作溶剂的注射剂先发生凝冻。

（3）使用其他溶剂的注射剂 这一类注射剂较少，常用的溶剂有乙醇、丙二醇、甘油或它们的混合溶液。因为乙醇、丙醇和甘油的冰点较低，故冬季可不必防冻。如洋地黄毒苷注射液系用乙醇（内含适量甘油）作溶剂，含乙醇量为 37%～53%，曾在室外 -10～-30℃的低温下冷冻 41 天亦未冻结。因此，这类注射剂主要应根据药物本身性质进行保管，如洋地黄毒苷注射液和氯霉素受热后易分解失效，故应于凉处避光保存，并注意"先产先出、接近有效期先出"的原则。

（4）注射用粉针 目前有 2 种包装：一种为小瓶装，另一种为安瓿装。小瓶装的封口若为橡皮塞外轧铝盖再烫蜡，看起来很严密，但并不能完全保证不漏气，仍可能受潮，尤其在南方潮热地区更易发生吸湿变质，亦可因运输贮存中的骤冷骤热，使瓶内空气骤然膨胀或收缩，以致外界潮湿空气进入瓶（瓿）内，从而使药物变质。因此，胶塞铝盖封口的注射用粉针在保管过程中应注意防潮（绝不能放在冰箱内），并且不得倒置（防止药物与橡皮塞长时间接触而影响药物质量），有效期规定的尚应注意"先产先出、近期先出"的原则。安瓿装的注射用粉针是熔封的，不易受潮，故一般比小瓶装的稳定，如注射用青霉素，安瓿装的有效期为 3 年，而小瓶装的有效期则为 2 年。安瓿装的注射用粉针主要根据药物本身性质进行保管，但应检查安瓿有无裂纹冷爆现象。

（三）片剂的储藏保管

片剂系指药物或提取物经加工压制成片状的口服或外用制剂。片剂除含有主药外，尚加有一定的辅料如淀粉等赋以成形。片剂因含药材粉末或浸膏量较多，因此极易吸湿、松片、裂片，以至于黏结、霉变等。

片剂应密封储藏，置于室内凉爽、通风、干燥、避光处保存，防止包装贮运过程中发生磨损或碎片。在湿度较大时，淀粉等辅料易吸收水分，可使片剂发生松散、破碎、发霉、变质等现象，因此湿度对片剂的影响最为严重。其次，温度、光照亦能导致某些片剂变质失效。所以，片剂的保管养护工作，不但要考虑所含原料药物的性质，而且要结合片剂的剂型、辅料及包装特点，综合加以考虑。

第一，所有片剂除另有规定外，都应密闭在干燥处保存，防止受潮、发霉、变质。贮存片剂的仓库，空气相对湿度以 60%～70% 为宜，最高不得超过 80%，如遇梅雨季节或在南方潮热地区空气相对湿度超过 80% 时，则应注意采取防潮、防热措施。

第二，包衣片（糖衣片、肠溶衣片）吸湿、受热后，易发生包衣褪光、褪色、粘连、溶化、霉变，甚至膨胀脱壳等现象，因此其保管要求较一般片剂严格，应注意防潮、防热保存。

第三，含片中除一般赋形剂外，并掺有大量糖分，吸湿、受热后易溶化粘连，严重时能发生霉变，应注意密封，在干燥阴凉处保存。

第四，含有易挥发性药物的片剂受热后能使药物挥散、成分损失、含量降低，从而影响效用，故应注意防热，在阴凉处保存。

第五，含有生药、脏器或蛋白质类药物的片剂如健胃片、甲状腺片、酵母片等易吸湿松散、发霉、虫蛀，应注意密封，在干燥处保存。

第六，吸湿后易变色、变质及潮解、溶化、粘连的药物片剂，需要特别注意防潮。

第七，主药对光敏感的片剂如磺胺类药物片剂等，必须盛于遮光容器内（如棕色瓶），注意避光保存。

第八，抗菌药物片剂、某些生化制剂及洋地黄等一些性质不稳定的片剂，多有效期规定及贮存条件的要求，应严格按照规定的贮存条件保管，有效期规定的则应掌握"先产先出，接近有效期先出"的原则，以免过期失效。

第九，中草药片剂易吸湿，贮存不当易粘连变质，如含有挥发性成分，久贮后还会减味、降低疗效，因此保管时要注意防潮。

（四）生物制品的储藏保管

兽医生物制品是以天然或人工改造的微生物、寄生虫、生物毒素或生物组织及代谢产物等为原料，采用生物学、生物化学以及生物工程学的方法加工制成的用于预防、治疗和诊断畜禽等动物疾病的生物制剂。包括供预防传染病用的疫苗和类毒素，供诊断用的各种抗原、抗体及核酸探针等特异性诊断制剂，供治疗和紧急预防用的免疫血清和抗毒素，以及白细胞介素、干扰素、免疫增强剂等非特异性免疫活性因子和以血液制品（血浆、白蛋白等）为主的其他生物制品五大类。

生物制品的保管必须按其说明书要求进行。兽医生物制品多是用微生物或其代谢产物所制成，从化学成分上看，多具蛋白质特性，而且有的制品本身就是活的微生物。因此，生物制品一般都怕热、怕光，有的还怕冻，保存条件会直接影响到制品质量。一般来说，温度越高，保存时间越短。最适宜的保存条件是 2～10℃ 的干燥阴暗处。活疫苗是活的微生物，若温度过高，微生物的新陈代谢也同时增加，会导致其加速死亡；活疫苗除干燥制品不怕冻结外，其他制品一般不能在 0℃ 以下保存，否则会因冻结而造成蛋白质变性，融化后会发生大量溶菌或出现摇不散的絮状沉淀而影响免疫效果，甚至会加重接种后的反应。灭活苗的性质相对较稳定，保存有效期长，一般保存在阴暗干燥的室温下即可。

生物制品多标有失效期或有效期，如已过期则不可使用。因此，应在适当的环境下保管生物制品以保证其有效期。同时，应经常检查生物制品的质量，观察有无变色、变质、破裂及标记不清等情况，发现异常应停止使用。

生物制品通常采用冰箱储藏保管，在此期间，应注意以下事项。

第一，制定冰箱使用制度，冰箱应保持一定的温度，定期化霜，定期清洁。每次开启冰箱时间不要过长，以免影响生物制品质量。

遇有停电时，要设法将生物制品妥善放置。冰箱内严禁存放食物及其他物品，以免污染生物制品。

第二，相似的生物制品分开放，避免用错；同类制品有效期长的，放在冰箱里面，接近失效期的放在外面，便于使用；不常用的疫苗，可放在最底层。

第三，生物制品缓冲剂应与生物制品放在一起，便于使用，特殊生物制品要标记，以免使用时发生差错。

第四，对易潮解的生物制品要妥善保管，放置在玻璃瓶或塑料袋内（袋口要扎紧），要放在贮冰槽内或冷藏器的冰上。

◀ 第二章 药物的作用 ▶

第一节 药物的基本作用

药物的作用是指药物与机体之间的相互影响，即药物对机体（包括病原体）的影响或机体对药物的反应。药物对机体的作用主要是引起生理机能的加强（兴奋）或减弱（抑制），此即药物作用的两种基本形式。由于药物剂量的增减，兴奋和抑制作用可以相互转化；药物对病原体的作用，主要是通过干扰其代谢而抑制其生长繁殖，如四环素、红霉素通过抑制细菌蛋白质的合成而产生抗菌作用。此外，补充机体维生素、氨基酸、微量元素等的不足，或增强机体的抗病力等都属药物的作用。同时，"是药三分毒"，药物亦会产生与防治疾病无关，甚至对机体有毒性或对环境有危害的有害因素。

一、药物的有益作用

（一）防治作用

用药的目的在于防治疾病，能达到预期疗效者称为治疗作用。

针对病因的治疗称为对因治疗，或称治本。如应用抗生素杀灭病原微生物以控制感染，应用解毒药促进体内毒物的消除等。此外，补充体内营养或代谢物质不足的治疗方法称为补充疗法或代替疗法，也可以纠正发病原因。如应用微量元素等药物治疗畜禽的某些代谢病。应用药物以消除或改善症状的称为对症治疗，或称治标。当病因不明、但机体已出现某些症状时，如体温上升、疼痛、呼吸困难、心力衰竭、休克等情况，就必须立即采取有效的对症治疗，以防止症状进一步发展，并为进行对因治疗争取时间。如解热镇痛药解热镇痛、止咳药减轻咳嗽、利尿药促进排尿，以及有机磷农药中毒时，用硫酸阿托品解除流涎、腹泻症状等则都属于对症治疗。

对健康或无临床症状的畜禽应用药物，以防止特定病原的感染称为预防作用。实际上，在集约化养殖业中，群体给药往往既发挥治疗作用，又起到预防效果，统称防治作用。

（二）营养作用

新陈代谢是生命最基本的特征。兔通过采食饲料，摄取营养物质，满足生命活动和产品形成的需要。在集约化饲养条件下，兔不能自由觅食，所需营养全靠供应。同时，品种、生产目的、生产水平、发育阶段不同的群体，对营养的需要都有一定的差异。此外，饲料中的营养物质，虽然在种类上与动物体所需大致相似，而其化合物构成、存在形式和含量却有着明显的差别。因此，应当供给兔营养价值完全、能够满足其生理活动和产品形成需要的全价配合饲料。所以，营养性饲料添加剂（如必需氨基酸、矿物质、维生素）的补充，对完善饲粮的全价性具有决定性意义；而且对于病兔来说，饲料添加剂的营养作用，除有利于兔的康复、提高抗病能力外，还有治疗作用（如治疗维生素缺乏症）。

（三）调控作用

参与机体新陈代谢和生命活动过程调节的物质，属于生物活性物质，如激素、酶、维生素、微量元素、化学递质等。它们在动物体内的含量很少，有些在体内合成（如激素、酶、递质、某些维生素），有些需由饲料补充（某些微量元素和维生素）。生命活动是极其复杂的新陈代谢过程，又受不断变化的内外环境的影响。因此，机体必须随时调节各种代谢过程的方向、速度和强度，以保证各种生理活动和产品形成的正常进行。兔新陈代谢的调节可在细胞水平和整体水平上进行，但都是通过酶完成的。药物的调控作用，主要是影响酶的活性或含量，以改变新陈代谢的方向、速度和强度。例如，肾上腺素激活腺苷酸环化酶，使细胞内激酶系统活化，促进糖原分解；许多维生素或金属离子，或参与酶的构成，或作为辅助因子，保证酶的活性，以调节新陈代谢。

（四）促生长作用

能提高兔生产力、繁殖力的药物作用称为促生长作用。许多化学结构极不相同的药物，如抗生素、合成抗菌药物、激素、酶、中草药等，都具有明显的促生长作用，常作为促生长添加剂应用。它们通过各不相同的作用机制，加速兔的生长，提高生产性能和产品形成能力。

二、药物的毒副作用

（一）副作用

副作用指药物在治疗剂量时所产生的与治疗目的无关的作用。一般表现轻微，多是可以恢复的功能性变化。产生副作用的原因是药物的选择性低，作用范围大。当某一效应被用为治疗目的时，其他效应就成了副作用。因此，副作用是随治疗目的而改变的。例如：阿托品治疗肠痉挛时，则利用其松弛平滑肌作用，而抑制腺体分泌、引起口干便成了副作用，当作为麻醉前给药时，则利用其抑制腺体分泌作用，而松弛平滑肌，引起肠臌胀、便秘等则成了副作用。

（二）毒性作用

毒性作用指由于用药剂量过大或用药时间过长而引起的机体生理生化功能紊乱或结构的病理变化。毒性作用可能在用药后立即发生，称为急性毒性；也可能在长期用药蓄积后逐渐产生，称为慢性毒性。药物的毒性作用，常因用量过大或应用时间过长引起，有时两种相互增毒的药物同时应用，也会呈现毒性作用。毒性作用的表现，因药而异，一般常见损害神经、消化、生殖、血液及循环系统和肝脏、肾脏功能，严重者可致死亡。药物的致癌、诱变、致畸、致敏等作用，也属毒性作用。此外，药物对家禽免疫功能、维生素平衡和生长发育的影响，都可视为毒性作用。

（三）变态反应

变态反应是机体免疫反应的一种特殊表现。药物多为小分子，不具抗原性；少数药物是半抗原，在体内与蛋白质结合成全抗原，才会引起免疫反应。变态反应仅见于少数个体。例如，青霉素 G 制剂中杂有的青霉烯酸等，与体内蛋白质结合后成为完全抗原，当再次用药时，少数个体可发生变态反应。

（四）影响机体的免疫力

许多抗生素能提高机体的非特异性免疫功能，增强吞噬细胞的活性和溶酶体的消化力。若在应用抗菌药物的同时，进行死菌或死毒抗病接种，能促进机体免疫力的产生；若利用弱毒抗原接种，则对抗体形成往往有明显的抑制作用，尤其是一些抑制蛋白质合成的抗菌药物（氟苯尼考、链霉素等），在抑制细菌蛋白质合成的同时，也影响机体蛋白质的合成，从而影响机体免疫力的产生。同时，抗菌药物也能抑制或杀灭活菌苗中的微生物，使其不能对机体免疫系统产生应有的刺激，影响免疫效果。因此，在各种弱毒抗原（活菌苗）接种前后5～7天内，应禁用或慎用抗菌药物。

三、药物的其他不良作用

药物可以预防和治疗疾病，也会产生毒副作用，更能产生危害公共卫生安全的不良作用。

（一）药物残留

食用动物应用兽药后，常常出现兽药及其代谢物或杂质在动物细胞、组织或器官中蓄积、储存的现象，称为药物残留，简称药残。食用动物产品中的兽药残留对人类健康的危害，主要表现为细菌产生耐药性、变态反应、一般毒性作用、特殊毒性作用和激素样作用。

1. 细菌对抗菌药物产生耐药性

未经充分熟制的食品中存在的耐药菌株，被摄入消化道后，一些耐胃酸的菌株会定植于肠道，并将耐药因子通过水平遗传，转移给人体内的特异菌株，后者在体内繁殖，导致耐药因子的传播，导致细菌对多种药物产生耐药性，给人类感染性疾病的治疗选药带来困难。

2. 变态反应

青霉素、磺胺类药、四环素及某些氨基糖苷类药物，具有半抗原性或抗原性，它们在肉、蛋、奶中的残留，使少数人发生变态反应，主要临床表现为皮疹、瘙痒、光敏性皮炎、皮肤损伤、头痛等。

3. 一般毒性作用

有些药物残留在畜禽体内，人们食用后可能会出现毒性症状。

4. 特殊毒性作用

包括致畸作用、致突变作用、致癌作用和生殖毒性作用。

5. 激素样作用

人长期食用在生产过程中使用了激素或类激素物质的畜产品，产生激素样作用。如激素类，其严重后果是发育毒性，如儿童智力过早发育、早熟、体形成人化，另外有女性长胡须、男性女性化等；类激素物质，如催熟剂、植物促生长剂等，能够导致人的细胞衰老，还有潜在的致癌作用等。

（二）机体微生态平衡失调

畜禽消化道的微生物菌群是一个微生态系统，存在多种有益微生物，菌群之间维持着平衡的共生状态。微生物菌群的平衡和完整是机体抗病力的一个重要指标。微生态平衡失调是指正常微生物群之间和正常微生物与其宿主（机体）之间的微生态平衡，在外界环境影响下，由生理性组合转变为病理性组合的状态。微生物菌群的变化，尤其是抗生素诱导的变化，使机体抵抗肠道病原微生物的能力降低。同时，还可使其他药物的疗效受到影响。

如在治疗畜禽腹泻时，大量使用土霉素后，不仅杀灭了致病菌，也对肠道内的其他细菌特别是厌氧菌有明显的抑制或杀灭作用，而厌氧菌如乳酸杆菌、双歧杆菌等对维持消化道膜菌群的抵抗力起着重要作用。因此，抗生素的使用会使机体抵抗力下降而增加机体对外源性感染的敏感性。由于不合理用药而引起的机体正常微生态屏障的破坏，使那些原来被菌群屏障所抑制的内源性病原菌或外源性病原菌得以大量繁殖，引起畜禽的感染发病和产生耐药菌株。一些病原体在产生耐药性以后，可通过多种方式，将耐药性垂直传递给子代或水平转移给其他非耐药的病原体，造成耐药性在环境中广为传播和扩散，使应用药物防治疾病变得非常困难，这也是近年来耐药病原体逐渐增加和化学药物的抗病效果越来越差的重要原因。而值得警惕的是，医用抗生素作为饲料添加剂，有可能增加细菌耐药菌株，动物的耐药菌可将耐药性转移给人的病原体，造成公共卫生问题，使人类疾病失去药物控制。因为在低浓度下，敏感菌受抗生素抑制，耐药菌则相应增殖，并可能经过二次诱变，产生多价耐药菌株。同时，动物的耐药性病原体及其耐药性还可通过动物源性食品向人体转移，可能引起人体过敏，甚至导致癌症、畸胎等严重后果。

（三）污染环境

从生态学角度看，环境中的化学物质达到或超过中毒量、环境中有敏感动物或人存在，以及具备该化学物质进入机体的有效途径时，就会导致区域性中毒事件。根据食物链逐级富集理论，食物链上的每一级都称为一个营养级。每经过一个营养级，90％的食物被消耗，仅有10％进入产物中。食物链越长，易于蓄积的化学残留物就越多。在集约化畜牧业中，广泛应用某些饲料药物添加剂（如有机砷制剂），以及应用酚类消毒药、含氯杀虫药等，都可能导致水源、土壤污染。另一方面，畜禽又是工业废水、废气、废渣所致环境污染的首要受害者，有害污染物在畜禽食用产品中残留，又会损害人的健康。因此，应当增强环境和生态意识，科学安全地使用药物，保护环境，避免危害动物和人的健康。

第二节 药物的体内过程

药物进入体内，通过吸收、分布、代谢和排泄等基本过程对动物机体产生作用，其中药物在体内的吸收、分布、排泄称为药物的转运。药物的转运必须通过生物膜，生物膜是细胞膜和细胞器膜的总称。药物通过生物膜的转运大致有两种方式，一种是被动转运，另一种是主动转运。

药物的被动转运是指药物从浓度高的一侧向浓度低的一侧扩散渗透的过程。这种转运过程不消耗能量，不需要载体，不受饱和限速与竞争性抑制的影响。但药物的理化性质，如分子的大小、脂溶性、极性等因素影响药物的转运。当细胞膜两侧药物浓度达到平衡状态时就停止转运。大多数药物的转运方式属被动转运。

药物的主动转运是指药物由低浓度的一侧转运到高浓度的一侧的过程。在该过程中，细胞膜为转运提供载体，且消耗能量，有饱和现象。

药物的体内过程直接影响药物到达作用部位的浓度和有效浓度的维持时间，因而它与药物的起效时间、作用的强弱和持续时间的长短有密切关系。为了充分发挥药物的疗效和减少不良反应，临床用药时要掌握药物体内过程的特点。

一、吸收

药物从用药部位转运至血液循环的过程称为吸收。除静脉注射直接进入血液外，其他给药途径都要通过生物膜的转运。药物吸收的快慢、吸收量的多少、难易等受到药物的理化性质（脂溶性非解离型药物可溶于生物膜的类脂质中而扩散，故易于被吸收，小分子的水溶性物质可自由通过生物膜的膜孔扩散而被吸收；混悬液、油溶液及胶体溶液比水溶液吸收慢；弱酸性药物在酸性的胃液中不解离，易于吸收，而弱碱性药物则在碱性肠液中易被吸收）、给药途径（给药途径不同，药物吸收的速度也不同，其顺序为：肺部吸入＞腹腔注射＞肌内注射＞皮下注射＞皮内注射＞口服＞皮肤涂布）和吸收部位的环境（如果药物经消化道吸收，胃肠道淤血、水肿、胃排空延缓以及肠道蠕动过快或过慢时，都可使药物的吸收速度减慢，吸收量减少。高脂肪食物可增强脂溶性药物的吸收，胃肠道中的 Mg^{2+}、Fe^{2+}、Ca^{2+} 等离子能与四环素类药物形成络合物而减少四环素类药物的吸收）等影响。此外，局部组织血流量大，毛细血管丰富，吸收表面积大，则可使药物的吸收加快。

二、分布

药物从血液向组织、细胞间液和细胞内液转运的过程叫做分布。由于各组织器官和药物的特性不同，多数药物在体内的分布是不均匀的，并随着药物的吸收与排泄不断变化。药物作用的强度基本上取决于药物在靶器官的浓度。影响药物分布的因素有药物的理化特性（如脂溶性或水溶性小分子易于进入细胞内，非脂溶性药物通过的速度与其分子大小成反比，解离型药物较难通过毛细血管壁而进入组织）、局部组织的血流量（血流量大的器官，如心、肝、肾、脑等，药物在这些器官的灌注比较充分，往往易于在这些器官发挥药理作用或引起毒性反应）、药物与血浆蛋白结合情况（游离型药物可以通过生物膜，而结合型药物使分子加大，则不易通过生物膜进入其他组织）、组织屏障（药物由血液进入脑组织需通过血脑屏障）和药物与组织的亲和力（药物与器官或组织的亲和力越大，它在该器官或组织中的分布就越多。汞、锑、砷等类金属主要沉积在肝、肾中，故当这些药物中毒时，肝、肾首先受到损害）等。

三、代谢

代谢又称药物的生物转化，是药物在体内的化学结构变化过程。药物在体内的转化方式最重要的有氧化、还原、分解及结合四种。各种药物在体内的代谢过程各不相同，有的药物只经过氧化、还原、分解过程，有的则经过氧化、还原、分解、结合过程。还有一些药物则完全不经过生物转化而以原型排出体外。多数药物经过代谢，其药理作用被减弱或完全丧失，也有少数药物只有经过代谢，才能发挥药理作用。

药物的代谢过程，可在肝、肾、肺、血浆等中进行，但肝脏是主要的代谢器官。这是因为肝脏中存在与药物代谢关系密切的微粒体酶系统。由于它们可促进药物代谢，故又称肝微粒体药物代谢酶，简称肝药酶。某些药物可使肝药酶的活性增强或减弱。能提高肝药酶的活性或加速肝药酶合成的药物称为药酶诱导剂，如苯巴比妥、水合氯醛等。能抑制肝药酶　活性或减少肝药酶合成的药物称为药酶抑制剂，如氯霉素、保泰松等。影响药物代谢的主要因素有遗传因素（药物代谢有明显的种属和个体差异）、药酶诱导剂与抑制剂（药酶诱导剂可促进药物的代谢，使药物的作用减弱，而药酶抑制剂则可减慢某些药物的代谢，使药物的作用加强）、病理因素（如肝功能不良时，药物代谢减弱，可导致药物的蓄积中毒）等。

四、排泄

排泄是已吸收入血的原型药物或其代谢产物通过机体排泄器官排出体外的过程。排泄是药物在体内的最后过程。肾脏是大多数药物排泄的重要器官，肾小管毛细血管球的通透性较大，除与血浆蛋白结合的药物外，游离型药物及其代谢产物都能通过肾小球滤过进入肾小管而被排泄。此外，胆道、肺、汗腺、乳腺及肠道也可以排泄某些药物。影响药物排泄的主要因素有尿液 pH（决定药物的解离度，影响药物在肾小管的再吸收，从而影响药物的排泄）、病理因素（排泄器官，如肾脏疾病时，肾脏排泄药物的能力减弱，药物排泄速度减慢，容易引起蓄积中毒）及药物的理化性质（一般来说，水溶性药物比非水溶性药物排泄快，挥发性药物比不挥发性药物排泄快，溴化物以及某些重金属、类金属等排泄更慢）。

第三节　影响药物作用的因素

药物作用是药物与机体相互作用的综合表现，因此会受到药物、机体、用药方法及环境等方面因素的影响。这些因素不仅能影响药物作用的强度，有时甚至还能改变药物作用的性质，也影响动物性产品的安全性。因此，在临床用药时，一方面应掌握各种常用药物固有的药理作用，另一方面还必须了解影响药物作用的各种因素，才能更合理地运用药物防治疾病，以达到理想的防治效果。

一、动物机体方面

（一）种属差异

多数药物对各种动物一般都具有类似的作用，但由于各种动物的解剖构造、生理功能、生化特点及进化水平等的不同，对同一药物的反应，可以表现出很大的差异。

大多数情况下表现为量的差异，即药物作用的强弱和持续时间的长短，如反刍兽对二苯胺噻唑比较敏感，剂量小即可出现肌肉松弛镇静作用，而猪对此药不敏感，剂量较大也达不到理想的肌肉松弛镇静效果；赛拉嗪，猪最不敏感，而牛最敏感，其达到化学保定作用的剂量仅为马、犬和猫的 1/10；扑热息痛对羊、兔等动物是安全有效的解热药，但用于猫即使很小剂量也会引起明显的毒性反应；家禽对有机磷农药及呋喃类、磺胺类、氯化钠、喹乙醇等药物很敏感，对阿托品、士的宁、氯胺酮等能耐受较大的剂量。

少数表现为质的差异。酒石酸能引起狗、猪呕吐，但反刍动物则呈现反刍促进作用；吗啡对人、犬、大鼠表现为抑制作用，对猫、马和虎表现为兴奋作用。

（二）生理差异

不同性别、年龄、体重、健康和功能状态对同一药物的反应往往有一定差异，这与机体器官组织的功能状态，尤其与肝药物代谢酶系统有密切关系。老龄畜和幼畜的药酶活性较低，对药物的敏感性较高，故用量应适当减少；雌性动物比雄性动物对药物的敏感性高，在发情期、妊娠期和哺乳期，除了一些专用药外，使用其他药物必须考虑母畜的生理特性，如泻药、利尿药、子宫兴奋药及其他刺激性药物，使用不慎容易引起流产、早产和不孕等；有些药物，如四环素类、氨基苷类等可以通过胎盘或乳腺进入胎儿或新生动物体内而影响其生长发育，甚至致畸，故妊娠期和哺乳期要慎用。某些药物，如氯霉素、青霉素肌内注射后可渗入牛奶、羊奶中，人食用后前者引起灰婴综合征，后者引起过敏反应。肝脏、肾脏功能障碍，脱水、营养缺乏或过剩等病理状态，都能对药物的作用产生影响。

（三）个体差异

同种动物用药时，大多数个体对药物的反应近似；但也有少数个体对药物反应有明显的量的差异，甚至有质的不同，这种现象一般符合正态分布。个体差异主要表现为少数个体对药物的高敏性或耐受性。高敏性个体对药物特别敏感，应用很小剂量，即能产生毒性反应；耐受性个体对药物特别不敏感，必须给予大剂量，才能产生应有的疗效。药物代谢酶的多态性是影响药物作用个体差异最重要的因素之一。相同剂量的药物在不同的个体中，有效血药浓度、作用强度和作用持续时间有很大差异。另外，个体差异还表现在应用某些药物后产生的变态反应，如马、犬等动物应用青霉素后，个别可能出现过敏反应。

二、药物方面

（一）药物的化学结构与理化性质

大多数药物的药理作用与其化学结构有着密切关系。这些药物通过与机体（病原体）生物大分子的化学反应，产生药理效应。因此，药物的化学结构决定着药物作用的特异性。化学结构相似的药物，往往具有类似的（拟似药）或相反的（拮抗药）药理作用。例如，磺胺类药物的基本结构是对氨基苯磺酰胺（简称磺胺），其磺酰胺基上的氢原子，如被杂环（嘧啶、噻唑等）取代，可得到众多抗菌作用更强的磺胺类药物；而具有类似结构的对氨基苯甲酸，则为其拮抗物。有的药物结构式相同，但其各种光学异构体的药理作用差别很大。例如，四咪唑的驱虫效力仅为左旋咪唑的一半。

药物的化学结构决定了药物的物理性状（溶解度、挥发性和吸附力等）和化学性质（稳定性、酸碱度和解离度等），进而影响药物在体内的过程和作用。一般来说，水溶性药物及易解离药物容易吸收；不易吸收的药物，可通过对其化学结构的修饰和改造以增加吸收，如红霉素被制成丙酸酯或硫氰酸酯后，吸收增加。有些药物是通过其物理性状而发挥作用的，如药用炭吸附力的大小决定于其表面积的大小，而表面积的大小与颗粒的大小成反比，即颗粒越细，表面积越大，其吸附力越强。灰黄霉素与二硝托胺（球痢灵）的口服吸收量与颗粒大小有关，细微颗粒（0.7毫克）的吸收量比大颗粒（10毫克）高2倍。

（二）剂量

同一药物在不同剂量或浓度时，其作用有质或量的差别。例如，乙醇在70%（按容积计算约为75%）时杀菌作用最强，浓度增高或降低，杀菌效力降低。在安全范围内，药物效应随着剂量的增加而增强，药物剂量的大小关系到体内血药浓度的高低和药效的强弱。但也有些药物，随着剂量或浓度的不同，作用的性质会发生变化，如人工盐小剂量表现为健胃作用，大剂量则表现为泻下作用；碘酊在低浓度表现杀菌作用，但在高浓度（10%）时则表现为刺激作用。

在临床用药治疗疾病时，为了安全用药，必须随时注意观察动物对药物的反应并及时调整剂量，尽可能做到剂量个体化。在集约化饲养条件下群体给药时，则应注意使药物与饲料混合均匀，尤其是防止有效剂量小的药物因混合不匀而导致个别动物超量中毒的问题。

（三）药剂质量和剂型

药剂质量直接影响药物的生物利用度，对药效的发挥关系重大。不同质量的药物制剂，乃至同一药厂不同批号的制剂，都会影响药物的吸收及血中药物浓度，进而影响药物作用的快慢和强弱。一般来说，气体剂型吸收最快，吸入后从肺泡吸收，比液体剂型吸收得快，起效快；液体剂型次之；固体剂型吸收最慢，因其必须经过崩解和再溶解的过程才能被吸收。

三、给药方法方面

(一) 给药时间

许多药物在适当的时间应用，可以提高药效。例如，健胃药在动物饲喂前 30 分钟内投予，效果较好；驱虫药应在空腹时给予，才能确保药效。一般口服药物在空腹时给予，吸收较快，也比较完全。目前认为，给药时间也是决定药物作用的重要因素。

(二) 给药途径

给药途径主要影响药物的吸收速度、吸收量及血液中的药物浓度，进而也影响药物作用快慢与强弱。个别药物会因给药途径不同，影响药物作用的性质。一般口服用药（包括混水、混料用药），药物在胃肠吸收的速度比其他给药途径慢，起效也慢，而且易受许多条件如胃肠内食糜的充盈度、酸碱度（影响药物的解离度）、胃肠疾病等因素的影响，致使药物吸收缓慢而不规则。易被消化液破坏的药物不宜口服，如青霉素。口服一般适用于大多数在胃肠道具有吸收作用的药物，也常用于在胃肠道难以吸收从而发挥局部作用的药物，后者如磺胺脒等肠道抗菌药、驱虫药、泻药等；肌内注射的注射部位多选择在感觉神经末梢少、血管丰富、血液供应旺盛的骨骼肌组织，吸收较皮下注射快，疼痛较轻。注射水溶液可在局部迅速散开，吸收较快；注射油溶液或混悬液等长效制剂，多形成贮库后再逐渐散开，吸收较慢，1 次用药可以维持较长的作用时间，保持药效稳定，并可减少注射次数。皮下注射是将药液注入皮下疏松结缔组织中，经毛细血管或淋巴管缓缓吸收，其发生作用的速度比肌内注射稍慢，但药效较持久。混悬的油剂及有刺激性的药物不宜做皮下注射；气体、挥发性药物及气雾剂可采用吸入法给药，此法给药方便易行，发生作用快而短暂。

(三) 用药次数与反复用药

用药的次数完全取决于病情的需要，给药的间隔时间则须参考药物的血浆半衰期。一般在体内消除快的药物应增加给药次数，在体内消除慢的药物应延长给药的间隔时间。磺胺类药物、抗生素等抗菌药物，以能维持血液中有效的药物浓度为准，一般每日 2～4

次；长效制剂每日 1～2 次。为了达到治疗目的，通常需要反复用药一段时间，这段时间称为疗程。反复用药的目的在于维持血液中药物的有效浓度，比较彻底地治疗疾病，坚持给药到症状好转或病原体被消灭后，才停止给药。必要时，可继续第 2 个疗程，否则在剂量不足或疗程不够的情况下，病原体很容易产生耐药性。

（四）联合用药和药物的相互作用

两种或两种以上药物同时或先后使用，称为联合用药。联合用药时，各药之间相互作用，可使药物作用增强或减弱，作用时间延长或缩短。

1. 协同作用

联合用药后，药效增加者，称为协同作用。例如，抗菌药物可通过作用于细菌代谢的不同环节而达到协同，抗菌增效剂甲氧苄啶与磺胺类药物联合应用，抗菌作用可增加数倍至数十倍。

2. 拮抗作用

联合用药后，药效减弱或消失者，称为拮抗作用。

（1）化学拮抗 即一种药物在体内与另一种药物结合，使其作用减弱或消失。例如，含钙、铁离子的药物或饲料添加剂，能与四环素形成不溶性络合物，使后者吸收减少而难以发挥全身抗菌作用。

（2）生理拮抗 即两种药物作用于同一生理系统，但产生相反的药理效应。例如，维生素 D 能促进钙的吸收，使血钙升高；降钙素则促使血钙向骨钙转移，使血钙降低。

（3）药理拮抗 即两种药物在同一作用部位或受体上的拮抗。例如，有机磷农药中毒时，胆碱酯酶被抑制，神经末梢释放的乙酰胆碱不能被分解，导致腺体分泌增加，平滑肌痉挛，阿托品则可抑制腺体分泌和缓解平滑肌痉挛而解毒。

3. 配伍禁忌

药物在配伍时，由于各自理化性质的不同，可能出现沉淀、变色、吸附、潮解等理化变化，影响其稳定性和均匀性，以致不再适合药用，这种现象称为配伍禁忌。例如，吸附药与抗生素配合使用时，后者被吸附而降低全身抗感染作用的效力。又如，各种酶制剂在不适宜的 pH 条件下，其活力都会降低。

四、饲养管理和环境方面

药物的作用是通过动物机体来表现的，因此机体的功能状态与药物的作用有密切关系。例如，化学治疗药物的作用与机体的免疫力、网状内皮系统的吞噬能力有密切关系，有些病原体的最后消除还要依靠机体的防御机制。所以，机体的健康状态对药物的效应可以产生直接或间接的影响。

饲养和管理水平高低直接影响到动物的健康和用药效果。饲养方面要注意饲料营养全面，根据动物不同生长时期的需要合理调配日粮成分，以免出现营养不良或营养过剩。管理方面应考虑动物群体的大小，防止密度过大，房舍的建设要注意通风、采光和动物活动的空间，要为动物的健康生长创造较好的条件。上述要求对患病动物更有必要，动物疾病的恢复，单纯依靠药物是不行的，一定要配合良好的饲养管理，加强护理，提高机体抵抗力，使药物的作用得到更好地发挥。

药物的作用又与动物饲养管理等外界环境因素有着密切的关系。环境因素包括温度、湿度、时间和饲养管理条件等，这些因素使动物对药物的敏感性可能增高，而有些可能降低。

许多消毒防腐药物的抗菌作用都受环境的温度、湿度和作用时间及环境中有机物多少等条件的影响。例如，甲醛的气体消毒要求空间有较高的温度（20℃以上）和较高的空气相对湿度（60％～80％）。温度低、空气相对湿度不够，甲醛容易聚合，聚合物没有杀菌力，消毒效果差。升汞的抗菌作用可因周围蛋白质的存在而大大减弱。

另一方面，应用药物（尤其是使用化学治疗药物或对环境进行消毒）时，应尽可能注意选用那些在环境中或畜禽粪便中易于降解或消除的药物，以避免或减轻对环境的污染。

第三章 兽药的科学安全使用

第一节 给 药 方 法

不同的药物、不同的剂量，可以产生不同的药理的作用、但同样的药物、同样的剂量，如果用药途径不同也可产生不同的药理效应，甚至引起药物作用性质的改变。不同的给药途径直接影响药物的吸收速度、药效出现的时间、药物作用的程度，以及药物在体内维持及排出的时间。因此，在用药时应根据兔体的生理特点或病理状况，结合药物的性质，恰当地选择用药途径。兔的用药方法见表3-1。

表 3-1 兔的用药方法

方法	途径	操 作 方 法
内服给药	饮水给药	将易溶于水的药物，按一定的比例加在水中，让兔自由饮用。用药前几小时适当停水。可用于全群给药，也可用于个别用药。个别用药，若动物自己不能饮水，也可灌服
	拌料给药	粉剂药物可用于拌料，先将药物用少量细的饲料拌匀，逐渐加大饲料量拌和，最后扩大到所有应拌料中拌匀饲喂，或制成颗粒料饲喂
	投服给药	片剂、粉剂可投喂给药。投喂时由助手保定病兔，操作者一手固定兔的头部并捏住兔口角使口张开，用镊子、筷子或止血钳夹取药片，送入会厌部，使兔吞下。或把药片碾细加少量水调匀，用汤勺取适量药物插入口角，将药物放入口中，或用注射器、滴管等吸取药液从口角徐徐灌入。但必须注意，不要误灌入气管内，造成异物性肺炎或引起死亡
	灌服给药	水剂、油剂可用带有金属细管头的吸管吸取药液，从兔的口角插入，将药液挤入口中

续表

方法	途径	操 作 方 法
内服给药	胃管投药	对一些有异味、毒性较大的药物或已废食的家兔可采用此法。助手保定家兔，固定好头部，投药者用开口器（木制或竹制，长 10 厘米、宽 1.8～2.2 厘米、厚 0.5 厘米，正中开一个比胃管稍大的小圆孔），将兔嘴撑开，用橡胶管、塑料管或人用导尿管作为胃管，涂上润滑油或肥皂，将胃管穿过开口器上的圆孔，沿上腭壁徐徐送入食管，连接漏斗或注射器即可投药。 成年兔由口到胃深约 20 厘米。切不可将药投入肺内，当胃管抵达会厌部时，兔有吞咽动作，趁其吞咽时送下胃管。误插入气管时，患兔咳嗽，胃管外端浸入盛水杯中出现气泡，需要重新插入。投药完毕，徐徐拔出胃管，取下开口器。
直肠给药	直肠内灌注法	当发生便秘、毛球病等疾病时，内服给药效果不好，可采用直肠内灌注法。将左侧卧保定，后躯稍垫高，用涂有润滑油的橡胶管或塑料管，经肛门插入直肠 8～10 厘米深，然后用注射器注入药液（药液应加热至接近体温），捏住肛门，停留 5～10 分钟，然后放开，让其自然排便
注射给药	肌内注射	选在肌肉丰满处，通常在臀肌和大腿部。局部剪毛消毒后，针头垂直于皮肤迅速刺入一定深度，回抽活塞无回血后，缓缓注药。注意针头不要损伤大的血管、神经和骨骼。肌内注射适用于多种药物，油剂、混悬液、水剂均可用此法。但强刺激剂，如氯化钙等不能肌内注射
	皮下注射	选在兔颈部、肩前、腋下、股内侧或腹下皮肤薄、松弛、易移动的部位。局部剪毛，用 70%酒精棉球或 2%碘酊棉球消毒，左手拇指、食指和中指捏起皮肤呈三角形，右手如执笔状持注射器，于三角形基部垂直于皮肤迅速刺入针头，放开皮肤，回抽活塞，不见回血后注药。注射完毕拔出针头，用酒精棉球压迫针孔片刻，防止药液流出。注射正确时可见局部鼓起。皮下注射主要用于防疫注射
	皮内注射	通常选在兔腰部和胁部。局部剪毛消毒后，将皮肤展平，针头与皮肤呈 30°刺入真皮，缓慢注射药液。注射完毕，拔出针头，用酒精棉球轻轻压迫针孔，以免药液外溢。注意每点注射药量不应超过 0.5 毫升。推药时感到阻力很大，在注药部出现一小丘疹状隆起。皮内注射多用于过敏试验、诊断等
	静脉内注射	多取耳外缘静脉。由助手保定兔，固定头部，剪毛消毒术部（毛短者可不剪毛），注射者左手拇指与无名指及小指相对，捏住兔耳尖部，以食指和中指夹住并压迫静脉向心侧，使其充血怒张。静脉不明显时，可用手指弹击耳壳数下，或用酒精棉球反复涂擦刺激静脉处皮肤。将针头以 15°刺入血管，然后使针头与血管平行向血管内送入适当深度，回抽活塞见血，推药无阻力，皮肤不隆起，为刺针正确，缓慢注药。注射完毕，拔出针头，以酒精棉球压迫片刻，防止出血。 第一次刺针应先从耳尖部开始，以免影响以后刺针。要排净注射器内的空气，以免引起血管栓塞，造成死亡。注射钙剂要缓慢。药量多时要加温。静脉内注射多用于补液。油类药物不能静脉内注射

续表

方法	途径	操 作 方 法
注射给药	腹腔内注射	选在兔脐后部腹底壁,偏腹中线左侧3厘米。剪毛消毒后,使兔后躯抬高,对着脊柱方向刺针,回抽活塞,如无气体、液体及血液后注药。刺针不应过深,以免损伤内脏。如怀疑有肝、肾或脾肿大时,要特别小心。当兔胃和膀胱空虚时,比较适宜进行腹腔注射。药液应加热至体温。腹腔内注射可用于补液(当静脉内注射困难或心力衰竭时)
	气管内注射	在颈上1/3下界正中线上。剪毛消毒后,垂直刺针,刺入气管后阻力消失,回抽有气体,然后慢慢注药。气管内注射用于治疗气管、肺部疾病及肺部驱虫等。药液应加温,每次用药的剂量不宜过多。药物应为可溶性并容易吸收
	局部注射	局部注射多用于局部感染,如乳房炎等。在局部感染的四周多点注射,将药物集中注射在局部,可快速控制疾病的发展
外用给药	点眼	结膜炎时可将治疗药物滴入眼结膜囊内,进行眼部检查有时也需要点眼。操作时,用手指将兔下眼睑内角处捏起,滴药液于眼睑与眼球间的结膜囊内,每次滴2~3滴,每隔2~4小时滴一次。如为膏剂,则将药物挤入结膜囊内。药物滴入(挤入)结膜囊内后稍活动一下眼睑,不要立即松开手指,以防药物被挤出
	洗涤	将药物配成适当浓度的水溶液,清洗眼结膜、鼻腔及口腔等部的黏膜、污染物或感染的创面等。常用的有生理盐水、0.3%~1%过氧化氢溶液(双氧水)、0.1%新洁尔灭溶液、0.1%高锰酸钾溶液等
	涂擦	将药物制成膏剂或液剂,涂擦于局部皮肤、黏膜或创面上。主要用于局部感染和疥癣等的治疗
	药浴	将药物配制成适宜浓度的溶液或混悬液,对兔进行洗浴。要掌握好时间,时间短效果不佳,时间过长易引起中毒。主要用于杀灭体表寄生虫

注意事项:

(1)给药途径不同,不仅影响到药物作用的快慢和强弱,有时甚至会改变药物的基本作用。如内服硫酸镁会产生泻下作用,而静脉注射则产生镇静、抗惊厥等作用。药物的性质不同,需要不同的给药途径,如油类制剂不能静脉注射,氯化钙等强刺激剂只能静脉注射,而不能肌内注射,否则会引起局部发炎坏死。所以,临床工作中应根据病情的需要、药物的性质、动物的大小等选择适当的给药途径。

(2)内服给药适用于多种药物,尤其是治疗消化道疾病时多用。缺点是药物易受到胃、肠内环境的影响,不易掌握药量,显效慢,吸收不完全。

(3)注射给药法吸收快、奏效快,药量准、安全、节省药物,但须注意药物质量及严格消毒。

(4)外用给药主要用于体表消毒和杀灭体表寄生虫。外用给药应防止经体表吸收引起中毒。尤其大面积用药时,应特别注意药物的毒性、浓度、用量和作用时间,必要时可分片分次用药

第二节　科学安全用药的原则

科学安全用药是指在畜禽养殖的全过程中，通过科学统计过去一段时间内畜禽疫病流行情况和畜禽体质健康状况，准确判断畜禽疾病发生和流行，周密地做好疫苗、药物预防疾病的计划和科学合理地应用药物治疗畜禽疾病，以得到既能有效预防和控制疾病发生，充分发挥畜禽生产性能，又对用药对象本身产生最小危害，生产的畜禽产品安全的用药方法。

一、科学安全用药的目的

（一）要以防治好畜禽疾病和保证畜禽健康为前提

使用药物就是为了预防和治疗疾病，保证畜禽健康和生产性能发挥，所以在药物选择、用药方法、剂量、途径和用药期限等方面都应注意，如用药剂量和期限是否会引起畜禽本身的毒副作用，某些生物制品的使用是否会诱发健康畜禽发病等。

（二）保障人类健康

畜禽养殖的最终目的是改善人类的生活，提高人类的生活质量。如果在畜禽养殖过程中，由于不恰当用药而生产出对人类存在潜在危害的畜禽产品，不但无法达到改善人类生活质量的目的，而且使人们在消费畜禽产品的时候背负巨大的心理压力。科学安全用药就必须以生产对人类健康产生最低限度危害的绿色产品为最终目标，使人们放心地消费畜禽产品。

（三）保障生态环境安全

在用药过程中，某些药物会通过畜体排到环境中，其中一些由于难溶于水或结构稳定而长时间保持其药物活性，通过农收可转移到其他畜禽或人类身上，安全用药必须考虑药物对环境的影响。

二、科学安全用药的原则

养兔科学安全用药的原则是发挥药物的有利作用，避免有害作用，消除不良影响因素，达到安全、有效、经济、方便的目的。

（一）预防为主原则

随着养兔业的规模化和集约化，环境条件要求越来越高、应激因素不断增多，病原传播的机会增加，疾病危害越来越严重。预防用药，控制疾病发生显得更加重要。

一年四季中，随着温、湿度及外界环境的变化，兔的一些疫病的发生和流行具有较明显的季节性，根据发病规律，提前进行免疫接种，可以减少传染病的发生和危害；不同季节，兔的多发病、常发病和发病率的种类也不同，如1～3月份气温明显下降，各种传染媒介（苍蝇、蚊子等）及病原体的繁殖均受到一定限制，此期传染病暴发也较少见。但由于天气寒冷，容易引起感冒和肺炎（散发较多），可在饲料或饮水中添加药物进行预防保健，如可添加泰乐菌素、氟苯尼考、泰妙菌素、大观霉素等药物。采用药物进行预防保健时要注意交替、穿梭用药，避免耐药性产生。4～6月份为兔的产仔季节，发病率相对增高，7～9月份是酷暑盛夏季节，各种病原微生物活动猖獗，而且饲料容易腐败变质，易引起中暑、中毒及各类胃肠炎等疾病，是容易发生传染病的季节，可以使用庆大霉素、恩诺沙星、卡那霉素、硫酸新霉素等药物预防，同时要加强饲养管理和卫生防疫工作。10～12月份，发病率明显下降，是繁殖仔兔的好季节，但气温较低，需要做好饲养管理和防寒保温工作。

年龄的差异主要表现在多发和常发疾病的不同，幼兔特别是刚离乳的幼兔，由于消化系统发育不完全，防御屏障机能尚不健全，易患胃肠道疾病，应适量使用土霉素、复方敌菌净等抗生素进行预防。老龄兔由于代谢机能与免疫功能的减退，体质下降，发病率也较高，抗病力弱。母兔疾病比公兔相对多，由于母兔要繁殖仔兔，产科疾病占一定比例，如流产、乳腺炎等，需要采取适当措施和使用药物防治。

为了杀灭病原，环境消毒也很重要。环境消毒指在兔生产过程中和兔引入之前，将消毒防腐药通过喷洒、浇泼等方式施于兔舍的地面、用具、环境，以及兔的体表和排泄物，以杀灭病原微生物、寄生虫及其虫卵，消除环境中的生物病因。环境消毒是预防疾病最重要的措施之一。

（二）特殊性原则

就单胃家畜来说，兔盲肠的容积最大。在庞大的盲肠内，微生物对食物残渣进行消化，同时，盲肠为微生物的活动提供适宜的条件。初生仔兔在未吃奶前，胃肠道无菌，吃奶而没有睁眼的兔胃肠道内的细菌很少。仔兔睁眼后，盲肠和结肠开始出现大量微生物。兔盲肠内环境与反刍家畜瘤胃有相似之处，有利于微生物的活动。兔肠道中的微生物区系对大部分抗生素都很敏感，如果饲喂抗生素，微生物区系将被改变，有利于大肠杆菌和梭菌有机物产生对肠道内壁有害的毒素，最终导致肠炎和肠源性毒血症。导致副作用的抗生素包括林可霉素、氨苄西林、普鲁卡因青霉素、头孢菌素Ⅳ、红霉素、氯林肯霉素、泰乐菌素和甲硝唑。但土霉素、维吉霉素例外，它们被当作促生长剂使用，磺胺类药物被用来控制球虫病。任何情况下都不能用莫能菌素饲喂兔子，即使莫能菌素浓度再低，对兔子的毒性也很大。

为维持兔的胃肠道微生物区系正常，可以使用一些有益菌来预防和控制胃肠道疾病。李新民和谷子林等（2004）使用由蜡样芽孢杆菌、枯草芽孢杆菌、乳酸杆菌和乳酸球菌等有益菌组成的复合物在成年兔、青年兔和幼兔上进行试验，结果发现，对重症肠炎、轻症肠炎、黏液性肠炎和普通腹泻的治愈率分别为 58.33％、87.50％、93.55％和 100％，优于氟哌酸、环丙沙星和喹乙醇的治疗效果。

（三）综合性原则

疾病是病因、传播媒介和宿主三者相互作用的结果。其病因有物理因素（如温度、湿度、光线、声音、机械力等）、化学因素（如有害气体、药物、毒素等）和生物因素（如细菌、病毒、霉菌、寄生虫等）；传播媒介有蚊、虫、鼠类，以及恶劣的环境和不良的饲养管理条件等；宿主即兔体，在有传播媒介存在的条件下，病因较强而机体抵抗力较弱，兔就发生疾病。反之，兔抵抗力强，病因就不易诱发疾病。

在疾病防治过程中，使用药物的作用：一是消除病因，如抗生素抑制或杀灭病原微生物，维生素或微量元素治疗相应的缺乏症；二是减轻或消除症状，如抗生素退高热、止腹泻，硒和维生素 E

消除白肌症等；三是增强机体抵抗力，如维生素、微量元素构建和强壮机体，维持正常结构和功能，提高免疫力等。但药物不能抵消理化病因，也不能完全消除传播媒介。要消除理化病因和传播媒介，主要依靠饲养管理。

综合性原则，是指添加用药与饲养管理相结合，治疗用药和预防用药相结合，对因用药和对症用药相结合。如抗菌药物只对病原生物起作用，即抑制或杀灭病原微生物或寄生虫，但对病原生物的毒素无拮抗作用，也不能清除病原的尸体，更不能恢复宿主的功能。有的抗菌药物本身还有一定的毒副作用。因此，在应用抗菌药物时，还要注意采取加强营养（可以提高机体抵抗力或免疫力，使机体能够清除病原、毒素乃至药物所致的病理作用）和饲养管理（可以减少或消除各种诱因及媒介，切断发病环节），以及对症或辅助用药（纠正病原及其毒素所致的机体功能紊乱，以及药物所致的毒副作用）等措施。

（四）规程化用药原则

兔病的发生和发展都有规律可循。大多数疾病都是在兔生长发育的某个阶段发生，如仔兔阶段容易发生传染性口炎，断奶前的仔兔容易发生大肠杆菌病。有些疾病只在某个特定的季节发生，另一些疾病只在某个区域内流行。即使是营养缺乏症，也与兔的年龄、生产性能和饲料等因素有关，也有规律可循。因此，应用药物防治动物疾病时，应熟知疾病发生的规律和药物的性能，有计划地切断疾病发生、发展的关键环节。药物应用的规程化，是指针对兔的疾病在本地发生、发展和流行的规律，有计划地在兔生长发育的某一阶段、某个季节，使用特定的药物和具体的给药方案，以控制疾病，保障生产，避免损失。它包括针对何种疾病，使用何种（或几种）药物，何时使用，剂量多大，使用多久，休药期多长，何时重复使用（或更换为其他药物）等。规程化用药原则是针对目前一些养殖场"盲目添加、被动用药"的状况而提出的。

规程化用药不仅可以避免盲目添加和被动用药的现象，而且还是控制或消灭某些特定疾病的有效措施，是一种科学合理的用药方式。规程化用药也能减少药物残留和环境污染的发生，避免耐药生物的产生和传播，是提高养殖场经济效益、社会效益和生产效益的有效措施。要做到规程化用药，养殖场和饲料加工厂必须密切联系。饲料厂要熟知养殖场实际用药的需要，有目的、有计划地添加符合养殖场需要的药物，而养殖场要了解饲料中药物的添加情况，将加药饲料的效果等信息及时反馈给饲料厂。

（五）无公害原则

药物具有两重性：一方面，它能提高兔群生产性能，防治兔病，改善饲料利用率，保障和促进养殖生产。另一方面，药物的不合理使用和滥用，也有一些负面作用，如残留、耐药性、环境污染等公害，影响养殖业的持续发展乃至人类社会的安全。

要选择符合兽药生产标准的药物，不使用禁用药物、过期药物、变质药物、劣质药物和淘汰药物，因为这些药物会使病原菌产生耐药性和造成药物残留，危害消费者的健康。农业部曾公布首批《兽药地方标准废止目录》，危害动物及人类健康的沙丁胺醇、呋喃西林等6类药被禁止生产、经营和销售：一是沙丁胺醇、呋喃西林、呋喃妥因、替硝唑、卡巴氧和万古霉素；二是金刚烷胺类等人用抗病毒药移植兽用的；三是头孢哌酮等人医临床控制使用的最新抗菌药物用于食品动物的；四是代森铵等农用杀虫剂、抗菌药用作兽药的；五是人用抗疟药和解热镇痛、胃肠道药品用于食品动物的；六是组方不合理、疗效不确切的复方制剂。

选药时从药品的生产批号、出厂日期、有效期、检验合格证等方面着手详细检查，确认无质量问题后才可选用。

第二部分
常用的药物

◀ 第四章 消毒防腐药物 ▶

第一节 概 述

一、消毒防腐药物的概念和种类

（一）概念

消毒药物是指杀灭病原微生物的化学药物，主要用于环境、圈舍、动物及排泄物、设备用具等的消毒；防腐药物是指抑制病原微生物生长繁殖的化学药物，主要用于抑制生物体表（皮肤、黏膜和创面等）的微生物感染。消毒药物和防腐药物统称为消毒防腐药物，但两者并没有明显的界限，低浓度的消毒药只有抑菌作用，而有的防腐药在高浓度时也有杀菌作用。

（二）种类

消毒防腐药物的种类见表 4-1。

二、消毒防腐药物的科学安全使用

消毒是畜禽传染病防控的主要手段之一。消毒的方法多种多样，如物理方法、化学方法、生物学方法等，化学方法生产中比较常用，需要化学药物（消毒药物）才能进行。要保证良好的消毒效果，必须注意以下方面。

（一）选择消毒药物要准确和注重效果

根据消毒对象和消毒目的准确选择消毒药物。如要杀灭病毒，

表 4-1   消毒防腐药物的种类

分类方法	种 类 及 特 点
按作用水平分类	高效消毒剂:指可杀灭一切细菌繁殖体(包括分枝杆菌)、病毒、真菌及其孢子等,对细菌芽孢也有一定杀灭作用,达到高水平消毒要求的制剂。包括含氯消毒剂、臭氧、醛类、过氧乙酸、双链季铵盐等
	中效消毒剂:可杀灭除细菌芽孢以外的分枝杆菌、真菌、病毒及细菌繁殖体等微生物,达到消毒要求的制剂。包括含碘消毒剂、醇类消毒剂、酚类消毒剂等
	低效消毒剂:不能杀灭细菌芽孢、真菌和结核杆菌,也不能杀灭如肝炎病毒等抗力强的病毒和抗力强的细菌繁殖体,仅可杀灭抵抗力比较弱的细菌繁殖体和亲脂病毒,达到消毒要求的制剂。包括苯扎溴铵等季铵盐类消毒剂、洗必泰等二胍类消毒剂,汞、银、铜等金属离子类消毒剂和中草药消毒剂
按照化学性质分类	可分 10 类:酚类、醇类、酸类、碱类、卤素类、过氧化物类、染料类、重金属类、季铵盐类和醛类

则选择可杀灭病毒的消毒药;如要杀灭某些病原菌,则选择可杀灭细菌的消毒药。许多情况下,还要将杀灭病毒和细菌甚至真菌、虫卵等几者兼顾考虑,选择抗毒抗菌谱广的消毒药,这样才能做到有的放矢;如对禽舍周围环境和道路消毒,可以选择价廉和消毒效果好的碱类和醛类消毒剂;如带禽消毒,应选择高效、无毒和无刺激性的消毒剂,如氯制剂、表面活性剂等。同时,还应考虑是平时预防性消毒,还是扑灭正在发生的疫情,或周围正处于某种疫病流行高峰期而本养殖场受到威胁时的消毒,以此来选择药物及稀释浓度,以保证消毒效果。

(二)药物的配制和使用方法要合理

目前,许多消毒药是不宜用井水稀释配制的,因为井水大多为含钙、镁离子较多的硬水,会与消毒药中释放出来的阳离子、阴离子或酸、碱离子发生化学反应,从而使药效降低。因此,在稀释消毒药时一般使用自来水或白开水。

(三)药物应现用现配

配好的消毒药应一次用完。许多消毒药具有氧化性或还原性,有的药物见光遇热后分解加快,须在一定时间内用完,否则,很容易失效而造成人力、物力的浪费。因此,在进行配制消毒药时,应认真根据药物说明书和消毒面积来测算用量，尽可能将配制的药液在完成消毒面积后用完。稀释好的药液不宜久储，一般当天用完为好。

（四）消毒前先清洁

先将环境清洁后再进行消毒，这是保证消毒效果的前提和基础，因为畜禽的排泄物、分泌物、灰尘、粪便和污物等有机物，不仅可阻隔消毒药，使之不能接触病原体，而且有机物还能与多种消毒药发生化学反应，明显地降低消毒药物的药效。

（五）必须注意消毒药的理化性质

一要注意消毒药的酸碱性。酚类、酸类两大类消毒药一般不宜与碱性环境、脂类和皂类物质接触，否则明显降低其消毒效果。反过来，碱类、碱性氧化物类消毒药不宜与酸类、酚类物质接触，防止其降低杀菌效果。酚类消毒药一般不宜与碘、溴、高锰酸钾、过氧化物等配伍，防止发生化学反应而影响消毒效果。二要注意消毒药的氧化性和还原性。氧化物类、碱类、酸类消毒药不宜与重金属、盐类及卤素类消毒药接触，防止发生氧化还原反应和置换反应，不仅使消毒效果降低，而且还容易对畜禽机体产生毒害作用。三要注意消毒药的可燃性和可爆性。氧化剂中高锰酸钾不宜与还原剂接触，如高锰酸钾晶体遇到甘油时可发生燃烧，在与活性炭研磨时可发生爆炸。四要注意消毒药的配伍禁忌。重金属类消毒药忌与酸、碱、碘和银盐等配伍，防止发生沉淀或置换反应。表面活性剂类消毒药中，阳离子和阴离子表面活性剂的作用互相抵消，因此不可同时使用。表面活性剂忌与碘、碘化钾和过氧化物等配伍使用，不可与肥皂配伍。凡能潮解释放出初生态氧或活性氯、溴等，如氧化剂、卤素类等消毒药，不可与易燃易爆物品放在一起，防止发生意外事故。五要注意消毒药的特殊气味。酚类、醛类消毒药由于具有特殊气味或臭味，因而不能用于畜禽肉品、屠宰场及其加工用具的消毒。

（六）消毒药应定期更换

任何消毒药，在一个地区、一个畜禽场都不宜长期使用。因为动物机体几乎对所有的药物（当然包括消毒药）都会产生抗药性。长期使用单一的消毒药，容易使动物体内及饲养场内外环境中的病原体，由于多次频繁地接触这种消毒药而形成耐药菌株，其对药物的敏感性下降甚至消失，使药物对这些病原体的杀灭能力下降甚至完全无效，致使疫病发生和流行。

（七）保证人畜安全

1. 注意药物的腐蚀性

强酸类、强碱类及强氧化剂类消毒药，对人畜均有很强的腐蚀性，因此，在使用这几类消毒药消毒过的地面、墙壁等最好用清水冲刷之后，再将动物放进来，防止灼伤动物（尤其是幼畜）。

2. 熏蒸时避免伤害人畜

凡实施熏蒸消毒时，其产生的消毒气体和烟雾，均对人畜有毒害作用，即使熏蒸后遗留的废气，对人畜的眼结膜、呼吸道黏膜均会造成伤害，故必须将废气彻底排净后，方可放进畜禽；带畜禽消毒时不宜选择熏蒸消毒。

3. 有毒的消毒药均不能进行饮水消毒

酚类、酸类、醛类和碱类消毒药，均具有不同程度的毒性。因此，这几类消毒药不宜用于饮水消毒，也不宜使用这几类消毒药来消毒肉品（过氧乙酸除外）。

4. 用作饮水消毒的消毒药其配制浓度要准确

能用作饮水消毒的消毒药主要有卤素类、表面活性剂和氧化剂类等几类消毒药中的大部分品种。但其配制浓度很重要，浓度高了则会对动物机体造成损害或引起中毒，浓度低了起不到消毒杀菌的作用。

第二节 常用的消毒防腐药物

一、酚类

酚类是以羟基取代苯环上的氢原子而形成的化合物，可损害菌体细胞膜，较高浓度时也是蛋白变性剂，故有杀菌作用。此外，酚类还通过抑制细菌脱氢酶和氧化酶等的活性，而产生抑菌作用。根据苯环上羟基的多少可以分为一元酚、二元酚、三元酚等。其药理作用的强弱与化学结构有密切的关系，一般随着羟基的增加，其作用逐渐变弱，所以多用一元酚。如在酚分子苯环上引入烃基（如甲基）或卤原子（如氯原子）时，其消毒作用明显增强。酚类亦可和其他类型的消毒药混合制成复合型消毒剂，从而明显提高消毒效果。

适当浓度下，酚类对大多数不产生芽孢的繁殖型细菌和真菌均有杀灭作用，但对芽孢和病毒作用不强。酚类的抗菌活性不易受环境中有机物和细菌数目的影响，故可用于消毒排泄物等。酚类消毒药物化学性质稳定，因而贮存或遇热等不会改变药效。目前销售的酚类消毒药大多含两种或两种以上具有协同作用的化合物，以扩大其抗菌作用范围。一般酚类化合物仅用于环境及用具消毒。由于酚类污染环境，故低毒高效的酚类消毒药的研究开发受到重视。

（一）苯酚（石炭酸）

【性状】 为无色或微红色针状结晶或结晶性块；有特臭、引湿性；水溶液显弱酸性反应；遇光或在空气中色渐变深。本品在乙醇、氯仿、乙醚、甘油、脂肪油或挥发油中易溶，在水中溶解，在液体石蜡中略溶。

【适用范围】 苯酚可使蛋白质变性，故有杀菌作用。用于器具、厩舍、排泄物和污物等的消毒。本品在 0.1%～1% 的浓度范围内可抑制一般细菌的生长，1% 浓度时可杀死细菌，但要杀灭葡萄球菌、链球菌则需 3% 浓度，杀死霉菌需 1.3% 以上浓度；由于其对组织有腐蚀性和刺激性，故已被更有效且毒性低的酚类衍生物所代替，但仍可用石炭酸系数来表示杀菌强度。

【制剂与用法】 喷洒或浸泡。用具、器械浸泡消毒，作用时间30～40分钟以上，食槽、水槽浸泡消毒后应用常水冲洗后，方能使用。常用 1%～5% 浓度做房屋、禽（畜）舍、场地等环境的消毒，3%～5% 浓度用作用具、器械消毒。

【药物相互作用（不良反应）】

（1）呈酸性（pH 为 2 左右），遇碱性物质时影响其效力。本品忌与碘、溴、高锰酸钾、过氧化氢等配伍应用。

（2）1% 的苯酚即可麻痹皮肤、黏膜的神经末梢，高浓度时会产生腐蚀作用，且易通过皮肤、黏膜吸收而引起中毒，其中毒症状是中枢神经系统先兴奋后抑制，最后可引起呼吸中枢麻痹而死亡。

【注意事项】

因芽孢和病毒对本品的耐受性很强，使用本品一般无效；苯酚的杀菌效果与温度呈正相关。碱性环境、脂类、皂类等能减弱其杀菌作用；对吞服苯酚动物可用植物油（忌用液体石蜡）洗胃；内服硫酸镁导泻；对症治疗，给予中枢兴奋剂和强心剂等。皮肤、黏膜接触部位可用50％乙醇或者水、甘油或植物油清洗。眼可先用温水冲洗，再用3％硼酸液冲洗。

（二）煤酚皂溶液（甲酚、来苏尔）

【性状】 为黄棕色至红棕色的黏稠澄清液体，有甲酚的臭味，能溶于水和醇中，含甲酚50％。

【适用范围】 本品用于手、器械、环境消毒及处理排泄物。杀菌力强于苯酚2倍，对大多数病原菌有强大的杀灭作用，也能杀死某些病毒及寄生虫，但对细菌的芽孢无效。其对机体毒性比苯酚小。

【制剂与用法】 50％甲酚肥皂乳化液即煤酚皂溶液（又称来苏尔）；用其水溶液浸泡、喷洒或擦抹污染物体表面，使用浓度为1％～5％，作用时间为30～60分钟。对结核杆菌使用5％浓度，作用1～2小时。为加强杀菌作用，可加热药液至40～50℃。对皮肤的消毒浓度为1％～2％。消毒敷料、器械及处理排泄物用5％～10％水溶液。

【药物相互作用（不良反应）】 本品对皮肤有一定刺激作用和腐蚀作用，因此正逐渐被其他消毒剂取代。

【注意事项】

（1）与苯酚相比，甲酚杀菌作用较强，毒性较低，价格便宜，应用广泛。

（2）有特异臭味，不宜用于肉或肉品库的消毒；有颜色，不宜用于棉毛织品的消毒。

（三）克辽林（臭药水、煤焦油皂溶液）

【性状】 本品系粗制煤酚中加入肥皂、树脂和氢氧化钠少许，温热制成。为暗褐色液体，用水稀释时呈乳白色或带咖啡色的乳白色乳剂。

【适用范围】 本品用于手、器械、环境消毒及处理排泄物。杀菌力强于苯酚2倍，对大多数病原菌有强大的杀灭作用，也能杀死某些病毒及寄生虫，但对细菌的芽孢无效。对机体毒性比苯酚小。

【制剂与用法】 本品为乳剂，含酚9%～11%，常用3%～5%浓度的水溶液，用于畜舍、用具和排泄物的消毒。

【药物相互作用（不良反应）】 本品毒性低，无不良反应。

【注意事项】 杀菌作用与碳酸相似，但毒性较小，防腐力很强，内服还有止酵作用。由于有臭味，不用于肉品和肉品库的消毒。

（四）复合酚（菌毒敌、畜禽灵）

【性状】 为酚及酸类复合型消毒剂，含酚41%～49%，醋酸22%～26%，呈深红褐色黏稠液体，有特异臭味。为广谱、高效、新型消毒剂。

【适用范围】 主要用于畜（禽）舍、笼具、饲养场地、运输工具及排泄物的消毒。可杀灭细菌、霉菌和病毒，对多种寄生虫卵也有杀灭作用。还能抑制蚊、蝇等昆虫和鼠害的滋生。通常用药后药效可维持1周。

【制剂与用法】 本品是由苯酚（41%～49%）和醋酸（22%～26%）加十二烷基苯磺酸等配制而成的水溶性混合物。喷洒消毒时用0.35%～1%的水溶液，浸洗消毒时用1.6%～2%的水溶液。稀释用水的温度应不低于8℃。在环境较脏、污染较严重时，可适当增加药物浓度和用药次数。

【药物相互作用（不良反应）】 避免与其他消毒药或碱性药物混合应用，以免降低消毒效果。

【注意事项】

（1）严禁使用喷洒过农药的喷雾器械喷洒本品，以免引起畜（禽）意外中毒。

（2）对皮肤、黏膜有刺激性和腐蚀性，接触部位可用50%酒精或水、甘油或植物油清洗。动物意外吞服中毒时，可用植物油洗胃，内服硫酸镁导泻。

（五）复方煤焦油酸溶液（农福、农富）

【性状】 为淡色或淡黑色黏性液体。其中含高沸点煤焦油酸39%～43%，醋酸18.5%～20.5%，十二烷基苯磺酸23.5%～

25.5%，具有煤焦油和醋酸的特异酸臭味。

【适用范围】 主要用于畜（禽）舍、笼具、饲养场地、运输工具及排泄物的消毒。可杀灭细菌、霉菌和病毒，对多种寄生虫卵也有杀灭作用。还能抑制蚊、蝇等昆虫和鼠害的滋生。通常用药后药效可维持1周。

【制剂与用法】 溶液：500克（高沸点煤焦油酸205克＋醋酸97克＋十二烷基苯磺酸123克)/瓶。多以喷雾法和浸洗法应用。1%～1.5%的水溶液用于喷洒畜（禽）舍的墙壁、地面，1.5%～2%的水溶液用于器具的浸泡及车辆的浸洗或用于种蛋的消毒。其适用范围和用法见表4-2。

表4-2 农福的适用范围和用法

适用范围	稀释倍数	使用方法
干净或无疫情时	1∶1000	采用喷雾器或其他设备，每平方米均匀喷洒稀释液300毫升
有重大疫情时	1∶(200～400)	采用喷雾器或其他设备，每平方米均匀喷洒稀释液300毫升
足底或车轮浸泡消毒	1∶200	至少每周更换一次，或泥多时更换
运输工具	1∶(200～400)	所有进入养殖场的车辆，均需通过车轮浸泡池，至少每周更换一次，或泥多时更换
装卸场	1∶(200～400)	用后洗净，再用农喜福消毒
设备	1∶(200～400)	尽量不要移动设备，定期高压冲洗并消毒

【药物相互作用（不良反应）】 与碱类物质混存或合并使用可降低药效，对皮肤有刺激作用。

【注意事项】

（1）在处理浓缩液过程中避免与眼睛和皮肤接触；本品不得靠近热源，应远离易燃易爆物品；避光阴凉处保存，避免太阳直射。

（2）使用本品时，应戴上口（面）罩。如将本品或其稀释液不慎溅入眼中，应立即用大量清水冲洗，并尽快请医生检查。

（六）氯甲酚溶液（宝乐酚）

【性状】 为无色或淡黄色透明液体，有特殊臭味，水溶液呈乳白色。主要成分是 10％的 4-氯-3-甲基苯酚和表面活性剂。

【适用范围】 主要用于畜禽栏舍、门口消毒池、通道、车轮、带畜体表的喷洒消毒。氯甲酚能损害菌体细胞膜，使菌体内含物逸出并使蛋白质变性，呈现杀菌作用；还可通过抑制细菌脱氢酶和氧化酶等的活性，呈现抑菌作用。其杀菌作用比非卤化酚类强 20 倍。

【制剂与用法】 溶液：500 毫升/瓶。日常喷洒稀释 200～400 倍；暴发疾病时紧急喷洒，稀释 66～100 倍。

【药物相互作用（不良反应）】 本品安全、高效、低毒，但对皮肤及黏膜有腐蚀性。

【注意事项】 现用现配，稀释后不宜久置。

二、酸类

酸类消毒药包括无机酸和有机酸两类。无机酸的杀菌作用取决于离解的氢离子，包括硝酸、盐酸和硼酸等。2％的硝酸溶液具有很强的抑菌和杀菌作用，但浓度大时有很强的腐蚀性，使用时应特别注意。硼酸的杀菌作用较弱，常用其 1％～2％浓度用于黏膜如眼结膜等部位的消毒。有机酸的杀菌作用取决于不电离的分子透过细菌的细胞膜而对细菌起杀灭作用，如甲酸、醋酸、乳酸和过氧乙酸等均有抑菌或杀菌作用。

（一）过醋酸（过氧乙酸）

【性状】 为无色透明液体，具有很强的醋酸臭味，易溶于水、酒精和硫酸。易挥发，有腐蚀性。当过热、遇有机物或杂质时本品容易分解。急剧分解时可发生爆炸，但浓度在 40％以下时，于室温贮存不易爆炸。

【适用范围】 具有高效、速效、广谱抑菌和灭菌作用。对细菌的繁殖体、芽孢、真菌和病毒均具有杀死作用。作为消毒防腐剂，其作用范围广，毒性低，使用方便，对畜禽刺激性小，除金属制品外，可用于大多数器具和物品的消毒，常用作带畜（禽）消毒，也可用于饲养人员手臂消毒。

【制剂与用法】 溶液：500 毫升/瓶。市售消毒用过氧乙酸有 20％浓度的制剂和 AB 二元包装消毒液。

（1）20％浓度制剂的用法见表 4-3。

表 4-3　过醋酸 20%浓度制剂的用法

用途	用　　法
浸泡消毒	0.04%～0.2%溶液用于饲养用具和饲养人员手臂消毒
冲洗、滴眼	0.02%溶液用于黏膜消毒
空气消毒	可直接用 20%成品,每立方米空间 1～3 毫升。最好将 20%成品稀释成 4%～5%溶液后,加热熏蒸
喷雾消毒	5%浓度用于实验室、无菌室或仓库的喷雾消毒,每立方米 2～5 毫升
喷洒消毒	用 0.5%浓度,对室内空气和墙壁、地面、门窗、笼具等表面进行喷洒消毒
带畜消毒	0.3%浓度用于带畜消毒,每立方米 30 毫升
饮水消毒	每升饮水加 20%过氧乙酸溶液 1 毫升,让畜饮服,30 分钟用完

(2) 过氧乙酸 AB 二元包装消毒液用法　A 液与 B 液按 10∶8 (体积比)混合后溶液中过氧乙酸含量为 16%～17.5%,可杀灭肠道致病菌和化脓性球菌。使用前按 A∶B＝10∶8(体积比)混合后放 48 小时即可配制使用(A 液可能呈红褐色,但与 B 液混合后即呈无色或微黄,不影响混合后过氧乙酸的质量)。配制时应先加入水,随后倒入药液。

【药物相互作用(不良反应)】　金属离子和还原性物质可加速药物的分解,对金属有腐蚀性;有漂白作用。稀溶液对呼吸道和眼结膜有刺激性;浓度较高的溶液对皮肤有强烈刺激性,若高浓度药液不慎溅入眼内或溅到皮肤、衣服上,应立即用水冲洗。

【注意事项】

(1) 因本品性质不稳定,容易自然分解,因此水溶液应新鲜配制,一般配制后可使用 3 天。

(2) 因湿度增加可增强本品杀菌效果,因此进行空气消毒时应增加畜舍内相对湿度。当温度为 15℃时以 60%～80%的相对湿度为宜;当温度为 0～5℃时,相对湿度以 90%～100%为宜。熏蒸消毒时要密闭畜舍 1～2 小时。

(3) 有机物可降低其杀菌效力,需用洁净水配制新鲜药液。

(4) 皮肤或黏膜消毒用药液的浓度不能超过 0.2%或 0.02%。

(5) 置于阴凉、干燥、通风处保存。

（二）硼酸

【性状】　由天然的硼砂（硼酸钠）与酸作用而得。为无色微带珍珠状光泽的鳞片状或白色疏松固体粉末，无臭，易溶于水、醇、甘油等，水溶液呈弱酸性。

【适用范围】　抑制细菌生长，无杀菌作用。因刺激性较小，又不损伤组织，临床上常用于冲洗消毒较敏感的组织如眼结膜、口腔黏膜等。

【制剂与用法】　溶液或软膏。用2％～4％的溶液冲洗眼结膜、口腔黏膜等。3％～5％溶液冲洗新鲜未化脓的创口。3％硼酸甘油（31∶100）治疗口、鼻黏膜炎症；硼酸磺胺粉（1∶1）治疗鸭鹅翅、胸部、爪趾等部位的创伤；5％硼酸软膏治疗禽冠等处的溃疡、褥疮等。

【药物相互作用（不良反应）】　忌与碱类药物配伍；外用毒性不大，但用于大面积损害时，吸收后可发生急性中毒，早期症状为呕吐、腹泻、中枢神经系统先兴奋后抑制，严重时发生循环衰竭或休克。由于本品排泄慢，反复应用可产生蓄积，导致慢性中毒。

（三）醋酸

【性状】　为无色透明的液体，味极酸，有刺鼻臭味，能与水、醇或甘油任意混合。

【适用范围】　对细菌、芽孢、真菌和病毒均有较强的杀灭作用。杀菌、抑菌作用与乳酸相同，但消毒效果不如乳酸。刺激性小，消毒时畜禽无须移出室外。用于空气消毒，可预防感冒和流感。

【制剂与用法】　市售醋酸含纯醋酸36％～37％。常用稀醋酸含纯醋酸5.7％～6.3％，食用醋酸含纯醋酸2％～10％。稀醋酸加热蒸发用于空气消毒，每100米^{3}用20～40毫升，如用食用醋加热熏蒸，每100米^{3}用300～1000毫升。

【药物相互作用（不良反应）】　与金属器械接触产生腐蚀作用；与碱性药物配伍可发生中和反应而失效；有刺激性，高浓度时对皮肤、黏膜有腐蚀性。

【注意事项】　与眼睛接触，立即用清水冲洗。

（四）水杨酸（柳酸）

【性状】　为白色针状结晶或微细结晶性粉末，无臭，味微甜。微溶于水，水溶液显酸性，易溶于酒精。

【适用范围】　杀菌作用较弱，但有良好的杀灭和抑制霉菌作用，还有溶解角质的作用。

【制剂与用法】　5％～10％水杨酸酒精溶液，用于治疗霉菌性皮肤病；5％水杨酸酒精溶液或纯品用于治疗蹄叉腐烂等；5％～20％溶液，溶解角质，促进坏死组织脱落。水杨酸能促进表皮生长和角质增生，常制成1％软膏用于肉芽创的治疗。

【药物相互作用（不良反应）】　水杨酸遇铁呈紫色，遇铜呈绿色。多种金属离子能促使水杨酸氧化为醌式结构的有色物质，故本品配制及贮存时，禁与金属器皿接触。本品可经皮肤吸收，出现毒性表现。

【注意事项】　避免在生殖器部位、黏膜、眼睛和非病区（如疣周围）皮肤应用。炎症和感染的皮损勿使用；勿与其他外用痤疮制剂或含有剥脱作用的药物合用；不宜长期使用，不宜作大面积应用。

（五）苯甲酸

【性状】　为白色或黄色细鳞片或针状结晶，无臭或微有香气，易挥发。在冷水中溶解度小，易溶于沸水和酒精。

【适用范围】　有抑制霉菌作用，可用于治疗霉菌性皮肤病或黏膜病。在酸性环境中，1％即有抑菌作用，但在碱性环境中成盐而效力大减。在pH小于5时杀菌效力最大。

【制剂与用法】　常与水杨酸等配成复方苯甲酸软膏或复方苯甲酸涂剂等，治疗霉菌性皮肤病。

【药物相互作用（不良反应）】　本品与铁盐和重金属盐有配伍禁忌。

【注意事项】　对环境有危害，对水体和大气可造成污染；本品可燃，具刺激性；遇明火、高热可燃。

（六）乳酸

【性状】　为无色或淡黄色澄明油状液体，无臭，味酸，能与水或醇任意混合。露置空气中有吸湿性，应密闭保存。

【适用范围】 对伤寒沙门杆菌、埃希大肠杆菌等革兰阴性菌和葡萄球菌、链球菌等革兰阳性菌均具有杀灭和抑制作用,其蒸气或喷雾用于消毒空气,能杀死流感病毒及某些细菌。乳酸空气消毒有廉价、毒性低的优点,但杀菌力不够强。

【制剂与用法】 溶液剂。以本品蒸气或喷雾作空气消毒,用量为每 100 米³ 空间用 6~12 毫升,将本品加水 24~48 毫升,使其稀释为 20% 浓度,消毒 30~60 分钟。用乳酸蒸气消毒仓库或孵化器(室),用量为每 100 米³ 空间 10 毫升,加水 10~12 毫升,使其稀释为 33%~50% 浓度,加热蒸发,室舍门窗应封闭,作用 30~60 分钟。

【药物相互作用(不良反应)】 本品对皮肤黏膜有刺激性和腐蚀性,避免接触眼睛。

(七)十一烯酸

【性状】 为黄色油状液体,难溶于水,易溶于酒精,容易和油类相混合。

【适用范围】 主要具有抗霉菌作用。

【制剂与用法】 常用 5%~10% 酒精溶液或 20% 软膏,治疗鸡皮肤霉菌感染。

【药物相互作用(不良反应)】 局部外用可引起接触性皮炎。

【注意事项】 本品为外用药不可内服,当浓度过大时对组织有刺激性。

三、碱类

碱类的杀菌作用取决于离解的氢氧根离子浓度,浓度越大,杀灭作用越强。由于氢氧根离子可以水解蛋白质和核酸,使微生物的结构和酶系统受到损害,同时还可以分解菌体中的糖类,因此碱类对微生物有较强的杀灭作用,尤其是对病毒和革兰阴性杆菌的杀灭作用更强。预防病毒性传染病较常用。

(一)氢氧化钠(苛性钠)

【性状】 为白色块状、棒状或片状结晶,吸湿性强,容易吸收空气中的二氧化碳气体形成碳酸钠或碳酸氢钠。极易溶于水,易溶于酒精,应密封保存。

【适用范围】　对细菌的繁殖体、芽孢和病毒都有很强的杀灭作用，对寄生虫卵也有杀灭作用，浓度增加和温度升高可明显增强其杀菌作用，但低浓度时对组织有刺激性，高浓度时有腐蚀性。常用于预防病毒或细菌性传染病的环境消毒或污染畜（禽）场的消毒。

【制剂与用法】　粗制烧碱或固体碱含氢氧化钠94％左右，25千克/袋。2％热溶液用于被病毒和细菌污染的畜舍、饲槽和运输车船等的消毒。3％～5％溶液用于炭疽杆菌的消毒。5％溶液亦可用于腐蚀皮肤赘生物、新生角质等。

【药物相互作用（不良反应）】　高浓度氢氧化钠溶液可灼伤组织，对铝制品、棉、毛织物、漆面等具有损坏作用。

【注意事项】　一般用工业碱代替精制氢氧化钠作消毒剂应用，价格低廉，效果良好。

（二）氢氧化钾（苛性钾）

本品的理化性质、作用、用途与用量均与氢氧化钠大致相同。因新鲜草木灰中含有氢氧化钾及碳酸钾，故可代替本品使用。通常用30千克新鲜草木灰加水100升，煮沸1小时后去渣，再加水至100升，用来代替氢氧化钾进行消毒，可用于畜舍地面、出入口处等部位的消毒，其温度宜在70℃以上喷洒，隔18小时后再喷洒1次。

（三）氧化钙（生石灰）

【性状】　为白色或灰白色块状或粉末，无臭，主要成分为氧化钙，易吸水，加水后即成为氢氧化钙，俗称熟石灰或消石灰。消石灰属强碱，吸湿性强，吸收空气中的二氧化碳后变成坚硬的碳酸钙而失去消毒作用。

【适用范围】　本品对大多数细菌的繁殖体有效，但对细菌的芽孢和抵抗力较强的细菌如结核杆菌无效。因此常用于地面、墙壁、粪池和粪堆，以及人通道或污水沟的消毒。氧化钙加水后，生成氢氧化钙，其消毒作用与解离的氢氧根离子和钙离子浓度有关。氢氧根离子对微生物蛋白质具有破坏作用，钙离子也使细菌蛋白质变性而起到抑制或杀灭病原微生物的作用。

【制剂与用法】　固体；一般加水配成10％～20％石灰乳，涂刷畜舍墙壁、畜栏和地面消毒。氧化钙1千克加水350毫升，生成消石灰的粉末，可撒布在阴湿地面、粪池周围及污水沟等处消毒。

【注意事项】 生石灰应干燥保存，以免潮解失效；石灰乳宜现用现配，配好后最好当天用完，否则会吸收空气中的二氧化碳变成碳酸钙而失效。

四、醇类

醇类具有杀菌作用，随分子量增加，杀菌作用增强。如乙醇的杀菌作用比甲醇强 2 倍，丙醇比乙醇强 2.5 倍，但醇分子量再继续增加，水溶性降低，难以使用。实际生活中应用最广泛的是乙醇，即酒精。

乙醇（酒精）

【性状】 为无色透明的液体，易挥发、易燃烧，应在冷暗处避火保存，乙醇含量不得低于 95％，无水乙醇含量为 99％以上，医用或工业用乙醇含量为 95％以上，能与水、醚、甘油、氯仿、挥发油等任意混合。

【适用范围】 乙醇主要通过使细菌菌体蛋白质凝固并脱水而发挥杀菌或抑菌作用。以 70％～75％乙醇杀菌能力最强，可杀死一般病原菌的繁殖体，但对细菌芽孢无效。浓度超过 75％时，由于菌体表层蛋白迅速凝固而妨碍乙醇向内渗透，杀菌作用反而降低。

【制剂与用法】 液体，医用酒精含量 95％；70％～75％乙醇常用于皮肤、手臂、注射部位、注射针头及小件医疗器械的消毒，不仅能迅速杀灭细菌，还具有清洁局部皮肤、溶解皮脂的作用。

【药物相互作用（不良反应）】 偶有皮肤刺激性。

【注意事项】 乙醇可使蛋白质沉淀。将乙醇涂于皮肤，短时间内不会造成损伤。但如果时间太长，则会刺激皮肤。将乙醇涂于伤口或破损的皮面，不仅会加剧损伤，而且会形成凝块，结果凝块下面的细菌繁殖，因此不能用于无感染的暴露伤口。

五、醛类

醛类作用与醇类相似，主要通过使蛋白质变性，发挥杀菌作用，但其杀菌作用较醇类强，其中以甲醛的杀菌作用最强。

（一）甲醛溶液（福尔马林）

【性状】 纯甲醛为无色气体，易溶于水，水溶液为无色或几乎无色的透明液体。40％的甲醛溶液即福尔马林。有刺激性臭味，与水或乙醇能任意混合。长期存放在冷处（9℃以下）因聚合作用而浑浊，常加入10％～12％甲醇或乙醇防止聚合变性。

【适用范围】 甲醛在气态或溶液状态下，均能凝固细菌菌体蛋白和溶解类脂，还能与蛋白质的氨基酸结合而使蛋白质变性，是一广泛使用的消毒防腐剂。本品杀菌谱广泛且作用强，对细菌繁殖体及芽孢、病毒和真菌均有杀灭作用。主要用于畜（禽）舍、孵化器、种蛋、鱼（蚕、蜂）具、仓库及器械的消毒，还因有硬化组织的作用，可用于固定生物标本、保存尸体。

【制剂与用法】 福尔马林溶液；5％甲醛酒精溶液，用于术部消毒；10％～20％甲醛溶液，治疗蹄叉腐烂；10％甲醛溶液，固定标本和尸体；2％～5％甲醛溶液，用于器具喷洒消毒；40％甲醛溶液，用于浸泡消毒或熏蒸消毒。福尔马林的熏蒸消毒方法是密闭畜舍，每立方米空间福尔马林14毫升，高锰酸钾7克（或福尔马林28毫升，高锰酸钾14克；或福尔马林42毫升，高锰酸钾21克。根据畜舍污浊程度确定比例），室温不低于15～12℃，相对湿度为60％～80％，熏蒸消毒时间为24～48小时，打开畜舍逸出甲醛气体。

【药物相互作用（不良反应）】 皮肤接触福尔马林将引起刺激、灼伤、腐蚀及过敏反应。此外，对黏膜有刺激性。

【注意事项】

（1）药液污染皮肤，应立即用肥皂和水清洗；动物误服大量甲醛溶液．应迅速灌服稀氨水解毒。

（2）熏蒸时舍内不能有家畜；用福尔马林熏蒸消毒时，与高锰酸钾混合立即发生反应，沸腾并产生大量气泡，所以，使用的容器容积要比应加甲醛的容积大10倍以上；使用时应先加高锰酸钾，再加甲醛溶液，而不要把高锰酸钾加到甲醛溶液中；熏蒸时消毒人员应离开消毒场所，将消毒场所密封。此外，甲醛的消毒作用与其浓度、温度、作用时间、相对湿度和有机物的存在量有直接关系。在熏蒸消毒时，应先把欲消毒的室（器）内清洗干净，排净室内其他污浊气体，再关闭门窗或排气孔，并保持 25℃ 左右温度、60%～80% 相对湿度。

（二）聚甲醛（多聚甲醛）

【性状】　为甲醛的聚合物，带甲醛臭味，系白色疏松粉末，熔点 120～170℃，不溶或难溶于水，但可溶于稀酸和稀碱溶液。

【适用范围】　聚甲醛本身无消毒作用，但在常温下可缓慢放出甲醛分子呈杀菌作用。如加热至 80～100℃ 时即释放大量甲醛分子（气体），呈强大杀菌作用。由于本品使用方便，近年来应用较多。常用于杀灭细菌、真菌和病毒。

【制剂与用法】　多用于熏蒸消毒，常用量为每立方米 3～5 克，消毒时间为 10 小时。

【药物相互作用（不良反应）】　见甲醛。

【注意事项】　消毒时室内温度最好在 18℃ 以上，湿度最好在 80%～90%，不应低于 50%。

（三）戊二醛

【性状】　为油状液体，沸点 187～189℃，易溶于水和酒精，呈酸性反应。

【适用范围】　对繁殖型革兰阳性和阴性菌作用迅速，对耐酸菌、芽孢、某些霉菌和病毒也有抑制作用。在酸性溶液中较为稳定，在碱性环境尤其是当 pH 值为 5～8.5 时杀菌作用最强。用于浸泡橡胶或塑料等不宜加热的器械或制品，也用于动物厩舍及器具的消毒。

【制剂与用法】　20% 或 25% 的戊二醛水溶液，2% 的戊二醛水溶液；常用 2% 碱性溶液（加 0.3% 碳酸氢钠），用于浸泡橡胶或塑料等不宜加热消毒的器械或制品，浸泡 10～20 分钟即可达到消毒目的。

也可加入双长链季铵盐阳离子表面活性剂，添加增效剂配成复方戊二醛溶液，主要用于动物厩舍及器具的消毒。

【药物相互作用（不良反应）】　本品在碱性溶液中杀菌作用强，但稳定性差，2 周后即失效；与金属器具可以发生反应。

【注意事项】　避免接触皮肤和黏膜，接触后应立即用清水冲洗干净。

六、氧化剂

氧化剂是一些含不稳定结合氧的化合物，遇有机物或酶即释出初生态氧，破坏菌体蛋白质或酶呈杀菌作用，但同时对组织、细胞也有不同程度的损伤和腐蚀作用。本类药物主要对厌氧菌作用强，其次是革兰阳性菌和某些螺旋体。

（一）氧化氢溶液（双氧水）

【性状】　本品为含 3％过氧化氢（H_2O_2）的无色澄明液体。味微酸。遇有机物可迅速分解发生泡沫，加热或遇光即分解变质，故应密封避光阴凉处保存。通常保存的浓双氧水为含 27.5％～31％过氧化氢的溶液，临用时再稀释成 3％的浓度。

【适用范围】　过氧化氢与组织中过氧化氢酶接触后即分解出生态氧而呈杀菌作用，具有消毒、防腐、除臭的功能。但作用时间短、穿透力弱、易受有机物影响。主要用于清洗创面、窦道或瘘管等。

【制剂与用法】　2.5％～3.5％过氧化氢溶液或 26.0％～28.0％过氧化氢溶液。清洗化脓创面用 1％～3％溶液，冲洗口腔黏膜用 0.3％～1％溶液。3％以上高浓度溶液对组织有刺激和腐蚀性。

【药物相互作用（不良反应）】　与有机物、碱、生物碱、碘化物、高锰酸钾或其他较强氧化剂有配伍禁忌。

【注意事项】　避免用手直接接触高浓度过氧化氢溶液，因为可发生刺激性灼伤。

（二）高锰酸钾

【性状】　为黑紫色结晶，无臭，易溶于水，溶液以其浓度不同而呈粉红色至暗紫色。与还原剂（如甘油）研合可发生爆炸、燃烧。应密封避光保存。

【适用范围】　为强氧化剂，遇有机物时即放出初生态氧而呈杀菌作用，因无游离状氧原子放出，故不出现气泡。本品的抗菌除臭作用比过氧化氢溶液强而持久，但其作用极易因有机物的存在而减弱。本品还原后所生成的二氧化锰，能与蛋白质结合成盐，低浓度时呈收敛作用，高浓度时有刺激和腐蚀作用。

低浓度高锰酸钾溶液（0.1％）可杀死多数细菌的繁殖体，高浓度时（2％～5％）在 24 小时内可杀死细菌芽孢。在酸性条件下可明显提高杀菌作用，如在 1％的高锰酸钾溶液中加入 1％盐酸，30 秒钟即可杀死许多细菌芽孢。可用于饮水、用具消毒和冲洗伤口。

【制剂与用法】 固体；0.1％溶液可用于禽群饮水消毒，杀灭肠道病原微生物；本品与福尔马林合用可用于畜（禽）舍、孵化室等空气熏蒸消毒；2％～5％溶液用于浸泡病禽污染的食桶、饮水器，或洗刷食槽、饮水器、浸泡器械，以及消毒被污染的器具等；0.1％溶液冲洗黏膜及皮肤创伤、溃疡等，1％溶液冲洗毒蛇咬伤的伤口；0.01％～0.05％溶液洗胃，用于某些有机物中毒。

【药物相互作用（不良反应）】 高锰酸钾溶液遇有机物如酒精等易失效，遇氨水及其制剂可产生沉淀。本品粉末遇福尔马林、甘油等易发生剧烈燃烧，当它与活性炭或碘等还原型物质共同研合时可发生爆炸；高浓度对组织和皮肤有刺激和腐蚀作用。

【注意事项】 水溶液宜现配现用，避光保存，久置变棕色而失效。

七、卤素类

卤素类中能作消毒防腐药的主要是氯、碘，以及能释放出氯、碘的化合物。它们能氧化细菌原浆蛋白质活性基团，并和蛋白质的氨基酸结合而使其变性。

（一）碘

【性状】 为灰黑色带金属光泽的片状结晶，有挥发性，难溶于水，溶于乙醇及甘油，在碘化钾的水溶液或酒精溶液中易溶解。

【适用范围】 碘通过氧化和卤化作用而呈现强大的杀菌作用，可杀死细菌、芽孢、霉菌和病毒。碘对黏膜和皮肤有强烈的刺激作用，可使局部组织充血，促进炎性产物的吸收。

【制剂与用法】 见表 4-4。

【药物相互作用（不良反应）】 长时间浸泡金属器械，产生腐蚀性；各种含汞药物（包括中成药）无论以何种途径用药，如与碘剂〔碘化钾、碘酊、含碘食物（海带和海藻等）〕相遇，均可产生

表 4-4 碘制剂及其用法

制剂名称	组 成	用 法
5%碘酊	碘 50 克、碘化钾 10 克、蒸馏水 10 毫升,加 75%酒精至 1000 毫升	主要用于手术部位及注射部位等的消毒
10%浓碘酊	碘 100 克、碘化钾 20 克、蒸馏水 20 毫升,加 75%酒精至 1000 毫升	主要作为皮肤刺激药,用于慢性腱炎、关节炎等
1%碘甘油	将 1 克碘化钾加少量水溶解后,加 1 克碘,搅拌溶解后加甘油至 100 毫升	可用于痘的局部涂擦
5%碘甘油	碘 50 克、碘化钾 100 克、甘油 200 毫升,加蒸馏水至 1000 毫升	刺激性小,作用时间较长,常用于治疗黏膜的各种炎症
复方碘溶液	将碘 50 克、碘化钾 100 克,加蒸馏水至 1000 毫升	用于治疗黏膜的各种炎症,或向关节腔、瘘管内注入等

碘化汞而呈现毒性作用。

【注意事项】

(1) 对碘过敏（涂抹后曾引起全身性皮疹）的动物禁用；碘酊须涂于干燥的皮肤上,如涂于湿皮肤上不仅杀菌效力降低,且易引起发泡和皮炎。

(2) 配制碘液时,若碘化物过量（超过等量）加入,可使游离碘变为过碘化物,反而导致碘失去杀菌作用。

(3) 碘可着色,蘸有碘液的天然纤维织物不易洗除。

(4) 配制的碘液应存放在密闭容器内。若存放时间过久,颜色变淡（碘可在室温下升华）,应测定碘含量,并将碘浓度补足后再使用。

(二) 聚乙烯酮碘（吡咯烷酮碘）

【性状】 是 1-乙烯基-2-吡咯烷酮与碘的复合物。为黄棕色无定形粉末或片状固体,微有特臭,可溶于水,水溶液呈酸性。

【适用范围】 遇组织中的还原物时,本品缓慢放出游离碘。对病毒、细菌、芽孢均有杀灭作用,毒性低、作用持久。除用作环境消毒剂外,还可用于皮肤和黏膜的消毒。

【制剂与用法】 0.5%溶液作为喷雾剂外用。1%洗剂、软膏剂、0.75%溶液用于手术部位消毒。其使用方法见表 4-5。

表 4-5　聚乙烯酮碘的使用方法

适用范围	稀释倍数		消毒方法
	常规	疫期	
养殖场、公共场合	1：500	1：200	喷洒
带畜消毒	1：600	1：300	喷雾
饮水消毒	1：2000	1：500	喷洒
皮肤消毒和治疗皮肤病	不稀释		直接涂擦或清洗
黏膜及创伤	1：20		冲洗

【药物相互作用（不良反应）】　可与金属和季铵盐类消毒剂发生反应。

【注意事项】　避免在阳光下使用，应放在密闭的容器中，当溶液变成白色或黄色时即失去消毒作用。

（三）碘附（强力碘）

【性状】　本品是碘、碘化钾、硫酸、磷酸等配成的水溶液。为棕红色液体，具有亲水、亲脂两重性。溶解度大，无味，无刺激性。

【适用范围】　碘附系表面活性剂与碘络合的产物，杀菌作用持久，能杀死病毒、细菌及其芽孢、真菌及原虫等。在使用含有效碘为50毫克/升时，10分钟能杀死各种细菌；含有效碘150毫克/升时，90分钟可杀死芽孢和病毒。可用于畜禽舍、饲槽、饮水、皮肤和器械等的消毒。治疗烫伤、化脓性皮肤炎症及皮肤真菌感染。

【制剂与用法】　溶液，有效碘含量6%；5%溶液喷洒消毒畜禽舍，用量3～9毫升/米³；5%～10%溶液洗刷或浸泡消毒室用具、手术器械等。

【药物相互作用（不良反应）】　禁止与红汞等拮抗药物同用。

【注意事项】　长时间浸泡金属器械，产生腐蚀性。

（四）速效碘

【性状】　为碘、强力络合剂和增效剂络合而成的无毒液体。

【适用范围】　为新型的含碘消毒液。具有高效（比常规碘消毒剂效力高出5～7倍)、速效(在每升含25毫克浓度时,60秒内即杀灭一般常见病原微生物)、广谱(对细菌、真菌、病毒等均有效)、对人畜无害(无毒、无刺激、无腐蚀、无残留)等特点,用于环境、用具、畜禽体表、手术器械等的消毒。

【制剂与用法】　速效碘具有两种制剂,即SI-Ⅰ型(含有效碘1%),SI-Ⅱ型(含有效碘0.35%)。其使用方法见表4-6。

表4-6　速效碘的使用方法

使用范围	稀释比例		使用方法	作用时间/分钟
	SI-Ⅰ	SI-Ⅱ		
饮水	1∶(500～1000)	1∶(150～300)	直接饮用	—
畜禽舍	1∶(300～400)	1∶(100～200)	喷雾、喷洒	5～30
笼具、饲槽、水槽	1∶(350～500)	1∶(100～250)	喷雾、洗刷	5～20
带畜	1∶(350～450)	1∶(100～250)	喷雾	5～30
传染病高峰期	1∶(150～200)	1∶(50～100)	喷雾,同时饮水	5～30
炭疽、口蹄疫	1∶(100～150)	1∶(50～100)	喷雾	5～10
创伤病	1∶(20～30)	1∶(5～10)	涂擦	
手术器械	1∶(200～300)	1∶(50～100)	浸泡、擦拭	5～10

【药物相互作用(不良反应)】　忌与碱性药物同时使用。

【注意事项】　污染严重的环境酌情加量;有效期为2年,应避光存放于-40～-20℃处。

(五)雅好生(复合碘溶液、强效百毒杀)

【性状】　为碘、碘化物与磷酸配制而成的水溶液,呈褐红色黏性液体,未稀释液体可存放数年,稀释后应尽快用完。

【适用范围】　有较强的杀菌消毒作用,对大多数细菌、霉菌、病毒有杀灭作用。可用于畜舍、运输工具、水槽、器械消毒和污物处理等。

【制剂与用法】　溶液(含活性碘1.8%～2.0%,磷酸16.0～18.0%),100毫升/瓶或500毫升/瓶;其使用方法见表4-7。

表 4-7　复合碘溶液的使用方法

使用范围	使用方法
设备消毒	第一次应用 0.45% 溶液消毒，待干燥后，再应用 0.15% 的溶液消毒一次即可
畜舍地面消毒	用 0.45% 溶液喷洒或喷雾消毒，消毒后应定时再用清水冲洗
饮水消毒	饮水器应用 0.5% 溶液定期消毒，饮水可每 10 升水加 3 毫升复合碘溶液消毒
畜舍入口消毒池	应用 3% 溶液浸泡消毒垫作出入畜舍人员消毒
运输工具、器皿、器械消毒	应将消毒物品用清水彻底冲洗干净，然后用 1% 溶液喷洒消毒

【药物相互作用（不良反应）】　不能与强碱性药物及肥皂水混合使用；不应与含汞药物配伍。

【注意事项】　本品在低温时，消毒效果显著，应用时温度不能高于 40℃。

（六）百菌消（碘酸混合液）

【性状】　为碘、碘化物、硫酸及磷酸制成的水溶液，呈深棕色，有碘特臭，易挥发。

【适用范围】　有较强的杀灭细菌、病毒及真菌作用。用于手术部位、畜（禽）舍、畜产品加工场所及用具等的消毒。

【制剂与用法】　溶液（含活性碘 2.75%～2.8%，磷酸 28.0%～29.5%），1000 毫升/瓶或 2000 毫升/瓶；用 1∶（100～300）浓度溶液杀灭病毒类，1∶300 浓度用于手术室及伤口消毒，1∶（400～600）浓度用于畜舍及用具消毒，1∶500 浓度用于牧草消毒，1∶2500 浓度用于畜禽饮水消毒。

【药物相互作用（不良反应）】　与其他化学药物会发生反应。刺激皮肤和眼睛，出现过敏现象。

【注意事项】　禁止接触皮肤和眼睛；稀释时，不宜使用超过 43℃ 的热水；禁止接触皮肤和眼睛。

（七）漂白粉（含氯石灰）

【性状】　本品系次氯酸钙、氯化钙与氢氧化钙的混合物，为白色颗粒粉末状，有氯臭，微溶于水和乙醇，遇酸分解，外露在空气中能吸收水和二氧化碳而分解失效，故应密封保存。

【适用范围】 本品的有效成分为氯，国家规定漂白粉中有效氯的含量不得少于25％。漂白粉水解后产生次氯酸，而次氯酸又可以放出活性氯和初生态氯，呈现抗菌作用，并能破坏各种有机质。对细菌、芽孢、病毒及真菌都有杀灭作用。本品杀菌作用强，但不持久，在酸性环境中杀菌作用强，在碱性环境中杀菌作用弱。此外，杀菌作用与温度亦有重要关系，温度升高时杀菌作用增强。主要用于畜舍、饮水、用具、车辆及排泄物的消毒，以及水生生物、细菌性疾病的防治。

【制剂与用法】 粉剂和溶液。饮水消毒，每1000升水加粉剂6～10克拌匀，30分钟后可饮用。喷洒消毒，1％～3％澄清液可用于饲槽、水槽及其他非金属用品的消毒；10％～20％乳剂可用于畜（禽）舍和排泄物的消毒。撒布消毒，直接用干粉撒布或与病畜粪便、排泄物按1∶5比例均匀混合后进行消毒。

【药物相互作用（不良反应）】 本品忌与酸、铵盐、硫黄和许多有机化合物配伍，遇盐酸释放氯气（有毒）。

【注意事项】 密闭贮存于阴凉干燥处，不可与易燃易爆物品放在一起；使用时，正确计算用药量，现用现配，宜在阴天或傍晚施药，避免接触眼睛和皮肤，避免使用金属器具。

（八）氯胺T（氯亚明）

【性状】 为白色或淡黄色晶状粉末，有氯臭，露置空气中逐渐失去氯而变黄色，含有效氯24％～26％。溶于水，遇醇分解。

【适用范围】 本品遇有机物可缓慢放出氯而呈现杀菌作用，杀菌谱广。对细菌繁殖体、芽孢、病毒、真菌孢子都有杀灭作用，作用较弱但持久，对组织刺激性也弱，特别是加入铵盐，可加速氯的释放，增强杀菌效果。

【制剂与用法】 粉剂。用于饮水消毒时，用量为每1000升水加入2～4克；0.2％～0.3％溶液可用作黏膜消毒；0.5％～2％溶液可用于皮肤和创伤的消毒；3％溶液用于排泄物的消毒。

【药物相互作用（不良反应）】 与任何裸露的金属容器接触，均可降低药效和产生药害。

【注意事项】 本品应避光、密闭、阴凉处保存。储存超过3年时，使用前应进行有效氯测定。

（九）二氯异氰尿酸钠（优氯净）

【性状】 为白色晶粉，有氯臭，含有效氯约 60%，性质稳定，室内保存半年后仅降低有效氯含量 0.16%，易溶于水，水溶液不稳定，在 20℃ 左右下，1 周内有效氯约丧失 20%；在紫外线作用下更加速其有效氯的丧失。

【适用范围】 为新型高效消毒药，对细菌繁殖体、芽孢、病毒、真菌孢子均有较强的杀灭作用。可采用喷洒、浸泡和擦拭方法消毒，也可用其干粉直接处理排泄物或其他污染物品，也可饮水消毒。

【制剂与用法】 优氯净（10 克/袋）。可以浸泡、擦洗。具体用法见表 4-8；东方抗毒威，（500 克/袋），具体用法见表 4-9。

表 4-8　优氯净的用法

使用范围	用　法
喷洒、浸泡、刷拭消毒	杀灭一般细菌用 0.5%～1% 溶液。杀灭细菌芽孢体用 5%～10% 溶液
饮水消毒	每立方米饮水用干粉 10 克，作用 30 分钟
撒布消毒	用干粉直接撒布鸡舍地面或运动场，每平方米 10～20 毫克，作用 2～4 小时（冬季每平方米加至 50 毫克）
粪便消毒	用干粉按 1∶5 与病鸡粪便或排泄物混合
病毒污染物的消毒	1∶250 稀释液浸泡、冲洗消毒，作用时间 30 分钟
细菌繁殖体污染物的消毒	1∶1000 稀释液浸泡、擦洗和喷雾消毒，作用 30 分钟

表 4-9　东方抗毒威的用法

消毒对象	用　法
场地、墙面、盛器、器械、饲塘、水槽	稀释比例 1∶500，刷洗或浸泡，每周 2 次，每次 15 分钟。发病期间每天 1 次，稀释比例为 1∶400
畜舍	稀释比例 1∶1000，带畜喷雾或冲洗，每周 2 次，每次 10 分钟。发病期间每天 1～2 次，稀释比例为 1∶500
畜禽饮水消毒	稀释比例 1∶（5000～10000），经常饮用；发病期间，稀释比例为 1∶（2000～5000）
饲料	稀释比例 1∶2000，浸泡，时间 10 分钟；发病期间，稀释比例为 1∶1000
口蹄疫	稀释比例 1∶500，畜体清洗喷雾，每月 2～4 次；发病期间，每天 1～2 次，稀释比例 1∶200

【药物相互作用（不良反应）】　溅入眼内要立即冲洗，对金属有腐蚀作用，对织物有漂白和腐蚀作用。

【注意事项】　吸潮性强，储存时间过久应测定有效氯含量。

（十）三氯异氰尿酸（TCCA）

【性状】　三氯异氰尿酸是氯代异氰酸系列产品之一。为白色结晶性粉末或粒状固体，具有强烈的氯气刺激味，含有效氯85%以上，在水中溶解度为1.2%，遇酸或碱易分解。

【适用范围】　是一种极强的氯化剂和氧化剂，具有高效、广谱、安全等特点，对球虫卵囊也有一定的杀灭作用。主要用于养殖场所、水体和工具等的消毒，以及水产动物体表消毒等；还可用于畜禽圈舍、走廊、器具、种蛋、饮水、活体的消毒。

【制剂与用法】　三氯异氰尿酸消毒片［100片（每片含1克）/瓶］。熏蒸消毒按1克/立方米点燃熏蒸30分钟，密闭24小时，通风1小时；喷雾、浸泡消毒按1∶500稀释；饮水消毒按1∶2500稀释。

【药物相互作用（不良反应）】　与液氨、氨水等混放，易爆炸或燃烧。与非离子表面活性剂接触，易燃烧；不可和氧化剂、还原剂混贮；对金属有腐蚀作用。

【注意事项】　宜现配现用；本品为外用消毒片，不得口服，置于儿童不易触及处；本品应置于阴凉、通风干燥处保存。

（十一）次氯酸钠

【性状】　为澄明微黄的水溶液，含5%次氯酸钠，性质不稳定，见光易分解，应避光密封保存。

【适用范围】　有强大的杀菌作用，对组织有较大的刺激性，故不用作创伤消毒剂。如饮用水消毒、病源地消毒、污水处理、畜禽养殖场消毒。

【制剂与用法】　次氯酸钠是液体氯消毒剂。0.01%～0.02%水溶液用于畜禽用具、器械的浸泡消毒，消毒时间为5～10分钟；0.3%水溶液每立方米空间30～50毫升，用于禽舍内带鸡气雾消毒；1%水溶液每立方米空间200毫升，用于畜禽舍及周围环境喷洒消毒。

【药物相互作用（不良反应）】　次氯酸钠对金属等有腐蚀作用。

【注意事项】

（1）使用次氯酸钠消毒要选用适宜的杀菌浓度，谨防走入"浓度越高效果越好"的误区，因为高温、高浓度可使其迅速衰减，影响消毒效果。

（2）使用次氯酸钠消毒受水 pH 值的影响，水的 pH 值越高，其消毒效果越差。

（3）次氯酸钠不宜长时间贮存。受光照、温度等因素的影响，有效氯容易挥发。市面上有一种次氯酸钠发生器，可现配现用，能够有效地提高消毒效果。

（4）使用次氯酸钠消毒，要清除物件表面的有机物质，因为有机物可能消耗有效氯，降低消毒效果。

（十二）二氧化氯

【性状】　本品在常温下为淡黄色气体，具有强烈的刺激性气味，其有效氯含量高达 26.3%。常态下本品在水中的饱和溶解度为 5.7%，是氯气的 5～10 倍，且在水中不发生水解。本品有很强的氧化作用。

【适用范围】　本品为广谱杀菌消毒剂、水质净化剂，安全无毒，无致畸致癌作用。其主要作用是氧化作用。对病毒、芽孢、真菌、原虫等，均有强大的杀灭作用，并且有除臭、漂白、防霉、改良水质等作用。主要用于畜（禽）舍、饮水、环境、排泄物、用具、车辆、种蛋的消毒。

【制剂与用法】　养殖业中应用的二氧化氯有两类：一类是稳定性二氧化氯溶液（即加有稳定剂的合剂），为无色、无味、无臭的透明水溶液，腐蚀性小，不易燃，不挥发，在 −5～95℃ 下较稳定，不易分解。含量一般为 5%～10%，用时需加入固体活化剂（酸活化），即释放出二氧化氯。另一类是固体二氧化氯，为二元包装，其中一包为亚氯酸钠，另一包为增效剂及活化剂，用时分别溶于水后混合，即迅速产生二氧化氯。其使用方法见表 4-10。

【药物相互作用（不良反应）】　忌与酸类、有机物、易燃物混放；配制溶液时，不宜用金属容器。

【注意事项】　消毒液宜现配现用，久置无效；宜在露天阴凉处配制消毒液，配制时面部避开消毒液。

表 4-10 二氧化氯的使用方法

制剂	特性	使用方法
稳定性二氧化氯溶液,也叫复合亚氯酸钠	含二氧化氯10%,临用时与等量活化剂混匀应,单独使用无效	空间消毒:按 1:250 稀释,每立方米 10 毫升喷洒,使地面保持潮湿 30 分钟;饮水消毒:每 100 千克水加 5 毫升,搅拌均匀,作用 30 分钟后即可饮用;排泄物、粪便除臭消毒:按 100 千克水加 5 毫升,污染严重的可适当加大剂量;禽肠道细菌病辅助治疗:按 1:(500～1000)稀释,混饮,用 1～2 天
固体二氧化氯	为 A、B 两袋,规格分别为 100 克、200 克,内装 A、B 袋药各 50、100 克	按 A、B 两袋各 50 克,分别混水 1000 毫升、500 毫升,搅拌溶解制成 A、B 液,再将 A 液与 B 液混合静置 5～10 分钟,即得红黄色液体作母液,按用途将母液稀释使用,稀释浓度为:畜禽舍 1:(600～800)稀释液喷洒或喷雾消毒;器具 1:(100～200)稀释液浸泡、擦洗;常规饮用水处理,1:(3000～4000)稀释液,连饮 1～2 天

(十三) 强力消毒王

【性状】 强力消毒王是一种新型复方含氯消毒剂,主要成分为二氯异氰尿酸钠,并加入阴离子表面活性剂等。本品有效氯含量≥20%。

【适用范围】 本品消毒杀菌力强,易溶于水,正常使用时对人、畜无害,对皮肤、黏膜无刺激、无腐蚀性,并具有防霉、去污、除臭的效果,且性质稳定、持久、耐贮存;可带畜、带禽喷雾消毒或拌料饮水消毒,也可进行环境、用具和设备等的消毒。

【制剂与用法】 根据消毒范围及对象,参考规定比例称取一定量的药品,先用少量水溶解成悬浊液,再加水逐渐稀释到规定比例。具体使用方法见表 4-11。

表 4-11 强力消毒王的使用方法

消毒范围	配比浓度	方法及用量	作用时间/分钟
畜禽舍	1:800	喷雾;50 毫升/立方米	30
带畜	1:1000	喷雾;30 毫升/立方米	15
兔瘟	1:500	喷雾;500 毫升/立方米	10
大肠杆菌、球虫	1:4000	自由饮水	2～3 天

【药物相互作用（不良反应）】　勿与有机物、有害农药、还原剂混用，严禁使用喷洒过有害农药的喷雾器具喷洒本药。

【注意事项】　现用现配。

八、染料类

染料可分碱性和酸性两大类。它们的阳离子或阴离子，能分别与细菌蛋白质的羧基和氨基相结合，从而影响其代谢，呈抗菌作用。常用的碱性染料对革兰阳性菌有效，而一般酸性染料的抗菌作用则微弱。

（一）甲紫（龙胆紫）

【性状】　龙胆紫是碱性染料，为氯化四甲基副玫瑰苯胺、氯化五甲基副玫瑰苯胺和氯化六甲基副玫瑰苯胺的混合物，为暗绿色带金属光泽的粉末，微臭，可溶于水及醇。

【适用范围】　对革兰阳性菌有选择性抑制作用，对霉菌也有抑制作用。其毒性很小，对组织无刺激性，有收敛作用。可治疗皮肤、黏膜创伤及溃疡，以及烧伤。

【制剂与用法】　常用1%～3%溶液，是取龙胆紫（甲紫或结晶紫）1～3克放于适量乙醇中，待其溶解后加蒸馏水至100毫升而制成。2%～10%软膏剂，是取甲紫（龙胆紫、结晶紫）2～10克，加90～98克凡士林均匀混合后即成。主要用于治疗皮肤、黏膜创伤及溃疡。1%水溶液也可用于治疗烧伤。

【药物相互作用（不良反应）】　对黏膜可能有刺激性或引起接触性皮炎。

【注意事项】　面部有溃疡性损害时应慎用，否则可造成皮肤着色。涂药后不宜加封包。大面积破损皮肤不宜使用。本品不宜长期使用。

（二）利凡诺（雷佛奴尔、乳酸依沙吖啶）

【性状】　为鲜黄色结晶性粉末，无臭，味苦，略溶于水，易溶于热水，水溶液呈黄色，对光观察，可见绿色荧光，且水溶液不稳定，遇光渐变色，难溶于乙醇。应置褐色玻璃瓶中，密闭，阴凉处保存。

【适用范围】　为外用杀菌防腐剂，属于碱性染料，是染料类中最有效的防腐药。其碱基在未解离成阳离子之前不具抗菌活性，仅当本品解离出依沙吖啶后才对革兰阳性菌及少数阴性菌有强大的抑菌作用，但作用缓慢。本品对各种化脓菌均有较强的抑制作用，其中魏氏核状芽孢杆菌和化脓链球菌对本品最敏感。抗菌活性与溶液的 pH 值和药物的解离常数有关。在治疗浓度时对组织无刺激性，毒性低，穿透力较强，且作用持续时间可达 24 小时，当有有机物存在时，本品的抗菌活性增强。

【制剂与用法】 可用 0.1%～0.3% 水溶液冲洗或湿敷感染创；1% 软膏用于小面积化脓创。

【药物相互作用（不良反应）】 本品与碱类或碘液混合易析出沉淀。

【注意事项】

（1）水溶液在保存过程中，尤其在曝光下，可分解生成剧毒产物，若肉眼观察溶液呈褐绿色，则证实已分解。

（2）长期使用本品可能延缓伤口愈合。

九、表面活性剂

表面活性剂是一类能降低水和油的表面张力的物质，又称除污剂或清洁剂。此外，此类物质能吸附于细菌表面，改变菌体细胞膜的通透性，使菌体内的酶、辅酶和代谢中间产物逸出，因而呈杀菌作用。

这类药物分为阳离子表面活性剂、阴离子表面活性剂与不游离的非离子表面活性剂 3 种。常用的为阳离子表面活性剂，其抗菌谱较广，显效快，并对组织无刺激性，能杀死多种革兰阳性和阴性菌，对多种真菌和病毒也有作用。阳离子表面活性剂在碱性环境中抗菌作用强，在酸性环境中抗菌作用弱，故应用时不能与酸类消毒剂及肥皂、合成洗涤剂合用。阴离子表面活性剂仅能杀死革兰阳性菌。非离子表面活性剂无杀菌作用，只有除污和清洁作用。

（一）新洁尔灭（苯扎溴铵）

【性状】 为季铵盐消毒剂，是溴化二甲基苄基烃铵的混合物。为无色或淡黄色胶状液体，低温时可逐渐形成蜡状固体，味极苦，易溶于水，水溶液为碱性，摇时可发生大量泡沫。易溶于乙醇，微溶于丙酮，不溶于乙醚和苯。耐加热加压，性质稳定，可保存较长时间效力不变。对金属、橡胶、塑料制品无腐蚀作用。

【适用范围】　有较强的消毒作用，对多数革兰阳性和阴性菌，接触数分钟即能杀死。对病毒效力差，不能杀死结核杆菌、霉菌和炭疽芽孢。可应用于术前手臂皮肤、黏膜、器械、养禽用具、种蛋等的消毒。

【制剂与用法】　有 3 种制剂，分别为 1%、5% 和 10% 浓度，瓶装分为 500 毫升和 1000 毫升 2 种。0.1% 溶液消毒手臂、手指，应将手浸泡 5 分钟，亦可浸泡消毒手术器械、玻璃、搪瓷等，浸泡时间为 30 分钟。0.1% 溶液以喷雾或洗涤蛋壳消毒，药液温度为 40~43℃，浸泡时间最长为 3 分钟；0.15%~2% 溶液可用于禽舍内空间的喷雾消毒。0.01%~0.05% 溶液用于黏膜（阴道膀胱等）及深部感染伤口的冲洗。

【药物相互作用（不良反应）】　忌与碘、碘化钾、过氧化物盐类消毒药及其他阴离子活性剂等配伍应用。不可与普通肥皂配伍，术者用肥皂洗手后，务必用水冲洗干净后再用本品。

【注意事项】　浸泡器械时应加入 0.5% 亚硝酸钠，以防生锈。不适用于消毒粪便、污水、皮革等，其水溶液不得贮存于聚乙烯制作的容器内，以避免药物失效。本品有时会引起人体药物过敏。

（二）洗必泰

【性状】　有醋酸洗必泰和盐酸洗必泰两种，均为白色结晶性粉末，无臭，有苦味，微溶于水（1：400）及酒精，水溶液呈强碱性。

【适用范围】　有广谱抑菌、杀菌作用，对革兰阳性和阴性菌及真菌、霉菌均有杀灭作用，毒性低，无局部刺激性。用于手术前消毒、创伤冲洗、烧伤感染，亦可用于食品厂器具、禽舍、手术室等环境消毒。本品与新洁尔灭联用对大肠杆菌有协同杀菌作用，两药的混合液呈相加消毒效力。

【制剂与用法】　醋酸或盐酸洗必泰粉剂，每瓶 50 克；片剂，5毫克/片。0.02% 溶液用于术前泡手，3 分钟即可达消毒目的；0.05% 溶液用于冲洗创伤；0.05% 酒精溶液用于术前皮肤消毒；0.1% 溶液浸泡器械（其中应加 0.1% 亚硝酸钠），一般浸泡 10 分钟以上；0.5％溶液喷雾或涂擦无菌室、手术室、用具等。

【药物相互作用（不良反应）】 本品遇肥皂、碱、金属物质和某些阴离子药物能降低活性，并忌与碘、甲醛、重碳酸盐、碳酸盐、氯化物、硼酸盐、枸橼酸盐、磷酸盐和硫酸配伍，因可能生成低溶解度的盐类而沉淀。浓溶液对结合膜、黏膜等敏感组织有刺激性。

【注意事项】 药液使用过程中效力可减弱，一般应每2周换一次。长时间加热可发生分解。其他注意事项与新洁尔灭相同。本品水溶液，应贮存于中性玻璃容器中。

（三）消毒净

【性状】 为白色结晶性粉末，无臭，味苦，微有刺激性，易受潮，易溶于水和酒精，水溶液易起泡沫，对热稳定，应密封保存。

【适用范围】 抗菌谱与洗必泰相同，但消毒力较洗必泰弱而较新洁尔灭强。常用于手、皮肤、黏膜、器械、禽舍等的消毒。

【制剂与用法】 0.05％溶液可用于冲洗黏膜，0.1％溶液用于手和皮肤的消毒，亦可浸泡消毒器械（如为金属器械，应加入0.5％亚硝酸钠）。

【药物相互作用（不良反应）】 不可与合成洗涤剂或阴离子表面活性剂接触，以免失效。亦不可与普通肥皂配伍（因普通肥皂为阴离子皂）。

【注意事项】 在水质硬度过高的地区应用时，药物浓度应适当提高。

（四）度米芬（消毒宁）

【性状】 为白色或微黄色片状结晶，味极苦，能溶于水及酒精，振荡水溶液会产生泡沫。

【适用范围】 为表面活性广谱杀菌剂，由于能扰乱细菌的新陈代谢而产生杀菌作用。对革兰阳性及阴性菌均有杀灭作用，对芽孢、抗酸杆菌、病毒效果不明显，有抗真菌作用。在碱性溶液中效力增强，在酸性、有机物、脓、血存在的条件下则效力减弱。用于口腔感染的辅助治疗和皮肤消毒。

【制剂与用法】 0.02％～1％溶液用于皮肤、黏膜消毒及局部感染湿敷。0.05％（加0.05％亚硝酸钠）溶液用于器械消毒，还可用于食品厂、奶牛场用具设备的储藏消毒。

【**药物相互作用（不良反应）**】 禁与肥皂、盐类和无机碱配伍。

【**注意事项**】 避免使用铝制容器盛装；消毒金属器械时需加入 0.5％亚硝酸钠防锈；可能引起人接触性皮炎。

（五）创必龙

【**性状**】 为白色结晶性粉末，几乎无臭，有吸湿性，在空气中稳定，易溶于水、乙醇和氯仿，几乎不溶于水。

【**适用范围**】 为双季铵盐阳离子表面活性剂，对一般抗生素无效的葡萄球菌、链球菌和念珠菌，以及皮肤癣菌等均有抑制作用。

【**制剂与用法**】 0.1％乳剂或 0.1％油膏用于防治烧伤后感染、术后创口感染及白色念珠菌感染等。

【**药物相互作用（不良反应）**】

禁与肥皂、盐类和无机碱配伍。局部应用对皮肤产生刺激性，偶有皮肤过敏反应。

（六）菌毒清（环中菌毒清、辛氨乙甘酸溶液）

【**性状**】 本品是二正辛基二乙烯三胺、单正辛基二乙烯三胺与氟乙酸反应生成的甘氨酸盐酸盐溶液，加适量的助剂配制而成。为黄色透明液体，有微腥臭，味微苦，强力振摇时发生大量泡沫。

【**适用范围**】 为双离子表面活性剂，是一高效、低毒、广谱杀菌剂（作用机理是凝固病菌蛋白质，破坏细胞膜，抑制病菌呼吸，使细菌酶系变性，从而杀死细菌。对化脓球菌、肠道杆菌及真菌有良好的杀灭作用，对细菌芽孢无杀灭作用。对结核杆菌，1％的溶液需作用 12 小时。杀菌效果不受血清等有机物的影响）。用于环境、器械和手的消毒。能在常温下低浓度快速杀灭引起流行性感冒、法氏囊、大肠杆菌、球虫病、肠炎、猪白痢、牛肺疫、犬瘟热、细小病毒、冠状病毒等疾病的各种致病微生物。

【**制剂与用法**】 溶液。将本品用水稀释后喷洒、浸泡或擦拭表面。其使用方法见表 4-12。

【**药物相互作用（不良反应）**】 与其他消毒剂合用可降低效果。

【**注意事项**】

（1）本品虽毒性低，但不能直接接触食物。现配现用。

表 4-12 菌毒清的使用方法

使用范围	使用方法
常规消毒	每 1000 毫升加水 1000 千克,每周 1 次
疫区消毒	每 1000 毫升加水 500 千克,每天 1 次,连用 1 周
饮水消毒	每 1000 毫升加水 5000 千克,自由饮用
器械消毒	每 1000 毫升加水 1000 千克,浸泡 2 小时
运输工具及畜禽体表消毒	每 1000 毫升加水 1000 千克,每周 1 次

（2）本品不适于粪便及排泄物的消毒。

（3）本品应贮存于 9℃ 以上的阴冷干燥处,因气温较低出现沉淀时,应加温溶解再用。密封保存。

（七）癸甲溴铵溶液（博灭特）

【性状】 主要成分是溴化二甲基二癸基烃铵,为无色或微黄色的黏稠性液体,振摇时产生泡沫,味极苦。

【适用范围】 是一种双链季铵盐消毒剂,对多数细菌、真菌、病毒有杀灭作用。作用机制是解离出季铵盐阳离子,与细菌胞浆膜磷脂中带负电荷的磷酸基结合,从而低浓度时抑菌,高浓度时杀菌。溴离子使分子的亲水性和亲脂性大大增加,可迅速渗透到胞浆膜脂质层及蛋白质层,改变膜的通透性,起到杀菌作用。广泛应用于厩舍、饲喂器具、饮水和环境等的消毒。

【制剂与用法】 10％癸甲溴铵溶液。以癸甲溴铵计:厩舍、器具消毒用 0.015％～0.05％溶液（即本品稀释 200～600 倍）;饮水消毒用 0.0025％～0.005％溶液（即本品稀释 2000～4000 倍）。

用于厩舍、运动场、运输车量、器具的常规消毒时,每 1 升水中加入 0.5 毫升博灭特,完全浸湿需消毒的物件;用于饮水消毒时,每 100 升水中加入 10 毫升博灭特,连用 3 天,停用 3 天。

【药物相互作用（不良反应）】 原液对皮肤、眼睛有刺激性,避免与眼睛、皮肤和衣服直接接触。

【注意事项】

（1）不可口服,一旦误服,饮用大量水或牛奶,并尽快就医。

（2）使用时小心操作,原液如溅及眼部和皮肤,立即以大量清水冲洗至少 15 分钟。

十、其他消毒防腐剂

（一）环氧乙烷

【性状】 本品在低温时为无色透明液体，易挥发（沸点 10.7℃）。遇明火易燃烧、易爆炸，在空气中，其蒸气达 3% 以上就能引起燃烧。能溶于水和大部分有机溶剂。有毒。

【适用范围】 为广谱、高效杀菌剂，对细菌、芽孢、真菌、立克次体和病毒，以至昆虫和虫卵都有杀灭作用。同时，还具有穿透力强、易扩散、消除快、对物品无损害无腐蚀等优点。主要适用于忌热、忌湿物品的消毒，如精密仪器、医疗器械、生物制品、皮革、饲料、谷物等的消毒，亦可用于畜禽舍、仓库、无菌室、孵化室等空间消毒。

【制剂与用法】 因环氧乙烷易爆易燃，在空气中浓度超过 3% 可引起燃烧爆炸。一般使用 CO_2 或卤烷作稀释剂，防止燃烧爆炸，其制剂是 10% 的环氧乙烷与 90% 的 CO_2 或卤烷混合而成。

杀灭繁殖型细菌，每立方米用 300～400 克，作用 8 小时；消毒芽孢和霉菌污染的物品，每立方米用 700～950 克，作用 24 小时。一般置消毒袋内进行消毒。消毒时相对湿度为 30%～50%，温度不低于 18℃，最适温度为 38～54℃。

【药物相互作用（不良反应）】 环氧乙烷对大多数消毒物品无损害。可破坏食物中的某些成分，如维生素 B_1、维生素 B_2、维生素 B_6 和叶酸，消毒后食物中的组氨酸、蛋氨酸、赖氨酸等含量降低。链霉素经环氧乙烷灭菌后效力降低 35%，但对青霉素无灭活作用。因本品可导致红细胞溶解、补体灭活和凝血酶原破坏，因此不能用作血液灭菌。

【注意事项】 本品对眼、呼吸道有腐蚀性，可导致呕吐、恶心、腹泻、头痛、中枢抑制、呼吸困难、肺水肿等，还可出现肝、肾损害和溶血现象；皮肤过度接触环氧乙烷液体或溶液，产生灼烧感，出现水疱、皮炎等，若经皮吸收可能出现系统反应；环氧乙烷属烷基化剂，有致癌可能；贮存或消毒时禁止火源，应将 1 份环氧乙烷和 9 份二氧化碳的混合物贮于高压钢瓶中备用。

（二）溴化甲烷

【性状】　本品在室温下为气体，低温下为液体，沸点为4.6℃。在水中的溶解度为1.8%，气体的穿透力强，不易燃烧和爆炸。

【适用范围】　本品是一种广谱杀菌剂，可以杀灭细菌繁殖体、芽孢、真菌和病毒，但其杀菌作用较弱。作用机制为非特异性烷基化作用，与环氧乙烷的作用机制相似。常用于粮食的消毒和预防病毒或细菌性传染病的环境消毒，以及污染畜（禽）场的消毒。

【制剂与用法】　一般用3400~3900毫克/升的浓度，在40%~70%相对湿度下，作用24~26小时，可达到灭菌目的。

【药物相互作用（不良反应）】　对眼和呼吸道也有刺激作用。

【注意事项】　溴化甲烷是一种高毒气体，中毒的表现症状为中枢神经系统损害，有头痛、无力、恶心等症状。

（三）硫柳汞

【性状】　本品是黄色或微黄色结晶性粉末，稍有臭味，遇光易变质。在乙醚或苯中几乎不溶，乙醇中溶解，水中易溶解。

【适用范围】　本品是一种有机汞（含乙基汞）的消毒防腐药，对细菌和真菌都有抑制生长的作用。可用于皮肤、黏膜的消毒，刺激性小。也常用于生物制品（如疫苗）的防腐，浓度为0.05%~0.2%。外用作皮肤黏膜消毒剂（用于皮肤伤口消毒、眼鼻黏膜炎症、皮肤真菌感染）。

【制剂与用法】　硫柳汞酊（每1000毫升含硫柳汞1克、曙红0.6克、乙醇胺1克、乙二胺0.28克、乙醇600毫升、蒸馏水适量）。0.1%酊剂用于手术前皮肤消毒；0.1%溶液用于创面消毒；0.01%~0.02%溶液用于眼、鼻及尿道冲洗；0.1%乳膏用于治疗霉菌性皮肤感染；0.01%~0.02%乳膏用于生物制品的抑菌剂。

【药物相互作用（不良反应）】　不能与酸、碘、铝等重金属盐或生物碱配伍。可引起接触性皮炎、变应性结膜炎、耳毒性。

第五章 生物制品

第一节 概 述

一、生物制品的概念和种类

（一）概念

生物制品是利用免疫学原理，用微生物（细菌、病毒、立克次体，以及微生物的毒素等）、动物血液、组织制成的，用以预防、治疗及诊断畜禽传染病的一类物质。

（二）种类

生物制品的种类见表 5-1。

表 5-1　生物制品的种类

类别	种类	特性
预防类	菌苗	按抗原菌株的处理，分为死菌苗和活菌苗。活菌苗具有接种剂量小、接种次数少、免疫期长的特点；死菌苗性质稳定、安全性高，但免疫力不及活菌苗
	疫苗	是用病毒和立克次体，接种于动物、鸡胚或经组织培养液培养后，加以处理而成。疫苗分为弱毒疫苗和死毒疫苗（灭活苗）
	类毒素	是用细菌产生的外毒素加入甲醛处理后，使之变为无毒性但仍有免疫原性的制剂
治疗类	免疫血清	指经过多次免疫的动物血清。包括抗菌血清、抗病毒血清和抗毒素。抗菌血清使用较少
	免疫增效剂	是指通过影响机体免疫应答反应而增强机体免疫功能的药物。如维生素 E、黄芪多糖、转移因子和干扰素等
诊断类	诊断抗原	是用已知微生物和寄生虫及其组分或浸出物、代谢产物、感染动物组织制成，用以检测血清中的相应抗体
	诊断血清	含有经标定的已知抗体，用以检查可疑畜禽组织内有无该病特异性抗原（病原微生物及其代谢产物）的存在。如沙门菌阳性血清

二、生物制品的科学安全使用

使用疫苗免疫接种是增加兔体特异性抵抗力，减少疫病发生的重要手段。疫苗的科学安全使用要求如下。

（一）选购疫苗

在选购疫苗时，根据疫苗的实际效果和抗体监测结果，以及场际间的沟通和了解，选择通过 GMP 验收的生物制品企业和具有农业部颁发的生产许可证和批准文号的企业产品。应到国家指定或准许经销的兽用疫苗销售网点，最好是在畜牧专业部门购买；防疫人员根据各类疫苗的库存量、使用量和疫苗的有效期等确定阶段购买量，一般提前 2 周，以 2～3 个月的用量为准，并注明生产厂家、出售单位、疫苗质量（活苗或死苗）。在选购时应对瓶签、瓶子外观、瓶内疫苗的色泽性状等进行仔细检查，例如包装是否规范，瓶口和铝盖封闭是否完好、是否松动，瓶签上的说明是否清楚，疫苗是否过期、失效和变质。凡包装破损、瓶有裂纹、瓶口破裂、瓶盖松动、无标签或标签字迹模糊、真空度丧失、沉淀或变色变质、瓶中含有异物或霉团块、灭活苗破乳层分离均不得使用。特别需要注意疫苗的批准文号、生产期、有效期和使用说明书，防止因高温、日晒、冻结等保存方法不当，造成疫苗失效。

对疫苗的具体要求：一是疫苗毒株应有良好的免疫原性（抗原性）。免疫原性是抗原能刺激机能产生抗体及致敏淋巴细胞的能力；反应原性是抗原能与该致敏淋巴细胞或相应抗体发生特异性结合的反应。抗原的这两种性质合称为抗原性。二是疫苗应绝对安全并有较高的毒价（含毒量）。抗原必须达到一定的剂量，才能刺激机体产生抗体。一般活病毒及细菌的抗原性（毒价）较灭活病毒及细菌的强。三是疫苗毒性应纯粹不含外源病原微生物。疫苗内不应含其他病原微生物，否则会产生各自相应的抗体而相互抑制，降低疫苗的使用效果。

（二）运输保存疫苗

生物制品有严格的贮存条件及有效期。如果不按规定进行运输与保存，就会直接影响疫苗的质量和免疫效果，降低疫苗效价，从而不能产生足够的免疫保护，甚至导致免疫失败。

1. 运输

运输疫苗时应有冰袋及保温箱，做到"苗冰行，苗到未溶"。途中避免阳光照射和高温；疫苗如需长途运输，一定要将运输的要求交代清楚，约好接货时间和地点，接货人应提前到达，及时接货；疫苗运输时间越短越好，中途不得停留存放，应及时运往猪场放入恒温冰箱，防止疫苗失效。油乳剂苗运输应注重切勿冻结。如果油乳剂苗冻结保存、运输，使用前解冻，会出现破乳和分层现象。

2. 保存

所有的冻干活疫苗均应在低温条件下保存，其目的是为了保证疫苗毒的活性。给猪接种适量的活毒疫苗，能在体内一时性繁殖，可诱导产生部分或坚强的免疫力，有些毒株还可诱导干扰素的产生。冻干活疫苗保存运输温度愈低，疫苗毒的活性（保存期）就愈长，但如果疫苗长时间放置于常温环境，疫苗毒的活性就会受到很大影响，冻干活疫苗就可能变成普通死苗，其免疫效果可想而知。通常情况下，冻干活疫苗保存在-15℃以下，保存期可达1～2年；0～4℃，保存期为8个月；25℃，保存期不超过15天。油乳剂苗应保存在4～8℃的环境下，在此温度下既能较好地保质疫苗毒株的抗原性，也可使油乳剂苗保持相对的稳定（不破乳、不分层）。虽然油乳剂苗属灭活苗，但也不宜保存在常温或较高温度的环境中，否则对疫苗毒的抗原性会产生很大影响。

保存疫苗时，一要注意检查苗瓶有无破损，瓶盖有无松动，标签是否完整，并记录生产厂家、批准文号、检验号、生产日期、失效日期、药品的物理性状与说明书是否相符等，避免购入伪劣产品；二要仔细查看说明书，严格按说明书的要求贮存疫苗；三要定时清理冰箱的冰块和过期的疫苗，冰箱要保持清洁和存放有序；四要注意如遇停电，应在停电前1天准备好冰袋，以备停电用，停电时尽量少开箱门。

（三）疫苗使用前准备

疫苗使用前要逐瓶检查苗瓶有无破损，封口是否严密，头份是否记载清楚，物理性状是否与说明书相符，以及有效期、生产厂家；疫苗接种前应向兽医和饲养员了解猪群的健康状况，有病、体弱、食欲和体温异常的兔，暂时不能接种。不能接种的兔，要记录清楚，选适当时机补免；免疫接种前对注射器、针头、镊子等进行清洗和煮沸消毒，备足酒精棉球或碘酊棉球，准备好稀释液、记录本和肾上腺素等抗过敏药物；疫苗接种前后，尽可能避免一些剧烈运动，如转群、采血等，防止猪群应激影响免疫效果。

（四）疫苗稀释

对于冷冻储藏的疫苗，稀释用的生理盐水，必须至少提前 1～2 天放置在冰箱冷藏，或稀释时将疫苗同稀释液一起放置在室温中停置 10～20 分钟，避免两者温差太大；稀释前先将苗瓶口的胶蜡除去，并用酒精棉消毒晾干；用注射器取适量的稀释液插入疫苗瓶中，无需推压，检查瓶内是否真空（真空疫苗瓶能自动吸取稀释液），失真空的疫苗必须废弃；根据免疫剂量、计划免疫头数和免疫人员的工作能力来决定疫苗的稀释量和稀释次数，做到现配现用，稀释后的疫苗在 3 小时内用完；不能用凉开水稀释，必须用生理盐水或专用稀释液稀释。稀释后的疫苗，放在有冰袋的保温瓶中，并在规定的时间内用完，防止长时间暴露于室温中。

（五）免疫程序

根据本场的实际情况，考虑本地区兔的疫病流行特点，结合本场的饲养管理、母源抗体的干扰，以及疫苗的性质、类型和相互之间的影响（如两次疫苗注射的间隔时间原则上不能少于半个月，否则不但不能产生坚强的免疫力，而且会影响兔群的健康状况和生产性能）等各方面因素和免疫监测结果，制定适合本场的免疫程序。规模化兔场免疫推荐程序见表 5-2、表 5-3。

表 5-2　规模化兔场免疫推荐程序（一）

类型	日龄	病名	疫苗名称及用法
哺乳期	20 日龄	大肠杆菌病	大肠杆菌多价灭活苗,每只皮下注射 1.5～2 毫升
幼兔期	35 日龄	兔瘟病	皮下注射兔病毒性出血症（兔瘟）灭火菌苗,每只 2 毫升
	45 日龄	巴氏杆菌病和波氏杆菌病	颈部皮下注射巴、波二联疫苗,每只 2 毫升
	60 日龄	兔瘟病	加强免疫兔瘟,每只 2 毫升
	70 日龄	魏氏梭菌病	皮下注射产气荚膜魏氏梭菌灭活疫苗 2 毫升

续表

类型	日龄	病名	疫苗名称及用法
育肥期、成年兔	兔瘟免疫	兔瘟病	每3个月注射1次兔瘟疫苗,每只皮下注2毫升
	巴波免疫	巴、波疾病	每4个月注射1次巴、波二联疫苗,每次每只2毫升

表 5-3　规模化兔场免疫推荐程序（二）

疫苗或菌苗名称	用途	用法	用量
兔瘟灭活苗	防兔瘟	皮下注射	首免25~30日龄,2毫升;留种兔60日龄加强注射1毫升;以后每4个月一次
兔巴氏杆菌灭活苗	防巴氏杆菌病	皮下注射	首免30~35日龄,2毫升;以后每4个月一次,1毫升
产气荚膜魏氏梭菌灭活疫苗	防魏氏梭菌病	皮下注射	首免35~40日龄,2毫升;以后每4个月一次,1毫升
波氏杆菌灭活苗	防波氏杆菌病	皮下注射	首免45日龄,2毫升;以后每4个月一次。
大肠杆菌多价灭活苗	防大肠杆菌病	皮下注射	首免18~25日龄,2毫升;以后每4个月一次,1毫升
葡萄球菌灭活苗	防葡萄球菌病	皮下注射	每4个月注射一次
沙门菌灭活苗	防沙门菌病	皮下注射	每4个月注射一次
兔瘟巴氏杆菌灭活苗	防兔瘟、巴氏杆菌病	皮下注射	每4个月注射一次
兔瘟、巴氏杆菌、魏氏梭菌灭活苗	防兔瘟、巴氏杆菌病、魏氏梭菌病	皮下注射	每4个月注射一次

（六）接种操作

兔的免疫接种方法多是皮下注射,正确操作是保证免疫效果的基础。

1. 注射部位选择

皮下注射是将疫苗注射到皮下疏松结缔组织中,应选择皮肤疏松处。兔的皮下注射部位一般在颈部皮下或腹部皮下。

2. 注射部位消毒

即先用碘酊消毒，再用酒精脱碘，待挥发后再注射，注射完毕应按少许时间以减少疫苗溢出。大批注射时，应选择专职消毒员，用 0.5％碘酊先涂擦临时固定的右侧或左侧耳根后部皮肤，然后用 70％酒精脱碘，待 3～5 分钟后注射疫苗。注射疫苗时禁忌用 5％碘酊局部消毒。

3. 注射操作

皮下注射时，左手拇指与中指提起皮肤，形成皱褶，食指压住底部，使呈凹形。右手持注射器斜向刺入底部皮肤与肌肉之间后缓缓推注药物。注射完后，拔出针头，立即以药棉揉擦皮肤，以使疫苗散开；肌内注射，垂直刺入，迅速推注。

4. 一兔一个针头

在疫苗注射过程中，多数人不注意换针头，这样可能会通过针头传播病原体，造成兔瘟等疫病的发生，这种情况在实践中经常遇到。原则上应做到打一只兔换一只针头，可以减少交叉感染。用过的针头冲洗过后放在沉淀过的开水中煮沸 15 分钟即可重复使用。

5. 注射的剂量要准确，不漏注、不白注

疫（菌）苗的使用剂量应严格按产品说明书进行。注射过多往往引起疫苗反应，过少则抗原不足，达不到预防效果，不能刺激机体产生足够的免疫效应。剂量过大，可能引起免疫麻痹或毒性反应。大群接种时，为弥补使用过程中疫（菌）苗的浪费，可适当增加 10％～20％的用量。注射操作细致，进针要稳，拔针要快，以确保疫苗真正足量地注射于肌肉内或皮下。

（七）注意事项

1. 免疫的兔群要健康

对有疫情、疾病或有临床病症的兔，无论症状严重与否均应推迟免疫时间，待恢复健康后再进行补免，避免免疫抑制。

2. 把握免疫的机会

兔瘟疫苗的接种应在 40 日龄左右，首次免疫最好用兔瘟单苗。2 月龄以下兔首次接种兔瘟单苗要加一倍量，并且在间隔 1 个月左右加强免疫一次。原因是 40 日龄左右的小兔体内可能存在兔瘟的母源抗体，而且自身免疫系统不够完善，不能产生坚强的免疫效果。但如果兔瘟疫苗接种过晚，会存在兔瘟病感染的风险。

3. 避免药物干扰免疫效果

在使用弱毒疫苗前后 5～7 天内，禁忌在饮水或饲料中使用抗病毒药物或消毒药物；在使用弱毒菌苗的前后 7 天内，饲料或饮水中禁忌使用抗菌药物和消毒药；在注射病毒性疫苗的前后 3 天，严禁使用抗病毒药物；注射活菌疫苗前后 5 天，严禁使用抗生素，抗生素对细菌性灭活疫苗没有影响。免疫注射含有活菌的疫苗时，如大肠杆菌菌苗、巴氏杆菌和波氏杆菌疫苗等，免疫前后 1 周都不能在饲料、饮水中添加抗生素，也不能肌内注射抗生素。

4. 免疫管理

用户一定要从正规销售渠道选购疫苗商品，使用前要规范保存。开瓶后的疫苗当天要用完，当天未用完的要废弃。废弃的疫苗和用过的疫苗瓶要消毒和深埋。

第二节 养兔常用的生物制剂

一、常用疫苗

（一）兔病毒性出血症灭活疫苗（兔瘟灭活疫苗）

【性状】 本品为灰褐色均匀混悬液，静置后瓶底有部分沉淀。含灭活的兔病毒性出血症病毒组织等悬液，灭活前含病毒组织量 ≥5%。

【适应证】 用于预防兔病毒性出血症，仅用于接种健康兔，不能接种怀孕后期的母兔。免疫期为 6 个月。

【制剂与规格】 注射液；10 毫升/瓶、20 毫升/瓶、40 毫升/瓶、100 毫升/瓶。

【用法与用量】 皮下注射，45 日龄以上家兔，每只 1.0 毫升；未断奶家兔也可使用，每只 1.0 毫升，断奶后应再接种 1 次。

【药物相互作用（不良反应）】 可能因个体差异出现暂时食欲减退现象。

【注意事项】 应先使疫苗恢复至室温，使用时应充分摇匀；注射器械及接种部位严格消毒，以免造成感染；疫苗不得冻结，冻结的疫苗严禁使用；用过的疫苗瓶、器具和未用完的疫苗等应进行消毒处理；2～8℃避光保存，有效期为 18 个月。

（二）兔多杀性巴氏杆菌病灭活疫苗

【性状】　本品静置后，上层为淡黄色澄明液体，下层为白色沉淀，振摇后呈均匀混悬液。含灭活的 A 型多杀性巴氏杆菌。

【适应证】　用于预防兔多杀性巴氏杆菌病。

【制剂与规格】　注射液；100 毫升/瓶。

【用法与用量】　皮下注射，90 日龄以上兔，每只 1 毫升。

【药物相互作用（不良反应）】　可能出现一过性食欲减退的症状。

【注意事项】　本疫苗仅用于预防，无治疗作用；仅用于接种健康兔，且不能接种怀孕后期的母兔；注射器械及接种部位必须严格消毒，以免造成感染；疫苗不得冻结。在 2～8℃保存，有效期为 1 年。

（三）产气荚膜梭菌病灭活疫苗（A 型）

【性状】　为均匀混悬液。静置后，上层为黄褐色澄明液体，下层为灰白色沉淀。含灭活的产气荚膜梭菌（A 型）。

【适应证】　用于预防家兔 A 型产气荚膜梭菌病。免疫期为 6 个月。

【制剂与规格】　注射液；50 头份/瓶。

【用法与用量】　皮下注射，不论大小，每只 2.0 毫升。

【药物相互作用（不良反应）】　一般无可见的不良反应。

【注意事项】　切忌冻结，冻结后的疫苗严禁使用；使用前，应将疫苗恢复至室温，并充分摇匀；接种时，应作局部消毒处理；用过的疫苗瓶、器具和未用完的疫苗等应进行消毒处理；2～8℃保存，有效期为 12 个月。

（四）兔大肠杆菌多价蜂胶灭活苗

【性状】　为乳黄色或褐色悬浮液。

【适应证】　用于预防兔大肠杆菌病。仅用于接种健康兔群，疾病潜伏期与感染期慎用。免疫期为 4 个月。

【制剂与规格】　注射液；20 毫升/瓶。

【用法与用量】　幼兔在断奶前体重小于 1 千克，皮下注射 0.5

毫升/只，大于 1 千克或 45 日龄家兔，皮下注射 1.0 毫升/只。

【药物相互作用（不良反应）】 一般无可见的不良反应。

【注意事项】 切忌冻结，冻结后的疫苗严禁使用；使用前，应将疫苗恢复至室温，并充分摇匀；接种时，应作局部消毒处理；用过的疫苗瓶、器具和未用完的疫苗等应进行消毒处理；2～8℃保存，有效期为 12 个月。

（五）兔病毒性出血症、兔多杀性巴氏杆菌病二联干粉灭活疫苗

【性状】 为黄褐色粉末。加入稀释液，振摇后迅速溶解，呈均匀褐色混悬液。含灭活的兔病毒性出血症病毒和 A 型多杀性巴氏杆菌。

【适应证】 用于预防兔病毒性出血症和多杀性巴氏杆菌病。适用于健康兔。免疫期为 6 个月。

【制剂与规格】 注射液；50 头份/瓶、100 头份/瓶。

【用法与用量】 肌内注射或皮下注射。按瓶签注明的头份，用 20％铝胶生理盐水稀释，成兔每只 1 毫升，45 日龄左右仔兔每只 0.5 毫升。

【药物相互作用（不良反应）】 在注射部位有一过性炎症反应。

【注意事项】 注射部位应严格消毒；加入稀释液后摇匀；疫苗开启后，限当日用完；应对用过的疫苗瓶、器具等物品进行消毒处理；2～8℃保存，有效期为 24 个月。

（六）兔瘟、兔魏氏梭菌、兔巴氏杆菌三联苗

【性状】 本苗为褐色混悬液，久置底部有沉淀为正常现象。本品由兔瘟病毒、兔魏氏梭菌、兔巴氏杆菌经培养、灭活、吸附等制成。

【适应证】 用于预防兔瘟、兔魏氏梭菌病、兔巴氏杆菌病。怀孕母兔慎用。

【制剂与规格】 注射液；20 毫升/瓶。

【用法与用量】 幼兔在断奶前进行免疫。体重 1 千克以下的兔肌内注射或颈部皮下注射 0.5 毫升；体重在 1 千克以上的兔肌内注射或颈部皮下注射 1 毫升。

【药物相互作用（不良反应）】 一般无不良反应。

【注意事项】 病弱兔禁用，用前震摇，保存于阴暗处；4～

8℃，保存期 1 年，严禁冻结。

（七）兔波氏杆菌、巴氏杆菌二联蜂胶灭活疫苗

【性状】 本苗为褐色混悬液，久置底部有沉淀为正常现象。含灭活的巴氏杆菌和兔支气管败血波氏杆菌培养物和蜂胶提取液，灭活前每毫升疫苗含兔巴氏杆菌活菌数 $>1 \times 10^{10}$、兔支气管败血波氏杆菌活菌数 1×10^{10}，蜂胶干物质含量至少为 10 毫克。

【适应证】 预防兔波氏杆菌病与巴氏杆菌病。免疫后 14 日即可获得保护，持续期可达 6～9 个月。

【制剂与规格】 注射液；20 毫升/瓶。

【用法与用量】 体重 1 千克以下的兔肌内注射或颈部皮下注射 0.5 毫升；体重 1 千克以上的兔肌内注射或颈部皮下注射 1 毫升。

【药物相互作用（不良反应）】 一般无不良反应。

【注意事项】 疫苗在使用前及使用中充分摇匀，用前将室温升至室温。幼兔在断奶前进行免疫。－10℃保存期为 18 个月；4～8℃保存期为 12 个月；20～30℃保存期为 6 个月。

（八）兔波氏杆菌、大肠杆菌二联蜂胶灭活疫苗

【性状】 本品为乳黄色或褐色混悬液。久置后，底部有沉淀物，振摇后呈均匀混悬液。含有灭活的兔波氏杆菌、大肠杆菌和蜂胶佐剂。

【适应证】 用于兔波氏杆菌病和兔大肠杆菌病。仅用于接种健康家兔。

【制剂与规格】 注射液；20 毫升/瓶。

【用法与用量】 断奶前 1 周首免皮下注射或肌内注射 1 毫升，1 周后加强免疫，皮下注射 2 毫升。

【药物相互作用（不良反应）】 可能出现一过性食欲减退的症状。

【注意事项】 本苗在运输、贮存和使用过程中应避免日光、紫外光照射，严防冻结；在免疫注射前和使用中充分摇匀，将疫苗温度升至室温；注射器械及接种部位必须严格消毒，以免造成感染；本疫苗仅用于预防，无治疗作用；疫苗瓶开启后，应在当天内用完；本苗在疾病潜伏期和发病期慎用，如使用必须在当地兽医正确指导下使用；在 2～8℃条件下保存，有效期为 1 年。

（九）兔瘟、巴氏杆菌二联灭活苗

【性状】 由兔瘟病毒、兔巴氏杆菌经培养、灭活，加佐剂制成。

【适应证】 适用于兔瘟、兔巴氏杆菌病的预防。

【制剂与规格】 注射液；20毫升/瓶。

【用法与用量】 皮下注射或肌内注射，1毫升/只。

【药物相互作用（不良反应）】 一般无不良反应。

【注意事项】 病弱兔禁用；用前震摇，保存于阴暗处。保存期：4～8℃条件下保存，有效期1年，严禁冻结。

（十）兔葡萄球菌病蜂胶灭活疫苗

【性状】 本品为乳黄色混悬液，久置后，底部有沉淀，振摇后呈均匀混悬液。选用多株金黄色葡萄球菌，经适宜培养基培养、灭活等制成。

【适应证】 适用于仔兔脓毒败血症、仔兔急性肠炎、乳房炎、"黄尿病"的预防。仅用于接种健康家兔。免疫期为6个月。

【制剂与规格】 注射液；20毫升/瓶。

【用法与用量】 母兔配种前皮下注射2毫升；为防止外源性葡萄球菌引起的脓肿症，1.5千克以上家兔可皮下注射2毫升。

【药物相互作用（不良反应）】 一般无不良反应，个别兔群可能有一过性反应。

【注意事项】 本苗在运输、贮存和使用过程中应避免日光、紫外光照射，严防冻结；在免疫注射前和使用中充分摇匀，将疫苗温度升至室温；注射器械及接种部位必须严格消毒，以免造成感染；疫苗瓶开启后，应在当天内用完；本苗在疾病潜伏期和发病期慎用，如使用必须在当地兽医正确指导下使用。

二、常用的其他生物制品

（一）抗兔瘟高免卵黄

【性状】 为略带黄色乳光澄清透明液体。

【适应证】 预防和治疗兔瘟。

【制剂与规格】 注射液，250毫升/瓶、500毫升/瓶。

【用法与用量】 预防，皮下注射1毫升；发病后治疗，皮下注射 2 毫升，连用 1～2 次。

【药物相互作用（不良反应）】 一般无不良反应。

【注意事项】 冷冻保存；避免高温和阳光照射。

（二）猪源抗兔瘟高免血清

【性状】 为浅黄色透明液体。

【适应证】 治疗兔瘟。

【制剂与规格】 注射液。

【用法与用量】 颈部皮下注射，大兔每只 4 毫升，小兔每只 2 毫升。

【药物相互作用（不良反应）】 一般无不良反应。

【注意事项】 用注射器吸取血清时，不可把瓶底沉淀摇起；冻结过的血清不可使用；最好先少量注射，观察 20～30 分钟后，如无反应，再大量注射。发生严重过敏反应（过敏性休克）时，可皮下注射或静脉注射 0.1% 肾上腺素 0.2～0.3 毫升；本品在 2～8℃下保存。

◀ 第六章　抗微生物药物 ▶

第一节　概　述

一、抗微生物药物的概念和种类

（一）概念

抗微生物药物是指能在体内外选择性地杀灭或抑制病原微生物（细菌、霉形体、真菌等）的药物。由于常用于防治感染性疾病，又称抗感染药。包括抗生素（是从某些放线菌、细菌和真菌等微生物培养液中提取得到、能选择性抑制或杀灭其他病原微生物的一类化学物质，包括天然抗生素及半合成抗生素）、合成抗菌药、抗病毒药、抗真菌药、抗菌中草药等，它们在控制畜禽感染性疾病、促进动物生长、提高养殖经济效益方面具有极为重要的作用。

（二）种类

抗微生物药物的种类见表 6-1。

二、抗微生物药物的科学安全使用

在自然界中，引起畜禽细菌性疾病的病原非常多，给养兔业造成了较大的损失。药物预防和治疗是预防和控制细菌病的有效措施之一，尤其是对尚无有效疫苗可用或免疫效果不理想的细菌病，在一定条件下采用药物预防和治疗，可收到显著的效果。在应用抗菌药物治疗猪病时，要综合考虑到病原菌、抗菌药物及机体三者对药物疗效的影响，科学合理地使用抗菌药物。

（一）根据抗菌谱和适应证选择抗菌药物

在病原确定的情况下应尽量使用窄谱抗菌药，如革兰阳性菌应尽可能选用青霉素类、大环内酯类和第一代头孢菌素类；革兰阴性菌应尽可能选用氨基糖苷类、氟喹诺酮类等。如果病原不明、混合感染或合并感染时，则可以选用广谱抗菌药或联合用药，如支原体合并感染大肠杆菌可选用四环素类、氟喹诺酮类或联合使用林可霉素和大观霉素等。用药前最好做药敏试验。细菌学诊断针对性强，通过细菌的药敏试验及联合药敏试验，其结果与临床疗效的吻合度可达70％～90％，而且目前药品种类繁多，同类疾病的可选药物有多种，但对于一个特定的兔群来说效果会不大一样。因此，应做好药敏试验再用药，同时也要掌握兔群的用药史，以及过去的用药经验。

表 6-1　抗微生物药物的种类

抗生素	根据作用特点分类	抗革兰阳性菌的抗生素，如青霉素类、红霉素、林可霉素等
		抗革兰阴性菌的抗生素，如链霉素、卡那霉素、庆大霉素、新霉素和多黏菌素等
		广谱抗生素，如四环素类和酰胺醇类
		抗真菌的抗生素，如制霉菌素、灰黄霉素、两性霉素等
		抗寄生虫的抗生素，如伊维菌素、潮霉素 B、越霉素 A、莫能菌素等
		抗肿瘤的抗生素，如丝裂霉素、放线菌素 D、柔红霉素等
		用作饲料药物添加剂的饲用抗生素，有促进动物生长、提高生产性能的作用，如杆菌肽锌、维吉尼霉素等
	根据化学结构分类	β-内酰胺环类，包括青霉素类、头孢菌素类等
		氨基糖苷类，包括链霉素、庆大霉素、卡那霉素、新霉素、大观霉素、小诺霉素、安普霉素等
		四环素类，包括土霉素、四环素、多西环素等
		酰胺醇类，包括甲砜霉素、氟苯尼考等
		大环内酯类，包括红霉素、吉他霉素、泰乐菌素等
		林可胺类，包括林可霉素、克林霉素
		多烯类，包括两性霉素 B、制霉菌素等
		聚醚类，包括莫能菌素、盐霉素、拉沙洛西等
		含磷多糖类，如黄霉素等，主要用作饲料添加剂（我国还未批准使用）
		多肽类，包括杆菌肽、多黏菌素等
抗真菌药		多烯类，如两性霉素 B 和制霉菌素等
		非多烯类，如灰黄霉素和克霉唑等
合成抗菌药		氟喹诺酮类，如诺氟沙星、氧氟沙星、环丙沙星等
		磺胺类，如磺胺嘧啶、磺胺二甲嘧啶、磺胺-6-甲氧嘧啶、磺胺邻二甲嘧啶等
		二氨基嘧啶类，如三甲氧苄胺嘧啶、二甲氧苄胺嘧啶
		喹噁啉类，如喹乙醇、乙酰甲喹等

（二）根据药动学特性选择用药

对于肠道感染疾病，应选择不在胃肠道内破坏、吸收的药物，以使其在肠道内药物浓度最高，如氨基糖苷类、氨苄西林、磺胺脒等。泌尿道感染应选择以原型从泌尿道排出的抗菌药物，如青霉素类、链霉素、土霉素、氟苯尼考等。呼吸道感染应选择易吸收且在呼吸道和肺组织有选择性分布的抗菌药物，如达氟沙星、阿莫西林、氟苯尼考、替米考星等。

（三）剂量和疗程要准确

为了抑制或杀灭病原菌，抗菌药物必须在动物体内达到有效血药浓度并维持一段时间。一般要求血药浓度应高于 MIC（最高抑菌浓度），有剂量依赖性的氟喹诺酮类则应高出 8～10 倍疗效最佳，杀菌药疗程 2～3 天为佳，抑菌药尤其是磺胺类疗程则应达到 3～5 天。每天用药剂量、次数、间隔时间等应按《兽药使用指南》规定，以期达到较好的疗效并避免耐药性的产生。切忌病情稍有好转即停用抗菌药，导致病情复发和耐药性的产生。

（四）正确联合使用抗微生物药物

在一些严重的混合感染或病原未明的病例，当使用一种抗菌药物无法控制病情时，可以适当联合用药，以扩大抗菌谱、增强疗效、减少用量、降低或避免毒副作用、减少或延缓耐药菌株的产生。目前一般将抗菌药分为四大类：第一类为繁殖期或速效杀菌剂，如青霉素、头孢菌素类药物等；第二类为静止期杀菌剂，即慢效杀菌剂，如氨基糖苷类、多黏菌素类药物等；第三类为速效抑菌剂，如四环素类、大环内酯类、酰胺醇类药物等；第四类为慢效抑菌剂，如磺胺类药物等。第一类和第二类合用一般可获得增强作用，如青霉素和链霉素合用，前者破坏细菌细胞壁的完整性，使后者更易进入菌体内发挥作用。第一类与第三类合用则可出现拮抗作用，如青霉素与四环素合用，由于后者使细菌蛋白质合成受到抑制，细菌进入静止状态，因此青霉素便不能发挥抑制细胞壁合成的作用。第一类与第四类合用，可能无明显影响，第二类与第三类合用常表现为相加作用或协同作用。在联合用药时要注意可能出现的毒性相加作用，而且也要注意药物之间理化性质、药物动力学和药效学之间的相互作用与配伍禁忌。抗微生物药物的联合应用见表 6-2。

表 6-2　抗微生物药物的联合应用

病原菌	抗菌药物的联合应用
一般革兰阳性菌和阴性菌	青霉素 G＋链霉素，红霉素＋氟苯尼考，磺胺间甲氧嘧啶（SMZ）[或磺胺对二甲氧嘧啶（SDM）、或磺胺二甲嘧啶（SM2）、磺胺嘧啶（SD）]＋甲氧苄啶（TMP）或二甲氧苄啶（DVD），卡那霉素或庆大霉素＋氨苄西林
金色葡萄球菌	红霉素＋氟苯尼考，苯唑青霉素＋卡那霉素或庆大霉素，红霉素或氟苯尼考＋庆大霉素或卡那霉素，红霉素＋利福平或杆菌肽，头孢霉素＋庆大霉素或卡那霉素，杆菌肽＋头孢霉素或苯唑青霉素
大肠杆菌	链霉素、卡那霉素或庆大霉素＋四环素类、氟苯尼考、氨苄西林、头孢霉素，多黏菌素＋四环素类、氟苯尼考、庆大霉素、卡那霉素、氨苄西林或头孢霉素类，SM2＋＋TMP 或 DVD
变形杆菌	链霉素、卡那霉素或庆大霉素＋四环素类、氟苯尼考、氨苄西林，SMZ＋TMP
铜绿假单胞菌	多黏菌素 B 或多黏菌素 E＋四环素类、庆大霉素、氨苄西林，庆大霉素＋四环素类
肠球菌属	青霉素 G＋庆大霉素、万古霉素＋阿米卡星或氟喹诺酮类
结核杆菌	异烟肼＋利福平或链霉素、利福平＋乙胺丁醇
其他革兰阴性杆菌（主要是肠杆菌科）	氨基糖苷类＋哌拉西林或头孢类＋酶抑制剂或美西林＋β-内酰胺类
厌氧菌	甲硝唑＋青霉素 G，林可霉素
深部真菌	两性霉素 B＋氟康唑

（五）避免耐药性的产生

随着抗菌药物的广泛使用，细菌耐药性的问题也日益严重，为防止耐药菌株的产生，临床防治疾病用药时应做到：①严格掌握用药指征，不滥用抗菌药物，所用药物用量充足，疗程适当；②单一抗菌药物有效时，就不采用联合用药；③尽可能避免局部用药和滥作预防用药；④病因不明者，切勿轻易使用抗菌药物；⑤尽量减少长期用药；⑥确定为耐药菌株感染，应改用对病原菌敏感的药物或采取联合用药。对于抗菌药物添加剂也须强调合理使用，要改善饲养管理条件，控制药物品种和浓度，禁止使用治疗用抗生素作动物药物添加剂；按照使用条件，用于合适的靶动物；严格遵照休药期和应用限制，减少药物毒性作用和残留量。

第二节　常用的抗微生物药物

一、常用抗生素

（一）青霉素类

1. 青霉素 G

【性状】　为弱有机酸，性质稳定，难溶于水，其钠、钾盐则易溶于水。其水溶液不稳定、不耐热，室温中 24 小时大部分即被分解，并可产生青霉噻唑酸和青霉烯酸等致敏物质，故常制成粉针剂，临用时用注射用水溶解。遇酸、碱、醇、氧化剂、重金属离子及青霉素酶等均可使青霉素的 β-内酰胺环破坏而失效。

【适应证】　青霉素 G 对"三菌一体"，即革兰阳性和阴性球菌、革兰阳性杆菌、放线菌和螺旋体等高度敏感，常作为首选药。临床上主要用于对青霉素 G 敏感的病原菌所引起的各种感染，如坏死杆菌病、炭疽病、破伤风、恶性水肿、气肿疽、各种呼吸道感染、乳腺炎、子宫炎、放线菌病、钩端螺旋体病等。

【制剂与规格】　青霉素 G 钠或钾粉针，80 万国际单位/支、100 万国际单位/支、160 万国际单位/支。

【用法与用量】　肌内注射，兔 5 万国际单位/（千克体重·次），每天 2～3 次。

【药物相互作用（不良反应）】　与氨基糖苷类合用可提高后者在菌体内的浓度，表现为协同作用；青霉素不宜与红霉素、四环素、土霉素、氯霉素、卡那霉素、庆大霉素、大环内酯类、磺胺类、碳酸氢钠、维生素 C、去甲肾上腺素、阿托品、氯丙嗪，以及重金属、酸、碱、醇类、碘、氧化剂、还原剂等混合和配伍应用；青霉素 G 的毒性极小，其不良反应除局部刺激外，主要是过敏反应。

【注意事项】　多数细菌对青霉素 G 不易产生耐药性，但金黄色葡萄球菌在与青霉素长期反复接触后，能产生并释放大量的青霉素酶（β-内酰胺酶），使青霉素的 β-内酰胺环裂解而失效。对耐药金黄色葡萄球菌感染的治疗，可采用半合成青霉素类、头孢菌素类、红霉素等进行治疗；青霉素钾（钠）遇湿易分解失效，其铝盖胶塞瓶装制剂不宜放置冰箱中。

【最高残留量】 残留标示物：苄青霉素。所有食品动物：肌肉、脂肪、肝、肾 50 微克/千克。

2. 普鲁卡因青霉素

【性状】 为白色或淡黄色结晶性粉末。微溶于水。遇酸、碱、氧化剂等迅速失效。每克含青霉素 95 万单位以上，普鲁卡因 0.38～0.4 克。

【适应证】 用于青霉素敏感菌引起的慢性感染，如羊、猪、兔子宫蓄脓、乳腺炎、复杂骨折等。

【制剂与规格】 普鲁卡因青霉素粉针，40 万国际单位（含普鲁卡因青霉素 30 万国际单位和青霉素钾或青霉素钠 10 万国际单位）/支或 80 万国际单位（含普鲁卡因青霉素 60 万国际单位和青霉素钾或青霉素钠 20 万国际单位）/支。

【用法与用量】 肌内注射，兔 3 万～4 万国际单位/（千克体重·次），每天 1 次。

【药物相互作用（不良反应）】 见青霉素 G。

【注意事项】 遇湿易分解失效，其铝盖胶塞瓶装制剂不宜放置冰箱中。常与青霉素合用，治疗青霉素敏感菌引起的慢性感染。

【最高残留量】 残留标示物：苄青霉素。所有食品动物：肌肉、脂肪、肝、肾 50 微克/千克。

3. 氯唑西林钠（邻氯青霉素钠）

【性状】 为白色粉末或结晶性粉末。有引湿性，极易溶于水。应密封在干燥处保存。

【适应证】 属耐酸、耐酶青霉素，可供内服。对金黄色葡萄球菌、链球菌、肺炎球菌（特别是耐药菌株）等，具有杀菌作用。适用于耐药金黄色葡萄球菌等大多数革兰阳性菌引起的感染。

【制剂与规格】 注射用氯唑西林钠；0.5 克/支。

【用法与用量】 内服，兔 20～40 毫克/千克体重，每天 2～3 次，连用 2～3 天。

【药物相互作用（不良反应）】 青霉素不宜与四环素、土霉素、氯霉素、卡那霉素、庆大霉素、大环内酯类、磺胺类抗微生物药物及碳酸氢钠、维生素 C、去甲肾上腺素、阿托品、氯丙嗪等混合应用。

【注意事项】　遇湿易分解失效，其铝盖胶塞瓶装制剂不宜放置冰箱中。

【最高残留量】　残留标示物：氯唑西林。所有食品动物：肌肉、脂肪、肝、肾 300 微克/千克。

4. 氨苄西林（氨苄青霉素、安比西林）

【性状】　为白色结晶性粉末。微溶于水，其钠盐易溶于水。应密封保存于冷暗处。

【适应证】　为广谱青霉素，对革兰阳性菌和革兰阴性菌，如链球菌、葡萄球菌、炭疽杆菌、布氏杆菌、大肠杆菌、巴氏杆菌、沙门杆菌等均有抑杀作用，但对革兰阳性菌的作用不及青霉素，对铜绿假单胞菌和耐药金黄色葡萄球菌无效。主要治疗敏感菌引起的呼吸道感染、消化道感染、尿路感染和败血症。在临床上常用于巴氏杆菌病、肺炎、乳腺炎，亦可用于李氏杆菌病。

【制剂与规格】　注射用氨苄西林，0.5 克/支、1 克/支、2 克/支；氨苄西林钠可溶性粉，40 克/袋、80 克/袋。

【用法与用量】　内服，家畜 11～22 毫克/千克体重，每天 1～2 次；肌内注射、静脉注射，家畜 10～20 毫克/千克体重，每天2～3 次，连用 2～3 天。

【药物相互作用（不良反应）】　与青霉素 G 相同。本品与其他半合成青霉素、卡那霉素、庆大霉素等合用易发挥协同作用。对胃肠道正常菌群有较强的干扰作用，成年反刍动物禁止内服。

【注意事项】　遇湿易分解失效，其铝盖胶塞瓶装制剂不宜放置冰箱中。

【最高残留量】　残留标示物：氨苄西林。所有食品动物：肌肉、脂肪、肝、肾 50 微克/千克。

5. 阿莫西林（羟氨苄青霉素钠）

【性状】　为类白色结晶性粉末，易溶于水。

【适应证】　本品的作用、用途、抗菌谱与氨苄西林基本相同，但杀菌作用快而强，内服吸收比较好，对呼吸道、泌尿道及肝、胆系统感染疗效显著。与氨苄西林有完全的交叉耐药性。

【制剂与规格】 阿莫西林片，0.125 克/片、0.25 克/片；阿莫西林胶囊，0.125 克/粒、0.25 克/粒、0.5 克/粒；注射用阿莫西林钠，0.5 克/支。

【用法与用量】 内服，兔 15～20 毫克/千克体重，2 次/天；肌内注射，兔 5～1 毫克/千克体重，2 次/天，连用 5 天。

【药物相互作用（不良反应）】 与青霉素 G 相同。

【注意事项】 遇湿易分解失效，其铝盖胶塞瓶装制剂不宜放置冰箱中；尽量不要口服。

【最高残留量】 残留标示物：阿莫西林。所有食品动物：肌肉、脂肪、肝、肾 50 微克/千克。

（二）头孢菌素类

1. 头孢噻吩（先锋霉素Ⅰ）

【性状】 为白色结晶性粉末，易溶于水。粉末久置后颜色变黄，但不影响效力，而溶液变黄后即不可使用。应遮光、密封置阴凉干燥处保存。

【适应证】 对革兰阳性菌和革兰阴性菌及钩端螺旋体均有较强作用，但对铜绿假单胞菌、真菌、霉形体、结核杆菌无效。主要用于葡萄球菌、链球菌、肺炎球菌和巴氏杆菌、大肠杆菌、沙门杆菌等引起的呼吸道、泌尿道感染等。

【制剂与规格】 注射用头孢噻吩钠，0.5 克/支、1 克/支。

【用法与用量】 肌内注射，兔 10～30 毫克/千克体重，每天 2～3 次。

【药物相互作用（不良反应）】 不宜与庆大霉素合用。

【注意事项】 内服吸收不良，只供注射。对肝、肾功能有影响。

2. 盐酸头孢噻呋

【性状】 本品为类白色至淡黄色粉末，难溶于水，在丙酮中微溶，在乙醇中几乎不溶。

【适应证】 主要用于治疗敏感菌多杀性巴氏杆菌、大肠杆菌引起的消化道疾病；巴氏杆菌、嗜睡嗜血杆菌、化脓棒状杆菌等引起的呼吸道感染，以及运输热、肺炎等；坏死梭杆菌、产黑色素拟杆菌引起的腐蹄病。

【制剂与规格】 注射用头孢噻呋钠，0.5 克/瓶、4 克/瓶（以头孢噻呋计）。

【用法与用量】 肌内注射，一次量，兔 5～10 毫克/千克体重，每日 1 次，连用 2～3 天。

【药物相互作用（不良反应）】 与氨基糖苷类药物有协同作用；与丙磺舒合用可提高血中药物浓度和半衰期；可能引起胃肠道菌群紊乱或二重感染，有一定的肾毒性。在牛可引起特征性的脱毛或瘙痒。

【注意事项】 本品主要通过肾排泄，对肾功能不全者要注意调整剂量。

3. 头孢噻啶（头孢菌素Ⅱ、先锋霉素Ⅱ）

【性状】 本品为白色或无色粉末，在水中溶解。

【适应证】 具有广谱抗菌作用。用于敏感菌所致的呼吸道、泌尿道、皮肤和软组织感染。对革兰阳性菌抗菌活性较强。

【制剂与规格】 注射用头孢噻啶，0.1 克/瓶、0.5 克/瓶。

【用法与用量】 肌内注射或皮下注射，一次量，兔 20 毫克/千克体重，每日 1～2 次，连用 5 天。

【药物相互作用（不良反应）】 与氨基糖苷类药物有协同作用。

【注意事项】 本品罕见肾毒性，但病畜肾功能严重损害或合用其他对肾有害的药物时则易于发生。

4. 头孢喹肟钠

【性状】 本品为类白色结晶性粉末，易溶于水。

【适应证】 为抗生素类药。主要用于治疗大肠杆菌引起的乳腺炎，多杀性巴氏杆菌或胸膜肺炎放线杆菌引起的呼吸道疾病。

【制剂与规格】 注射用头孢喹肟钠，0.5 克/支、1 克/支。

【用法与用量】 肌内注射，一次量，兔 30～50 毫克/千克体重，每日 3 次，连用 3～5 天。

【注意事项】 遮光，25℃以下保存。

（三）大环内酯类

1. 红霉素

【性状】 为白色或类白色结晶或粉末，难溶于水，与酸结合成盐则易溶于水，在酸性溶液中易破坏，pH 低于 4 时，则全部失效。

【适应证】　抗菌谱与青霉素相同，对各种革兰阳性菌、金黄色葡萄球菌、链球菌、肺炎双球菌、炭疽杆菌、猪丹毒杆菌、梭状芽孢菌、布氏杆菌、脑膜炎球菌、淋球菌、流感杆菌、多杀性巴氏杆菌有高度抑菌作用。对其他多数革兰阴性杆菌不敏感，但对耐青霉素的金黄色葡萄球菌仍然有效。此外，对肺炎霉形体、立克次体、钩端螺旋体有效。主要用于治疗耐药金黄色葡萄球菌感染和对青霉素过敏的病例，也可用于敏感菌引起的各种感染，如肺炎、子宫炎、乳腺炎、败血症等。

【制剂与规格】　红霉素片，0.1克（10万单位）/片、0.125克（12.5万单位）/片、0.2克（20万单位）/片、0.25克（25万单位）/片；硫氰酸红霉素可溶性粉，100克（含量5克，500万单位）/袋。

【用法与用量】　内服，兔10～20毫克/千克体重，每天2次，连用3～5天。

【药物相互作用（不良反应）】　红霉素液体剂型遇到酸性物质及丁胺卡那霉素、氯霉素琥珀酸钠、硫酸链霉素、盐酸四环素、复合维生素B、维生素C等会出现浑浊、沉淀、易失效。本品对新生仔畜毒性大，内服可引起胃肠功能紊乱。

【注意事项】　细菌对红霉素易产生耐药性，但不持久，停药数月后可恢复敏感性。

【最高残留量】　残留标示物：红霉素。所有食品动物：肌肉、脂肪、肝、肾200微克/千克。

2. 泰乐菌素

【性状】　为白色结晶性粉末，微溶于水，呈弱碱性，其盐类易溶于水且稳定。

【适应证】　本品是一种畜禽专用抗生素，对革兰阳性菌和部分革兰阴性菌、螺旋体、立克次体和衣原体等有抑制作用，对霉形体有特效。对革兰阳性菌的作用较红霉素稍弱，与本类抗生素之间有交叉耐药性。本品主治兔传染性鼻炎、巴氏杆菌、化脓性肺炎等引起的流鼻涕、打喷嚏、摇头、流泪等呼吸道疾病，对反复发作的鼻炎有特效。如兔传染性鼻炎，病兔精神不振、食欲不降、偶尔听到咳嗽声等，随之从鼻腔内流出水样鼻涕，并出现用前爪挠鼻更加严重，使得鼻孔周围皮肤红肿、发炎、甚至脱毛，形成结痂、污垢、导致呼吸困难，病情加重，身体衰竭，继发感染其他病症（如结膜炎、角膜炎、皮下脓肿、子宫积脓、睾丸炎等）而死亡。

【制剂与规格】　酒石酸泰乐菌素可溶性粉剂（内含酒石酸泰乐菌素、林可霉素、增效剂、药物释放缓释因子等），100 克（含酒石酸泰乐菌素 20 克、林可霉素 10 克等）/袋。

【用法与用量】　兔饮水，每 100 克本品兑水 400 千克，集中饮水，连用 2～3 天；或拌料 200 千克，预防量酌减或遵医嘱。适用于规模化兔场呼吸道疾病的全群治疗与预防。

【药物相互作用（不良反应）】　注意本品不能与聚醚类抗生素合用，否则导致后者毒性增强；本品的水溶液遇铁、铝、锡等离子多形成络合物而减效。

【注意事项】　本品有较强的局部刺激性。

3. 北里霉素（柱晶白霉素）

【性状】　酒石酸北里霉素为白色或淡黄色粉末。能溶于水，且无异味，在饲料和饮水中均稳定。

【适应证】　与红霉累相似。对革兰阳性菌和霉形体有较强抗菌作用，对部分革兰阴性菌、钩端螺旋体、立克次体及衣原体也有效。

【制剂与规格】　酒石酸北里霉素粉针，0.2 克/瓶；北里霉素片，25 毫克/片；北里霉素预混剂，2.2％、11％、55％、95％，为水溶性。

【用法与用量】　肌内注射或皮下注射，5～25 毫克/千克体重，每天 1 次；混饲，0.025％～0.035％。

【药物相互作用（不良反应）】　与红霉素相同

（四）林可胺类

1. 林可霉素（洁霉素）

【性状】　盐酸林可霉素为白色结晶粉末，有微臭或特殊臭，味苦，易溶于水和乙醇。

【适应证】　主要对革兰阳性菌，如金黄色葡萄球菌、链球菌、肺炎球菌、破伤风杆菌、炭疽杆菌、大多数产气荚膜杆菌等有较强抗菌作用，特别适用于耐青霉素、红霉素菌株感染及对青霉素过敏的病畜。对革兰阴性菌、肠球菌作用较差。也用作促生长饲料添加剂。

【制剂与规格】 盐酸林可霉素注射液，2 毫升（0.6 克）/支、10 毫升（3 克）/支；盐酸林可霉素可溶性粉，100 克（含 40 克）/瓶；11％盐酸林可霉素预混剂，500 克/袋。

【用法与用量】 内服，兔 15～25 毫克/（千克体重·次），每天 1～2 次。肌内注射或静脉注射，兔 7.5～10 毫克/（千克体重·次），每天 2 次。

【药物相互作用（不良反应）】 与大观霉素和庆大霉素合用有协同作用；与氨基糖苷类和多肽类抗生素合用，可能加剧对神经肌肉接头的阻滞作用；与红霉素合用，有拮抗作用；与卡那霉素、新霉素混合静注，可发生配伍禁忌。

【注意事项】 长期大量使用可出现胃肠机能紊乱。

2. 克林霉素（氯林可霉素）

【性状】 克林霉素盐酸盐（或磷酸盐）为白色结晶性粉末，味苦，易溶于水。

【适应证】 与林可霉素相同，但抗菌活性是林可霉素的 4～8 倍。

【制剂与规格】 盐酸克林霉素片剂或胶囊，0.075 克/片（粒）、0.15 克/片（粒）；磷酸克林霉素注射液，2 毫升/（150 毫克）。

【用法与用量】 内服或肌内注射，用量与林可霉素相同。

【药物相互作用（不良反应）】 与林可霉素、红霉素有交叉耐药性。与大环内酯类和氯霉素相拮抗，故不能与氯霉素、红霉素等合用。

（五）氨基糖苷类

1. 硫酸链霉素

【性状】 为白色或类白色粉末，无臭或几乎无臭，味微苦。有引湿性，易溶于水，不溶于乙醇或三氯甲烷。

【适应证】 抗菌谱较青霉素广，主要是对结核杆菌和多种革兰阴性菌有强大的杀菌作用。对沙门杆菌、大肠杆菌、布氏杆菌、巴氏杆菌、痢疾杆菌、嗜血杆菌均敏感。对革兰阳性球菌的作用不如青霉素；对钩端螺旋体、放线菌等也有效。主要用于对本品敏感的细菌所引起的急性感染，如大肠杆菌引起的肠炎、乳腺炎、子宫炎、败血症等；巴氏杆菌引起的出血性败血症、肺炎等，以及钩端螺旋体病、放线菌病、伤寒等。

【制剂与规格】 注射用硫酸链霉素粉针，0.5 克（50 万单位）/支、1 克（100 万单位）/支；片剂，0.1 克（10 万单位）/片。

【用法与用量】 肌内注射，兔 10 毫克/千克体重，每天 2 次。

【药物相互作用（不良反应）】 在弱碱性环境中抗菌作用增强，治疗泌尿道感染时，宜同时内服碳酸氢钠；与两性霉素、红霉素、新生霉素钠、磺胺嘧啶钠在水中相遇会产生浑浊、沉淀，故在注射或饮水给药时不能合用；遇酸、碱或氯化剂、还原剂均易受破坏而失活。

【注意事项】 链霉素对其他氨基糖苷类有交叉过敏现象。对氨基糖苷类过敏的患畜应禁用本品；患畜出现失水或肾功能损害时慎用；用本品治疗泌尿道感染时，宜同时内服碳酸氢钠使尿液呈碱性；资料显示，反刍动物内服对消化道菌群的影响较小。

2. 硫酸庆大霉素

【性状】 为白色或类白色粉末，无臭，有引湿性。易溶于水，在乙醇中不溶，性质稳定。

【适应证】 抗菌谱广，对大多数革兰阴性菌及阳性菌都具有较强的抑菌或杀菌作用，特别是对耐药性金黄色葡萄球菌引起的感染有显著疗效。对结核杆菌和霉形体等也有效。主要用于耐药金黄色葡萄球菌、铜绿假单胞菌、变形杆菌、大肠杆菌等所引起的各种严重感染，如呼吸道、泌尿道感染，败血症、乳腺炎等。对败血症型、毒血症型和肠炎型大肠杆菌病有高效，对大肠杆菌性、金黄色葡萄球菌性或链球菌性的急性、亚急性和慢性乳腺炎也有效。

【制剂与规格】 硫酸庆大霉素注射液，2 万单位（20 毫克）/毫升、4 万单位（40 毫克）/毫升、8 万单位（80 毫克）/毫升。

【用法与用量】 内服，兔 5～10 毫克/千克体重，分 2～3 次服；肌内注射，兔 2～3 毫克/千克体重，每天 2 次。

【药物相互作用（不良反应）】 与 β-内酰胺类抗生素合用，通常对多种革兰阳性菌和阴性菌均有协同作用；与甲氧苄啶-磺胺合用，对大肠杆菌及肺炎克雷伯菌也有协同作用；与四环素、红霉素可能出现拮抗作用；与头孢菌素类合用可能使肾毒性增强。

【注意事项】 本品有呼吸抑制作用，不可静脉推注。

3. 卡那霉素

【性状】 为白色或类白色粉末，有吸湿性，易溶于水，应密封保存于阴凉干燥处。

【适应证】 抗菌谱广，对多种革兰阳性菌及阴性菌（包括结核杆菌在内）都具有较好的抗菌作用。革兰阳性菌中，以金黄色葡萄球菌（包括耐药性金黄色葡萄球菌）、炭疽杆菌较敏感，链球菌、肺炎链球菌敏感性较差；对金黄色葡萄球菌的作用约与庆大霉素相等。革兰阴性菌中，以大肠杆菌最敏感，肺炎杆菌、沙门杆菌、巴氏杆菌、变形杆菌等近似，对其他革兰阴性菌的作用低于庆大霉素。主要用于敏感菌引起的呼吸道、泌尿道感染和败血症、皮肤和软组织感染的治疗。

【制剂与规格】 硫酸卡那霉素注射液，0.5 克/毫升；粉针剂，1 克/支；片剂，0.25 克/片。

【用法与用量】 肌内注射，兔 5 毫克/千克体重，每天 2 次。内服，一日量，兔 5～10 毫克/千克体重，分 2 次内服。

【药物相互作用（不良反应）】 不宜与钙剂合用。其他参见硫酸链霉素。

【注意事项】 对肾脏和听神经有毒害作用。其他参见硫酸链霉素。

4. 阿米卡星（丁胺卡那霉素）

【性状】 其硫酸盐为白色或类白色结晶性粉末，几乎无臭，无味，在水中极易溶解，在甲醇中几乎不溶。

【适应证】 为半合成的氨基糖苷类抗生素，抗菌谱与庆大霉素相似，对大肠杆菌、变形球菌、克雷伯杆菌、枸橼酸杆菌、肠杆菌的部分菌株有良好的抗菌作用，对结核杆菌、金黄色葡萄球菌（包括耐药金黄色葡萄球菌）也有良好的抗菌作用。本品耐酶性能较强，当微生物对其他氨基糖苷类耐药后，对本品还常敏感。主要用于对卡那霉素或庆大霉素耐药的革兰阴性杆菌所致的消化道、尿道、呼吸道、腹腔、软组织、骨和关节、生殖系统等部位的感染以及败血症等。

【制剂与规格】　硫酸阿米卡星注射液，0.1克（10万单位）/支（1毫升）、2毫升0.2克（20万单位）/支（1毫升）。

【用法与用量】　肌内注射，兔5～7.5毫克/千克体重，每天2次。

【药物相互作用（不良反应）】　与链霉素相同。

【注意事项】　主要以原型经肾排泄。患畜应足量饮水，以减少肾小管损害；不可静脉注射，以免发生神经肌肉阻滞和呼吸抑制。

5. 硫酸新霉素

【性状】　为白色或类白色粉末，有吸湿性，极易溶于水。

【适应证】　抗菌谱广，抗菌作用与卡那霉素相似，对大多数革兰阴性菌及部分阳性菌、放线菌、钩端螺旋体、阿米巴原虫等都有抑制作用。内服后难以吸收，在肠道发挥抗菌作用；肌内注射后吸收良好，但因本品毒性大，一般不作注射给药。可内服用于治疗各种幼畜的大肠杆菌病和沙门杆菌病；子宫内注入，治疗子宫炎；外用0.5％水溶液或软膏，治疗皮肤、创伤、眼、耳等各种感染。此外，也可气雾吸入，用于防治呼吸道感染。

【制剂与规格】　硫酸新霉素片，0.1克/片、0.25克/片；硫酸新霉素可溶性粉，3.25克（325万单位）/100克、6.5克（600万单位）/100克、32.5克（3250万单位）/100克；硫酸新霉素、甲溴东莨菪碱溶液100（硫酸新霉素60毫克、甲溴东莨菪碱0.288毫克）。

【用法与用量】　内服，兔15～20毫克/（体重·次），每天2次。硫酸新霉素、甲溴东莨菪碱溶液，兔0.5～2毫升/次，每天2次。

【药物相互作用（不良反应）】　对肾、耳毒性较强。

【注意事项】　供人食用的家畜，不能用此药。

（六）四环素类

1. 盐酸土霉素

【性状】　盐酸土霉素为淡黄色的结晶性或无定形粉末；在日光下颜色变暗，在碱性溶液中易破坏失效，在水中易溶。

【适应证】　土霉素主要是抑制细菌的生长繁殖。抗菌谱广，不仅对革兰阳性菌如肺炎球菌、溶血性链球菌、部分葡萄球菌、破伤风杆菌和炭疽杆菌等有效，而且还对革兰阴性菌如沙门菌、大肠杆菌、巴氏杆菌、布氏杆菌等有抗菌作用；此外，对立克次体、衣原体、支原体、螺旋体、放线菌和某些原虫等有效。但对铜绿假单胞菌、病毒和真菌无效；对革兰阳性菌的作用不如青霉素和头孢菌素；对革兰阴性菌的作用不如链霉素。

【制剂与规格】　土霉素片，0.05克/片、0.125克/片、0.25克/片；注射用盐酸土霉素，0.2克（20万单位）/支（1毫升）；长效土霉素（特效米先）注射液，20克/100毫升；长效盐酸土霉素（米先-10）注射液，0.1克/1毫升。

【用法与用量】　内服，兔10～25毫克/（千克体重·次），每天2次；肌内注射或静脉注射，兔3～5毫克/（千克体重·次），每天2次。

【药物相互作用（不良反应）】　忌与碱溶液和含氯量高的水溶液混合；锌、铁、铝、镁、锰、钙等多价金属离子与其形成难溶的络合物而影响吸收，避免与乳类制品和含上述金属离子的药物和饲料共服。

【注意事项】　应用土霉素可引起肠道菌群失调、二重感染等不良反应，故成年反刍兽不宜内服此药。

【最高残留量】　残留标示物：土霉素。所有食品动物：肌肉100微克/千克，肝300微克/千克，肾600微克/千克。

2. 盐酸金霉素

【性状】　盐酸金霉素为金黄色或黄色结晶，溶于水，应密封保存于干燥冷暗处。

【适应证】　与土霉素相似。对革兰阳性菌、金黄色葡萄球菌感染的疗效较土霉素好。治疗犊牛肺炎、出血性败血症、乳腺炎和急性细菌性肠炎。低剂量可用作饲料添加剂，促进生长，改善饲料转化率。

【制剂与规格】　注射用盐酸金霉素，0.2克（20万单位）/支、1.0克（100万单位）/支。

【用法与用量】　肌内注射，兔20～40毫克/千克体重，每天

2 次。

【药物相互作用（不良反应）】　与土霉素相同。

【注意事项】　与土霉素相同。

【最高残留量】　残留标示物：盐酸金霉素。所有食品动物：肌肉 100 微克/千克，肝 300 微克/千克，肾 600 微克/千克。

3. 四环素

【性状】　盐酸四环素为黄色结晶性粉末。有吸湿性，可溶于水。应遮光、密封于阴凉干燥处。

【适应证】　与土霉素相同，但对革兰阴性菌的作用较强。内服吸收良好。

【制剂与规格】　盐酸四环素片，0.125 克/片、0.25 克/片；注射用盐酸四环素，0.125 克/支、0.25 克/支、0.5 克/支。

【用法与用量】　兔内服，100～200 毫克/(只·次)。肌内注射或静脉注射，兔 3～5 毫克/(千克体重·次)，每天 2 次。

【药物相互作用（不良反应）】、【注意事项】　与土霉素相同。

【最高残留量】　残留标示物：四环素。所有食品动物：肌肉 100 微克/千克，肝 300 微克/千克，肾 600 微克/千克。

4. 多西环素

【性状】　其盐酸盐为淡黄色或黄色结晶性粉末。易溶于水，微溶于乙醇。1‰水溶液的 pH 为 2～3。

【适应证】　抗菌谱与其他四环素类相似，体内、外抗菌活性较土霉素、四环素强。主要用于治疗畜禽的支原体病、大肠杆菌病、沙门菌病、巴氏杆菌病。

【制剂与规格】　盐酸多西环素片，0.05 克/片、0.1 克/片；胶囊，0.1 克/粒；注射用盐酸多西环素，0.1 克/支、0.2 克/支。

【用法与用量】　内服，兔 5～10 毫克/(千克体重·次)，1 天 1 次，连用 3～5 天；静脉注射，兔 2～4 毫克/(千克体重·次)，1 天 1 次，连用 3～5 天。

【药物相互作用（不良反应）】　本品与利福平或链霉素合用，治疗布氏杆菌病有协同作用。

【注意事项】　与土霉素相同。

（七）酰胺醇类

包括氯霉素、甲砜霉素和氟苯尼考，后两者为氯霉素的衍生物。氯霉素因骨髓抑制毒性及药物残留问题已被禁用于所有食品动物。

1. 甲砜霉素

【性状】 为白色结晶性粉末，无臭，微溶与水，溶于甲醇，几乎不溶于乙醚或氯仿。

【适应证】 为广谱抗生素，对多数革兰阴性菌和阳性菌均有抑菌（低浓度）和杀菌（高浓度）作用，对部分衣原体、钩端螺旋体、立克次体和某些原虫也有一定的抑制作用，对氯霉素耐药的菌株仍然对甲砜霉素敏感。主要用于畜禽的细菌性疾病，尤其是大肠杆菌、沙门菌及巴氏杆菌感染。

【制剂与规格】 甲砜霉素片，25毫克/片、100毫克/片；5%散剂。

【用法与用量】 内服，家畜10～20毫克/千克体重，每天2次。

【药物相互作用（不良反应）】 内酰胺类、大环内酯类和林可霉素与本品有拮抗作用。不产生再生障碍性贫血，但可抑制红细胞、白细胞和血小板生成，程度比氯霉素轻。

【注意事项】 禁用于免疫接种期的动物和免疫功能严重缺损的动物；肾功能不全的患畜要减量或延长给药间隔。

【最高残留量】 残留标示物：甲砜霉素。羊：各类可食组织50微克/千克。

2. 氟苯尼考（氟甲砜霉素）

【性状】 为白色或类白色结晶性粉末，无臭，在二甲基甲酰胺中极易溶解，在甲醇中溶解，在冰醋酸中略溶，在水或氯仿中极微溶解。

【适应证】 为畜禽专用抗生素。其抗菌活性是氯霉素的5～10倍；对氯霉素、甲砜霉素、阿莫西林、金霉素、土霉素等耐药的菌株仍有效。主要用于预防和治疗畜、禽和水产动物的各类细菌性疾病，尤其对呼吸道和肠道感染疗效显著，如用于牛的呼吸道感染、乳腺炎等。

【制剂与规格】　30%氟苯尼考注射液，2毫升/支、10毫升/支；氟苯尼考预混剂100克：10克。

【用法与用量】　内服量，兔20～30毫克/千克体重，每天2次；肌内注射，兔20毫克/千克体重，每2天1次，连用2～3次。

【药物相互作用（不良反应）】　有胚胎毒性，故妊娠动物禁用。

【注意事项】　本品不良反应少，不引起骨髓造血功能的抑制或再生障碍性贫血。

【最高残留量】　残留标示物：氟苯尼考胺。所有食品动物：肌肉200微克/千克，肝3000微克/千克，肾300微克/千克。

（八）多肽类

硫酸多黏菌素 B

【性状】　其硫酸盐为白色结晶粉末。易溶于水，有引湿性。在酸性溶液中稳定，其中性溶液在室温放置1周不影响效价，在碱性溶液中不稳定。

【适应证】　本品为窄谱杀菌剂，对革兰阴性杆菌的抗菌活性强。用于治疗铜绿假单胞菌和其他革兰阴性杆菌所致的败血症及肺、尿路、肠道、烧伤创面等感染和乳腺炎。本类药物与其他抗菌药物间没有交叉耐药性。

【制剂与规格】　注射用多黏菌素 B，每瓶50毫克（50万单位）；多黏菌素 B 片，12.5万单位/片、25万单位/片。

【用法与用量】　内服，兔1.5～5毫克/（千克体重·次），每天1～2次；肌内注射，0.5毫克/（千克体重·次），每天2次。

【药物相互作用（不良反应）】　本品易引起肾脏和神经系统的毒性反应，现多作局部应用；本品与增效磺胺药、四环素类合用时，亦可产生协同作用。

【注意事项】　一般不采用静脉注射，因为可能引起呼吸抑制。

二、合成抗菌药

（一）磺胺类

1. 磺胺脒（SG）

【性状】　为白色针状结晶性粉末。无臭或几乎无臭，无味，遇光易变色。微溶于水。

【**适应证**】　内服吸收少，在肠内可保持较高浓度。适用于防治肠炎、腹泻等细菌性感染。

【**制剂与规格**】　磺胺脒片，0.5 克/片。

【**用法与用量**】　内服，兔首次量 0.3 克/（千克体重·次），维持量 0.15 克/（千克体重·次），每天 2 次。

【**药物相互作用（不良反应）**】　用量过大或肠阻塞、严重脱水等患畜应用易损害肾脏。

【**注意事项**】　成年反刍动物少用。

【**最高残留量**】　残留标示物：磺胺脒。所有食品动物：肌肉、脂肪、肝、肾 100 微克/千克。

2. 琥珀酰磺胺噻唑（SST）

【**性状**】　为白色或微黄色晶粉，不溶于水。

【**适应证**】　内服不易吸收，在肠内经细菌作用后，释出磺胺噻唑而发挥抗菌作用。抗菌作用比磺胺脒强，副作用也较小。用途与磺胺脒相同。

【**制剂与规格**】　琥珀酰磺胺噻唑片，0.5 克/片。

【**用法与用量**】　内服，兔首次量 0.3 克/（千克体重·次），维持量 0.15 克/（千克体重·次），每天 2 次。

【**药物相互作用（不良反应）**】　用量过大或肠阻塞、严重脱水等患畜应用易损害肾脏。

【**注意事项**】　成年反刍动物少用。

3. 酞酰磺胺噻唑（酞磺噻唑，PST）

【**性状**】　本品为白色或类白色的结晶性粉末，无臭。在乙醇中微溶，在水或三氯甲烷中几乎不溶，在氢氧化钠试液中易溶。

【**适应证**】　内服不易吸收，并在肠道内逐级释放出磺胺噻唑而呈现出抑菌作用。抗菌作用比磺胺脒强，副作用也较小。主要用于幼畜和中小动物肠道细菌感染。

【**制剂与规格**】　酞磺噻唑片，0.5 克/片。

【**用法与用量**】　内服，兔 0.1～0.3 克/（千克体重·天），分 3 次服用，连用 3～5 天。

【**药物相互作用（不良反应）**】、【**注意事项**】　与磺胺脒相同。

【**最高残留量**】　残留标示物：磺胺噻唑。所有食品动物：肌肉、脂肪、肝、肾 100 微克/千克。

4. 磺胺嘧啶（SD）

【性状】　为白色或类白色结晶粉。几乎不溶于水，其钠盐溶于水。

【适应证】　抗菌力较强，对各种感染均有较高疗效，主要用于巴氏杆菌病、子宫内膜炎、乳腺炎、败血症、弓形虫病等，亦是治疗各种脑部细菌感染的良好药物。

【制剂与规格】　磺胺嘧啶片，0.5 克/片；复方磺胺嘧啶注射液，1 克/5 毫升、1 克/10 毫升、5 克/50 毫升；磺胺嘧啶注射液，1 克/10 毫升、0.4 克/2 毫升。

【用法与用量】　内服，兔首次量 0.14～0.2 克/（千克体重·次），维持量 0.07～0.1 克/（千克体重·次），每天 2 次；肌内注射，兔首次量 0.1 克/（千克体重·次），维持量 0.05 克/（千克体重·次），每天 2 次。

【药物相互作用（不良反应）】　磺胺类药物与抗菌增效剂合用，可产生协同作用；磺胺嘧啶与许多药物之间有配伍禁忌。液体遇到氯霉素、庆大霉素、卡那霉素、林可霉素、土霉素、链霉素、四环素、万古霉素、复方维生素等，会出现沉淀；同服噻嗪类或速尿等利尿剂，可增加肾毒性，亦可使血小板减少；本类药物的注射液不宜与酸性药物配伍使用。

【注意事项】　应用磺胺类药物时，必须有足够的剂量和疗程，通常首次用量加倍，使血中药物浓度迅速达到有效抑菌浓度；用药期间应充分饮水，增加尿量，以促进排出；肉食兽和杂食兽应同服碳酸氢钠，并增加饮水，以减少或避免其对泌尿道的损害。

【最高残留量】　残留标示物：磺胺嘧啶。所有食品动物：肌肉、脂肪、肝、肾 100 微克/千克。

5. 磺胺二甲嘧啶（SM2）

【性状】　为白色或微黄色结晶或粉末。几乎不溶于水，其钠盐溶于水。

【适应证】　抗菌力较强，但比磺胺嘧啶稍弱，有抗球虫作用。用于防治巴氏杆菌病、乳腺炎、子宫炎、呼吸道和消化道感染等。

【制剂与规格】　磺胺二甲嘧啶片，0.5 克/片；磺胺二甲嘧啶注射液，0.4 克/2 毫升、1 克/5 毫升。

【用法与用量】　内服，兔 0.1 克/千克体重，首次用量加倍，每天 1～2 次，连用 5～7 天；混饮浓度 0.2%，连用 7 天；肌内注射用量与内服相同。

【药物相互作用（不良反应）】、【注意事项】　与磺胺嘧啶相同。

【最高残留量】　残留标示物：磺胺二甲嘧啶。所有食品动物：肌肉、脂肪、肝、肾 100 微克/千克。

6. 磺胺噻唑（ST）

【性状】　为白色或淡黄色结晶、颗粒或粉末，极微溶于水。

【适应证】　抗菌作用比磺胺嘧啶强，用于敏感菌所致的肺炎、出血性败血症、子宫内膜炎等。对感染创，可外用其软膏剂。

【制剂与规格】　磺胺噻唑片，0.5 克/片；磺胺噻唑钠注射液，1 克/5 毫升、2 克/10 毫升、2 克/20 毫升。

【用法与用量】　内服，兔 0.1 克/千克体重，每 8 小时 1 次，首次量加倍；肌内注射，兔 0.07～0.1 克/千克体重，每 8～12 小时 1 次。

【药物相互作用（不良反应）】、【注意事项】　与磺胺嘧啶相同。

【最高残留量】　残留标示物：磺胺噻唑。所有食品动物：肌肉、脂肪、肝、肾 100 微克/千克。

7. 磺胺甲噁唑（新诺明，SMZ）

【性状】　为白色结晶性粉末，几乎不溶于水。

【适应证】　抗菌作用较其他磺胺药强。与抗菌增效剂 TMP 合用，抗菌作用可增强数倍至效十倍。主要用于治疗呼吸道、泌尿道感染。

【制剂与规格】　磺胺甲噁唑片，0.5 克/片；磺胺甲噁唑注射液，2 克/5 毫升；复方新诺明片，0.5 克/片。

【用法与用量】　内服或肌内注射，兔首次量 0.1 克/千克体重，维持量 0.07 克/千克体重，每天 2 次。

【药物相互作用（不良反应）】　与磺胺嘧啶相同。

【注意事项】　与磺胺嘧啶相同。

【最高残留量】　残留标示物：磺胺甲噁唑。所有食品动物：肌肉、脂肪、肝、肾 100 微克/千克。

8. 磺胺对甲氧嘧啶（磺胺-5-甲氧嘧啶，消炎磺，SMD）

【**性状**】　为白色或微黄色结晶粉。几乎不溶于水，其钠盐溶于水。

【**适应证**】　对革兰阳性菌和革兰阴性菌如化脓性链球菌、沙门菌和肺炎杆菌有良好的抗菌作用，但较制菌磺弱。对尿路感染疗效显著。对生殖、呼吸系统及皮肤感染也有效。与 TMP 合用可增强疗效。

【**制剂与规格**】　磺胺对甲氧嘧啶片，0.5 克/片；复方磺胺对甲氧嘧啶片，0.5 克/片；复方磺胺对甲氧嘧啶钠注射液，10 毫升（磺胺对甲氧嘧啶 1 克＋甲氧苄啶 0.2 克）/支、10 毫升（磺胺对甲氧嘧啶 2 克＋甲氧苄啶 0.4 克）/支。

【**用法与用量**】　内服，兔首次用量 0.05～1 克/千克体重，维持量 0.025～0.05 克/千克体重，每天 2 次；肌内注射用量与内服相同。

【**药物相互作用（不良反应）**】、【**注意事项**】　本品不能用葡萄糖溶液稀释。其他与磺胺嘧啶相同。

【**最高残留量**】　残留标示物：磺胺对甲氧嘧啶。所有食品动物：肌肉、脂肪、肝、肾 100 微克/千克。

9. 磺胺间甲氧嘧啶（磺胺-6-甲氧嘧啶，制菌磺，SMM）

【**性状**】　为白色或微黄色结晶粉。几乎不溶于水，其钠盐溶于水。

【**适应证**】　本品是体内外抗菌作用最强的磺胺药，对球虫和弓形虫也有显著作用。用于防治各种敏感菌所致的畜禽呼吸道、消化道、泌尿道感染等。局部灌注可用于治疗乳腺炎、子宫炎等。与 TMP 合用可增强疗效。

【**制剂与规格**】　片剂，0.5 克/片；针剂，1 克/10 毫升。

【**用法与用量**】　内服，兔 0.025 克/千克体重，每天 1 次，首次量加倍。

【**药物相互作用（不良反应）**】、【**注意事项**】　与磺胺嘧啶相同。

【**最高残留量**】　残留标示物：磺胺间甲氧嘧啶。所有食品动物：肌肉、脂肪、肝、肾 100 微克/千克。

10. 磺胺甲氧达嗪

【性状】 为白色或微黄色结晶粉，几乎不溶于水。

【适应证】 对链球菌、葡萄球菌、肺炎球菌、大肠杆菌、李氏杆菌等有较强的抗菌作用。

【制剂与规格】 片剂，0.5克/片、1克/片；注射液，1克/10毫升、5克/50毫升、10克/100毫升；复方注射液，5毫升（磺胺甲氧达嗪钠1克＋甲氧苄啶0.2克）/支、10毫升（磺胺甲氧达嗪钠1克＋甲氧苄啶0.2克）/支、10毫升（磺胺甲氧达嗪钠2克＋甲氧苄啶0.4克）/支。

【用法与用量】 内服，首次量，50～100毫克/千克体重，维持量减半，每天2次，连用3～5天；注射液，静脉注射或肌内注射，1次量，50毫克/千克体重，1天1次；复方注射液，肌内注射（以磺胺甲氧达嗪钠计），一次量，15～25毫克/千克体重。

【药物相互作用（不良反应）】、【注意事项】 与磺胺嘧啶相同。

11. 磺胺多辛（磺胺-5,6-二甲氧嘧啶，周效磺胺）

【性状】 为白色或近白色结晶粉，几乎不溶于水。

【适应证】 抗菌作用与磺胺嘧啶相同，但稍弱，内服吸收迅速。主要用于轻度或中度呼吸道、消化道和泌尿道感染。

【制剂与规格】 片剂，0.5克/片；磺胺多辛注射液，10毫升磺胺多辛钠1克、三甲氧苄胺嘧啶0.2克/支。

【用法与用量】 内服，兔首次量0.1克/千克体重，维持量0.7克/千克体重，每天1次。

【药物相互作用（不良反应）】、【注意事项】 同磺胺嘧啶。

（二）抗菌增效剂

1. 甲氧苄啶（三甲氧苄胺嘧啶，TMP）

【性状】 为白色或淡黄色结晶粉末。味微苦。在乙醇中微溶，水中几乎不溶，在冰醋酸中易溶。

【适应证】 抗菌谱广，TMP的抗菌作用与磺胺类相似而效力较强。对多种革兰阳性菌和革兰阴性菌均有抗菌作用。本品与磺胺药的复方制剂，对畜禽呼吸道、消化道、泌尿道等多种感染，皮肤、创伤感染，急性乳腺炎等，均有良好的防治效果。

【用法与用量】 本品与各种磺胺药的复方制剂配比为1∶5。

【药物相互作用（不良反应）】 与磺胺药及抗生素合用，抗菌作用可增加数倍及至数十倍，并可出现强大的杀菌作用，并可减少药物用量及不良反应。

【注意事项】 单用易产生耐药性，一般不单独作为抗菌药使用。

2. 二甲氧苄啶（二甲氧苄胺嘧啶，DVD）

【性状】 为白色粉末或微金黄色结晶，味微苦，在水、乙醇中不溶，在盐酸中溶解，在稀盐酸中微溶。

【适应证】 与 TMP 相同但作用较弱。内服吸收不良，在消化道内可保持较高浓度，因此，用于防治肠道感染的抗菌增效作用比 TMP 强。常与磺胺类药联合应用于防治畜球虫病及肠道感染等。

【用法与用量】 本品与各种磺胺药的复方制剂配比为 1：5。

【药物相互作用（不良反应）】、【注意事项】 与甲氧苄啶相同。

（三）喹诺酮类

1. 恩诺沙星

【性状】 本品为白色结晶性粉末。无臭，味苦。在水中或乙醇中极微溶解，在醋酸，盐酸或氢氧化钠溶液中易溶。其盐酸盐及乳酸盐均易溶于水。

【适应证】 本品为广谱杀菌药，对支原体有特效。对大肠杆菌、克雷伯杆菌、沙门菌、变形杆菌、铜绿假单胞菌、嗜血杆菌、多杀性巴氏杆菌、副溶血性弧菌、金黄色葡萄球菌、链球菌、化脓棒状球菌、丹毒杆菌等均有强大的作用。其抗支原体的效力比泰乐菌素和泰妙菌素强。对耐泰乐菌素、泰妙灵的支原体，本品亦有效。

【制剂与规格】 盐酸恩诺沙星可溶性粉，100 克（含 2.5 克)/瓶；恩诺沙星溶液，含 2.5 克/100 毫升、5.0 克/100 毫升、10.0 克/100 毫升；片剂，2.5 毫克/片、5 毫克/片；针剂，50 毫克/10 毫升、250 毫克/10 毫升、0.5 克/100 毫升、1 克/100 毫升、2.5 克/100 毫升、5 克/100 毫升。

【用法与用量】 内服，一次量，兔 2.5～5 毫克/千克体重，2 次/天，连用 3～5 天；肌内注射，一次量，兔 2.5～5 毫克/千克体重，1～2 次/天，连用 3～5 天。

【药物相互作用（不良反应）】 与氨基糖苷类、广谱青霉素合用有协同作用；Ca^{2+}、Mg^{2+}、Fe^{3+} 等金属离子与本品可发生螯合，影响吸收；可抑制茶碱类、咖啡因和口服抗凝血药在肝脏中的代谢，使上述药物浓度升高引起不良反应。

【注意事项】 慎用于供繁殖用幼畜；孕畜及泌乳母畜禁用；肉食动物及肾功能不全动物慎用。

2. 环丙沙星

【性状】 其盐酸盐和乳酸盐为淡黄色结晶性粉末，易溶于水。

【适应证】 为广谱杀菌药。对革兰阴性菌的抗菌活性是目前兽医临床应用的氟喹诺酮类最强的一种；对革兰阳性菌的作用也较强。此外，对支原体、厌氧菌、铜绿假单胞菌亦有较强的抗菌作用。用于全身各系统的感染，对消化道、呼吸道、泌尿生殖道、皮肤软组织感染及支原体感染等均有良效。

【制剂与规格】 乳酸环丙沙星注射液，10 毫升（含 0.2 克）/支；盐酸环丙沙星可溶性粉 100 克：5 克。

【用法与用量】 混饲，兔 20 毫克/千克饲料；肌内注射，家畜 2.5～5 毫克/千克体重，2 次/天，连用 3～5 天。

【药物相互作用（不良反应）】 与氯霉素合用，药效降低，故使用过氯霉素的畜禽，48 小时内不宜用本药。忌与含铝、镁等金属离子的药物同用。可使幼龄动物软骨发生变性，引起跛行及疼痛；消化系统反应有呕吐、腹痛、腹胀；皮肤反应有红斑、瘙痒、荨麻疹及光敏反应等。

【注意事项】 应避光保存，其他与恩诺沙星相同。

3. 诺氟沙星（氟哌酸）

【性状】 为类白色至淡黄色结晶性粉末。无臭，味微苦。在水或乙醇中极微溶解，在醋酸、盐酸或氢氧化钠中易溶。其盐酸盐、烟酸盐及乳酸盐均易溶于水。

【适应证】 本品为广谱杀菌药。对革兰阴性菌如大肠杆菌、沙门菌、巴氏杆菌及铜绿假单胞菌的作用强；对革兰阳性菌有效；对支原体亦有一定的作用；对大多数厌氧菌不敏感。本品主要用于敏感菌引起的消化系统、呼吸系统、泌尿道感染和支原体病等的治疗。

【制剂与规格】 10％诺氟沙星可溶性粉，100 克/瓶；烟酸诺氟沙星溶液，100 毫升（含 2 克诺氟沙星）/瓶；诺氟沙星溶液，100 毫升（含 5 克诺氟沙星）/瓶。

【用法与用量】 混饲，兔 10～15 毫克/千克体重。

【药物相互作用（不良反应）】 与氨基糖苷类、广谱青霉素合用有协同作用；Ca^{2+}、Mg^{2+}、Fe^{3+} 等金属离子与本品可发生螯合，影响吸收；可抑制茶碱类、咖啡因和口服抗凝血药在肝脏中的代谢，使上述药物浓度升高引起不良反应。

【注意事项】 慎用于供繁殖用幼畜；孕畜及授乳母畜禁用；肉食动物及肾功能不全动物慎用；蛋鸡产蛋期禁用。

4. 氧氟沙星

【性状】 为黄色或灰黄色结晶性粉末。无臭，味苦。微溶于水，极易溶于冰醋酸。其盐酸盐溶于水。

【适应证】 与恩诺沙星相同。具有广谱、高效、低毒之优点，是目前防治畜禽细菌病，尤其是急、慢性呼吸道疾病及顽固性腹泻的首选药物。用于上呼吸道炎症、子宫炎、膀胱炎等。

【制剂与规格】 粉剂，50 克（含 1 克）/袋；针剂，0.1 克/10 毫升、0.2 克/10 毫升；片剂，0.1 克/片。

【用法与用量】 混饲，兔 10～15 毫克/千克体重；盐酸氧氟沙星注射液，肌内注射，家畜 3～5 毫克/（千克体重·次），每天 2 次，连用 3～5 天。

【药物相互作用（不良反应）】、【注意事项】 与青霉素联用，对金黄色葡萄球菌有协同作用。其他与恩诺沙星相同。

5. 盐酸沙拉沙星

【性状】 为类白色或微黄色结晶性粉末。无臭，味苦。在水中易溶，在甲醇中微溶。

【适应证】 本品属于广谱杀菌药。对肠道感染疗效显著。常用于畜禽的大肠杆菌、沙门菌等敏感菌引起的消化道感染，如肠炎、腹泻等。

【制剂与规格】 粉剂，0.5 克/100 克、2.5 克/100 克、5 克/100 克；针剂，1 克/100 毫升、2.5 克/100 毫升；片剂，5 毫克/片、10 毫克/片。

【用法与用量】　混饲，家畜 10 毫克/千克体重，兔 10~15 毫克/千克体重；盐酸氧氟沙星注射液，肌内注射，家畜 3~5 毫克/（千克体重·次），每天 2 次，连用 3~5 天。

【药物相互作用（不良反应）】、【注意事项】　与诺氟沙星相同。

三、抗真菌药

1. 制霉菌素

【性状】　为淡黄色粉末，有吸湿性，不溶于水。

【适应证】　为广谱抗真菌药。对念珠菌、曲霉菌、毛癣菌、表皮癣菌、小孢子菌、组织胞浆菌、皮炎芽生菌、球孢子菌等均有抑菌或杀菌作用。主要用于防治胃肠道和皮肤黏膜真菌感染及长期服用广谱抗生素所致的真菌性二重感染。气雾吸入对肺部霉菌感染效果好。

【制剂与规格】　片剂，10 万单位/片、20 万单位/片和 50 万单位/片；软膏、粉剂、混悬液，10 万单位/克（或毫升），供外用。

【用法与用量】　内服，兔 5 万单位/次，每天 2~3 次。软膏剂、混悬剂（现用现配）适量，供外用。

【药物相互作用（不良反应）】　口服及局部用药不良反应较少，但剂量过大时可引起动物呕吐，食欲下降。

【注意事项】　本品口服不易吸收，多数随粪便排出，因其毒性大，不宜用于全身治疗。

2. 灰黄霉素

【性状】　为白色或近白色细粉末，难溶于水。

【适应证】　对小孢子菌、表皮癣菌和毛癣菌等皮肤真菌均有抑制作用，但对深部真菌无效。主要用于治疗家畜荐部真菌感染。治疗以内服为主，外用几乎无效。

【制剂与规格】　灰黄霉素片，0.1 克/片、0.25 克/片。

【用法与用量】　内服量，兔 15~20 毫克/（千克体重·次），皮肤毛癣连用 3~4 周，甲、爪癣连用数月，直至痊愈。

【药物相互作用（不良反应）】　常见恶心、腹泻、皮疹、头痛、白细胞减少等。另外，本品可能有致癌和致畸胎作用，目前不少国家已将其淘汰。

【注意事项】 患有肝脏疾患的病畜和妊娠家畜不宜应用。

3. 两性霉素 B

【性状】 为黄色至橙色结晶性粉末，不溶于水。

【适应证】 为抗深部真菌感染药。组织胞浆菌、念珠菌、皮炎芽生菌、球孢子菌等对本品敏感。主要用于治疗上述敏感菌所致的深部真菌感染，对曲霉病和毛霉病亦有一定疗效。对胃肠道、肺部真菌感染宜用内服或气雾吸入法，以提高疗效。

【制剂与规格】 注射用两性霉素 B，5 毫克/瓶、25 毫克/瓶、50 毫克/瓶；0.5％外用擦剂。

【用法与用量】 静脉注射，兔 0.25 毫克/千克体重，每天 1 次，连用 4～10 天。临用时先用注射用水溶解，再用 5％葡萄糖注射液（切勿用生理盐水）稀释成 0.1％注射液，缓慢静脉注入。

【药物相互作用（不良反应）】 本品与氨基糖苷类抗生素、氯化钠等合用药效降低，与利福平合用疗效增强。

【注意事项】 本品对光热不稳定，应于 15℃以下保存；肾功能不全者慎用；粉针不宜用生理盐水稀释。

4. 克霉唑

【性状】 为白色结晶性粉末，难溶于水。

【适应证】 为广谱抗真菌药。对皮肤癣菌类的作用与灰黄霉素相似于，对深部真菌的作用类似于两性霉素 B。内服适用于治疗各种深部真菌感染，外用治疗各种浅表真菌病也有良效。

【制剂与规格】 片剂，0.25 克/片、0.5 克/片；软膏，1％、3％。癣药水，8 毫升（120 毫克）/瓶。

【用法与用量】 内服，兔 0.25～0.5 克/（头·次），2 次/天。软膏剂和水剂供外用，前者每天 1 次，后者每天 2～3 次。

【药物相互作用（不良反应）】 长时间使用可见肝功能不良反应，停药后即可恢复。

【注意事项】 本品为抑菌剂，毒性小，各种真菌不易产生耐药性。

第七章 抗寄生虫药物

第一节 概 述

一、抗寄生虫药物的概念和种类

抗寄生虫药物是指用来驱除或杀灭动物体内外寄生虫的药物。根据药物抗虫作用和寄生虫分类，可以将抗寄生虫药物分为抗蠕虫药（是指能杀死或驱除蠕虫的药物。根据蠕虫的种类，又可以将其分为驱线虫药、驱绦虫药和驱吸虫药）、抗原虫药（根据原虫的种类，分为抗球虫药、抗梨形虫药）、杀虫药（可分为有机磷类杀虫剂、拟菊酯类杀虫药、甲脒类杀虫药及其他杀虫药）。

二、抗寄生虫药物的安全使用

（一）准确选择药物

理想的抗寄生虫药应具备安全、高效、价廉、适口性好、使用方便等特点。目前，虽然尚无完全符合以上条件的抗寄生虫药，但仍可根据药品的供应情况、经济条件及发病情况等，选用比较理想的药物来防治寄生虫病，首选对成虫、幼虫、虫卵有抑杀作用且对动物机体毒性小及不良反应轻微的药物。由于动物寄生虫感染多为混合感染，可考虑选择广谱抗寄生虫药物使用。而且在用药过程中，不仅要了解寄生虫的寄生方式、流行病学、季节动态、感染强度和范围等信息，还要充分考虑宿主的机能状态、对药物的反应等。只有正确认识药物、寄生虫和宿主三者之间的关系，熟悉药物的理化性状，采用合理的剂型、剂量和治疗方法，才能达到最好的防治效果。

（二）选择适宜的剂型和给药途径

由于抗寄生虫药的毒性较大，为提高驱虫效果，减轻毒性和便于使用，应根据动物的年龄、身体状况确定适宜的给药剂量，兼顾既能有效驱杀虫体，又不引起宿主动物中毒这两方面。如消化道寄生虫可选用内服剂型，消化道外寄生虫可选择注射剂，体表寄生虫可选外用剂型。

（三）做好相应准备工作

驱虫前做好药物、投药器械（注射器、喷雾器等）及栏舍的清理等准备工作；在对大批畜禽进行驱虫治疗或使用数种药物治疗感染之前，应先少数畜禽预试，注意观察反应和药效，确保安全有效后再全面使用。此外，无论是大批投药，还是预试驱虫，均应了解驱虫药物特性，备好相应解毒药品。在使用驱虫药的前后，应加强对畜禽的护理观察，一旦发现体弱、患病的畜禽，应立即隔离、暂停驱虫；投药后发现有异常或中毒的畜禽应及时抢救；要加强对畜禽粪便的无害化处理，以防病源扩散；搞好畜禽圈舍清洁、消毒工作，对用具、饲槽、饮水器等设施定期进行清洁和消毒。

（四）适时投药

根据季节和兔的年龄适时投喂驱虫药物进行驱虫，可以减少寄生虫病的危害。如 1～3 月龄的幼兔球虫感染率可达 100%。患病幼兔死亡率一般可达 40%～70%。病兔长期不能康复，生长发育受到严重影响，一般体重可减轻 12%～27%。仔兔从断奶至 3 月龄止，连续使用抗球虫药物，如每日可服用氯苯胍 1 片，或莫能菌素混饲给药（以莫能霉素计），兔 10～20 毫克/千克，连用 1～2 个月，或饲喂大蒜等中草药。可以选择 2～3 种抗球虫药物交替使用，特别是在高温多雨季节，更要加强兔球虫病的预防；种兔产仔后混料使用杀球灵直到仔兔断奶，同时仔兔皮下注射伊维菌素或阿维菌素；春秋两季应进行两次全群普遍驱虫。丙硫咪唑具有高效、低毒、广谱的特点，是较理想的驱虫药物，它可以驱除线虫、绦虫及吸虫，并同时注射伊维菌素（杀虫星）或阿维菌素（虫克星）。引进的种兔需注射伊维菌素或阿维菌素及饲喂抗球虫药，并隔离饲养约 1 个月。

（五）避免抗寄生虫药物产生耐药性

反复或长期使用某些抗寄生虫药物，容易使寄生虫产生不同程度的耐药性。目前，世界各地均有耐药寄生虫株出现，这种耐药株不但使原有的抗寄生虫药的合理使用治疗无效，而且还可产生交叉耐药性，降低驱（杀）虫效果。因此，应经常更换使用不同类型的抗寄生虫药物，以减少或避免耐药株的产生。

（六）保证人体健康

有些抗寄生虫药物在动物体内的分布和组织内的残留量及维持时间之长短，对人体健康十分重要。有些抗寄生虫药物残留在供人食用的肉产品中能危害人体健康，造成严重的公害现象。因此，许多国家为了保证人体健康，制定了允许残留量的标准（高于此标准即不能上市出售）和休药期（即上市前停药时间），以免对人体造成不利影响，因此应注意在规定的休药期禁止用药。

第二节　常用的抗寄生虫药物

一、抗蠕虫药

（一）驱线虫药

1. 伊维菌素

【性状】　为白色结晶性粉末。无臭，无味。几乎不溶于水，溶于甲醇、乙醇、丙酮等溶剂。

【适应证】　具有广谱、高效、低毒、用量小等优点。对家畜蛔虫、蛲虫、旋毛虫、钩虫、肾虫、心脏丝虫、肺线虫等均有良好的驱虫效果；对马胃蝇、牛皮蝇、疥螨、痒螨、蝇蛆等外寄生虫也有良好效果。

【制剂与规格】　注射液，1%、1.5%（长效）、3.15%（长效）；预混剂，0.6%、1%（猪专用）；浇泼剂，0.5%；口服液，0.2%、0.8%；片剂，5毫克/片。

【用法与用量】　皮下注射，1%伊维菌素注射液兔0.2毫克/千克体重；内服、混饲用量与注射用量相同。必要时间隔7～10天再用药1次。外用适量。

【药物相互作用（不良反应）】　伊维菌素注射液，仅供皮下注射，不宜作肌内注射或静脉注射，皮下注射时偶有局部反应，以马为重，用时慎重。

　　【注意事项】　伊维菌素的安全范围大，应用过程中很少见不良反应，但超剂量可以引起中毒，无特效解毒药。肌内注射后会产生严重的局部反应（马尤为显著，应用时慎重），一般采用皮下注射或内服。泌乳动物及1个月内临产母牛禁用。羊宰前28天停用本药。本品安全范围较大，很少出现不良反应。

　　2. 阿维菌素

　　【性状】　为白色或淡黄色结晶性粉末，无味。在醋酸乙酯、丙酮、氯仿中易溶，在甲醇、乙醇中略溶，在正己烷、石油醚中微溶，在水中几乎不溶。熔点157～162℃。

　　【适应证】　具有广谱、高效、低毒、用量小等优点。对家畜蛔虫、蛲虫、旋毛虫、钩虫、肾虫、心脏丝虫、肺线虫等均有良好的驱虫效果；对牛皮蝇、疥螨、痒螨、蝇蛆等外寄生虫也有良好效果。

　　【制剂与规格】　阿维菌素注射液5毫升（0.05克）/瓶；阿维菌素片剂，200毫克/片、400毫克/片、600毫克/片；阿维菌素浇淋剂，100毫升（500毫克）/瓶、500毫升（2500毫克）/瓶。

　　【用法与用量】　与伊维菌素相同。

　　【药物相互作用（不良反应）】、【注意事项】　阿维菌素的毒性较伊维菌素稍强，敏感动物慎用；其他与伊维菌素相同。

　　3. 左咪唑（左旋咪唑）

　　【性状】　为白色结晶性粉末。易溶于水。在酸性水溶液中稳定，在碱性水溶液中易水解失效，应密封保存。

　　【适应证】　为广谱、高效、低毒驱线虫药，临床广泛用于驱除各种畜禽消化道和呼吸道的多种线虫成虫和幼虫及肾虫、心丝虫、脑脊髓丝虫、眼虫等，具有良好效果，并具有明显的免疫增强作用。

　　【制剂与规格】　片剂，25毫克/片、50毫克/片；盐酸左咪唑注射液，2毫升（0.1克）/支、5毫升（0.25克）/支、10毫升（0.5克）/支。

　　【用法与用量】　混饲，兔10～12毫克/千克体重，首次用药后，2～4周再给药一次。

　　【药物相互作用（不良反应）】　不良反应少，主要有恶心、呕吐及腹痛等，但症状轻微而短暂，多不需处理。偶有轻度肝功能异常，停药后可恢复。

【注意事项】 中毒时可用阿托品解毒。

4. 甲苯达唑（甲苯咪唑）

【性状】 为白色或微黄色粉末。无臭。不溶于水，易溶于甲酸和乙酸。

【适应证】 为广谱驱蠕虫药，对各种消化道线虫、旋毛虫和绦虫均有良好的驱除效果，较大剂量对肝片形吸虫亦有效。

【制剂与规格】 甲苯达唑片，50毫克/片；复方甲苯达唑片，每片含甲苯唑100毫克、左咪唑25毫克。

【用法与用量】 一次内服，兔25～35毫克/千克体重。

【药物相互作用（不良反应）】 常用量不良反应较轻，少数有头昏、恶心、腹痛、腹泻；大剂量偶致变态反应、中性粒细胞减少、脱发等。具胚胎毒性，孕畜禁用。个别病例服药后因蛔虫游走而造成吐虫，同时服用噻嘧啶或改用复方甲苯咪唑可避免。

5. 丙硫咪唑（阿苯达唑，抗蠕敏）

【性状】 为白色或浅黄色粉末。无臭，无味。不溶于水，易溶于冰醋酸中。

【适应证】 为广谱、高效、低毒驱蠕虫药，对多种动物的各种线虫和绦虫均有良好效果，对绦虫卵和吸虫亦有较好效果，对棘头虫亦有效。

【制剂与规格】 片剂，25毫克/片、50毫克/片、100毫克/片；丙硫咪唑预混剂100克：10克。

【用法与用量】 内服，兔15～20毫克/千克体重。

【药物相互作用（不良反应）】 副作用轻微而短暂，少数有口干、乏力、腹泻等，可自行缓解。长期用药可升高血浆转氨酶，偶致黄疸。有胚胎毒和致畸作用，孕畜禁用。肝、肾功能不全，溃疡病畜慎用。

【注意事项】 该药对马裸头绦虫、姜片形吸虫和细颈囊尾蚴无效，对猪棘头虫效果不稳定。

6. 芬苯达唑（硫苯咪唑）

【性状】 为白色或类白色粉末；无臭，无味。在二甲基亚砜中溶解，在甲醇中微溶，在水中不溶；在冰醋酸中溶解，在稀酸中微溶。

【适应证】 为广谱、高效、低毒驱蠕虫药，对各种动物的各种胃肠道线虫、网尾线虫、冠尾线虫的成虫和幼虫均具有很高的驱除效果，并具有杀灭虫卵的作用。驱除莫尼茨绦虫、片形吸虫、矛形双腔吸虫和前后盘吸虫等亦有较好效果。

【制剂与规格】 芬苯达唑片，0.1 克/片。

【用法与用量】 内服，5 毫克/千克体重，连用 3 天。

【药物相互作用（不良反应）】 毒性小，临床使用安全。

7. 氟苯咪唑

【性状】 为白色结晶性粉末。略溶于水，能溶于酒精。

【适应证】 为广谱驱虫药。对各种动物的消化道、呼吸道线虫均具有良好的驱除效果，对呼吸道线虫效果尤佳，并具有较强的杀灭虫卵作用。对驱除莫尼茨绦虫、无卵黄腺绦虫和矛形双腔吸虫亦有良效。

【制剂与规格】 氟苯咪唑片，0.1 克/片。

【用法与用量】 内服，兔 20～30 毫克/千克体重。

【注意事项】 妊娠母畜禁用。

8. 噻嘧啶

【性状】 为淡黄色或白色结晶性粉末。无臭、无味。易溶于水。该药有酒石酸噻嘧啶和双羟萘酸噻嘧啶，前者易溶于水，后者不溶于水。

【适应证】 为高效、低毒驱线虫药，对各种动物的多种消化道线虫均有良好的驱除效果，但对尖尾线虫和异刺线虫效果较差，对毛首线虫、类圆线虫和呼吸道线虫无效。

【制剂与规格】 酒石酸噻嘧啶粉剂，10 克/包；双羟萘酸噻嘧啶片，0.5 克/片。

【用法与用量】 酒石酸噻嘧啶供多种动物内服、混饲或饮水给药，兔 25～30 毫克/千克体重。

【药物相互作用（不良反应）】 本品安全范围较大，不宜用于极度虚弱的动物。

【注意事项】 本药对光敏感，应避免日光久晒。忌与安定药、肌松药及抗胆碱酯酶药、杀虫药并用。

9. 敌百虫

【性状】 纯品为白色结晶性粉末，有潮解性、挥发性与腐蚀性，易溶于醚、酒精等有机溶剂，水溶液呈酸性反应。性质不稳定，久置可分解，宜新鲜配制。碱性水溶液不稳定，可经分子重排而产生敌敌畏。在碱性作用下，再继续分解而失效。粗制品呈糊状，供外用。

【适应证】 具有接触毒、胃毒和吸入毒作用。为广谱驱虫杀虫药，不仅广泛用于驱除家畜消化道线虫，对姜片吸虫、血吸虫等亦有一定效果。外用为杀虫药，可用于杀灭蝇蛆、螨、蜱、虱、蚤等。

【制剂与规格】 敌百虫片，0.3克/片、0.5克/片。

【用法与用量】 驱虫时常配成2%～3%水溶液灌服。1%～2%水溶液局部涂擦或喷洒，可防治蜱、螨、虱等外寄生虫；用0.1%～0.5%溶液喷洒环境，可杀灭蚊、蝇、蠓等昆虫。治疗兔疥癣、体虱时，以1%水溶液涂擦患部，或0.1%水溶液喷洒体表。

【药物相互作用（不良反应）】 忌与碱性药物、胆碱酯酶抑制药配伍应用，否则毒性大为增强。家禽对敌百虫敏感，易中毒，应慎用。若发生中毒，可用阿托品解毒。

【注意事项】 用本药大规模驱虫前应先做安全试验。在水溶液中易水解失效，应现用现配。

10. 哈罗松（哈洛克酮）

【性状】 为白色结晶性粉末。无臭，无味。不溶于水，易溶于丙酮和氯仿。

【适应证】 本品为毒性很小的有机磷驱虫药。用于驱除牛胃内、小肠内和肝内线虫均有良好效果，对大肠内线虫作用较弱，对钩虫和毛首线虫效果不稳定。

【制剂与规格】 哈罗松片，0.25克/片、0.5克/片。

【用法与用量】 内服，兔30～35毫克/（千克体重·次）。

【药物相互作用（不良反应）】 与胆碱酯酶抑制药（毒扁豆碱、新斯的明）、肌松药（筒箭毒碱）及有机磷化合物配伍，毒性大为增强。毒性小，但用量过大或时间过长也可引起中毒。

【注意事项】　反刍动物安全，妊娠后期（产前 4 周）和产奶期动物禁用；后宰前 7 天应停药。

（二）驱绦虫药

1. 吡喹酮

【性状】　本品为白色或类白色结晶性粉末，味苦，微溶于水，溶于乙醇、氯仿等有机溶剂。应密封保存。

【适应证】　为广谱、高效、低毒驱蠕虫药。对各种动物的大多数绦虫成虫和未成熟虫体均具有良好的驱杀效果；对各种血吸虫病、矛形双腔吸虫病等也有较好的疗效。

【制剂与规格】　吡喹酮粉（绦虫净），100 克（含 2 克吡喹酮）/瓶；吡喹酮片，0.5 克/片。

【用法与用量】　内服，兔 30 毫克/（千克体重·次），1 次/天，连用 3 天。

【药物相互作用（不良反应）】　本品毒性虽极低，但高剂量偶可使动物血清谷丙转氨酶轻度升高；治疗血吸虫病时，个别会出现体温升高、肌震颤和瘤胃臌胀等现象；大剂量皮下注射时，有时会出现局部刺激反应。

【注意事项】　毒性很小。在治疗囊虫病时，应注意因囊体破裂所引起的中毒反应。

2. 氯硝柳胺（灭绦灵）

【性状】　为淡黄色结晶粉末。无臭，无味。不溶于水。

【适应证】　为广谱高效驱虫药，对多种动物的多种绦虫均有良好的驱除效果。对吸虫亦有效，但对犬细粒棘球绦虫和多头绦虫作用较差。

【制剂与规格】　氯硝柳胺片，0.5 克/片。

【用法与用量】　内服或混饲，亦可配成混悬剂使用。内服，兔 75～100 毫克/（千克体重·次），1 次/天，连用 7 天。

【注意事项】　动物在给药前要禁食一夜。

3. 硫双二氯酚（别丁）

【性状】　为白色或灰白色结晶粉末。略有酚味。难溶于水，可溶于乙醇等有机溶剂。

【适应证】　对畜禽的多种绦虫和吸虫（包括胆道吸虫）均有很

好的驱除效果，是一种广泛应用的驱虫药。

【制剂与规格】　硫双二氯酚片，0.25 克/片、0.5 克/片。

【用法与用量】　内服，兔 300 毫克/（千克体重·次）。

【注意事项】　本药有拟胆碱样作用，治疗量可致部分动物暂时性腹泻等，但多在 2 日内自愈。马属动物较敏感，应慎用。

4. 丁萘脒

【性状】　有 2 种制剂：盐酸丁萘脒为白色结晶粉末，无臭，可溶于水，易溶于乙醚和氯仿；羟萘酸丁萘脒为淡黄色结晶粉末，不溶于水，可溶于乙醇。

【适应证】　羟萘酸丁萘脒可用于驱除羊莫尼茨绦虫。

【制剂与规格】　羟萘酸丁萘脒片，0.25 克/片。

【用法与用量】　内服，兔 50～100 毫克/（千克体重·次）。

【药物相互作用（不良反应）】　本药对人、畜眼有强烈的刺激性，应注意防护。

（三）驱吸虫药

1. 硝氯酚（拜耳 9015）

【性状】　为黄色结晶粉末。不溶于水，易溶于氢氧化钠碱液、丙酮和冰醋酸中。

【适应证】　为高效、低毒驱肝片吸虫药，对肝片吸虫成虫有良好的驱除效果，但对未成熟虫体效果较差。对前后盘吸虫移行期幼虫有较好效果。

【制剂与规格】　硝氯酚片，0.1 克/片；4% 硝氯酚注射液，0.4 克/10 毫升。

【用法与用量】　内服，兔 3～4 毫克/千克体重；注射液，皮下注射，兔 1～2 毫克/千克体重。

【药物相互作用（不良反应）】　忌用钙制剂。

【注意事项】　超量用药引起中毒，可用安钠咖、毒毛旋花子苷、维生素 C 等治疗。

2. 硝碘酚氰

【性状】　为淡黄色粉末。无臭或几乎无臭。水中不溶。

【适应证】　主要用于羊的肝片吸虫病、胃肠道线虫病。对阿维菌素类和苯丙咪唑类药物有抗性的羊捻转血毛线虫株仍然有效。

【制剂与规格】　硝碘酚氰注射液，25克/100毫升。

【用法与用量】　硝碘酚氰注射液，皮下注射，兔10毫克/（千克体重·次）。

【药物相互作用（不良反应）】　不能与其他药物混合。

【注意事项】　药物能使羊毛染成黄色。泌乳动物禁用；重复用药应间隔4周以上。

二、抗原虫药

（一）抗球虫药

1. 莫能菌素

【性状】　为结晶粉末。性质稳定。难溶于水，易溶于醇、氯仿等有机溶剂。在酸性介质中易失活，在碱性介质中稳定。

【适应证】　为广谱抗球虫药，对鸡、火鸡、羔羊、犊牛和兔的各种球虫均有抑制作用。主要作用于球虫第一代裂殖体，作用峰期在感染后第2天。本品对牛有促生长作用。

【制剂与规格】　莫能菌素预混剂，浓度分别为100克含5克、10克和20克。

【用法与用量】　混饲给药（以莫能霉素计），兔10～20毫克/千克饲料，连用1～2个月。

【药物相互作用（不良反应）】　禁与泰乐菌素、二甲硝唑、红霉素、磺胺类药物合用。

【注意事项】　兔敏感，应慎用。马较敏感，应严格避免马属动物食入。成年火鸡、珍珠鸡及鸟类亦敏感，不宜使用。

2. 地克珠利

【性状】　为淡黄色粉末，无味，几乎不溶于水，在乙醇、乙醚中的溶解度极差，可溶于二甲基酰胺、二甲基亚砜和四氢呋喃。对光不稳定。

【适应证】　为广谱、高效、低毒的抗球虫药。对鸡的脆弱、堆型艾美耳球虫和鸭球虫的防治效果明显优于其他抗球虫药。本品药效期较短，停药1天，抗球虫作用明显减弱，停药2天后作用基本消失，因此必须连续用药以防球虫病再度爆发。其作用峰期可能在子孢子和第一代裂殖体早期阶段。兼具促生长和提高饲料转化率的作用。

【制剂与规格】 0.5%地克珠利预混剂，100克/袋。

【用法与用量】 混饲连用（以地克珠利计），兔1毫克/千克饲料。

【药物相互作用（不良反应）】 本品对鸡、火鸡、鸭、珍珠鸡、鹌鹑都很安全，治疗浓度均未发生不良反应。

【注意事项】 由于用药浓度极低，因此，药料必须充分拌匀。由于本品较易引起球虫的耐药性，甚至交叉耐药性（妥曲珠利），因此，连续应用不得超过6个月。轮换用药时亦不宜应用同类药物，如妥曲珠利。

3. 二硝托胺（球痢灵）

【性状】 为无色结晶粉末，无味，性质稳定，不溶于水，能溶于乙醇和丙酮。应密封保存。

【适应证】 对鸡和火鸡的多种艾美耳球虫均有良好效果，特别是对小肠最有致病性的毒害艾美耳球虫效果最好。其作用峰期在感染后第3天，主要是抑制球虫第2个无性周期裂殖芽孢的增殖。主要用于鸡和火鸡的球虫病。

【制剂与规格】 25%二硝托胺预混剂，250克/袋。

【用法与用量】 兔，30～50毫克/千克体重（以二硝托胺计），内服，1日2次，连用5日，可有效防止球虫病爆发。

【药物相互作用（不良反应）】 不宜与痢特灵、呋喃西林在轮换用药、穿梭用药或联合用药中使用。

【注意事项】 与洛克沙生（Roxarasone）联合使用，其抗球虫的作用增强。

4. 氯苯胍

【性状】 本品为白色或淡黄色粉末。无臭，味苦，遇光后颜色逐渐变深。本品在乙醇中略溶，在氯仿中极微溶，在水和乙醚中几乎不溶。盐酸氯苯胍为白色或微黄色结晶粉末，具有令人不愉快的特异氯臭味。

【适应证】 具有疗效高、毒性小、适口性好等特点，对急性或慢性球虫病均有良好效果。作用峰期在感染后第2～3天，即主要对第一期裂殖体有抑制作用，对第二期裂殖体、子孢子亦有作用，并可抑制卵囊发育。但个别球虫在氯苯胍存在的情况下仍能继续生长达 14 天之久，因而过早停药易致球虫病复发。

【制剂与规格】 10％盐酸氯苯胍预混剂，100 克/袋；盐酸氯苯胍片，0.01 克/片。

【用法与用量】 混饲连用（以盐酸氯苯胍计），预防，0.01％；治疗，0.015％，饲喂 3～7 天后改为预防量。

【药物相互作用（不良反应）】 与磺胺二甲嘧啶和乙胺嘧啶合用，以降低异臭，提高疗效。

【注意事项】 本品毒性较小，安全范围大。长期使用本品，可使部分鸡肉和蛋含有异味，故蛋鸡产蛋期禁用，宰前应停药 5～7 天。

5. 磺胺氯吡嗪

【性状】 为白色或淡黄色粉末。无味。难溶于水，其钠盐易溶于水。

【适应证】 其作用特点与磺胺喹噁啉相同，但具有更强的抗菌作用，且其毒性较磺胺喹噁啉小。主要用于防治球虫病，多在爆发时应用。

【制剂与规格】 30％磺胺氯吡嗪可溶性粉，100 克/瓶。

【用法与用量】 兔（以磺胺氯吡嗪计）0.03％混饮，或 0.06％拌料混饲，连用 3～5 天。

【药物相互作用（不良反应）】 磺胺氯吡嗪与许多药物之间有配伍禁忌。液体遇到氯霉素、庆大霉素、卡那霉素、林可霉素、土霉素、链霉素、四环素、万古霉素、复方维生素等，会出现沉淀。

【最高残留量】 残留标示物：磺胺氯吡嗪。所有食品动物：肌肉、脂肪、肝、肾 $100\mu g/kg$。

（二）抗梨形虫药

三氮脒（贝尼尔）

【性状】 为黄色或橙色结晶性粉末。无臭，微苦。易溶于水，遇光、热变成橙红色。

【适应证】 对家畜的梨形虫和锥虫均有治疗作用，还有一定的预防作用。对马梨形虫，牛巴贝斯梨形虫、双芽梨形虫、柯契卡巴贝斯梨形虫，羊梨形虫等效果好。对马媾疫锥虫病、牛环形泰勒锥虫病和边缘边虫病也有一定的治疗作用。除有治疗作用外，还有一定的预防作用。但如剂量不足，梨形虫和锥虫都可产生耐药性。

【制剂与规格】 注射用三氮脒，1克/支。

【用法与用量】 兔3～5毫克/千克体重，配成5％水溶液分点深部肌内注射，根据病情，间隔1天，连用2～3次。

【药物相互作用（不良反应）】 肌内注射局部有刺激性，可引起肿胀或疙瘩。

三、杀虫药

（一）有机磷类

1. 皮蝇磷

【性状】 为白色结晶。微溶于水，易溶于多数有机溶剂。在中性、酸性环境中稳定，在碱性环境中迅速分解失效。

【适应证】 对双翅目昆虫有特效，主要用于防治牛皮蝇、纹皮蝇等，能有效地杀灭各期幼虫；对虱、螨、蜱、臭虫、蟑螂、蝇等外寄生虫有良好的杀灭效果，对胃肠道某些线虫亦有驱除作用。

【制剂与规格】 50％皮蝇磷溶液，500毫升/瓶、1000毫升/瓶。

【用法与用量】 外用以0.25％～0.5％浓度喷淋。

【药物相互作用（不良反应）】 用药过程中可能出现肠音增强、排稀便、腹痛、流涎、肌颤、呼吸加快等不良反应，经4～6小时逐渐恢复正常。

【注意事项】 屠宰前10天应停药。

2. 倍硫磷

【性状】 为无色或淡黄色油状液体。略有大蒜味。微溶于水，溶于多数有机溶剂。对光、热、碱均较稳定。

【适应证】 是一种速效、高效、低毒、广谱、性质稳定的杀虫药。为防治牛皮蝇蛆的首选药，对其他外寄生虫如虱、螨、蜱、蝇等也有杀灭作用。

【制剂与规格】 50％倍硫磷乳剂，500毫升/瓶。

【用法与用量】 外用，可用0.025％～0.1％溶液喷淋。

【药物相互作用（不良反应）】 用药过程中可能出现肠音增强、

排稀便、腹痛、流涎、肌颤、呼吸加快等不良反应，经 4～6 小时逐渐恢复正常。

【注意事项】 犊牛和泌乳牛禁用。屠宰前 35 天应停药。

3. 蝇毒磷

【性状】 为白色结晶。不溶于水，溶于二甲苯和甲苯。常温下稳定，碱性环境中逐渐水解。

【适应证】 外用，对蜱、螨、虱、蚤、蝇、牛皮蝇蛆、伤口蛆等畜禽外寄生虫均具有杀灭作用；内服，可驱除牛的多种消化道线虫。

【制剂与规格】 蝇毒磷溶液，500 毫升（80 克）/瓶、1000 毫升（160 克）/瓶。

【用法与用量】 外用，用 0.09％水溶液喷淋或药浴。

【药物相互作用（不良反应）】 用药过程中可能出现肠音增强、排稀便、腹痛、流涎、肌颤、呼吸加快等不良反应，经 4～6 小时逐渐恢复正常。

【注意事项】 本品安全范围小。

4. 二嗪农（地亚农）

【性状】 为无色油状液体。难溶于水，易溶于乙醇、丙酮、二甲苯。性质不稳定，在酸、碱溶液中均迅速分解。

【适应证】 为新型、广谱有机磷类杀螨、杀虫剂，对螨有特效。外用对螨、虱、蜱、蝇、蚊等有极佳的杀灭效果，对蚊、蝇的药效可保持 6～8 周。

【制剂与规格】 25％二嗪农乳油溶液，500 毫升/瓶。

【用法与用量】 将本品 10 倍稀释后，每平方米地面喷洒 50 毫升，可杀灭养殖场和畜、禽舍内的螨、虱、蜱、蝇、蚊等，杀灭效果极佳。

【药物相互作用（不良反应）】 不能与其他胆碱酯类驱虫剂同时使用。

【注意事项】 本品对家畜毒性较小，但猫和禽类较敏感，对蜜蜂有剧毒。动物屠宰前 2 周停止使用。

（二）拟菊酯类

1. 氰戊菊酯（速灭杀丁）

【性状】 为浅黄色结晶。难溶于水，易溶于二甲苯等多数有机溶剂。对光稳定。酸性溶液中稳定，碱性溶液中易分解。

【适应证】　为接触毒杀虫剂，兼有胃毒和杀卵作用。对蜱、螨、虱、蚤、蚊、绳等畜禽体外寄生虫均有良好杀灭作用，属高效、广谱拟菊酯类杀虫剂。

【制剂与规格】　20%氰戊菊酯乳油剂，500毫升/瓶。

【用法与用量】　治疗兔痒螨病，用水或植物油做1000倍稀释，每个耳道内滴药2~3毫升，必要时隔10天再用1次；兔体虱，50倍喷淋体表，其防治效果比敌百虫大200~250倍。

【药物相互作用（不良反应）】　忌与碱性药物配合使用或同用。对黏膜有轻微刺激作用，接触时表现鼻塞、流涕、流泪、口干等不适，但短时间内可自行恢复。

【注意事项】　对人、畜、禽安全，但对鱼和蜜蜂有剧毒。用水稀释本药时，水温超过25℃降低药效，超过50℃则失效。配制的药液可保持2个月效力不降。

2. 溴氰菊酯（敌杀死）

【性状】　为白色结晶粉末。无味。难溶于水，易溶于有机溶剂。在酸性和中性溶液中稳定，但遇碱则分解。

【适应证】　与氰戊菊酯相似。对畜禽体外各种寄生虫均有良好杀灭效果，而且对蟑螂、蚂蚁等害虫有很强的杀灭作用。

【制剂与规格】　5%溴氰菊酯乳油，50毫升/瓶。

【用法与用量】　2.5%溴氰菊酯乳油剂防治硬蜱、疥螨、痒螨，可用250~500倍稀释液；灭软蜱、虱、蚤，用500倍稀释液，用水稀释后喷洒、药浴、直接涂擦均可，隔8~10天再用药1次，效果更好。2.5%可湿性粉剂多用于滞留喷洒灭蚊、蝇等多翅目昆虫，按10~15毫克/平方米喷洒畜禽笼舍及用具、墙壁等，灭蝇效力可维持数月，灭蚊等效果可维持1个月左右。

【药物相互作用（不良反应）】　忌与碱性药物配合使用或同用。对黏膜有轻微刺激作用，接触时表现鼻塞、流涕、流泪、口干等不适，但短时间内可自行恢复。

【注意事项】　与氰戊菊酯相同。

3. 氯氰菊酯（灭百可）

【性状】　为无色结晶。稍具芳香味。难溶于水，易溶于有机溶剂，在碱性溶液中易分解失效。

【适应证】　与氰戊菊酯相同。对畜禽各种外寄生虫均有杀灭作用，具有广谱、高效、击倒快、残效长等特点。

【制剂与规格】　12.5％或20％氯氰菊酯可溶性粉剂，100克/袋；5％或10％乳油剂，500毫升/瓶。

【用法与用量】　10％乳油剂杀灭宿禽体虱、蚤，用水稀释1000～2000倍喷洒，或用2万～4万倍液洗浴；防治疥螨、痒螨，用500～1000倍液喷洒、药浴或局部涂擦，一般用药后10～15天再用1次。环境喷洒灭蚊、蝇等用2000～3000倍液。

【药物相互作用（不良反应）】　忌与碱性药物合用。

（三）甲脒类

双甲脒

【性状】　为乳白色针状结晶。几乎不溶于水，易溶于有机溶剂。在酸性介质中不稳定。

【适应证】　为广谐、高效、低毒新型甲脒类杀虫剂，对寄生于牛、羊、猪、兔等家畜体表的各种螨、蜱、虱、蝇等，均有良好杀灭效果。

【制剂与规格】　12.5％双甲脒乳剂，100毫升/瓶、500毫升/瓶。

【用法与用量】　喷淋、药浴或涂抹，配成0.025％～0.05％的溶液（以双甲脒计）。

【药物相互作用（不良反应）】　本品对人、畜、蜜蜂毒性极小，但对鱼有剧毒。

【注意事项】　马较敏感，家禽用高浓度时会出现中毒反应。

◀ 第八章　中毒解救药物 ▶

第一节　概　　述

一、中毒解救药物的概念和种类

中毒解救药是指临床上用于解救中毒的药物。其主要种类见表8-1。

表 8-1　中毒解救药物的种类

根据作用特点及疗效分类	非特异性解毒药:指用以阻止毒物继续被吸收和促进其排出的药物,如吸附药、泻药和利尿药。非特异性解毒药对多种毒物或药物中毒均可应用,但由于不具特异性,且效能较低,仅用作解毒的辅助治疗
	特异性解毒药:本类药物可特异性地对抗或阻断毒物或药物的效应,而本身并不具有与毒物相反的效应。其特异性强,如能及时应用,则解毒效果好,在中毒的治疗中占有重要地位
根据毒物或药物的性质分类	金属络合剂、胆碱酯酶复活剂、高铁血红蛋白还原剂、氰化物解毒剂和其他解毒剂

二、中毒解救药物的科学安全使用

中毒家畜的治疗,特别是大群中毒,必须及早发现,尽快处理。

（一）排除毒物

根据毒物吸收的途径进行排除。从胃肠道排除毒物的方式有洗胃催吐、泻下、灌肠。如阻止毒物进一步吸收可使用吸附药（如炭末）、黏浆药（如淀粉）及蛋白等物质;也可使用化学解毒剂如氧化剂、中和剂配合洗胃、灌肠或灌服（在煤油、腐蚀性物质、巴比妥类中毒或动物抽搐时禁止催吐）。环境污染（如含氨化肥）或施用体表的杀虫剂往往从皮肤、黏膜吸收毒物,此时应以清水充分冲洗、抹净。对上述或其他途径进入家畜体内并已吸收的毒物可使用利尿药或放血以加速毒物排泄。

（二）合理用药治疗

发生中毒后，可以使用药物对症治疗来维持中毒家畜生命机能的正常运转，直至通过上述排毒措施或机体本身的解毒机制使毒物消除，常用于对症治疗的药物包括调节中枢神经系统的兴奋药、镇静药、强心药、利尿药、抗休克药、解痉药、制酵药和补液等。

根据发病原因、症状和毒物的检出等确实的诊断，进行对因治疗。这种对因治疗往往借助药理性的拮抗作用解毒，也就是使用特效解毒剂（对相应类别毒物具有解毒性能的药物）。如有机磷酸酯类中毒可以选用阿托品（轻度中毒时）和解磷定、氯磷定、双复磷等（中度和重度中毒时）；重金属及类金属中毒可选用金属络合剂；亚硝酸盐中毒可选用亚甲蓝和维生素 C 等；氰化物中毒可选用高铁血红蛋白形成剂（亚硝酸钠、大剂量亚甲蓝）和供硫剂（硫代硫酸钠）；有机氟中毒可用乙酰胺等。

第二节 常用的中毒解救剂

一、有机磷酸酯类中毒的解毒药

1. 阿托品

【性状】 为无色结晶或白色结晶性粉末，无臭，极易溶于水，易溶于乙醇。

【适应证】 具有解除平滑肌痉挛、抑制腺体分泌等作用，可用于胃肠平滑肌痉挛和有机磷中毒的解救等。

【制剂与规格】 阿托品注射液，0.5 毫克/毫升、1 毫克/毫升或 5 毫克/毫升、25 毫克/毫升、50 毫克/毫升；阿托品片，0.3 毫克/片。

【用法与用量】 肌内注射或皮下注射，兔 0.1～0.15 毫克/千克体重，4 小时后可再次应用 1 次。

【药物相互作用（不良反应）】 急性有机磷农药中毒时用量达阿托品化即可，防止过量引起阿托品中毒。在与胆碱酯酶复能剂联合使用时，阿托品剂量酌减；较大剂量引起胃肠道平滑肌强力收缩，有引起马和牛肠梗阻、急性胃扩张、肠臌胀及瘤胃臌气的危险；轻度中毒，表现为体温升高、心动过速、呼吸时有喘鸣、瞳孔放大而且对光反应不灵敏等；严重中毒，表现为烦躁不安、躁动、肌肉抽搐、运动亢进、兴奋，随之转为抑制，常死于呼吸麻痹。解救时，可注射拟胆碱药对抗其周围作用，注射水合氯醛、安定、短效巴比妥类药物，以对抗中枢神经症状。

【注意事项】　愈早用药效果愈好。

2. 碘磷定（解磷定）

【性状】　为黄色颗粒状结晶或晶粉。无臭，味苦，遇光易变质。在水或热乙醇中溶解，水溶液稳定性不如氯解磷定。

【适应证】　本品为胆碱酯酶复活剂。当有机磷中毒时，有机磷与胆碱酯酶结合形成稳定的磷酰化胆碱酯酶，失去水解胆碱酯酶的能力。碘磷定具有强大的亲磷酸酯作用，能将结合在胆碱酯酶上的磷酰基夺过来，恢复酶的活性。碘磷定亦能直接与体内游离的有机磷结合，使之成为无毒物质由尿排出，从而阻止游离的有机磷继续抑制胆碱酯酶。

【制剂与规格】　碘磷定注射液，0.5 克/2 毫升、2.5 克/10 毫升。

【用法与用量】　静脉注射，各种家畜 15～30 毫克/（千克体重·次），兔 25～30 毫克/（千克体重·次），鸡 10～20 毫克/（千克体重·次）。

【药物相互作用（不良反应）】　在碱性溶强中易水解成氰化物，具剧毒，忌与碱性药物配合注射。大剂量静脉注射时，可直接抑制呼吸中枢，注射速度过快能引起呕吐、运动失调等反应，严重时可发生阵挛性抽搐，甚至引起呼吸衰竭。

【注意事项】

（1）本品用于解救有机磷中毒时，中毒早期疗效较好，若延误用药时间，磷酰化胆碱酯酶老化后则难于复活。对慢性中毒无效。

（2）本品在体内迅速分解，作用维持时间短，必要时 2 小时后重复给药。

（3）抢救中毒或重度中毒时，必须同时使用阿托品。

二、重金属及类金属中毒的解毒药

1. 二巯基丙醇（巴尔）

【性状】　为无色易流动的澄明液体，极易溶于乙醇，在水中溶解，不溶于脂肪。

【适应证】　能与金属或类金属离子结合，形成无毒、难以解离的络合物由尿排出。主要用于解救砷、汞、锑的中毒，也用于解救铋、锌、铜等中毒。

【制剂与规格】　二巯基丙醇注射液，0.1克/1毫升、0.5克/1毫升、1克/10毫升。

【用法与用量】　肌内注射，一次量，兔 3.0 毫克/千克体重。用于砷中毒，第 1~2 日每 4 小时一次，第 3 日每 8 小时一次，以后 10 天内，每日 2 次，直至痊愈。

【药物相互作用（不良反应）】　与硒、铁金属形成的络合物，对肾脏的毒性比这些金属本身的毒性更大，故禁用于上述金属中毒。

【注意事项】　本品虽能使抑制的巯基酶恢复活性，但也能抑制机体的其他酶系统（如过氧化氢酶、碳酸酐酶等）的活性和细胞色素 C 的氧化率，而且其氧化产物又能抑制巯基酶，对肝脏也有一定的毒害。局部用药具有刺激性，可引起疼痛、肿胀。这些缺点都限制了二巯基丙醇的应用。

2. 依地酸钙钠（乙二胺四乙酸钙钠）

【性状】　为白色或乳白色结晶或颗粒粉末，无臭无味，空气中易潮解。易溶于水，不溶于醇、醚等溶剂中。

【适应证】　依地酸钙钠在体内能与多种重金属离子络合，形成稳定而可溶的金属络合物，由尿排出而产生解毒作用。依地酸与金属离子的结合强度，随络合物稳定常数的不同而改变。与无机铅、锌等金属离子结合稳定常数大而结合力强，与钙、镁、钾、钠等金属结合的稳定常数小而结合力弱。主要用于治疗铅中毒，对无机铅中毒有特效。也用于镉、锰、钴、铬和铜中毒。

【制剂与规格】　依地酸钙钠注射液，5 毫升（1 克）/支。

【用法与用量】　静脉注射，兔 0.2~0.4 克/次，临用时以生理盐水稀释成 0.25％～0.5％溶液静脉注射。

【药物相互作用（不良反应）】 剂量过大可引起肾小管上皮细胞损害，导致急性肾功能衰竭。肾脏病变主要在近曲小管，亦可累及远曲小管和肾小球；本品可增加小鼠胚胎畸变率，但可通过增加饮食中的锌含量而进行预防；可能部分病畜于注入 4～8 小时后可出现全身反应，症状为疲软、过度口渴、突然发热及寒战，继则严重肌痛、食欲不振等；大剂量时可有肾小管水肿等损害，用药期间应注意查尿，若出现管型、蛋白、红细胞、白细胞甚至少尿或肾功能衰竭等，应立即停药，停药后可逐渐恢复正常；如静脉注射过快、血药浓度超过 0.5％时，可引起血栓性静脉炎。

【注意事项】 对铅脑病的疗效不高，与二巯基丙醇合用可提高疗效和减轻神经症状。

3. 青霉胺

【性状】 为白色或类白色结晶性粉末。有臭味，性质稳定，极易溶于水（1∶1），在乙醇中微溶，在氯仿或乙醚中不溶。1％水溶液的 pH 为 4.0～6.0。

【适应证】 为青霉素的代谢产物，又名二甲基半胱氨酸，系含有巯基的氨基酸，对铜、汞、铅等重金属离子有较强的络合作用，性稳定、溶解度高，因络合铜离子使单胺氧化酶失活，阻断胶原的交叉联结，可促进金属毒物的排泄，可用于结缔组织增生疾病。此外，能减少类风湿因子，稳定细胞溶酶体膜，抑制免疫反应，故具抗炎作用。临床上应用 D-盐酸青霉胺。其毒性比二巯基丙醇低，且可内服，故受到医学重视，常用于慢性铜、铅、汞中毒的治疗。

【制剂与规格】 青霉胺片，0.1 克/片。

【用法与用量】 内服，一次量，各种家畜及兔 5～10 毫克/千克体重，1 日 4 次，5～7 日为 1 个疗程；停药后 2 日可继续用下一疗程，一般用 3 个疗程。

【药物相互作用（不良反应）】 右旋青霉胺相对无毒，而左旋、混旋青霉胺具有某些毒性。青霉胺有对抗吡哆醛的作用，L-青霉胺和 D，L-青霉胺的作用较强，能抑制依赖吡哆醛的一些酶，如转氨酶、去巯基酶等。D-青霉胺的作用不详，正乙酰消旋青霉胺则无此作用。

【注意事项】　本品可影响胚胎发育。

三、亚硝酸盐中毒的解毒药

亚甲蓝（美蓝）

【性状】　为深绿色、有铜样光的柱状结晶或结晶性粉末，无臭，在水或乙醇中易溶，水溶液呈深绿色透明的液体。在氯仿中溶解。与苛性碱、重铬酸盐碘化物、升汞、还原剂等起化学变化，故不宜与之配伍。

【适应证】　本品既有氧化作用，又有还原作用，其作用与剂量关系密切。当亚硝酸盐中毒时，静脉注射小剂量亚甲蓝，在体内脱氢辅酶的作用下，还原为无色的亚甲蓝，后者能使高铁血红蛋白还原为亚铁血红蛋白，恢复携氧功能，用于解除亚硝酸盐中毒引起的高铁血红蛋白症。大剂量亚甲蓝则能直接升高血中药物浓度，产生氧化作用，将亚铁血红蛋白氧化为高铁血红蛋白，可用于氰化物中毒。

【制剂与规格】　亚甲蓝注射液，20毫克/2毫升、50毫克/5毫升、100毫克/10毫升。

【用法与用量】　解救亚硝酸盐中毒（高铁血红蛋白血症）时，各种家畜及兔静脉注射，1～2毫克/（千克体重·次）；解救氰化物中毒时，各种家畜及兔静脉注射，5～10毫克/（千克体重·次）［最大剂量20毫克/（千克体重·次）］。应与硫代硫酸钠交替使用。

【药物相互作用】（不良反应）　该药不可作皮下注射、肌内注射、鞘内注射，会引起坏死和瘫痪。

【注意事项】　不同浓度的亚甲蓝，解毒作用不同，使用时要注意剂量。

四、氰化物中毒的解毒药

1. 亚硝酸钠

【性状】　为无色或白色、微黄色晶粉，无臭、味微咸。易溶于水，水溶液不稳定，呈碱性。

【适应证】　亚硝酸钠具氧化性，能使亚铁血红蛋白氧化为高铁血红蛋白，后者与氰化物具有高度的亲和力，故可用于解救氰化物中毒。作用较慢，但维持时间较长，是氰化物中毒的有效解毒物。

【制剂与规格】 亚硝酸钠注射液，0.3克/10毫升。

【用法与用量】 静脉注射，兔15～25毫克/(千克体重·次)，5％葡萄糖注射液稀释后，缓慢静脉注射。

【药物相互作用（不良反应）】 治疗氰化物中毒时，本品与硫代硫酸钠均可引起血压下降，应注意血压变化。

【注意事项】 家畜机体内有30％以下的血红蛋白变为变性（高铁）血红蛋白时，不至于引起明显的中毒症状，但如用量过大，可因高铁血红蛋白生成过多而导致亚硝酸盐中毒，因此，必须严格控制用量。若家畜严重缺氧而致黏膜发绀时，可用亚甲蓝解救。

2. 硫代硫酸钠（大苏打）

【性状】 为无色透明的结晶或晶粉，无臭、味咸。极易溶于水且显微碱性，不溶于乙醇。

【适应证】 本品在体内可分解出硫离子，与体内氰离子结合形成无毒且较稳定的硫氰化物由尿排出。但作用较慢，常与亚硝酸钠或亚甲蓝配合，解救氰化物中毒。

【制剂与规格】 硫代硫酸钠注射液，0.5克/10毫升、1克/20毫升；硫代硫酸钠注射用粉剂，0.32克/支、0.64克/支。

【用法与用量】 静脉注射或肌内注射，兔0.5～2克/次。

【注意事项】 本品解毒作用产生缓慢，应先静脉注射作用产生迅速的亚硝酸钠（或亚甲蓝）后，立即缓慢注射本品，不能将两种药物混合后同时静脉注射。对内服中毒动物，还应使用本品的5％溶液洗胃，并于洗胃后保留适量溶液于胃中。

五、有机氟中毒的解毒药

解氟灵（乙酰胺）

【性状】 为白色结晶性粉末，无臭，可溶于水。

【适应证】 为氟乙酰胺（一种有机氟杀虫农药）、氟乙酸钠中毒的解毒剂，具有延长中毒潜伏期、减轻发病症状或制止发病的作用。其解毒机制可能是由于本品的化学结构和氟乙酰胺相似，故能竞争某些酶（如酰胺酶）使不产生氟乙酸，从而消除氟乙酸对机体三羧酪循环的毒性作用。

【制剂与规格】 解氟灵注射液，2.5克/5毫升。

【用法与用量】 静脉注射或肌内注射，各种家畜50～100毫克/（千克体重·次），2～4次/天，连续注射5～7天。

【药物相互作用（不良反应）】 本品酸性强，肌内注射时有局部疼痛。剂量过大可引起血尿。

【注意事项】 该药用药宜早、用量要足；与解痉药、半胱氨酸合用效果较好；可配合应用普鲁卡因或利多卡因，以减轻疼痛。

第九章 皮质激素类药物和
解热镇痛药物

第一节 皮质激素类药物

一、分类及特性

肾上腺皮质激素为肾上腺皮质分泌的一类激素的总称，其结构与胆固醇相似，故又称皮质类固醇激素。肾上腺皮质激素按其生理作用主要分两类：一类是调节体内水和盐代谢的激素，即调节体内水和电解质平衡，称为盐皮质激素（本类激素意义不大）；另一类是与糖、脂肪及蛋白质代谢有关的激素，常称为糖皮质激素。糖皮质激素在超生理剂量时有抗炎、抗过敏、抗中毒及抗休克等药理作用，因而在临床中广泛应用。

二、常用的糖皮质激素类药物

1. 氢化可的松

【性状】 为白色或无色的结晶性粉末。无臭，初无味，随后有持续的苦味。遇光渐变质。

【适应证】 治疗严重的中毒性感染或其他危险性病症。局部应用有较好疗效，故常用于乳腺炎、眼科炎症、皮肤过敏性炎症、关节炎。作用时间不足 12 小时。

【制剂与规格】 氢化可的松注射液，10 毫克/2 毫升、25 毫克/5 毫升；醋酸氢化可的松片，20 毫克/片。

【用法与用量】 静脉注射，兔 1～5 毫克/次，1 次/日。

【药物相互作用（不良反应）】 大剂量或长期（约 1 个月）用药后引起代谢紊乱，产生严重低血钾、糖尿、骨质疏松、肌纤维萎缩、幼龄动物生长停滞。马较其他动物敏感；大剂量长时间用药后，一旦突然停止肾上腺皮质激素的使用，可产生停药综合征，动物软弱无力，精神沉郁，食欲减退，血糖下降，血压降低，严重时可见有休克。还可见有疾病复发或加剧，这是机体对糖皮质激素形成依赖性所致，或是病情尚未被控制的结果；诱发和加重感染。糖皮质激素虽有抗炎作用，但其本身无抗菌作用，使用后还可使机体防御机能和抗感染能力下降，致使原有病灶或加剧或扩散，甚至继发感染，因而一般性感染疾病不宜使用。在有危急性感染疾病时才考虑使用。使用时应配合足量的有效抗菌药物，在激素停用后仍需继续用抗菌药物治疗。糖皮质激素能抑制变态反应，能抑制白细胞对刺激原的反应，因而在用药期间可影响鼻疽菌素点眼和其他诊断试验或活菌苗免疫试验。糖皮质激素对少数马、牛有时可见过敏反应，用药后可见有麻疹、呼吸困难、阴门及眼睑水肿、心动过速，甚至死亡，这些常发生于多次反复应用的病例。

【注意事项】　急性危重病例应选用注射剂做静脉注射，一般慢性病例可以口服或用混悬液肌内注射或局部关节腔内注射等，对于后者应用，应注意防止引起感染和机械损伤。泌乳动物、幼年生长期的动物应用皮质激素，应适当补给钙制剂、维生素 D 及高蛋白饲料，以减轻或消除因骨质疏松、蛋白质异化等副作用引起的疾病。缺乏有效抗菌药物治疗的感染、骨软化症和骨质疏松症、骨折治疗期、妊娠期（因可引起早产或畸胎）、结核菌素或鼻疽菌素诊断和疫苗接种期可以使用。

2. 地塞米松

【性状】　其磷酸钠盐为白色或微黄色粉末。无臭，味微苦。有引湿性。在水或甲醇中溶解，在丙酮或乙醚中几乎不溶。

【适应证】　比氢化可的松作用强 25 倍，抗炎作用甚至强 30 倍，而水、钠潴留的副作用较弱。给药后，在数分钟出现作用，维持 48～72 小时。可增加钙从粪中排出，故可引起负钙平衡。应用与其他糖皮质激素相同。本品还对同步分娩有较好的效果。

【制剂与规格】　地塞米松磷酸钠注射液，1 毫升 1 毫克/支、2 毫克/支、4 毫克/支、5 毫克/支；地塞米松片，0.75 克/片。

【用法与用量】　肌内注射或静脉注射，一次量，兔 0.25～0.5 毫克。

【**药物相互作用（不良反应）**】【**注意事项**】 与氢化可的松相同。

3. 泼尼松（强的松）

【**性状**】 为白色或几乎白色的结晶性粉末。无臭，味苦。不溶于水，微溶于乙醇，易溶于氯仿。

【**适应证**】 进入体内后代谢转化为氢化泼尼松而起作用。其抗炎作用和糖原异生作用比天然的氢化可的松强 4～5 倍。由于用量小，其水、钠潴留的副作用显著减轻。常被用于某些皮肤炎症和眼科炎症，但实践证明，此种局部应用并不比天然激素优越。肌内注射可治疗牛酮血症。用药后作用时间为 12～36 小时。

【**制剂与规格**】 醋酸泼尼松片，5 毫克/片；醋酸泼尼松软膏，1%；酸泼尼松眼膏，2 克（10 毫克/支）、10 克（50 毫克/支）。

【**用法与用量**】 内服，一日量，兔 0.5～2 毫克/千克体重，1 次/天。

【**药物相互作用（不良反应）**】、【**注意事项**】 与氢化可的松相同。

4. 泼尼松龙

【**性状**】 为人工合成品。几乎不溶于水，微溶于乙醇或氯仿。

【**适应证**】 作用与泼尼松基本相似，特点是可静脉注射、肌内注射、乳管内注入和关节腔内注入等。给药后作用时间为 12～36 小时。内服的功效不如泼尼松确切。

【**制剂与规格**】 醋酸氢化泼尼松龙注射液，1 毫升（含 25 毫克）/支，5 毫升（含 125 毫克）/支；醋酸氢化泼尼发松龙片剂，5 毫克/片。

【**用法与用量**】 静脉注射或静脉滴注、肌内注射，一次量，兔 20～30 毫克/千克体重。严重病例可酌情增加剂量。

【**药物相互作用（不良反应）**】【**注意事项**】 与氢化可的松相同。

第二节　解热镇痛抗炎药

一、特性

解热镇痛抗炎药是一类具有镇痛、解热和抗炎作用的药物。这类药物能抑制体内环加氧酶，从而抑制花生四烯酸转变成前列腺素（PG），减少 PG 的生物合成，因而有广泛的药理作用。本类药物能选择性地降低发热动物的体温，而对正常体温无明显影响；对轻、中度钝痛，如头痛、关节痛、肌肉痛、神经痛及局部炎症所致的疼痛有效，常用于慢性疼痛（对创伤性剧痛与平滑肌绞痛无效），通常不产生依赖性和耐受性。因其可以抑制 PG 的生物合成，控制炎症的继续发展，减轻局部炎症症状。

二、常用的解热镇痛药物

1. 阿司匹林（乙酰水杨酸）

【性状】 为白色结晶或结晶性粉末，难溶于水，易溶于醇。无臭或微带醋酸臭，微酸，遇湿气缓缓水解。水溶液呈酸性反应。

【适应证】 具有较强的解热、镇痛、抗炎、抗风湿作用。可作中小动物的解热镇痛药。此外，本品还有促尿酸排泄作用，可用于痛风症。可用于治疗感冒、神经痛和风湿病。

【制剂与规格】 阿司匹林片，0.5 克/片；复方阿司匹林片（含阿司匹林 0.2268 克）。

【用法与用量】 内服，一次量，兔 0.2～0.5 克。

【药物相互作用（不良反应）】 可抑制抗体产生及抗原抗体反应，使用疫苗、畜禽检疫时禁止使用；对消化道有刺激性，较大量可致食欲不振、恶心、呕吐，乃至消化道出血；长期使用易引发胃肠道溃疡、出血、肾炎等。

【注意事项】 不宜用于猫。可与碳酸氢钠同用，以减轻对胃肠道的刺激。有出血倾向时忌用。

2. 氨基比林

【性状】 为白色晶状粉末，无臭，味微苦，易溶于水，水溶液显碱性反应。遇氧化剂易被氧化，见光易变质，应避光保存。

【适应证】 本品有明显的解热镇痛与抗炎作用，广泛用于发热性疾病、关节痛、肌肉痛、神经痛和风湿症等。其消炎抗风湿作用不亚于水杨酸钠，可用于治疗急性风湿性关节炎。

【制剂与规格】 氨非咖片，0.3 克/片、0.5 克/片；复方氨基比林注射液，10 毫升/支、20 毫升/支；安痛定注射液，2 毫升/

支、5 毫升/支和 10 毫升/支。

【用法与用量】 氨非咖片，内服，一次量，兔 0.5～1 片。复方氨基比林注射液，肌内注射或皮下注射，一次量，兔 1～2 毫升。

【药物相互作用（不良反应）】 与巴比妥配成复方制剂能增强其镇痛效果，有利于缓和疼痛症状。

【注意事项】 长期连续用药，可引起颗粒白细胞减少症。

3. 吲哚美辛（消炎痛）

【性状】 为白色晶粉，几乎无臭，无味。不溶于水，溶于乙醇、氯仿。溶于碱液，但随即分解。

【适应证】 有显著的抗炎和镇痛作用，其消炎作用强于氢化可的松，其解热作用与阿司匹林相近或略高，临床上主要用于各种动物急性风湿性关节炎、神经痛、腱鞘炎和肌肉损伤。

【制剂与规格】 消炎痛片，每片含主药 25 毫克。

【用法与用量】 内服，一次量，兔 0.5～1 毫克/千克体重。

【药物相互作用（不良反应）】 长期使用可出现消化道症状，如恶心、呕吐、腹痛、下痢甚至消化道溃疡，有时可造成肝功损害。

【注意事项】 胃病及胃溃疡者禁用。

4. 对乙酰氨基酚（扑热息痛）

【性状】 为白色有闪光的鳞片状结晶或白色晶粉。无臭，味微苦。不溶于水，难溶于热水。

【适应证】 扑热息痛具有良好的解热作用，镇痛作用次之，无消炎、抗风湿作用，作用出现快，且缓和、持久，副作用小。常用作中、小动物的解热镇痛药。

【制剂与规格】 对乙酰氨基酚片，0.5 克/片；对乙酰氨基酚注射液，0.25 克/2 毫升。

【用法与用量】 内服，1 次量，兔 0.1～0.2 克。肌内注射，一次量，兔 0.2～0.4 克。

【药物相互作用（不良反应）】 剂量过大或长期使用，可致高铁血红蛋白症，引起组织缺氧、发绀。

【注意事项】 肝肾功能不全的幼畜慎用。

5. 安乃近

【性状】　为白色（注射用）或略带微黄色（口服用）结晶或结晶性粉末，无臭、味微苦，易溶于水。

【适应证】　可解热镇痛，用于肌肉痛、风湿痛、发热性疾病及疝痛。

【制剂与规格】　安乃近片，0.25克/片、0.5克/片；安乃近注射液，1.5克/5毫升、3克/10毫升、6克/20毫升。

【用法与用量】　内服，一次量，兔0.3～0.5克；肌内注射，兔0.3～0.5克。

【药物相互作用（不良反应）】　长期应用可引起粒细胞减少；本品可抑制凝血酶原的合成，加重出血倾向。

【注意事项】　不宜穴位注射和关节部位注射，否则易引起肌肉萎缩和关节机能障碍。

6. 氯灭酸

【性状】　为白色结晶粉末，无臭，难溶于水。

【适应证】　对关节肿胀有明显的消炎、消肿作用，恢复关节活动，用于治疗风湿症。

【制剂与规格】　氯灭酸片，0.2克/片。

【用法与用量】　内服，一次量，兔0.05～0.1克。

第十章 作用于机体各系统的药物

第一节 概　　述

机体主要有消化系统、呼吸系统、泌尿系统、生殖系统、血液循环系统、神经系统等构成，不同系统其发病率和发病种类各有差异；同一系统，动物种类不同，发病率和发病种类也各有差异。另外，机体又是一个整体，机体发病，各个系统也会有所表现。因此，需要根据各系统发病特点，结合整个机体情况来选择药物进行预防和治疗，维持机体健康，提高生产力。

第二节 作用于机体各系统的常用药物

一、作用于消化系统的药物

消化系统疾病较为常见。由于动物种类不同，发病率和发病种类也各有差异。一般草食动物的发病率高于杂食动物。如果不及时治疗，将会导致严重后果，因此，应进行综合分析治疗。选择作用于消化系统的药物来解除胃肠机能障碍，恢复胃肠功能。

（一）健胃药

1. 马钱子

【性状】　为马钱科植物马钱的成熟种子，味苦，有毒。本品含有多种类似的生物碱，主要有番木鳖碱，亦称士的宁、马钱子碱等。马钱子酊为棕色液体。

【适应证】　用于治疗消化不良、食欲不振、前胃弛缓、瘤胃积食等疾病。

【制剂与规格】　马钱子酊（马钱子流浸膏83.4毫升，加45％

乙醇稀释，使成 1000 毫升，搅匀，静置 12 小时，滤过，即得）；马钱子浸流膏（马钱子 2 枚、大枣肉 2 枚、全蝎尾 5 个、蓖麻仁 1 枚、血竭 0.5 克、冰片 0.2 克。将上药共捣如细腻泥状即成）。

【用法与用量】　内服，一次量，兔 0.1～0.3 毫升，1 次/天；马钱子浸流膏，外敷。

【注意事项】　安全范围小，应严格控制剂量，连续用药不能超过 1 周，避免蓄积性中毒。中毒时，可用巴比妥类药物或水合氯醛解救，并保持环境安静，避免各种刺激。

2. 龙胆

【性状】　为龙胆科植物龙胆或三花龙胆的干燥根茎和根。其有效成分为龙胆苦苷约 2％，龙胆糖约 4％，龙胆碱约 0.15％。味苦性寒。

【适应证】　属苦味健胃药。因其苦味，口服可促进唾液与胃液分泌增加，加强消化，提高食欲。常与其他健胃药配伍制成散剂、酊剂、舔剂等，用于食欲不振及某些热性病引起的消化不良等。

【制剂与规格】　龙胆末；龙胆酊（100 克龙胆末，40％乙醇 1000 毫升浸制而成）；复方龙胆酊。

【用法与用量】　内服，一次量，龙胆末，兔 0.2～0.5 克；龙胆酊，兔 1～2 毫升；复方龙胆酊，兔 1～2 毫升。

【注意事项】　密闭保存。

3. 陈皮（橙皮）

【性状】　为芸香科植物橘及其栽培变种的干燥成熟果实。含挥发油、川皮酮、橙皮苷、维生素 B_1 和肌醇等。

【适应证】　内服发挥芳香性健胃药作用。可刺激消化道黏膜，增强消化液分泌及胃肠蠕动，显现健胃驱风的功效。用于消化不良、积食气胀等。

【制剂与规格】　陈皮酊（陈皮粉和 60％乙醇适量）。

【用法与用量】　内服，一次量，兔 1～2 毫升。

【注意事项】　避光保存，密闭封存

4. 豆蔻

【性状】　又名白豆蔻。为姜科植物白豆蔻的干燥成熟果实。含挥发油，油中含有右旋樟脑成分。

【适应证】 具有健胃、驱风、制酵等作用，用于消化不良、胃肠气胀等。

【制剂与规格】 豆蔻粉；复方豆蔻酊（豆蔻粉 20 克、茴香 10 克、桂皮 25 克、甘油 50 毫升、60％乙醇适量制成 1000 毫升）。

【用法与用量】 豆蔻粉，内服，一次量，兔 0.5～1.5 克；复方豆蔻酊，内服，一次量，兔 1～2 毫升。

【注意事项】 置避光容器内密封。

5. 桂皮（肉桂）

【性状】 为樟科植物肉桂的干燥树皮。含挥发性桂皮油 1％～2％，油中主要成分为桂皮醛。

【适应证】 为芳香性健胃药，对胃肠黏膜有温和刺激作用，可增强消化机能，排出积气，缓解胃肠痉挛性阵痛，因此有扩张末梢血管的作用，能改善血液循环。主要用于消化不良、风寒感冒、产后虚弱等。

【制剂与规格】 桂皮粉；桂皮酊（取肉桂粗粉 200 克，置渗滤器中，用 70％乙醇分次浸渍。第一次浸渍 48 小时以上，缓缓放出浸渍液至约 950 毫升，加入 70％乙醇使成 1000 毫升，混匀，静置后澄清，滤过即得），500 毫升/瓶。

【用法与用量】 内服（桂皮粉），一次量，兔 0.5～1.5 克；桂皮酊，一次量，兔 2～3 毫升。

【注意事项】 孕畜慎用。置避光容器内密封。

6. 大蒜

【性状】 本品为百合科植物大蒜的鲜茎。含挥发油、蒜素，气特异，味辛辣。

【适应证】 为芳香性健胃药。内服发挥芳香性健胃药作用。由于内含大蒜素，具有明显抑菌作用。主要用于食欲不振，积食气胀；幼畜肠炎、下痢等。

【制剂与规格】 大蒜酊（取去皮大蒜瓣 40 克，捣烂成泥，再用 70％的乙醇 100 毫升浸泡 12～14 天，用灭菌或煮沸纱布过滤，滤液即为大蒜酊），500 毫升/瓶。

【用法与用量】 大蒜内服，一次量，兔 2～3 克；大蒜酊，兔 2～3 毫升。

【注意事项】　对多种革兰阳性菌与阴性菌均有一定抑制作用，对白色念珠菌、隐球菌等真菌、滴虫等原虫也有作用。

7. 姜

【性状】　为姜科植物姜的干燥根茎。含姜辣素、姜烯酮、姜酮、挥发油，挥发油含龙脑、桉油精、姜醇、姜烯等成分。

【适应证】　为芳香性健胃药。可温中散寒。内服后，能显著刺激胃肠道黏膜，增加食欲。还具有抑制胃肠道异常发酵及促进气体排出的作用。用于消化不良、食欲不振、胃肠气胀等。孕畜禁用。

【制剂与规格】　姜酊（由干姜 1000 克加适量 90％乙醇浸制而成的流浸膏 200 毫升，加 90％乙醇使成 1000 毫升制成，为淡黄色的液体。有姜的香气，味辣），500 毫升/瓶。

【用法与用量】　干姜粉内服，一次量，兔 0.3～1 克；姜酊内服，一次量，兔 0.5～2 毫升。

【注意事项】　置避光容器内密封。

8. 人工盐

【性状】　为白色粉末，易溶于水，水溶液呈弱碱性（pH8～8.5）。

【适应证】　为盐类健胃药。内服少量，可增加胃肠液分泌、蠕动，促进物质消化吸收。有微弱中和胃酸作用。内服大量，并大量饮水，有缓泻作用，常配合制酵药用于便秘初期。

【制剂与规格】　人工盐，500 克，44％干燥硫酸钠、36％碳酸氢钠、18％氯化钠和 2％硫酸钾混合而成。

【用法与用量】　健胃：内服，一次量，兔 1～2 克。缓泻：内服，一次量，兔 4～6 克。

【药物相互作用（不良反应）】　禁与酸性物质或酸类健胃药、胃蛋白酶等药物配合应用。

（二）助消化药

1. 稀盐酸

【性状】　为无色澄明液体，无臭，呈强酸性反应，应置玻璃塞瓶内密封保存。

【适应证】　为 10％的盐酸溶液，服后使胃内酸度增加，胃蛋白酶活性增强，可消除胃部不适、腹胀、嗳气等症状，主要用于因胃酸减少造成的消化不良。

【制剂与规格】 稀盐酸液，含盐酸 0.5％～10％。

【用法与用量】 内服，一次量，兔 0.3～0.5 毫升。用前须加水稀释成 0.2％溶液。

【药物相互作用（不良反应）】 忌与碱类、有机酸盐类等配伍。

【注意事项】 用量不宜过大。

2. 胃蛋白酶

【性状】 又名胃蛋白酵素、胃液素。为白色或淡黄色粉末（用牛、猪、羊等的胃黏膜制成的一种含有蛋白分解酶的物质）。

【适应证】 内服可使蛋白质初步水解成蛋白胨。本品在 0.2％～0.4％（pH 1.6～1.8）的盐酸环境中作用最强。用胃蛋白酶时，必须与稀盐酸同用，以确保充分发挥作用。用于消化不良、食欲不振。

【制剂与规格】 胃蛋白酶，每 1 克含胃蛋白酶活力不少于 3800 单位。

【用法与用量】 内服，一次量，800～1600 单位。

【药物相互作用（不良反应）】 禁与碱性药物、鞣酸、金属盐等配伍；常与稀盐酸同服用于胃蛋白酶缺乏症。

【注意事项】 宜饲前服用。

3. 乳酶生（表飞鸣）

【性状】 为白色粉末，无味无臭，难溶于水（为乳酸杆菌的干燥制剂）。

【适应证】 本品为活性乳酸杆菌制剂，能分解糖类生成的乳酸，使肠内酸度提高，抑制肠内病原菌繁殖。主要用于胃肠异常发酵和腹泻、肠臌气等。

【制剂与规格】 乳酶生片，0.5 克/片、0.3 克/片（每克含乳酸杆菌不少于 1000 万个）。

【用法与用量】 内服，一次量，兔 0.5～1 克。

【药物相互作用（不良反应）】 应用时不宜与抗菌药物、吸附药、收敛药、酊剂配伍，以免失效。

【注意事项】 应闭光密封在凉暗处保存，有效期为 2 年，受热效力降低。

4. 干酵母

【性状】 为麦酒酵母菌或葡萄汁酵母菌的干燥菌体。为淡黄白色或淡黄棕色颗粒或粉末。有酵母的特臭，味微苦。

【适应证】 干酵母中的多种生物活性物质是机体内某些酶系统的重要组成部分，能参与糖、蛋白质、脂肪的生物转化和转运。用于食欲不振、消化不良和维生素 B 缺乏的辅助治疗。

【制剂与规格】 酵母粉；酵母片，0.3 克/片、0.5 克/片。

【用法与用量】 内服，一次量，兔 0.2～0.3 克。

【药物相互作用（不良反应）】 用量过大，可导致腹泻。

【注意事项】 酵母中含维生素 B_1、核黄素、烟酸，还含有维生素 B_6、维生素 B_{12}、叶酸、肌醇及转化酶、麦糖醇等。

5. 碳酸氢钠

【性状】 为白色结晶粉末，无臭，喂微咸，易溶于水。水溶液弱碱性，在空气中易分解。

【适应证】 本品是一种弱碱性盐，可与其他健胃药配伍治疗慢性胃肠炎，与祛痰药配伍治疗呼吸道炎症。对败血症、化脓创伤、酸血症等，应用碳酸氢钠可缓解中毒症状。

【制剂与规格】 碳酸氢钠片，0.3 克/片、0.5 克/片；碳酸氢钠注射液，0.5 克/10 毫升、12.5 克/250 毫升、25 克/500 毫升。

【用法与用量】 内服，一次量，兔 5～10 克；静脉注射，一次量，兔 2～6 克。

【药物相互作用（不良反应）】 与磺胺配伍使尿液呈弱碱性，可减轻磺胺类药物的副作用；不宜与酸性药物配合使用。

【注意事项】 密闭保存。

（三）瘤胃兴奋药

1. 氨甲酰甲胆碱

【性状】 为白色结晶或结晶性粉末。稍有氨味。极易溶于水，易溶于乙醇，不溶于氯仿和乙醚。

【适应证】 属季铵化合物。不易被胆碱酯酶水解。主要兴奋 M 胆碱受体，呈现 M 样作用。对胃肠道平滑肌呈明显收缩作用，而心血管系统的抑制作用较弱为其特点。用于胃肠弛缓等。

【制剂与规格】 氨甲酰甲胆碱注射液，1 毫升（含 5 毫克）/支。

【用法与用量】　皮下注射，一次量，兔 0.02～0.1 毫克/千克体重。

【注意事项】　阿托品可快速阻止或消除 M 样作用，发生中毒时可用阿托品解救；内服极少吸收；禁止用于老龄、瘦弱、妊娠、心肺疾患的动物，以及顽固性便秘、肠梗阻患畜及孕畜。不可肌内注射或静脉注射。

2. 浓氯化钠注射液

【性状】　为无色的澄明液体。

【适应证】　用于反刍动物前胃弛缓、瘤胃积食和马属动物便秘等。

【制剂与规格】　10％氯化钠注射液，250 毫升/瓶、500 毫升/瓶。

【用法与用量】　静脉注射，一次量，各种家畜 1 毫升/千克体重。

【注意事项】　心力衰竭和肾功能不全患畜慎用；静脉注射时不能稀释，速度宜慢，不可漏至血管外。

（四）制酵药

1. 鱼石脂

【性状】　为棕黑色浓厚的黏稠性液体。有特臭。易溶于乙醇，在热水中溶解，呈弱酸性反应。

【适应证】　具轻度防腐、制酵、驱风作用，促进胃肠蠕动。常用于前胃弛缓、急性胃扩张。外用可消肿，促使肉芽新生，故10％～30％软膏用于慢性皮炎、蜂窝织炎等。

【制剂与规格】　鱼石脂软膏，10 克（含 1 克）/支、25 克（含2.5 克）/支。

【用法与用量】　内服，一次量，兔 0.5～0.8 克。

【药物相互作用（不良反应）】　禁与酸性药物混合使用。

【注意事项】　临用时先加 2 倍量乙醇稀释，再用水稀释成3％～5％的溶液灌服。

2. 芳香氨醑

【性状】　为几乎无色的澄明液体，芳香味带氨臭，久置后变黄，并有刺激性。

【适应证】　内服制酵、促进胃肠蠕动，有利于气体排出；刺激消化道黏膜，增加分泌，改善消化机能。用于瘤胃臌胀、急性肠臌气、积食性消化不良。

【制剂与规格】　醑剂（碳酸铵30克、浓氨溶液60毫升、柠檬油5毫升、90％乙醇750毫升，水加至1000毫升），500毫升/瓶。

【用法与用量】　内服，一次量，兔4～12毫升。

【药物相互作用（不良反应）】　忌与酸性药物及生物碱合用；配合氯化铵可以辅助治疗慢性支气管炎。

【注意事项】　置密封、闭光容器中，在阴凉处保存。

（五）消沫药

二甲硅油

【性状】　为无色透明油状液体。无臭或几乎无臭，无味。在水和乙醇中不溶，能与氯代烃类、乙醚、苯、甲苯等混溶。

【适应证】　能消除胃肠道内的泡沫，使被泡沫贮留的气体得以排出，缓解气胀。用于瘤胃泡沫性臌胀病。

【制剂与规格】　二甲硅油片，25毫克/片、50毫克/片。

【用法与用量】　内服，一次量（按二甲硅油计），兔0.05～0.1克。

【注意事项】　作用迅速，用药后5分钟起作用，15～30分钟时作用最强；临用时配成2％～3％酒精溶液或2％～3％煤油溶液，最好采用胃管投药。灌服前后应灌小量温水，以减轻局部刺激。

（六）泻药

1. 硫酸钠（芒硝）

【性状】　为无色透明的柱形结晶，味咸苦，易溶于水。经风化失去结晶水时成为无水硫酸钠，为白色粉末（又名元明粉），有吸湿性，应密闭保存。

【适应证】　导泻作用剧烈，临床主要用于排除肠内毒物及某些驱肠虫药服后连虫带药一起排出。口服高浓度硫酸镁或用导管直接注入十二指肠，因反射性引起总胆管括约肌松弛，胆囊收缩，发生利胆作用。可用于阻塞性黄疸、慢性肿囊炎。

【制剂与规格】　硫酸钠粉。

【用法与用量】　健胃：内服，一次量，兔 1.5～2.5 克。导泻：内服，一次量，兔 15～25 克。

【药物相互作用（不良反应）】　硫酸钠禁与钙剂同用。

【注意事项】　浓度一般 4%～6%，不可过高；超过 8% 刺激肠黏膜过度，注意补液；硫酸钠不适用于小肠便秘、继发胃扩张。

2. 液体石蜡

【性状】　为无色透明油状液体，无臭、无味，不溶于水或醇，在氯仿、乙醚或挥发油中溶解。

【适应证】　作用温和，无刺激性。用于小肠阻塞、便秘、瘤胃积食等。胃肠炎病畜、孕畜亦可应用。成本高，一般只用于小肠便秘、孕畜和肠炎患畜的便秘。

【制剂与规格】　液体石蜡油，500 毫升/瓶。

【用法与用量】　内服，一次量，兔 5～15 毫升。

【药物相互作用（不良反应）】　不宜长期反复应用，有碍维生素 A、维生素 D、维生素 E、维生素 K 和钙、磷吸收，降低物质消化及减弱胃肠蠕动。

【注意事项】　中毒时要排出毒物，要用盐类泻药，不用油类泻药。

3. 大黄

【性状】　味苦、性寒。大黄末为黄色，不溶于水。大黄有效成分：苦味质鞣质及蒽醌苷类的衍生物（大黄素、大黄酚、大黄酸）。

【适应证】　内服小剂量，健胃作用；中等剂量，发挥鞣质效能，产生收敛作用，致使肠蠕动减弱，分泌减少，出现止泻效果；大剂量，蒽醌苷类衍生物大黄素等起主要作用，产生止泻作用，其下泻作用点在大肠。用于便秘。

【制剂与规格】　大黄粉；大黄酊（大黄 200 克，用 60% 乙醇适量浸渍 24 小时后，以每分钟 3～5 毫升的速度渗滤，待滤液达 750 毫升时，停止渗滤，压榨药滓，压出液滤过，与滤液合并，加甘油 100 毫升与适量的 60% 乙醇使成 1 升即得），500 毫升/瓶。

【用法与用量】　一次内服，健胃：20～40 克（大黄粉）或 40～100 毫升（大黄酊）；止泻：50～100 克；下泻：100～150 克。

【药物相互作用（不良反应）】　大黄与硫酸钠配合应用，可产生较好的泻下效果。

【注意事项】 孕畜慎用。密闭、防潮储存。

4. 蓖麻油

【性状】 为淡黄色黏稠液体,微臭味,不溶于水。为大戟科植物蓖麻油的种子,经压榨而得的脂肪油。

【适应证】 内服后在肠内受胰脂肪酶作用,分解生成甘油和蓖麻油酸,后者又转化成蓖麻油酸钠,刺激小肠黏膜感受器,引起小肠蠕动,导致泻下。蓖麻油泻下作用点是小肠,临床主要用于幼畜小肠便秘。

【制剂与规格】 蓖麻油,500 毫升/瓶、1000 毫升/瓶。

【用法与用量】 内服,一次量,兔 5～10 毫升。

【注意事项】 长期反复应用可妨碍消化功能;不宜作排除毒物及驱虫药;本品不得作为泻剂用于孕畜、肠炎病畜。

（七）止泻药

1. 鞣酸

【性状】 为淡黄色结晶粉末,味涩,溶于水。

【适应证】 为收敛药。内服后鞣酸与胃黏膜蛋白结合生成鞣酸蛋白薄膜,覆盖于黏膜表面起保护作用,使其免受各种因素刺激,使局部达到消炎、止血、镇痛及制止分泌的作用。形成的鞣酸蛋白到小肠后再被分解,释出鞣酸,呈现止泻作用,故内服用作收敛止泻药。用于消化不良性。

【制剂与规格】 鞣酸粉剂;10％软膏,20 克/支或 20％软膏,20 克/支。

【用法与用量】 内服,一次量,兔 1～3 克。软膏外用。

【药物相互作用（不良反应）】 鞣酸能与士的宁、奎宁、洋地黄等生物碱和重金属铅、银、铜、锌等发生沉淀,当因上述物质中毒时,可用鞣酸溶液洗胃或灌服解毒,但需及时用盐类泻药排除。

【注意事项】 鞣酸对肝有损害作用,不宜久用。本品大面积应用时可被吸收而发生中毒,故不宜大面积使用。密封保存于阴凉处。

2. 鞣酸蛋白

【性状】 为淡黄色粉末,无味无臭,不溶于水及酸。

【适应证】 内服无刺激性，其蛋白成分在肠内消化后释出的鞣酸起收敛止泻作用。用于急性肠炎与非细菌性腹泻。

【制剂与规格】 鞣酸蛋白片，0.3克/片、0.5克/片。

【用法与用量】 内服，一次量，兔1～3克。

【注意事项】 遮光、密闭保存。

3. 碱式硝酸铋

【性状】 为白色结晶性粉末，无臭无味，不溶于水及醇，但溶于酸或碱中，遇光易变质，应密封保存。

【适应证】 在胃肠内小部分缓慢解离出铋离子，与蛋白质结合，呈收敛保护黏膜作用。大部分次硝酸铋覆于肠黏膜表面，而且在肠内能与硫化氢结合，形成不溶性硫化铋，覆盖在黏膜上，为此表现出机械性保护作用，并减少了硫化氢对肠黏膜的刺激。用于肠炎和腹泻。

【制剂与规格】 碱式硝酸铋片，0.3克/片、0.5克/片。

【用法与用量】 内服，一次量，兔0.4～0.8克。

【注意事项】 次硝酸铋在肠内溶解后，可产生亚硝酸盐，量大时能引起吸收中毒；次硝酸铋在炎性组织中，能缓慢解离出铋离子，其离子能与组织蛋白和细菌蛋白质结合，产生收敛与抑菌作用；病原菌引起的腹泻，应先用抗微生物药控制感染后再用本品。

4. 药用炭

【性状】 为黑褐色粉末，无臭无味，不溶于水，应干燥密封保存。

【适应证】 颗粒小，表面积大，可做吸附药。用于腹泻、肠炎和阿片及马钱子等生物碱类药物中毒的解救。

【制剂与规格】 药用炭粉。

【用法与用量】 内服，一次量，兔0.15～2.5克。

【药物相互作用（不良反应）】 不宜与抗生素、磺胺类、激素、维生素、生物碱等同时服用。

【注意事项】 大量使用容易引起便秘。

5. 白陶土

【性状】 为白色细粉或易碎的块状，加水湿润，难溶于水。

【适应证】 为吸附剂或赋形剂。内服后能吸附肠内气体和细菌毒素，减少毒物在肠道内吸收，保护发炎的肠黏膜。主要用于腹泻。

【制剂与规格】 白陶土粉。

【用法与用量】 内服，一次量，兔 1～5 克。

【注意事项】 密闭保存，应保持干燥，吸湿后效力减弱。

二、作用于呼吸系统的药物

咳、痰、喘为呼吸系统疾病或其他疾病反应在呼吸系统上的常见症状。镇咳药、祛痰药和平喘药是呼吸系统对症治疗的常用药物。呼吸系统疾病的病因包括物理化学因素刺激、过敏反应、病毒、细菌（支原体、真菌）和蠕虫感染等，对动物来说，更多的是微生物引起的炎症性疾病，所以一般首先进行对因治疗。在对因治疗的同时，也应及时使用镇咳药、祛痰药和平喘药，以缓解症状，防止病情发展，促进病畜的康复。

（一）祛痰药

1. 氯化铵

【性状】 为酸性盐，无色或白色结晶性粉末，味咸而凉，易溶于水，难溶于乙醇，露置于空气中微有吸湿性，应置于密封干燥处保存。

【适应证】 能局部刺激胃黏膜，反射性地使气管、支气管腺体分泌增加，使痰液变稀，易于排出。适用于急、慢性支气管炎及痰多不易咳出的患畜。

【制剂与规格】 氯化铵片，0.3 克/片。

【用法与用量】 内服，一次量，祛痰，兔 0.2～0.5 克；酸化剂，1～2 克。

【药物相互作用（不良反应）】 忌与碱性药物（如碳酸氢钠）、重金属、磺胺类药物并用。

【注意事项】 氯化铵能增加尿的酸性，使磺胺析出结晶，引起泌尿道损害，如尿闭、血尿等。服后有酸化体液和尿液的作用，可用于纠正碱中毒。对肝肾功能异常的患畜，内服容易引起血氯过高性酸中毒和血氨增高（肝功能不好而至肝昏迷），应慎用或禁用。

2. 乙酰半胱氨酸（痰易净、易咳净）

【性状】　为白色晶粉，性质不稳定，易溶于水及醇。

【适应证】　可降低痰的黏滞性，使痰易于咳出。能使脓性痰中的 DNA 纤维断裂，对脓性或非脓性痰都有效。雾化吸入用于治疗黏稠痰阻塞气道，咳嗽困难的患畜。紧急时气管内滴入，可迅速使痰变稀，便于吸引排痰。作为呼吸系统和眼的黏液溶解药。

【制剂与规格】　乙酰半胱氨酸片，0.5 克/片、1 克/片。

【用法与用量】　喷雾：10%～20%溶液一次量，兔 0.1～0.2 毫升，每天 2～3 次，连用 2～3 天。

【药物相互作用（不良反应）】　不宜与青霉素、头孢菌素、四环素混合，以免降低抗生素活性；雾化吸入不宜与铁、铜、橡胶和氧化剂接触，应以玻璃或塑料制品作喷雾器。

【注意事项】　有特殊臭味，可引起恶心、呕吐。对呼吸道有刺激性，可致支气管痉挛，加用异丙肾上腺素可以避免。滴入气管可产生大量分泌液，故应及时吸引排痰。

（二）镇咳药

1. 喷托维林

【性状】　为白色结晶性粉末，无臭、味苦，有吸湿性，易溶于水，水溶液呈弱酸性。

【适应证】　为中枢性镇咳药。有局部麻醉作用和阿托品样作用，能抑制呼吸道感受器和扩张支气管，兼有外周性镇咳作用。适用于上呼吸道感染所致的无痰干咳或痰少咳嗽。

【制剂与规格】　枸橼酸喷托维林片，25 毫克/片；复方咳必清糖浆，100 毫升/瓶。

【用法与用量】　喷托维林片内服，一次量，兔 0.01～0.02 克；复方咳必清糖浆内服，一次量，兔 0.5～2 毫升。

【药物相互作用（不良反应）】　常与祛痰药配伍；心功能不全并伴有肺淤血的患畜忌用，用大剂量易产生腹胀和便秘。

【注意事项】　遮光、密封于干燥处保存。

2. 可待因

【性状】　为无色细微针状结晶性粉末，无臭、味苦，有风化性，易溶于水，微溶于醇。

【适应证】 直接抑制咳嗽中枢而产生较强的镇咳作用。除有镇咳作用外，还有镇痛作用，多用于无痰、剧痛性咳嗽及胸膜炎等疾病引起的干咳。

【制剂与规格】 可待因片，5毫克/片、10毫克/片；可待因注射液，15毫克/支、30毫克/支。

【用法与用量】 内服或皮下注射，兔2～3毫克。

【注意事项】 久用也能成瘾，应控制使用；不宜用于多痰的咳嗽；大剂量可致中枢兴奋、烦躁不安。

3. 复方樟脑酊

【性状】 为黄棕色液体，有樟脑和茴香油气味，味甜而辛。

【适应证】 主要用于剧烈的干咳及痉挛性腹痛及腹泻。

【制剂与规格】 复方樟脑酊（樟脑0.3%、阿片酊0.5%、八角茴香油0.3%、乙醇适量组成）。

【用法与用量】 内服，一次量，兔0.5～1毫升。

【注意事项】 盛于遮光、密封容器，在冷暗处保存。

4. 甘草

【性状】 为豆科植物甘草的干燥根和根茎，主要成分是甘草酸。

【适应证】 具有镇咳、祛痰作用，用于咳嗽。

【制剂与规格】 甘草浸膏，500毫升/瓶；复方甘草合剂，500毫升/瓶；复方甘草片，0.3克/片。

【用法与用量】 内服，1次量，浸膏5～15毫升；合剂10～30毫升；片剂，2～4片/次，每天3次。

【注意事项】 遮光密闭保存。

（三）平喘药

1. 麻黄碱

【性状】 为白色微细结晶性粉末，无臭、味苦，遇光易变质，易溶于水，可溶于乙醇。

【适应证】 麻黄碱的作用似肾上腺素，具有α、β效应，松弛支气管平滑肌的作用比肾上腺素弱，但持久。用于减轻支气管哮喘，应配合祛痰药，可治疗急、慢性支气管炎。

【制剂与规格】 麻黄碱片，25毫克/片；麻黄碱注射液，30毫克/1毫升、50毫克/1毫升。

【用法与用量】　皮下注射，一次量，兔2～5毫克。

【注意事项】　麻黄碱短期内连续应用，易产生快速耐药性；本品可通过乳腺随乳汁排泄，哺乳期禁用；应置遮光容器内保存。

2. 氨茶碱

【性状】　为白色或淡黄色粉末，味苦，有氨臭，在空气中能吸收 CO_2，析出茶碱。易溶于水，水溶液呈碱性反应。

【适应证】　氨茶碱对支气管平滑肌的松弛作用较强。当支气管平滑肌处于痉挛状态时，氨茶碱的作用更为明显，因而可用于治疗痉挛性支气管炎。

【制剂与规格】　氨茶碱片，0.1克/片、0.2克/片；氨茶碱注射液，0.5克/2毫升、1.25克/5毫升。

【用法与用量】　肌内注射、静脉注射，一次量，0.25～0.5克。

【注意事项】　注射液为碱性溶液，禁与维生素C及盐酸肾上腺素、盐酸四环素等酸性药物配伍，以免发生沉淀；氨茶碱的局部刺激性较强，应作深部肌内注射，静脉注射时应用葡萄糖注射液稀释成 2.5% 以下的浓度，缓慢注入。应避光密闭保存。

三、作用于泌尿系统的药物

作用于泌尿系统的药物主要是利尿药和脱水药。利尿药是主要作用于肾脏，能增加电解质及水的排泄，增加尿量，从而减轻或消除水肿的药物。脱水药是一类在体内不易代谢而以原型经肾排泄的低分子药物，药物经静脉注射后通过渗透压作用引起组织脱水（主要用于降低颅内压、眼内压、脑内压等局部组织水肿）。

（一）利尿药

1. 呋塞米（呋喃苯胺酸，速尿）

【性状】　为白色或微黄色结晶性粉末，无臭，无味。不溶于水，可溶于乙醇、甲醇、丙酮及碱性溶液中，略溶于乙醚、氯仿。本品具有酸性，其 pH 为 3.9。

【适应证】　为强效利尿剂，利尿作用强大，迅速而短暂。主要用于治疗各种原因引起的水肿，如肺水肿、全身水肿、乳房水肿、喉水肿等，尤其对肺水肿疗效好。肾功能衰竭早期，尿量少，可用以增加尿量。

【制剂与规格】　呋塞米片，20毫克/片、50毫克/片；呋塞米注射液，10毫升（100毫克）/支。

【用法与用量】　内服，一次量，兔2.5～5毫克/千克体重；肌内注射、静脉注射，一次量，兔1～5毫克/千克体重。

【药物相互作用（不良反应）】　可提高茶碱的药效；本品可增大氨基糖苷类抗生素的耳毒性、肾毒性；本品与皮质激素类、促肾上腺皮质激素或两性霉素B合用，低钾血症发生率提高；长期重复使用可导致低血氯症、低血钾性碱血症及低钠血症、低血容量等水和电解质紊乱；长期应用，应注意补钾；无尿患畜禁用。

【注意事项】　电解质紊乱和肝损害的患畜慎用。

2. 氢氯噻嗪（双氢克尿塞）

【性状】　为白色结晶性粉末；无臭，味微苦。本品微溶于水，在氢氧化钠溶液中溶解；可溶于乙醇，而在氯仿或乙醚中不溶。

【适应证】　属中效利尿药。可用于心、肺及肾小管性水肿，对心性水肿效果较好，对肾性水肿的效果与肾功能有关，轻者效果好，严重肾功能不全者效果差。

【制剂与规格】　氢氯噻嗪片，25毫克/片、250毫克/片。

【用法与用量】　内服，一次量，兔3～4毫克/千克体重。

【药物相互作用（不良反应）】　忌与洋地黄配合使用；若长期应用，应配用氯化钾，以防低血钾和低血氯症出现。

【注意事项】　宜在室温下密闭保存。

3. 螺内酯（安体舒通）

【性状】　为白色或类白色或奶油色至棕褐色细微结晶性粉末，有轻微硫醇臭。极易溶解于氯仿，在苯或醋酸乙酯中易溶，在乙醇中溶解，水中不溶。

【适应证】　其利尿作用较弱，显效缓慢，所以治疗时一般不单独使用安体舒通，常与噻嗪类或强效利尿药合用，治疗肝性或其他各种水肿。

【制剂与规格】　螺内酯片，20毫克/片。

【用法与用量】　内服，一次量，各种家畜0.5～1.5毫克/千克体重。

【药物相互作用（不良反应）】 使用安体舒通时很容易出现电解质（高钾血症、低钠血症）及水（脱水）平衡异常。肾损害动物常发生短暂的血尿素氮升高和轻度酸中毒。可能引起胃肠窘迫（例如：呕吐、腹泻等）、中枢神经系统反应（嗜睡、共济失调、头痛等）和内分泌改变；不良影响轻微，停药后可恢复。久用引起高血钾，肾功能不良者禁用。

【注意事项】 宜在密闭容器内避光室温保存。

4. 氨苯蝶啶

【性状】 为黄色结晶性粉末；无臭或几乎无臭，无味。本品在水、乙醇、氯仿或乙醚中不溶；在冰醋酸中极微溶解，在稀无机酸中几乎不溶。

【适应证】 利尿作用较弱，很少单独应用，常与失钾利尿药合用或交替使用，既可加强利尿作用，又可纠正失钾的不良反应。主要配合其他利尿药治疗肝性水肿或其他水肿。

【制剂与规格】 氨苯蝶啶片，50毫克/片。

【用法与用量】 内服，一次量，兔0.3～3毫克/千克体重。

【药物相互作用（不良反应）】【注意事项】 与螺内酯相同。

5. 丁苯氧酸

【性状】 为白色结晶性粉末，无臭，略酸。

【适应证】 是高效、速效、短效和低浓度的新型利尿药，主要用于顽固性水肿和急性水肿。

【制剂与规格】 片剂，1毫克/片、5毫克/片、5毫克/片。

【用法与用量】 内服，一次量，兔0.1毫克/千克体重。

【注意事项】 避光、密闭保存。

6. 苄氟噻嗪

【性状】 为白色结晶性粉末，无臭，无味。几乎不溶于水。

【适应证】 利尿作用强。治疗充血性心力衰竭、肝性水肿等。

【制剂与规格】 片剂，5毫克/片。

【用法与用量】 内服，一次量，兔2～3毫克，每天2次。

【药物相互作用（不良反应）】 肾上腺皮质激素、促肾上腺皮质激素、雌激素、两性霉素B（静脉用药）能降低本药的利尿作用，增加发生电解质紊乱的机会，尤其是低钾血症；非甾体类消炎镇痛药尤其是吲哚美辛，能降低本药的利尿作用，与前者抑制前列腺素合成有关；与拟交感胺类药物合用，利尿作用减弱；与多巴胺合用，利尿作用加强；与降压药合用时，利尿降压作用加强（与钙拮抗剂合用减弱）；乌洛托品与本药合用，其转化为甲醛的作用受抑制，疗效下降；与磺胺类药物、呋塞米、布美他尼、碳酸酐酶抑制剂有交叉过敏。

【注意事项】 肾功能严重损伤者禁用。

（二）脱水药

1. 甘露醇

【性状】 为白色结晶性粉末，无臭，味甜。能溶于水，微溶于乙醇。5.07％水溶液为等渗溶液。

【适应证】 用于预防急性肾功能衰竭；治疗脑炎、脑外伤、脑组织缺氧、食盐中毒等所致的脑水肿及肺水肿。

【制剂与规格】 注射液，20克/100毫升、50克/25毫升、100克/500毫升。

【用法与用量】 静脉注射，一次量，5～10毫升/千克体重，6～12小时用药一次。

【注意事项】 大剂量长期使用可以引起水和电解质平衡紊乱；药液外漏可能引起注射部位水肿、皮肤坏死；不能与高渗盐水混合使用；注射速度不宜过快；心功能不全者禁用。

2. 山梨醇

【性状】 为白色结晶性粉末，无臭，味甜。能溶于水。5.07％水溶液为等渗溶液。

【适应证】 与甘露醇基本相同。用于脑炎、脑水肿的辅助治疗。

【制剂与规格】 注射液，25克/100毫升、62.5克/250毫升、125克/500毫升。

【用法与用量】 静脉注射，一次量，兔15～20毫升，每天3～4次。

【注意事项】 作用弱，有效时间短，溶解度大，价格便宜，可以代替甘露醇。

四、作用于生殖系统的药物

哺乳动物的生殖受神经和体液双重调节。机体内外的刺激，通过感受器产生的神经冲动传到下丘脑，引起促性腺激素释放激素的分泌；促性腺激素释放激素经下丘脑的门静脉系统运至垂体前叶，导致促性腺激素释放；促性腺激素经血液循环到达性腺，调节性腺机能。性腺分泌的激素称为性激素。体液调节存在着相互制约的反馈调节机制。当生殖激素分泌不足或者过多时，使机体的激素系统发生紊乱，引发产科疾病或者繁殖障碍。这时就需要使用药物进行治疗或者调节。生殖系统用药，主要是提高或者抑制繁殖力，调节繁殖进程，增强抗病能力。常用的作用于生殖系统的药物如下。

1. 苯甲酸雌二醇

【性状】　为白色结晶性粉末，难溶于水，易溶于油。

【适应证】　可促进子宫、输卵管、阴道和乳腺的生长和发育。小剂量可促进垂体促黄体素的分泌；大剂量则可抑制垂体促卵泡素的分泌，亦能抑制泌乳。临床上主要用于母畜催情、子宫内膜炎、胎衣不下、子宫蓄脓、死胎滞留等。促进母畜分娩时，预先注射雌激素，能提高催产素的效果。

【制剂与规格】　苯甲酸雌二醇注射液，1毫克/1毫升、2毫克/1毫升、5毫克/1毫升。

【用法与用量】　肌内注射，一次量，兔0.2～0.5毫克。

【注意事项】　大剂量使用、长期或不适当使用，可导致母牛发生卵巢囊肿或慕雄狂、流产、卵巢萎缩、性周期停止等不良反应；雌二醇禁用于催肥。遮光、密闭保存。

2. 孕酮（黄体酮）

【性状】　为白色或微黄色结晶性粉末。不溶于水。在酒精及植物油中溶解。

【适应证】　在雌激素作用的基础上，可使子宫内膜充血、增厚，腺体生长，由增生期转化为分泌期，为受精卵着床做好准备；抑制子宫收缩，降低子宫对催产素的敏感性而保胎；促进乳腺腺泡发育。临床上主要用于习惯性流产、先兆性流产，母畜同期发情，卵巢囊肿引起的慕雄狂。

【制剂与规格】　黄体酮注射液，50 毫克/1 毫升、20 毫克/1毫升。

【用法与用量】　肌内注射，一次量，兔 2～5 毫克/次。间隔 48 小时注射一次。

【注意事项】　与雌激素共同作用，可促进乳腺发育，为产后泌乳做准备。泌乳期奶牛禁用；应置遮光容器内密封保存。一般用其油注射液。

3. 卵泡刺激素（促卵泡素）

【性状】　为猪、羊脑下垂体前叶提取的一种促性腺激素，属于一种糖蛋白，白色粉末，易溶于水。

【适应证】　促进母畜卵巢卵泡迅速生长和发育，大剂量时可引起多数卵泡生长和排卵；能促雄性动物精子的形成和提高精子密度。用于促进母畜发情，提高同期发情的效果，或治疗卵泡停止发育或持久黄体等卵巢机能失调症。与黄体生产素合用，大剂量黄体生产素可协同促进卵泡成熟和排卵，小剂量黄体生产素可协同促进母畜体内雌激素的分泌和发情。

【制剂与规格】　卵泡刺激素注射液，50 毫克/支。

【用法与用量】　静脉注射、肌内注射和皮下注射，一次量，兔 2～5 毫克。临用时以灭菌生理盐水溶解。

【注意事项】　用药前，必须检查卵巢变化，并依此修正剂量和用药次数。密封在冷暗处保存。

4. 黄体生成素（促黄体激素）

【性状】　从猪、羊的垂体前叶提取。为糖蛋白，白色或类白色冻干块状物或粉末。易溶于水。

【适应证】　与垂体促卵泡素作用不同，可在后者的作用基础上，促进卵泡进一步成熟，诱发排卵和黄体的形成，延缓黄体的存在以利早期安胎。本品还能促进睾丸间质细胞发育（故又称促间质细胞素），增加睾酮的分泌，增进精子形成，提高雄性动物性欲。临床用于促进排卵，治疗卵巢囊肿和黄体发育不全引起的早期流产和死胎，也可用于改善雄性动物性欲和精子密度。

【制剂与规格】　黄体生成素注射液，25 毫克/支。

【用法与用量】　静脉注射或者皮下注射，一次量，兔 0.5～1

毫克。可在 1～4 周内重复使用。

【注意事项】 治疗卵巢囊肿时，剂量应加倍。应密封在冷暗处保存。

5. 缩宫素（催产素）

【性状】 为白色粉末或者结晶。能溶于水，水溶液呈酸性，为无色澄明或几乎澄明的液体。

【适应证】 小剂量时，能增加妊娠末期子宫的节律性收缩，适用于催产、胎衣不下、排出死胎。大剂量时可引起子宫平滑肌的强直性收缩，压迫肌纤维间血管而止血，可用于产后出血。此外，还能促进排乳，有利于乳汁蓄积。临床用于产前子宫收缩无力母畜的引产。治疗产后出血、胎盘滞留和子宫复原不全，在分娩后 24 小时内使用。

【制剂与规格】 缩宫素注射液，10 单位/1 毫升、50 单位/5 毫升。

【用法与用量】 子宫收缩：静脉注射、肌内注射或皮下注射，一次量，兔 2～5 单位。如果需要，可间隔 15 分钟重复使用。

【注意事项】 催产时，如胎位不正、产道狭窄、宫颈口未开放时禁用，无分娩预兆时，使用无效，使用时严格掌握剂量，以免引起子宫强直性收缩，造成胎儿窒息或子宫破裂。

6. 垂体后叶素

【性状】 为白色粉末，能溶于水。性质不稳定，避光放阴凉处保存。内含催产素和加压素。

【适应证】 对子宫平滑肌有选择性作用，对子宫体的收缩作用强，而对子宫颈的收缩作用较小。还能增强乳腺平滑肌的收缩，促进排乳。加压素可使动物尿量减少，还有收缩毛细血管，引起血压升高的作用。临床上主要用于催产、产后子宫出血及促进子宫复原。

【制剂与规格】 垂体后叶素注射液，10 单位/1 毫升、50 单位/5 毫升。

【用法与用量】 静脉注射、肌内注射和皮下注射，一次量，兔 2～5 单位。静脉注射时，用 5％葡萄糖稀释。

【注意事项】 与缩宫素相同。

7. 血促性素（孕马血清）

【**性状**】 为白色或类白色无定型粉末。

【**适应证**】 促进卵泡发育和成熟，引起母畜发情。也有较弱的促黄体素作用，促使成熟卵泡排卵。提高公畜性欲。临床上可用于治疗不发情或发情不明显以及卵巢功能障碍引起的不孕症。

【**制剂与规格**】 注射用血促性素，1000 单位/支、2000 单位/支。

【**用法与用量**】 催情，皮下注射、肌内注射，一次量，兔50～100 单位。

【**注意事项**】 不宜长久使用；现用现配，一次用完。

五、作用于血液循环系统的药物

作用于血液循环系统的药物主要有止血药（能促进血液凝固，或影响血小管功能，降低毛细血管通透性而使出血停止的药物）、抗贫血药（能增加造血功能，补充营养物质，以治疗贫血的药物）、抗凝血病（通过干扰凝血过程中某些凝血因子，延缓血液凝固时间或防止血栓形成的药物）和血容量补充药物等。

（一）止血药

1. 维生素 K

【**性状**】 维生素 K 有维生素 K_1、维生素 K_2、维生素 K_3 及维生素 K_4 等，它们的生理功能相似。维生素 K_1、维生素 K_2 是天然品，为脂溶性化合物。维生素 K_1 存在于苜蓿等植物中，维生素 K_2 为动物肠道微生物合成物。维生素 K_3、维生素 K_4 为人工合成品，结构较简单，易溶于水。

【**适应证**】 维生素 K 参与肝脏合成凝血因子 II、VII、IX 和 X 和凝血酶原，促进凝血。临床上主要用于维生素 K 缺乏引起的各种动物实质性器官及毛细血管性出血症，如长期内服抗菌性药物、肠炎、肝炎、长期腹泻；也可用于动物采食腐败草木樨，以及其他化学物质如水杨酸类药物引起的低凝血酶原症。

【**制剂与规格**】 维生素 K_1 注射液，10 毫克/1 毫升；维生素 K_3 注射液，4 毫克/1 毫升、40 毫克/40 毫升；维生素 K_4 片，5 毫克/片。

【用法与用量】　肌内注射、静脉注射，一次量，兔 0.2～0.5 毫克。

【药物相互作用（不良反应）】　较大剂量可使幼畜发生溶血性贫血、高胆红素血症及黄疸，故不宜长期大量使用。

【注意事项】　静脉注射时宜缓慢，用生理盐水稀释，成年家畜每分钟不超过 10 毫克，幼畜不超过 5 毫克。

2. 安特诺新（安络血）

【性状】　为肾上腺色素缩氨脲与水杨酸钠生成的水溶性复合物，为橙红色粉末，易溶于水。

【适应证】　主要作用于毛细血管，促进毛细血管收缩，降低毛细血管的通透性，增强断裂毛细血管断端的回缩作用。临床上主要用于毛细血管损伤或通透性增加引起的出血，如鼻出血、紫癜、产后出血、术后出血、血尿等。

【制剂与规格】　安特诺新注射液，10 毫克/2 毫升、25 克/5 毫升。

【用法与用量】　肌内注射，一次量，兔 0.5～1 毫升，2～3 次/天。

【药物相互作用（不良反应）】　禁与脑垂体后叶素、青霉素 G、盐酸氯丙嗪混合注射；本品含水杨酸，长期反复应用可产生水杨酸反应；抗组胺药物能与本品作用，联合使用时应间隔 48 小时。

【注意事项】　不影响凝血过程，对大出血、动脉出血疗效差。

3. 酚磺乙胺（止血敏）

【性状】　为白色结晶性粉末，易溶于水，遇光易分解。

【适应证】　能促进血小板的生成，增加血小板的聚集和黏附力，并促进凝血活性物质的释放，从而产生止血作用，缩短凝血时间。还具有增强毛细血管抵抗力，降低其渗透性，防止血液外渗的作用。主要用于各种出血，如手术前后预防出血及止血，鼻出血，肾、肺、胃肠等出血，子宫出血，紫癜等，也可与其他止血药合用。

【制剂与规格】　止血敏注射液，0.25 克/2 毫升、1.25 克/10 毫升。

【用法与用量】　肌内注射或静脉注射，兔 50～100 毫克。

【药物相互作用（不良反应）】　本品可与维生素 K 注射液混合使用。

【注意事项】　本品毒性低，可出现恶心、呕吐、皮疹和暂时性低血压等，有的静脉注射后发生过敏性休克。预防外科手术出血，应在术前 15～30 分钟用药。

4. 6-氨基己酸

【性状】　为白色或类白色结晶性粉末，无臭、味苦。能溶于水，其 3.25％水溶液为等渗溶液。

【适应证】　能抑制纤维蛋白溶酶原的激活因子，从而减少纤维蛋白的溶解，达到止血的目的；高浓度时对纤维蛋白溶解酶原有直接抑制作用。临床主要用于纤维蛋白溶解症所致的出血，如外科大型手术出血、子宫出血、肺出血及消化道肝出血等。对一般出血不要滥用。

【制剂与规格】　6-氨基己酸注射液，1 克/10 毫升、2 克/20 毫升。

【用法与用量】　静脉滴注，首次量，兔 1～1.5 克，用 100～200 毫升生理盐水或葡萄糖溶液稀释。维持量，兔 0.3～0.5 克/次，每小时 1 次。

【注意事项】　用后可能发生腹泻、结膜溢血、皮疹及多尿等不良反应。对泌尿系统手术后的血尿，因易发生血凝块阻塞尿道，故禁止使用。本品作用弱而短，需给予维持量。

5. 氨甲苯酸

【性状】　为白色或黄色结晶性粉末，无臭、味微苦。可溶于水。

【适应证】　与 6-氨基己酸相同。对一般渗血疗效好，对严重出血则无止血作用。

【制剂与规格】　注射液，10 毫升（0.1 克）/支。

【用法与用量】　静脉注射，一次量，兔 50～100 毫克。

【注意事项】　肾功能不全者慎用。用 5％葡萄糖溶液或生理盐水稀释 1～2 倍后缓缓注入。

6. 氨甲环酸

【性状】　为白色或黄色结晶性粉末，可溶于水。

【适应证】　与氨甲苯酸相同，对创伤性出血止血效果显著。手术前预防用药可减少手术渗血。

【制剂与规格】　注射液，5 毫升（0.25 克）/支。

【用法与用量】　静脉注射，一次量，兔 50～100 毫克。

【注意事项】　用 5% 葡萄糖溶液或生理盐水稀释 1～2 倍后缓缓注入。

（二）抗贫血药

1. 硫酸亚铁

【性状】　为透明淡绿色柱状结晶或颗粒，无臭，味咸，易溶于水。

【适应证】　主要用于缺铁性贫血的治疗和预防。

【制剂与规格】　硫酸亚铁粉剂，含铁 20.1%～32.9%。

【用法与用量】　内服，一日量，兔 0.02～0.1 克，分 2～3 次服用。用时常制成 0.5%～1% 水溶液，于饲后饮用。

【药物相互作用（不良反应）】　铁盐可与许多化学物质或药物发生反应，故不应与其他药物同时或混合内服给药，如硫酸亚铁与四环素同服可发生螯合作用，使两者吸收均减少；使用过量铁剂，尤其注射给药，可引起动物中毒。

【注意事项】　应用铁制剂时，必须避免体内铁过多，因为动物没有铁排泄或降解的有效机制。密封保存。

2. 维生素 B_{12}

【性状】　为深红色结晶或结晶性粉末，无臭、无味，略溶于水。

【适应证】　主要用于治疗维生素 B_{12} 缺乏所致病症，如神经炎、再生障碍性贫血、巨幼红细胞贫血等。

【制剂与规格】　注射液，0.1 克/1 毫升、0.25 克/1 毫升、0.5 克/1 毫升。

【用法与用量】　肌内注射，1 次量，兔 0.05～0.1 毫克，每天或隔天 1 次。

【注意事项】　应避光密闭保存。

（三）抗凝血药

肝素钠

【性状】　为白色或淡黄色粉末，易溶于水。作为制剂标准，应置遮光容器内密封在阴凉处保存。

【适应证】　临床上主要用于输血、体外循环、动物交叉循环等的抗凝剂；化验室血样的抗凝剂；防治血栓栓塞性疾病。

【制剂与规格】　肝素钠注射液，1.25 万单位/2 毫升、0.5 万单位/2 毫升、0.1 万单位/2 毫升。

【用法与用量】　高剂量方案（治疗血栓栓塞症），静脉注射或者皮下注射，一次量，兔 250 单位/千克体重；低剂量方案（治疗弥散性血管内凝血），25～100 单位/千克体重。

【药物相互作用（不良反应）】　与碳酸氢钠、乳酸钠并用，可促进肝素钠抗凝血作用。肝素过量，可引起出血。

【注意事项】　禁用于出血性素质和伴有血液凝固延缓的各种疾病，慎用于肾功能不全动物，以及孕畜、产后、流产、外伤及手术后动物；过量严重出血时，需注射鱼精蛋白止血，通常 1 毫升鱼精蛋白在体内中和 100 单位肝素钠；刺激性强，肌内注射可致局部血肿，应酌量加 2%盐酸普鲁卡因溶液。

六、作用于神经系统的药物

（一）作用于外周神经系统的药物

1. 毛果芸香碱

【性状】　毛果芸香碱的游离碱为稠厚无色的油质，同无机酸一起很快形成盐类。硝酸毛果芸香碱为光泽的无色晶体，极易溶于水，味微苦，遇光易变质。

【适应证】　能加强所有受胆碱能神经支配的腺体的功能，对唾液腺、胃肠道消化液的分泌作用强而快，对子宫、肠管、支气管、胆囊和膀胱等平滑肌有明显的兴奋作用。无论点眼或注射，均能使虹膜括约肌收缩而使瞳孔缩小，降低眼内压。临床主要用于大动物的不全阻塞性肠便秘、前胃弛缓、瘤胃不全麻痹等。用 1%～3%溶液滴眼，与扩瞳药交替应用治疗虹膜炎。

【制剂与规格】　硝酸毛果芸香碱注射液，30 毫克/1 毫升、150毫克/5 毫升。

【用法与用量】　皮下注射，一次量，兔 1～2 毫克。

【药物相互作用（不良反应）】　主要为流涎、呕吐、出汗等。

【注意事项】 禁用于老年、瘦弱、妊娠、心肺疾病患畜；当便秘后期机体脱水时，在用药前应大量给水，以补充体液；忌用于完全阻塞的便秘，以防因肠管剧烈收缩，导致肠破裂；用于肠便秘后期，为安全起见，最好酌情补液及在用药前先注射强心药，以缓解循环障碍；应用本品后，如出现呼吸困难或肺水肿时，应积极采取对症治疗，可注射氨茶碱扩张支气管，注射氯化钙以制止渗出。

2. 甲基硫酸新斯的明

【性状】 为人工合成的抗胆碱酯酶药。常用其溴化物和甲基硫酸盐，白色结晶性粉末，无臭、味苦，水中易溶，不溶于酒精。应密封避光保存。

【适应证】 为抗胆碱酯酶药，可产生完全拟胆碱效应。兴奋腺体、虹膜和支气管平滑肌，以及抑制心血管作用较弱，兴奋胃肠道、膀胱和子宫平滑肌作用较强，兴奋骨骼肌作用最强。因除抑制胆碱酯酶外，尚能直接激动骨骼肌 N_2 胆碱受体和促进运动神经末梢释放乙酰胆碱。无明显中枢作用。临床用于子宫复旧不全、胎盘滞留、尿潴留；竞争型骨骼肌松弛药或阿托品过量中毒等。

【制剂与规格】 甲基硫酸新斯的明注射液，0.5毫克/1毫升、1毫克/1毫升、5毫克/5毫升、10毫克/10毫升。

【用法与用量】 肌内注射、皮下注射，一次量，兔0.2～0.3毫克。

【药物相互作用（不良反应）】 治疗剂量副作用较小，过量可引起出汗、心动过速、肌肉震颤或肌麻痹等。

【注意事项】 禁用于机械性肠梗阻或泌尿道梗阻病畜。中毒后可用阿托品解救。

3. 阿托品

【性状】 临床用其硫酸盐，系无色结晶或白色结晶性粉末。无臭，在乙醇中易溶，极易溶于水，水溶液久置会变质，应遮光密闭保存。

【适应证】 本品有松弛平滑肌、抑制腺体分泌和扩大瞳孔等作用，主要用于解除胃肠平滑肌痉挛、抑制唾液腺和汗腺等的分泌、扩大瞳孔、抢救感染性休克或中毒性休克。配合胆碱酯酶复活剂碘解磷定等使用可解除有机磷中毒、毛果芸香碱中毒等。

【制剂与规格】　片剂，0.3毫克/片；注射液，0.5毫克/1毫升、1毫克/2毫升、5毫克/1毫升。

【用法与用量】　注射液，肌内注射、皮下注射或静脉注射，一次量，麻醉前给药，兔0.02～0.05毫克/千克体重。有机磷中毒，兔0.5～1毫克/千克体重。

【药物相互作用（不良反应）】　用于治疗消化道疾病时，胃肠蠕动一般都显著减弱，消化液分泌也剧减或停止，而全部括约肌却全收缩，故易发生肠臌胀、便秘等，尤其是当胃肠过度充盈或饲料强烈发酵时，可能造成全胃肠过度扩张甚至胃肠破裂。典型的中毒症状是：口腔干燥，脉搏及呼吸次数增加，瞳孔散大，兴奋不安，肌肉震颤，进而体温下降，昏迷，感觉与运动麻痹，呼吸浅表，排尿困难，最后因窒息而死。

【注意事项】　各种家畜对阿托品的感受性不同，一般是草食兽比肉食兽敏感性低；中毒的解救主要是对症处置，如随时导尿、防止肠臌胀、维护心脏机能等。中枢神经兴奋时可用小剂量苯巴比妥钠、水合氯醛等。新斯的明、毒扁豆碱或毛果芸香碱可解救阿托品中毒。

4. 肾上腺素

【性状】　其盐酸盐为白色或类白色结晶性粉末，无臭，味苦，遇空气及光易氧化变质。盐酸盐溶于水，在中性或碱性水溶液中不稳定。注射液变色后不能使用。

【适应证】　为拟肾上腺素药。本品可兴奋心脏，收缩血管，松弛支气管、胃、膀胱平滑肌等。主要用于心跳骤停、过敏性休克的抢救；缓解严重过敏性疾病症状；与麻醉药配伍，延长麻醉时间及局部止血等。

【制剂与规格】　盐酸肾上腺素注射液，0.5毫克/0.5毫升、1毫克/1毫升、5毫克/5毫升。

【用法与用量】　皮下注射，一次量，兔0.03～0.06毫克；静脉注射，一次量，兔0.02～0.06毫克。

【药物相互作用（不良反应）】　本品禁与洋地黄、氯化钙配伍。

【注意事项】　因为肾上腺素能增加心肌兴奋性，与洋地黄、氯化钙配伍可使心肌极度兴奋而转为抑制，甚至发生心跳停止。

5. 普鲁卡因

【性状】 其盐酸盐为白色晶体或结晶性粉末。无臭，味微苦，继而有麻痹感。易溶于水，溶液呈中性。略微溶于乙醇。水溶液不稳定，遇光、热及久贮后，逐渐变黄，深黄色的药液局麻作用下降。应避光密封保存。

【适应证】 具有局部麻醉作用。临床上主要用于动物的浸润麻醉、传导麻醉、椎管内麻醉。在损伤、炎症及溃疡组织周围注入低浓度溶液，作封闭疗法。

【制剂与规格】 盐酸普鲁卡因注射液，0.15 克/5 毫升、0.3 克/10 毫升、1.25 克/50 毫升。

【用法与用量】 浸润麻醉，以 0.25%～0.5%盐酸普鲁卡因注射液注射于皮下、黏膜下或深部组织中；传导麻醉，以 2%～5%盐酸普鲁卡因注射液，大动物每点 5～20 毫升，小动物 2～5 毫升；封闭疗法，用 0.5%盐酸普鲁卡因注射液注射在患部（炎症、创伤、溃疡）组织的周围。

【药物相互作用（不良反应）】 本品不可与磺胺类药物配伍应用，因为普鲁卡因在体内分解出对氨基苯甲酸，对抗磺胺的抑菌作用。碱类、氧化剂易使本品分解，故不宜配合使用。

【注意事项】 为了延长局麻时间，可在药液中加入少量肾上腺素，可延长局麻时间；本品对皮肤黏膜的穿透力弱，不适用于表面麻醉。

（二）作用于中枢神经系统的药物

1. 赛拉嗪（隆朋）

【性状】 药用盐酸盐。为白色晶体，易溶于水，溶于有机溶剂。

【适应证】 本品具有镇静、镇痛和中枢性肌肉松弛作用，主要用作马、牛、羊、犬、猫及鹿等野生动物的镇痛与镇静药，也用于复合麻醉及化学保定，以便于长途运输、去角、锯茸、去势、剖腹术、穿鼻术、子宫复位等。

【制剂与规格】 盐酸赛拉嗪注射液，100 毫克/5 毫升、200 毫克/10 毫升。

【用法与用量】 盐酸赛拉嗪注射液，肌内注射，一次量，兔

1～2毫克/千克体重。

【药物相互作用（不良反应）】 反刍动物对本品敏感，用药后表现为唾液分泌增加，瘤胃弛缓、臌胀、腹泻、心搏缓慢、运动失调等。

【注意事项】 种属和个体差异大，在家畜中以牛最为敏感。用本品前应停食数小时，手术时应采取伏卧姿势，并将头放低，以防异物性肺炎，并减轻瘤胃气胀对心肺的压迫。

2. 赛拉唑（静松灵）

【性状】 为白色结晶性粉末，味略苦，不溶于水，可溶于氯仿、乙醚和丙酮中，可与稀盐酸制成溶于水的盐酸二甲苯胺噻唑注射液。

【适应证】 作用基本与赛拉嗪相同，具有镇静、镇痛与中枢性肌肉松弛作用。用于家畜及野生动物的镇痛、镇静、化学保定和复合麻醉等。

【制剂与规格】 盐酸二甲苯胺噻唑注射液，0.1克/5毫升、0.2克/10毫升。

【用法与用量】 盐酸二甲苯胺噻唑注射液，肌内注射，一次量，1.5～2毫克/千克体重。

【药物相互作用（不良反应）】 、**【注意事项】** 与赛拉嗪相同。

3. 氯丙嗪（冬眠灵）

【性状】 药用盐酸盐。为白色或乳白色结晶性粉末。微臭，味极苦，有麻感。粉末或水溶液遇空气、阳光和氧化剂渐成黄色、粉红色，最后呈棕紫色，毒性随之增强。有引湿性。应遮光、密封保存。易溶于水、乙醇、氯仿，不溶于乙醚。

【适应证】 可抑制中枢神经系统，产生镇静安定、镇吐、降温、增强其他中枢抑制药的作用等。临床上主要用于狂躁动物和野生动物的保定；破伤风、脑炎、中枢兴奋药中毒；麻醉前给药；高温季节运输动物；止吐；人工冬眠等。

【制剂与规格】 盐酸氯丙嗪片剂，12.5毫克/片、25毫克/片、50毫克/片；盐酸氯丙嗪注射液，0.05克/2毫升、0.25克/10毫升。

【用法与用量】 盐酸氯丙嗪注射液，肌内注射，一次量，兔

2～3毫克/千克体重。

【药物相互作用（不良反应）】 忌与碳酸氢钠、巴比妥类钠盐等碱性药物配伍。

【注意事项】 用量过大引起血压下降时，禁用肾上腺素解救，而应用去甲肾上腺素；静脉注射应稀释，缓慢注入；黄疸、肝炎及肾炎患畜应慎用；马对本品敏感，不宜使用。

4. 咖啡因

【性状】 本品为白色、有丝光的针状结晶或结晶性粉末，易集结成团。无臭，味苦，有风化性，熔点235～238℃。微溶于水，易溶于沸水和氯仿，略溶于乙醇和丙酮。水溶液呈中性至弱碱性。本品与等量苯甲酸钠、水杨酸钠或枸橼酸混合能增加水中溶解度。

【适应证】 对中枢神经系统有广泛兴奋作用，并有强心利尿作用。临床上主要用于精神抑制、急性心内膜炎、肺炎，以及重剧劳役所引起的体力衰弱和虚脱等。并可作为全身麻醉中毒的解毒剂。与溴化物合用，可用于治疗马属动物的各种疝痛症。

【制剂与规格】 苯甲酸钠咖啡因粉；苯甲酸钠咖啡因注射液，5毫升（无水咖啡因0.24克＋苯甲酸钠0.25克）/支、5毫升（无水咖啡因0.48克＋苯甲酸钠0.5克）/支、10毫升（无水咖啡因0.48克＋苯甲酸钠0.5克）/支。

【用法与用量】 苯甲酸钠咖啡因粉，内服，一次量，兔0.1～0.2克；皮下注射、肌内注射、静脉注射，一次量，兔0.25～0.5克。

【药物相互作用（不良反应）】 本品与鞣酸、苛性碱、碘、银盐接触可产生沉淀，禁配伍。

【注意事项】 剂量过大时，会出现呼吸加快、心跳急速、体温升高、惊厥等中毒症状，此时可用溴化物、水合氯醛、巴比妥类药物等进行抢救，但不宜使用麻黄碱或肾上腺素等强心药物，以免增加毒性。

5. 尼可刹米

【性状】 本品为无色澄明或淡黄色油状液，置冷处，即成结晶性团状块。略带特臭，味苦，有引湿性。能与水、乙醚、氯仿、丙酮和乙醇混合。25％水溶液的 pH 为 6.0～7.8。

【适应证】　它能直接兴奋延髓呼吸中枢，使呼吸加深加快，尤其是中枢处于抑制状态更为明显，大剂量可兴奋大脑和脊髓，也可引起阵发性痉挛。临床主要用于各种原因引起的呼吸抑制，如中枢抑制药中毒、因疾病引起的中枢性呼吸抑制、一氧化碳中毒、溺水、新生仔畜窒息等。

【制剂与规格】　尼可刹米注射液，0.375 克/1.5 毫升、0.5 克/2 毫升。

【用法与用量】　静脉注射、肌内注射或皮下注射，一次量，兔 10～20 毫克/千克体重。

【药物相互作用（不良反应）】　兴奋作用之后，常出现中枢神经抑制现象。

【注意事项】　尼可刹米注射液静脉注射速度不宜过快，因为剂量过大，会出现血压升高、出汗、心律失常、震颤及肌肉僵直，也可引起呼吸加快、心跳急速、体温升高、惊厥等中毒症状，此时可用溴化物、水合氯醛、巴比妥类药物等进行抢救，但不宜使用麻黄碱或肾上腺素等强心药物，以免增加毒性。

6. 士的宁

【性状】　用其硝酸盐。为无色棱状结晶或白色结晶性粉末。无臭，味极苦。溶于水，微溶于乙醇，不溶于乙醚。应遮光密封保存。

【适应证】　硝酸士的宁能选择性地提高脊髓兴奋性。士的宁可增强脊髓反射应激性，缩短脊髓反射时间，神经冲动易传导，骨骼肌张力增加。临床主要用于治疗脊髓性不全麻痹，如后躯麻痹、膀胱麻痹、阴茎下垂。

【制剂与规格】　硝酸士的宁注射液，2 毫克/1 毫升、20 毫克/10 毫升。

【用法与用量】　硝酸士的宁注射液，皮下注射，一次量，兔 0.1～0.3 毫克。

【药物相互作用（不良反应）】　士的宁毒性大，安全范围小，过量易出现肌肉震颤、脊髓兴奋性惊厥、角弓反张等。

【注意事项】　本品有蓄积性，不宜长期使用，反复给药应酌情减量；中毒时，可用水合氯醛或巴比妥类药物解救，并应保持环境安宁，避免光、声音等各种刺激。

七、作用于代谢系统的药物

作用于代谢系统的药物主要是维持机体正常代谢和生理机能所必需的一些物质，主要有维生素、矿物质、体液补充剂与电解质、酸碱平衡调节药和糖皮质激素类药物。

（一）维生素类

1. 维生素 A

【性状】 为浅黄色油状物或结晶与油的混合物，不溶于水，易溶于脂肪与油中。

【适应证】 可维持上皮组织完整性，参与视紫红质合成，促进畜禽生长。主要用于防治角膜软化症、干眼症、夜盲症及皮肤粗糙等维生素 A 缺乏症。

【制剂与规格】 维生素 A 胶囊：维生素 A 2.5 万单位/粒；畜禽用鱼肝油：维生素 A 1500 单位/克、维生素 D150 单位/克；维生素 AD 油：维生素 A 5000 单位/毫升、维生素 D 500 单位/毫升；维生素 ADE 乳剂：维生素 A 1250 万单位/200 毫升、维生素 D 125 万单位/200 毫升、维生素 E 0.125 克/200 毫升。

【用法与用量】 胶囊：内服，一次量，兔 100～200 单位/千克体重；鱼肝油，内服，一次量，10～15 毫升；维生素 AD 油，内服，一次量，10～15 毫升；维生素 ADE 乳剂，每吨饲料添加本品200 毫升混饲，每升水添加本品 0.2 毫升饮水。

【药物相互作用（不良反应）】 配伍维生素 C 可以减轻维生素A 中毒症状，配伍维生素 E 可以促进维生素 A 的吸收。连用聚醚类药物如莫能霉素、海南霉素等，可降低其毒性；与可的松类、氟尿嘧啶联用，存在药物相互作用；与新霉素、抗酸药物、矿物质、棉籽饼、氢氧化铝等合用，可以明显减少在肠道的吸收；与液体石蜡同用，可影响维生素 A 在肠道的吸收。维生素 C 与维生素 A 有拮抗作用，不宜同时应用。

长期大量服用可产生毒性，中毒时可出现食欲不振、体重减轻、皮肤增厚、骨折等症状。

【注意事项】 在空气中易氧化，遇光易变质。

2. 维生素 D

【性状】　常用维生素 D_2、维生素 D_3，均为无色结晶。不溶于水，能溶于油及有机溶剂，性质稳定。

【适应证】　能调节血钙浓度，促进钙、磷吸收，促进骨骼正常钙化。维生素 D_3 的效能比维生素 D_2 高 50～100 倍。临床用于防治维生素 D 缺乏症，如佝偻病、骨软化病等。

【制剂与规格】　维生素 D_2 胶性钙注射液，1 毫升（钙 0.5 毫克、维生素 D_2 0.5 万单位)/支、20 毫升/支；维生素 D_3 注射液 3.75 毫克（15 万单位)/0.5 毫升、7.5 毫克/1 毫升；维生素 AD 油和注射液，0.5 毫升/支、5 毫升/支。

【用法与用量】　维生素 D_2 胶性钙注射液，皮下注射、肌内注射，一次量，兔 0.25 万单位。维生素 D_3 注射液：肌内注射，一次量，各种家畜 1500～3000 单位/千克体重，注射前后需补充钙剂；维生素 AD 注射液，肌内注射，一次量，兔 0.2～0.3 毫升。

【药物相互作用（不良反应）】　配伍植酸钠，可促进钙在肠道中的吸收；配伍强心苷，可促进钙吸收，增强心肌对强心苷的敏感性；与苯妥英钠、苯巴比妥等抗惊厥药联用，可加速维生素 D 和钙的代谢，导致药酶诱导，产生骨软化症，长期应用抗惊厥药要适当补充维生素 D。与矿物油、新霉素等合用，可影响维生素 D 在肠道的吸收。长期大量应用易引起高血钙、骨骼变脆、肾结石。

【注意事项】　维生素 AD 油和注射液，仅供肌内注射，不宜超量使用。

3. 维生素 E

【性状】　为微黄色或黄色透明的黏稠液体，遇光渐变深，不溶于水，溶于有机溶剂。

【适应证】　具有较强的抗氧化生物活性，抑制组织生理氧化作用，维持生殖器官、肝脏、神经系统和横纹肌的正常机能。临床主要用于犊牛、羔羊的白肌病（常与亚硒酸钠合用）。

【制剂与规格】　维生素 E 片，5 毫克/片；维生素 E 注射液，50 毫克/1 毫升、500 毫克/10 毫升。

【用法与用量】　维生素 E 片，内服，兔 5～10 毫克/次。维生素 E 注射液：皮下注射、肌内注射，一次量，兔 5～20 毫克/千克体重。维生素 E 饲料添加剂内服量与片剂相同。

【药物相互作用（不良反应）】 常与维生素 A、维生素 D 和 B 族维生素配合，用于生长不良、营养不足等综合性缺乏症和幼小动物溶血性贫血。维生素 E 可增强洋地黄苷的强心作用，可拮抗扑热息痛的副作用；可降低盐霉素和海南霉素的毒性；可促进灰黄霉素的吸收，使药效提高 2 倍；可拮抗庆大霉素的肾毒性；铁制剂与维生素 E 结合使之失效；可影响维生素 K 的利用程度；新霉素可干扰维生素 E 的吸收。

【注意事项】 不能随意加大剂量；长期内服可引起恶心、呕吐、口角炎和胃肠功能紊乱。

4. 维生素 B_1

【性状】 为白色结晶或结晶性粉末，味苦，弱酸性，具有水溶性。

【适应证】 用于维生素 B_1 缺乏所引起的多发性神经炎、胃肠机能下降、食欲不振。还可用于高热、酮血症、心肌炎等的辅助治疗。

【制剂与规格】 维生素 B_1 注射液（盐酸硫胺注射液），10 毫克/1 毫升、25 毫克/1 毫升、250 毫克/10 毫升；维生素 B_1 片，10 毫克/片、5 毫克/片。

【用法与用量】 维生素 B_1 注射液：皮下注射、肌内注射，一次量，兔 5～10 毫克；维生素 B_1 片：口服，一次量，兔 10～20 毫克。

【药物相互作用（不良反应）】 与抗酸药物碳酸氢钠等配伍，可产生酸碱中和反应，破坏维生素 B_1。维生素 B_1 常与其他 B 族维生素制剂联合使用，以对机体产生综合效应。维生素 B_1 与抗球虫药盐酸氨丙啉有拮抗作用。

【注意事项】 大剂量可致头痛、疲倦、烦躁、食欲下降、水肿。

5. 维生素 B_2

【性状】 为橙黄色结晶性粉末；微溶于水，不溶于有机溶剂。

【适应证】 主要用于维生素 B_2 缺乏症，常与其他 B 族维生素复合应用，以发挥综合效应。

【制剂与规格】 维生素 B_2 注射液（核黄素注射液），10 毫克/2 毫升、25 毫克/5 毫升、50 毫克/10 毫升；维生素 B_2 片，5 毫克/片、10 毫克/片。

【用法与用量】 维生素 B_2 注射液，皮下注射、肌内注射，一次量，兔 5 毫克；维生素 B_2 片：内服，一次量，兔 10 毫克。

【药物相互作用（不良反应）】 不宜与氨苄西林、头孢霉素、四环素、土霉素、红霉素、新霉素、卡那霉素等混合注射，维生素 B_2 对上述抗生素有不同程度的灭活作用。

【注意事项】 避免空腹服用。

6. 复合维生素 B

【性状】 维生素 B_1、维生素 B_2、维生素 B_6、烟酸胺等制成。为黄色带绿色荧光的澄明或几乎澄明的溶液。

【适应证】 用于防治 B 族维生素缺乏所致的多发性神经炎、消化障碍、癞皮病、口腔炎等。

【制剂与规格】 复合维生素 B 注射液，2 毫升/支、10 毫升/支；复合维生素 B 溶液，10 毫升/瓶。

【用法与用量】 复合维生素 B 注射液，肌内注射，一次量，小动物 0.5～2 毫升；复合维生素 B 溶液，内服，30～70 毫升。

（二）矿物质类

1. 氯化钙

【性状】 为白色半透明坚硬碎块或颗粒，易溶于水及醇，易潮解。

【适应证】 治疗产后瘫痪、骨软症和佝偻症及荨麻疹、血清病、血管神经性水肿等过敏性疾病；解除镁中毒；用于血斑病等出血性素质的止血；为机体提供能量，提高肝脏解毒功能。

【制剂与规格】 氯化钙注射液，0.3 克/10 毫升、0.5 克/10 毫升、0.6 克/20 毫升；氯化钙葡萄糖注射液，20 毫升（氯化钙 1 克＋葡萄糖 5 克）、50 毫升（氯化钙 2.5 克＋葡萄糖 12.5 克)/支、100 毫升（氯化钙 5 克＋葡萄糖 25 克)/支。

【用法与用量】 氯化钙注射液：静脉注射，一次量，兔 0.1～0.5 克；氯化钙葡萄糖注射液：静脉注射，一次量，兔 0.2～0.5 毫升。

【**药物相互作用（不良反应）**】 静脉注射宜缓慢，因钙盐兴奋心脏，注射过快会使血钙突然升高，引起心律失常，甚至心跳暂停；在应用强心苷期间或停药后 7 天内，忌用本品。

【**注意事项**】 本品有强烈刺激性，不宜皮下注射或皮内注射，其 5％溶液不能直接静脉注射，应在注射前以等量葡萄糖注射液稀释。注射液不可漏出血管外，若漏出，受影响局部可注射生理盐水、糖皮质激素和 1％普鲁卡因。

2. 葡萄糖酸钙

【**性状**】 为白色结晶或颗粒性粉末，易溶于沸水，水中缓慢溶解。

【**适应证**】 作用与氯化钙相同。由于本品含钙量较低，对组织刺激性较小，用药较安全，应用较广泛。

【**制剂与规格**】 葡萄糖酸钙注射液，1 克/20 毫升、5 克/50 毫升、10 克/100 毫升、50 克/500 毫升。

【**用法与用量**】 静脉注射，一次量，兔 0.5～1.5 克。

【**药物相互作用（不良反应）**】、【**注意事项**】 与氯化钙相同。

3. 碳酸钙

【**性状**】 为白色极细微结晶性粉末；几乎不溶于水，在含有铵盐或二氧化碳的水中微溶。

【**适应证**】 作用与应用与氯化钙相同。本品内服，也可作为吸附性止泻药或制酸药。

【**制剂与规格**】 碳酸钙粉。

【**用法与用量**】 内服：一次量，兔 0.5～1 克。

【**药物相互作用（不良反应）**】 与大量的维生素同用，可以促进钙的吸收；与氧化镁等有轻泻作用的药物配伍或交叉应用可以减少嗳气、便秘等副作用。

4. 硫酸铜

【**性状**】 为蓝色透明结块或蓝色结晶性颗粒或粉末；溶于水。

【**适应证**】 为机体多种氧化酶的组分，能促进机体红细胞和血红蛋白的合成。主要用于铜缺乏症。

【**制剂与规格**】 硫酸铜添加剂（$CuSO_4 \cdot 5H_2O$，Cu 含量 39.8％）。

【用法与用量】 治疗铜缺乏症，口服，1天量，兔20毫克/千克体重。

【药物相互作用（不良反应）】 可与硫酸锌、硫酸锰、硫酸铁等同时配伍。

【注意事项】 高铜可以促进生长，但要注意与铁、锌和钙的比例；混合不匀易中毒。

5. 硫酸锌

【性状】 为无色透明结晶或颗粒状结晶性粉末，易溶于水。

【适应证】 主要适用于锌缺乏症。还可作为皮肤黏膜消炎、收敛药。用于奶牛乳房和四肢皲裂。

【制剂与规格】 硫酸锌添加剂（$ZnSO_4 \cdot 7H_2O$，Zn含量22.7%）。

【用法与用量】 内服，一天量，兔20～30毫克。

【药物相互作用（不良反应）】 高钙会阻碍锌的吸收，而锌过多也会影响钙的吸收；配伍维生素A可以显著提高血液中维生素A的浓度，提高机体免疫力。

【注意事项】 锌过量易引起铜缺乏症和影响蛋白质代谢。

6. 氯化钴

【性状】 为紫红色结晶。稍有风化性；极易溶于水。

【适应证】 主要用于反刍家畜钴缺乏症。

【制剂与规格】 氯化钴添加剂（$CoCl_2 \cdot 6H_2O$，Co含量24.78%）。

【用法与用量】 内服治疗量：一次量，5～8毫克；预防量：一次量，2～3毫克。

【药物相互作用（不良反应）】 和硫酸亚铁、葡萄糖酸铁等配伍，用于动物贫血症。

【注意事项】 本品只能内服，注射无效。应密闭保存。

7. 亚硒酸钠

【性状】 为白色结晶性粉末；空气中稳定；水中易溶解，不溶于乙醇。

【适应证】 临床上用于预防、治疗硒缺乏症，防治幼畜白肌病和雏鸡渗出性素质等。补硒时同时添加维生素E，防治效果更佳。

【制剂与规格】　亚硒酸钠注射液，1毫克/1毫升、2毫克/1毫升、5毫克/5毫升、10毫克/5毫升；亚硒酸钠维生素E注射液，为亚硒酸钠（0.1%）与维生素E（5%）的复方灭菌溶液，1毫升/支、5毫升/支、10毫升/支。

【用法与用量】　亚硒酸钠注射液，肌内注射，一次量，0.02～0.05毫克；亚硒酸钠维生素E注射液，肌内注射，一次量，0.05～0.1毫升/只。

【药物相互作用（不良反应）】　皮下注射或肌内注射时有局部刺激性；本品有较强毒性，急性中毒不易解毒。

【注意事项】　硒可促进生长、提高种畜繁殖性能和提高机体抵抗力，但毒性极强，使用时必须严格掌握剂量，并搅拌均匀，防止中毒；使用时要考虑本地饲料的硒含量。

8. 复方布他林注射液

【性状】　本品为粉红色的澄明液体，为布他林与维生素 B_{12} 的无菌水溶液（布他林100克、维生素 B_{12} 0.0725克、氢氧化钠适量、对羟基苯甲酸甲酯1.0克，水加至1000毫升）。

【适应证】　为矿物质补充药。用于动物急性、慢性代谢紊乱性疾病。

【制剂与规格】　复方布他林注射液，100毫升/瓶。

【用法与用量】　静脉注射、肌内注射或皮下注射，一次量，兔0.25～0.5毫升。

【药物相互作用（不良反应）】　皮下注射或肌内注射时有局部刺激性；本品有较强毒性，急性中毒不易解毒。

9. 氯化钠

【性状】　为无色、透明立方形结晶或结晶性粉末；无臭，味咸。易溶于水、甘油中，难溶于醇。

【适应证】　用于调节体内水和电解质平衡。主要用于防治各种原因所致的低血钠综合征。

【制剂与规格】　0.9%氯化钠注射液，200毫升/瓶、250毫升/瓶、500毫升/瓶；复方氯化钠注射液（含氯化钠0.85%、氯化钾0.03%、氯化钙0.033%），500毫升/瓶、1000毫升/瓶。

【用法与用量】　静脉注射，一次量，兔40～50毫升（0.9%氯化钠注射液）。

【药物相互作用（不良反应）】　脑、肾、心脏功能不全时及血浆蛋白过低时慎用，肺气肿病畜禁用。

【注意事项】　水溶液呈中性，性质稳定。应密封保存。

10. 氯化钾

【性状】　为无色的长棱形或立方形结晶或白色结晶性粉末；无臭，味咸涩，水中易溶。

【适应证】　用于钾摄入不足或排钾过量所致的低钾血症，亦可用于强心苷中毒引起的阵发性心动过速等。

【制剂与规格】　氯化钾片，500 毫克/片；10%氯化钾注射液，10 毫升（1 克）/瓶；复方氯化钾注射液（氯化钾 0.28%、氯化钠 0.42%、乳酸钠 0.63%），500 毫升/瓶。

【用法与用量】　氯化钾片，内服，一次量，1～2 克；10%氯化钾注射液，静脉注射，一次量，兔 0.5～2 毫升，必须用 0.5%葡萄糖注射液稀释成 0.3%以下浓度，且注射速度要慢，复方氯化钾注射液，兔 30～50 毫升/次。

【药物相互作用（不良反应）】　静滴过量时可出现中毒症状，症见疲乏、肌张力减低、反射消失、周围循环衰竭、心率减慢甚至停搏。

【注意事项】　肾功能严重减退或尿少时慎用，无尿或血钾过高时忌用。脱水和循环衰竭等患畜禁用或慎用。

（三）体液补充剂

1. 右旋糖酐 70

【性状】　为白色粉末；无臭、无味。在热水中易溶，在乙醇中不溶。

【适应证】　用于防治低血容量性休克，如出血性休克、手术中休克、烧伤性休克。也可用于预防手术后血栓形成和血栓性静脉炎。

【制剂与规格】　右旋糖酐 70 葡萄糖注射液，500 毫升（30 克右旋糖酐 70 与 25 克葡萄糖）/瓶；右旋糖酐 70 氯化钠注射液，500 毫升（30 克右旋糖酐 70 与 4.5 克氯化钠）/瓶。

【用法与用量】　右旋糖酐 70 葡萄糖或氯化钠注射液静脉注射，

一次量，兔 10～20 毫升/千克体重。

【药物相互作用（不良反应）】　偶有变态反应，如发热等。

【注意事项】　该药可以影响血小板的正常功能，不适用于有严重凝血症的患畜，同时患有血小板减少症的动物须谨慎使用。

2. 右旋糖酐 40

【性状】　为白色粉末；无臭，无味。在热水中易溶，在乙醇中不溶。

【适应证】　用于扩充和维持血容量，治疗失血性休克、创伤性休克、烧伤性休克及中毒性休克。主要用于各种休克，尤其是中毒性休克。

【制剂与规格】　右旋糖酐 40 葡萄糖注射液，500 毫升（30 克右旋糖酐 40 与 25 克葡萄糖）/瓶；右旋糖酐 40 氯化钠注射液，500 毫升（30 克右旋糖酐 40 与 4.5 克氯化钠）/瓶。

【用法与用量】　与右旋糖酐 70 或氯化钠注射液相同。

【药物相互作用（不良反应）】　用量过大可致出血，如鼻衄、齿龈出血、皮肤黏膜出血、创面渗血、血尿等。

【注意事项】　静脉注射宜缓慢，肝肾疾病患畜慎用。充血性心力衰竭和出血性疾病患畜禁用。

◀ 第十一章　常用的中药方剂 ▶

第一节　概　述

使用中药防治畜禽疾病具有双向调节作用，可扶正祛邪，低毒无害，不易产生耐药性、药源性疾病和毒副作用，在畜禽产品中很少有残留，具有广阔的发展前景。中药有单味中药和成方制剂两种。单味中药即单方；成方制剂是根据临床常见病症定下的治疗法则，将两味以上的中药配伍，经过加工制成不同的剂型以提高疗效，方便使用。单味中药使用较少，有些成方制剂可以在疾病防治中发挥一定作用。

中兽医讲"有成方，没成病"，意思是说配方是固定的，而疾病是在不断发展变化的。因此应用中成药制剂在集约化饲养场进行传染病的群体治疗时要认真进行辨证，因为在一个患病群体中具体到每头（只）来讲发病总是有先有后，出现的症候不尽相同，应通过辨证分清哪种症候是主要的，做好对证选药（在不同配方的同类产品中进行选择），这样才能取得满意的疗效。

第二节　常用的中兽药方剂

一、解表剂

（一）荆防败毒散

【成分】　荆芥 45 克，防风 30 克，羌活 25 克，独活 25 克，柴胡 30 克，前胡 25 克，枳壳 30 克，茯苓 45 克，桔梗 30 克，川芎 25 克，甘草 15 克，薄荷 15 克。

【性状】　本品为淡灰黄色至淡灰棕色的粗粉。气微辛，味甘苦。

【适应证】 具有辛温解表、疏风祛湿功能。用于畜禽风寒感冒、流行性感冒。

【用法与用量】 内服，兔1～3克。

（二）银翘散

【成分】 金银花60克，连翘45克，薄荷30克，荆芥30克，淡豆豉30克，牛蒡子45克，桔梗25克，淡竹叶20克，甘草20克，芦根30克。

【性状】 本品为棕褐色的粗粉。气芳香，味微甘、苦、辛。

【适应证】 具有辛凉解表、清热解毒功能。主要用于感冒、流行性感冒、急性咽炎、急性支气管炎、肺炎，以及多种感染性疾病初期。

【用法与用量】 内服，兔1～3克。

（三）普济消毒散

【成分】 大黄30克，黄连20克，黄芩25克，甘草15克，薄荷25克，牛蒡子45克，马勃20克，升麻25克，柴胡25克，桔梗25克，陈皮20克，连翘30克，荆芥25克，板蓝根30克，青黛25克，生石膏80克。

【性状】 本品为淡黄色的粗粉。气芳香，味微甘、苦、辛。

【适应证】 清热解毒，疏风消肿。主治热毒上冲，头面、腮颊肿痛，疮黄疔毒。

【用法与用量】 内服，兔1～3克。

（四）白矾散

【成分】 白矾60克，浙贝母30克，黄连20克，白芷20克，郁金25克，黄芩45克，葶苈子30克，甘草20克。

【性状】 本品为黄褐色的粉末。气微香，味微苦。

【适应证】 清热化痰，下气平喘。主治肺热咳喘。

【用法与用量】 内服，兔1～3克。

二、清热剂

（一）清瘟败毒散

【成分】 生石膏120克，生地黄30克，水牛角60克，黄连20克，栀子30克，牡丹皮20克，黄芩25克，赤芍25克，玄参

25 克，知母 30 克，连翘 30 克，桔梗 25 克，甘草 15 克，淡竹叶 25 克。

【性状】 本品为灰黄色的粗粉。气微香，味苦、微甜。

【适应证】 具有泻火解毒、凉血养阴功能。主治流行性出血热、败血症、毒血症、尿毒症。

【用法与用量】 内服，兔 1～3 克。

（二）黄连解毒散

【成分】 黄连 30 克，黄柏 60 克，黄芩 60 克，栀子 45 克。

【性状】 本品为黄褐色粗粉，味苦。

【适应证】 泻火解毒。主治三焦热盛。

【用法与用量】 内服，兔 1～2 克。

（三）白头翁散

【成分】 白头翁 60 克，黄连 30 克，黄柏 45 克，秦皮 60 克。

【性状】 本品为浅灰黄色的粗粉。气香，味苦。

【适应证】 清热解毒，凉血治痢。主治痢疾。

【用法与用量】 内服，兔 2～3 克。

（四）特效霍乱灵散（片）

【成分】 黄芩 15 克，马齿苋 15 克，地榆 20 克，鱼腥草 20 克，山楂 10 克，蒲公英 10 克，穿心莲 10 克，甘草 5 克。

【性状】 本品为黄棕色粗粉。气清香，味苦。

【适应证】 具有清热解毒、利湿止痢功能。主治鸡、鸭、鹅的霍乱病、菌痢与猪、兔的菌痢、消化不良等。

【用法与用量】 兔，每只每天 3～5 克，连续给药 3～5 天。预防量减半。

（五）胆膏（胆汁浸膏）

【成分】 新鲜胆汁 1000 毫升，乙醇 500 毫升。胆汁置水浴上蒸发至 250 毫升，加乙醇 500 毫升，充分搅拌，放置，等不溶物沉淀，过滤，回收乙醇，置水浴上蒸发至 200 毫升，呈稠膏状，即得。

【性状】 本品为黑色的稠膏状物。气腥，味极苦。

【适应证】 具有清热解毒、镇痉止咳、利胆消炎功能。主治风热目赤，久咳不止，幼畜惊风，各种热性病。

【用法与用量】 内服，兔 0.1～0.3 克。

（六）香薷散

【成分】 香薷 30 克，黄芩 45 克，黄连 30 克，甘草 15 克，柴胡 25 克，当归 30 克，连翘 30 克，栀子 30 克，天花粉 30 克。

【性状】 本品为黄褐色粗粉。气微香，味甘、苦。

【适应证】 祛暑解表，化湿和中。主治暑月外感于寒，内伤于湿。

【用法与用量】 内服，1～3 克。

（七）清暑散

【成分】 香薷 30 克，白扁豆 30 克，麦冬 25 克，薄荷 30 克，木通 25 克，猪牙皂 20 克，藿香 30 克，茵陈蒿 25 克，菊花 30 克，石菖蒲 25 克，金银花 60 克，茯苓 25 克，甘草 15 克。

【性状】 本品为浅灰黄色粗粉。气香窜，味辛、甘、微苦。

【适应证】 清热祛暑。主治伤热，中暑。

【用法与用量】 内服，兔 1～3 克。

（八）肝病消

【成分】 大青叶 250 克，茵陈 100 克，柴胡 50 克，大黄 50 克，益母草 100 克等。

【性状】 本品为黄棕色粗粉。气微香，味苦。

【适应证】 具有抗菌抗病毒、保肝利胆、抗炎消肿、止血制渗、杀虫抑虫、清热解毒、抗应激、增强机体免疫力的功能。对细菌、病毒、组织滴虫及饲料营养缺乏等引起的肝脏肿大、肝炎、质地变硬或易碎、肝脏出血、肝变性坏死等疾病，具有显著的预防治疗功效。

【用法与用量】 治疗：按 0.4%（每包拌料 25 千克）混料，用 1～2 天，后按 0.2%混料（每包拌 50 千克料），连用 3 天。预防（继往发病日龄前后）：0.1%拌料（每包拌料 100 千克），连用 4～5 天。遮光干燥处密封存放。

三、消导剂

（一）大黄末

【成分】 本品为大黄制成的散剂。取大黄，粉碎成粗粉，过筛即得。

【性状】 本品为黄棕色的粉末。气清香，味苦、微涩。

【适应证】 具有健胃消食、泻热通肠、凉血解毒、破积行瘀功能。主治食欲不振，实热便秘，结症，疮黄疔毒，目赤肿痛，烧伤烫伤，跌打损伤。

【用法与用量】 内服，兔1～3克。外用适量，调敷患处。孕畜慎用。

（二）龙胆末

【成分】 本品为龙胆制成的散剂。取龙胆，粉碎成粗粉，过筛即得。

【性状】 本品为淡黄棕色的粉末。气微，味甚苦。

【适应证】 具有健胃功能。主治食欲不振。

【用法与用量】 内服，兔1.5～3克。

（三）复方大黄酊

【成分】 大黄（最粗粉）100克，橙皮（最粗粉）20克，草豆蔻（最粗粉）20克，60%乙醇适量。

【性状】 本品为黄棕色的液体。气香，味苦、微涩。

【适应证】 具有健脾消食、理气开胃功能。主治慢草不食，消化不良，食滞不化。

【用法与用量】 内服，兔2～4毫升。

（四）复方龙胆酊（苦味酊）

【成分】 龙胆（最粗粉）100克，橙皮（最粗粉）40克，草豆蔻（最粗粉）10克，60%乙醇适量。

【性状】 本品为黄棕色的液体。气香，味苦

【适应证】 具有健脾开胃功能。主治脾不健运，食欲不振，消化不良。

【用法与用量】 内服，兔2～4毫升。

四、祛痰止咳平喘剂

（一）麻黄石甘散

【成分】 麻黄30克，苦杏仁30克，生石膏150克，甘草30克。

【性状】 本品为棕褐色粗粉。气清香，味甘、微苦。

【适应证】　具有清肺化痰、止咳平喘功能。主治表邪化热，肺热咳嗽。

【用法与用量】　内服，兔1～3克。

（二）清肺止咳散

【成分】　桑白皮30克，知母25克，苦杏仁25克，前胡30克，金银花60克，连翘30克，桔梗25克，甘草15克，橘红30克，黄芩45克。

【性状】　本品为棕褐色粗粉。气清香，味甘、微苦。

【适应证】　具有清肺化痰、止咳平喘功能。主治肺热咳嗽，咽喉肿痛。

【用法与用量】　内服，兔1～3克。

（三）清肺散

【成分】　板蓝根90克，葶苈子30克，浙贝母30克，桔梗30克，甘草25克。

【性状】　本品为浅灰黄色粗粉。气清香，味微甘。

【适应证】　具有清肺平喘、化痰止咳功能。主治肺热咳喘，咽喉肿痛。

【用法与用量】　内服，2～3克。

五、驱虫剂

复方球虫散（片）

【成分】　地榆20克，木香20克，甘草5克，山楂15克，大黄5克，黄芩15克，青蒿10克，黄连10克。

【性状】　本品为黄棕色粉末。气清香，味苦。

【适应证】　具有清热凉血、燥湿杀虫功能。主治鸡、兔、牛、羊的球虫病。

【用法与用量】　散剂250克/袋，片剂0.3克/片。内服，兔每日1.2～1.8克，分早晚两次用药。

六、外用剂

（一）青黛散

【成分】　青黛、黄连、黄柏、薄荷、桔梗、儿茶各等份。

【性状】　本品为灰绿色粗粉。气微香，味苦、微涩。

【适应证】　具有清热解毒、消肿止痛功能、口舌生疮，咽喉肿痛。

【用法与用量】　将药装入纱布袋内，水中浸湿，噙于口中。

（二）桃花散

【成分】　陈石灰 480 克，大黄 90 克。先将大黄置于锅内，加水 300 毫升，煮沸 5～10 分钟，加陈石灰（熟石灰）搅拌，炒干，筛成细粉即得。

【性状】　本品为灰黄色粉末。

【适应证】　具有收敛、止血功能。主治外伤出血。

【用法与用量】　外用适量，撒布创面。

（三）擦疥散

【成分】　狼毒 120 克，猪牙皂（制）120 克，巴豆 10 克，雄黄 10 克，轻粉 5 克。

【性状】　本品为棕黄色粉末。气香窜，味苦、辛。

【适应证】　具有杀疥螨功能。主治疥癣。

【用法与用量】　外用适量。将植物油烧热，调成流膏状，涂擦患处。不可内服。如疥癣面积过大应分区分期涂药，并防止患病动物舔食。

第三部分

用药与处方

第十二章　兔传染病的用药与处方

第一节　病毒性传染病

一、兔病毒性出血症（兔瘟）

【简介】　兔病毒性出血症俗称"兔瘟"，或称兔出血症，是由兔病毒性出血症病毒（是一种正链 RNA 杯状病毒）引起的兔的一种急性、高度接触性传染病。其特征为呼吸道出血、肝坏死、实质性脏器水肿、淤血及出血性变化。本病一年四季均可发生，以春、秋、冬季发病较多，炎热夏季也有发病。本病只侵害兔，主要危害青年兔和成年兔，40 日龄以下幼兔和部分老龄兔不易感，哺乳仔兔不发病。

最急性型常发生在新疫区。流行初期，患病兔死前无任何明显症状，表现为突然蹦跳几下并惨叫几声即倒毙。死后角弓反张，少数兔鼻孔流出红色泡沫样液体，肛门松弛，周围有少量淡黄色黏液附着。急性型病程一般 12～48 小时，患病兔精神委顿，不爱活动，食欲减退，喜饮水，呼吸迫促，体温达 41℃。临死前表现为在笼中狂奔，常咬笼，倒地后四肢划动，抽搐或惨叫，很快死亡。少数死兔鼻孔流出少量泡沫状血液。亚急性型多发于 2 月龄以内的幼兔，发病兔体严重消瘦，被毛焦枯无光泽，病程 2～3 天或更长，后死亡。

病死兔剖检时肉眼可见全身实质器官（气管、肺部、胸腺、脾脏、部分肾脏、部分十二指肠、空肠）淤血、出血。肝脏肿大，质脆，色淡呈土黄色；胆囊内充满稀薄胆汁。

【预防】

（1）加强管理　平时坚持自繁自养，认真执行兽医卫生防疫措施，定期消毒，禁止外人进入兔场，更不准兔及兔毛商贩进入兔舍购兔、剪毛。引进兔要隔离至少2周，确认无病后方可入群饲养。

（2）免疫接种　免疫接种是激发健康兔自身产生特异性抗体，对该病有可靠有效的抵抗力，使原来易感染的兔变为不易感染。定期注射脏器组织灭活苗进行预防。1年免疫2次，剂量1毫升/只，注苗后7～10天产生免疫力，保护力可靠。60日龄以下幼兔主动免疫效果不确实，建议40日龄用2倍疫苗注射1次，60～65日龄加强免疫1次。种兔生产交配前2～3周对公兔和母兔分别免疫注射1次，避免妊娠母兔在妊娠期注射疫苗造成母兔流产等危害。

【治疗】　本病以预防为主。发病后，将病兔与健康兔进行隔离，避开传染源，隔离饲养20～30天，确定健康无病后方可与原有兔群混合；用5％的来苏尔水溶液或1％～2％农乐消毒剂对兔舍、兔笼、兔食槽等用具定期消毒，搞好兔场与兔场周围的环境卫生。也可用1％～2％农乐消毒剂或3％～5％氢氧化钠溶液喷洒消毒，防止疫情扩散传播，并保持兔舍的清洁；重病兔扑杀，尸体和病兔深埋；病、死兔污染的环境和用具彻底消毒。

处方1：福尔马林灭活组织疫苗皮下注射，30日龄以上的兔每只注射1毫升，5～7天后即可产生免疫力，适用于未发病的健康兔进行疫苗接种工作。

处方2：颈部皮下注射高免血清2毫升/千克体重，2次/天，连用2～3天；同时肌内注射中药"田基黄"注射液或者"板蓝根注射液"等清热解毒药，2～3毫升/只，1～2次/天。

处方3：党参80克，黄芪120克，黄芩80克，黄柏85克，板蓝根95克，防风110克，三七65克，当归75克，甘草65克，桂枝60克，茯苓60克。粉碎为粉末状，添加在饲料中，混合均匀，以上为100只（60日龄）兔的每日用量，可连用3～5天，每天1～2次。同时以上的数量也是断乳后200只仔兔的1日用量，其用法与以上相同。另外，也可以按此比例制成粉状添加剂，加入饲料中以 5％～6％混合均匀，每天用药 1～2 次，连用 3～5 天，可提高兔的抵抗力，从而预防多种病原微生物的侵袭，促进兔的健康生长，增强兔的应激水平和生产性能。

处方 4：蟾酥或蟾壳，皮下埋植治疗慢性兔瘟。取黄豆大小蟾酥一粒，择兔耳，避开血管，划破皮肤，将蟾酥埋植于伤口中（或将蟾壳剪碎，捏成比黄豆粒稍大的两个蟾壳圆粒，同时埋植于两个兔耳中），外粘胶布固定，5～10 小时药粒被吸收，此处烧烂呈一黑洞，患兔渐愈。疗效达 70％以上（治疗时间越早越好）。

二、兔传染性口炎

【简介】 本病是由弹状病毒科的水疱性口炎病毒引起的一种以口腔黏膜水疱性炎症为特征的急性传染病。特征是舌、唇、口腔黏膜发炎，局部有糜烂、溃疡，唾液腺红肿。本病多发生于春、秋两季。主要侵害 1～3 月龄的幼兔，最常见的是断奶后 1～2 周龄的仔兔，成年兔较少发生。

本病潜伏期 3～4 天，发病初期兔的唇和口腔黏膜潮红、充血，继而出现粟粒至黄豆大小不等的水疱，部分外生殖器也有发生。水疱破溃后形成溃疡，易引起继发感染，伴有恶臭。口腔中流出大量液体，唇下、颌下、颈部、胸部及前爪兔毛潮湿、结块。下颌等局部皮肤潮湿、发红，毛易脱落。患病兔精神沉郁。因口腔炎症，吃草料时疼痛，多数减食或停食，常并发消化不良和腹泻，表现消瘦。常于病后 2～10 天死亡。

病兔唇、舌和口腔黏膜可见糜烂和溃疡，咽和喉头部聚集有大量泡沫样唾液，唾液腺轻度肿大发红。胃内有少量黏稠液体和稀薄食物，酸度增高。肠黏膜尤其是小肠黏膜，有卡他性炎症。

【预防】

（1）加强饲养管理，不喂霉烂变质的饲料。笼壁平整，以防尖锐物损伤口腔黏膜。不引进病兔，春秋两季做好卫生防疫工作。

（2）对健康兔可用磺胺二甲基嘧啶预防，每千克精料拌入 5克，或 0.1 克/千克体重口服，每日 1 次，连用 3～5 天。

【治疗】 发病后要立即隔离病兔，并加强饲养管理。兔舍、兔笼及用具等用 20％火碱溶液、20％热草木灰水或 0.5％过氧乙酸消毒。

处方 1：可用消毒防腐药液（2％硼酸溶液、2％明矾溶液、0.1％高锰酸钾溶液、1％盐水等）冲洗口腔，然后涂擦碘甘油；用磺胺二甲基嘧啶治疗，0.1 克/千克体重，口服，每日 1 次，连服数日，并用小苏打水作饮水。

处方 2：用磺胺嘧啶钠注射液口腔喷注。用法及用量是助手一手抓兔颈背，一手托臀部，兔头侧向术者。术者手捏兔嘴，一手将含药液的注射器从兔口角处缓缓喷注。每兔用 20％磺胺嘧啶钠 1～1.5 毫升（或 10％磺胺嘧啶钠 2～3 毫升）即可，用药一次，基本恢复正常，个别两次而获痊愈。

处方 3：合用甲紫溶液（紫药水 1 小瓶）、庆大霉素（2 支）、明矾（1.5 克）治疗。用注射器把庆大霉素注入紫药水瓶中，明矾磨碎后也兑入瓶中，混匀，待明矾溶化后即可以使用。方法是用医用棉签蘸上溶液放到兔的嘴中涂抹，要全部涂到，包括颈部湿毛处。1 天 2 次。轻者 1 次就会明显好转，2 次就可痊愈，重者 4 次痊愈。

处方 4：阿托品每千克体重 2 毫升，病毒灵每千克体重 1.5 毫升，两者合并后作皮下注射，每天 1 次，2 次即可治愈。

处方 5：用猪胆汁 100 毫升与生石灰粉 150 克拌均匀，放在阴凉通风处晾干，然后再将干生石灰磨成细粉，过筛即成胆石散，装瓶密封，置于干燥处，待用。用药前先用 1％高锰酸钾溶液或生理盐水冲洗口腔黏膜后，然后取胆石散 2～3 克，涂于口腔黏膜病变部位，每日 2 次，连用 3～4 天，即可治愈（来源于吉林畜牧兽医）。

处方 6：0.1％高锰酸钾、或 2％明矾水、或 2％硼酸溶液或 1％盐水清洗口腔并涂碘甘油，每兔病毒灵 1 片、复合维生素 B_1 片研末加水喂服，1 日 1 次，连续数日，并用抗菌药物防止继发感染。

处方 7：枯矾 50 克，白蔹 60 克，大青叶 60 克，薄荷 30 克。将白蔹、大青叶、薄荷常规方法煎液 500 毫升，纱布过滤，弃掉药渣，然后将枯矾研末加入煎液中摇匀，装瓶备用。先用清水洗净病兔嘴部污垢，然后用注射器或洗耳球吸入药液，反复冲洗口腔，每只兔约 15～20 毫升，每日 2～3 次，一般 4～6 次即愈。

处方 8：石膏 9 克，黄柏 5 克，硼砂、蛤粉、龙骨各 3 克，轻粉 2 克，冰片 0.1 克（口疮散）。研细，用白矾水冲洗口腔后撒布。本方清热解毒、敛疮生肌，主治兔口疮、传染性口炎（勤奋主编．农村养兔．北京：科学普及出版社，1984.）。

三、兔痘

【简介】

兔痘是由兔痘病毒引起的家兔的一种高度接触传染性、高度致病性传染病。其特征是鼻腔、结膜渗出液增加和皮肤红疹。兔痘只有家兔能自然感染发病，发病率没有年龄差异，但幼兔和妊娠母兔的死亡率最高，可达 30%～70%。

最早出现的病例潜伏期 2～9 天，以后发生的病例平均 2 周。在感染后 2～3 天通常出现发热反应，这时常看到有大量的鼻漏。另一个经常出现的早期症状是淋巴结、特别是腘淋巴结和腹股沟淋巴结肿大并变硬。扁桃体也肿大。有时淋巴结肿大是唯一的临床表现。

皮肤病变通常在感染后 5 天，即在出现淋巴结肿大后大约 1 天出现。开始是一种红斑性疹，后来发展为丘疹，中央凹陷坏死，相邻组织水肿、出血，最后丘疹干燥结痂，形成浅表的痂皮。病灶多在耳、唇、眼睑、腹部、背部、肛门和阴囊等处。口腔、鼻腔水肿、坏死，生殖器官周围水肿。有的神经系统受损，出现运动失调、痉挛、眼球震颤、肌肉麻痹。有时腹泻和流产。通常在感染后 1～2 周死亡。眼睛损害是兔痘的典型症状，轻者出现眼睑炎和流泪，严重者发生化脓性眼炎或弥漫性、溃疡性角膜炎，后来发展为角膜穿孔、虹膜炎和虹膜睫状体炎。有时眼睛变化是唯一的临床症状。

公兔常出现严重的睾丸炎，同时伴有阴囊广泛水肿，包皮和尿道也出现丘疹。母兔阴唇也出现同样变化。尿生殖道有广泛水肿，公兔或母兔都有可发生尿滞留。有时有神经症状出现，主要表现为运动失调、痉挛、眼球震颤，有些肌群发生麻痹。肛门和尿道括约肌也可发生麻痹。本病常并发支气管肺炎、喉炎、鼻炎和胃肠炎，怀孕母兔通常流产。

剖检时看到的最显著的大体变化是皮肤损害，严重程度从仅有少数局部丘疹到广泛坏死。丘疹可发生于身体任何部位，在口、上呼吸道、肝、脾和肺经常可看到。皮下水肿及口和其他天然孔的水肿是兔痘的常见病变。口腔病变严重的兔剖检时尸体消瘦，肝脏通常增大，呈黄色，整个实质有很多灰白色的结节，可看到小的灶性坏死区。胆囊也可有小结节。脾脏通常中度肿大，伴有灶性结节或小坏死区。肺部可布满小的灰白色结节，病程长的病例可有灶性坏死区。睾丸、卵巢和子宫有时也发生灶性脓肿。严重病例，淋巴结、肾上腺、甲状腺、副甲状腺和心脏都有灶性损害。

非痘疱型兔痘病例，在口部可看到少数痘疱，剪毛时偶尔可发现皮肤损害。剖检时突出的大体变化是胸膜炎，肝脏灶性坏死，脾脏增大，睾丸水肿和出血。在肺和肾上腺可看到与痘疱型兔痘一样的大量白色小结节。

【预防】　严格消毒；用牛痘疫苗免疫接种。

【治疗】　无特效药物治疗，可以试用中草验方治疗。

处方1：牛痘疫苗紧急接种。应用抗菌药物和磺胺类药物控制并发症。

处方2：黄柏、黄芩、黄连各等量。研末，每次1克，每天2次，温开水灌服。

处方3：胡麻、红糖各5克。水煎灌服，或放碗内蒸熟灌服，每次15毫升，每天2次。

处方4：蒲公英20克（干者10克）。水煎灌服，每次15毫升，每天3次。

处方5：穞豆10克，赤小豆10克。水煎灌服，每次15毫升，每天3次。

处方6：胡萝卜或叶20克，芫荽10克。将其洗净，切碎，水煎灌服，每次15毫升，每天3次。

四、兔的黏液瘤病

【简介】　是由黏液瘤病毒（包括几个不同的毒株，各毒株的毒力和抗原性互有差异）引起的一种高度接触性和高度致病性传染病。其特征为全身皮肤，尤其是颜面部和天然孔、眼睑及耳根皮下发生黏液瘤性肿胀。一年四季均可发生，但在蚊虫大量滋生的季节，发病死亡率可达 100%。

最急性时仅见到眼睑轻度水肿，1 周内死亡。急性型症状较为明显，眼睑水肿，严重时上、下眼睑互相粘连；口、鼻孔周围和肛门、外生殖器也可见到炎症和水肿，并常见有黏液脓性鼻分泌物。耳朵皮下水肿可引起耳下垂。头部皮下水肿严重时呈狮子头状外观，故有"大头病"之称。病至后期可见皮肤出血，眼黏液脓性结膜炎，羞明流泪，出现耳根部水肿，最后全身皮肤变硬，出现部分肿块或弥漫性肿胀。死前常出现惊厥，但濒死前仍有食欲，病兔在 1～2 周内死亡。颜面部和天然孔周围水肿严重。皮肤出血，脾肿大，淋巴结出血，心内外膜有出血点。胃肠道黏膜下有淤血点或淤血斑。

【预防】

（1）加强饲养管理　消灭吸血昆虫；病兔和可疑兔应隔离饲养，待完全康复后再解除隔离。兔笼、用具及场所必须彻底消毒；应严禁从有本病的国家进口兔和未经消毒、检疫的兔产品，以防本病传入。

（2）免疫接种　用兔纤维瘤活疫苗及弱毒黏液瘤活疫苗进行免疫注射预防。

【治疗】　发现本病时，应严格隔离、封锁、消毒，并用杀虫剂喷洒，控制疾病扩散流行。

处方 1：口服病毒灵，每日 3 次，每次 0.1 克/千克体重，连服 7 天。

处方 2：烟丝 30 克，槟榔 30 克，牡蛎、白芷各 15 克，姜汁、面粉各适量。烟丝和槟榔共炒焦研末，白芷研末，牡蛎煅研，然后研和，以姜汁加面粉少许调成糊状，敷于患处，每天更换 1 次。

处方 3：黑木耳 10 克，白砂糖 10 克。黑木耳焙干研末、和白砂糖和匀，热开水调成糊状，包敷患部，每天更换 1 次。

处方 4：黄柏、五倍子各等份，花椒油（花椒油制法：香油 25 毫升，放花椒 6～7 粒，炸焦，去掉花椒，即得花椒油）适量。黄柏、五倍子研细末，花椒油调敷患处，每天 2 次。

第二节　细菌性传染病

一、兔巴氏杆菌病

【简介】

兔巴氏杆菌病又称兔出血性败血症，是由多杀性巴氏杆菌（为革兰阴性、无芽孢的短杆菌，无鞭毛，瑞氏染色法染色呈两极着染）引起兔的一种常见的、危害性很大的传染病。本病一年四季均可发生，但以冬春季最为多见，常呈散发或地方性流行。各种年龄、品种的兔都易感染，尤以 2～6 月龄兔发病率和死亡率较高。

急性型（也称出血性败血症）发病最急，病兔精神委顿，对外界刺激不产生反应，停食，呼吸急促，体温升高至 40℃ 以上，鼻腔流出浆液性分泌物，有时发生下痢。临死前体温下降，四肢抽搐。病程短者 24 小时内死亡，较长者 1～3 天死亡。在流行开始时，常有不见颤状而突然倒毙的情况，病兔呈全身出血性败血症。鼻黏膜、气管、肺、心内外膜、肝脏、脾、淋巴结等出血。

亚急性型（又称地方性肺炎）自然发病时，很少能见到肺炎的临床症状。由于家兔运动的机会不多，即使大部分肺实质发生实变，也难以见到呼吸困难的表现。最初表现食欲不振和精神沉郁，常以败血病告终。往往在晚上检查时还健康如常，而次晨已经死亡。病变可发生于肺的任何部位，但以肺的前下方最为常见，大体变化多为实变、膨胀不全、脓肿和灰白色小结节病灶。开始时呈急性病程反应，表现为实变。肺实变区内可能有出血。

慢性型依细菌侵入的部位不同，可表现为鼻炎、中耳炎、结膜炎、生殖器官炎症和局部皮下脓肿。

【预防】

（1）建立无多杀性巴氏杆菌兔群　这种兔群起初是通过选择无鼻炎临床症状并经常对鼻腔进行细菌学检查，选留无多杀性巴氏杆菌的种兔建立起来的。为了选择无多杀性巴氏杆菌种兔和鉴定无病兔群，近年来有的国家采用对多杀性巴氏杆菌有特异性的间接荧光抗体对鼻拭子的多杀性巴氏杆菌和兔血清中的抗体进行筛选。有条件的兔场用剖腹取胎，或自然分娩后，立即将仔兔隔离进行人工喂养的方法建立无特定病原体（SPF）兔群则更为理想。

（2）兔场应自繁自养，严禁随便引进兔　新引进的兔子，必须隔离观察1个月，并须进行细菌学检查和血清学检查，健康者方可引进兔场。注意环境卫生，加强消毒措施。兔场应与其他养殖场分开，严禁其他畜、禽进入，杜绝病原的传播。

（3）对兔群必须经常进行临床检查　将流鼻涕、打喷嚏、鼻毛潮乱的兔子及时检出，隔离饲养，观察、治疗，以及淘汰慢性病例。

（4）兔群每年用兔巴氏杆菌灭活疫苗，或兔巴氏杆菌和兔波氏杆菌油佐剂二联灭活苗，或兔病毒性出血症和兔巴氏杆菌二联灭活苗预防接种，发生疫情时也可用于未感染兔紧急预防注射。

（5）做好四季饲草供应，除正常饲草供应外，还应春天加喂茵陈、蒲公英、败酱草、蛇床子、车前草、鱼腥草等鲜草；夏秋季节加喂金银花、野菊花、大青叶、桑叶、马鞭草、青蒿等。平常可加喂大蒜、洋葱、韭菜等任意一种，都有很好的预防作用。

【治疗】将发病兔尽快隔离或淘汰，兔舍及用具用3%来苏尔或2%火碱消毒。

处方1：血清疗法。特殊情况下（对急性病例）皮下注射抗出血性败血症多价血清6毫克/千克，8～10小时重复注射1次。

处方2：青毒素、链霉素各10万单位，肌内注射，每天2次，连用3～5天。

处方3：庆大霉素，2万单位/千克体重，肌内注射，1日2次，连续5天为1个疗程。

处方4：有慢性呼吸道炎症者，青霉素、链霉素（每毫升各20万单位）和麻黄碱（稀释为1%溶液）滴鼻，每天2次，连用5天。同时可口服磺胺嘧啶，250毫克/千克体重，每天2次，连续5天。并同时服等量的碳酸氢钠。

处方5：磺胺嘧啶或磺胺甲基嘧啶，100～200毫克/千克体重，配合等量的小苏打片口服，每天2次，连用5～7天。

处方6：复方磺胺嘧啶钠，肌内注射，一次量，每千克体重

50～100 毫克，每天 1～2 次，连用 3～5 天。

处方 7：阿莫西林，内服，10～15 毫克/千克体重，每天 2～3 次；肌内注射，一次量，4～7 毫克/千克体重，每天 2～3 次。

处方 8：氨苄西林，内服，20～40 毫克/千克体重，每天 2～3 次；肌内注射，一次量，10～20 毫克/千克体重，每天 2～3 次。

处方 9：恩诺沙星，内服，一次量，2.5～5 毫克/千克体重，每天 2 次，连用 3～5 天；肌内注射，一次量，2.5～5 毫克/千克体重，每天 1～2 次，连用 2～3 天。

处方 10：卡那霉素，肌内注射，一次量，10～15 毫克/千克体重，每天 2～3 次，连用 2～3 天。

处方 11：喹乙醇，兔 30 毫克/千克体重，口服，每天 1 次，连用 3 天，效果也不错。必要时最好进行药敏试验，选择敏感药物治疗。

处方 12：长效黄连 0.05 克，首次加倍，每日 3 次，连用 3 天，对肺炎型出血性败血症效果良好。

处方 13：金银花 5 克，菊花 3 克，黄连 1.5 克，黄柏 2 克，黄芩 1.5 克，蒲公英 8 克，赤芍 1.5 克。以上为每千克体重用量。煎汁 500～1000 毫升，分 10 次拌入少量精料喂给（注：患兔多，中药量多，煎汁可适量增加）。

处方 14：鱼腥草 10 克，金银花 10 克，桔梗 5 克，栀子 3 克，大青叶 5 克。水煎后拌料或灌服，每日 2 次，连用 3 天，对肺炎型效果良好。

处方 15：黄连、黄芩、黄柏各 100 克。加水 1000 毫升，烧开后用慢火煎熬至 300 毫升，候温灌服。成年兔 1 汤匙，幼兔减半，每日 2 次，连用 3～5 天。

处方 16：金银花 10 克，蒲公英 20 克，菊花 10 克，赤芍 10 克。水煎内服，每日 2 次，连用 3 天。同时用青霉素、链霉素滴鼻（每日 2 次，连续 5 天），对慢性呼吸道炎症型出血性败血症效果良好。

处方 17：中耳炎可用香油蜈蚣耳剂（香油 500 克，蜈蚣 10 条。香油煮沸后加入蜈蚣，炸黑，待油凉后加冰片 5 克备用）5～10 滴滴耳，隔日 1 次，连续使用 3～5 天。

二、兔结核菌病

【简介】

本病是由结核杆菌（主要是牛型结核杆菌，禽型和人型结核杆菌也能引起兔发病）引起的一种慢性传染病，以肺、消化道、肾、肝、脾与淋巴结的肉芽肿性炎症及非特异性症状（比如消瘦）为特征。

病兔食欲不振，消瘦，被毛粗乱，咳嗽喘气，呼吸困难。黏膜苍白，眼睛虹膜变色，晶状体不透明，体温稍高。患肠结核病的兔常出现腹泻。有的病例常见肘关节、膝关节和跗关节骨骼变形，甚至发生脊椎炎和后躯麻痹。

病尸消瘦，呈淡黄色至灰色。结核结节通常发生在肝、肺、肾、肋膜、腹膜、心包、支气管淋巴结、肠系膜淋巴结等部位，脾脏结核较为少见。结核结节具有坏死干酪样中心和纤维组织包囊。肺结核病灶可发生融合，形成空洞。

【预防】

（1）加强饲养管理，严格兽医卫生防疫制度，定期消毒兔舍、兔笼和用具等。兔场要远离牛舍、鸡舍和猪圈，并防止其他动物进入兔舍。

（2）严禁用结核病牛、病羊的乳汁喂兔，结核病人不能当饲养员。新引进的兔经检疫无病，并通过一段时间的隔离观察，方能进入兔群。

（3）发现可疑病兔要立即淘汰处理，污染场所彻底消毒，严格控制传染源，就可以保持兔群的健康。

【治疗】　本病的治疗意义不大。

处方1：对种用价值高的病兔，用链霉素治疗。每只兔每日肛内注射链霉素3～5克，间隔1～2日用药一次。同时给以营养丰富的饲料，增加青料，补充矿物质、维生素A和维生素D等。

处方2：白及、黄瓜籽各15克，菠菜籽30克。共为细末，用蜂蜜调匀，用凉开水稀释灌服，每次15毫升，每天2次。

处方3：白及100克，百部40克，白果50克，蜂蜜50毫升，猪油300克。前3味药研末，与蜂蜜、猪油共熬成膏，每次每只兔灌服 3.5 毫升，每天灌 2 次。

处方 4：羊胆若干。将羊胆洗净后烘干，研成细末，水调灌服，每次 5 毫升，每天 3 次。水调到能灌服为度。

三、兔伪结核病

【简介】　本病是由伪结核耶尔森杆菌引起的兔的一种慢性消耗性传染病。其特征为肠道、内脏器官和淋巴结出现干酪样坏死结节。兔群感染率在 21% 左右。

病兔表现为慢性腹泻，食欲减退，精神委靡，进行性消瘦，被毛粗乱，极度衰弱，多数兔有化脓性结膜炎，腹部触诊可感到肿大的肠系膜淋巴结和肿硬的蚓突，少数病例呈败血经过，表现为体温升高，呼吸困难，精神沉郁，食欲废绝，很快死亡。最常见的病变在盲肠蚓突和回盲部的圆小囊。蚓突肥厚如小香肠，圆小囊肿大变硬，浆膜下有无数灰白色乳脂样或干酪样粟粒大的小结节，小结节有单个的或片状（由几个合并而成）的。有些病例在相应部位的黏膜上被干酪样分泌物所覆盖。

【预防】　由于本病在生前不易确诊，目前对患兔难以进行正确的治疗，重点应加强预防。

（1）加强管理　加强饲养管理和卫生工作，定期消毒兔舍和用具，灭鼠，防止饲料、饮水与用具的污染。引进兔要隔离检疫，严禁带入传染源。

（2）发现可疑病兔后进行淘汰　应用血清凝集试验和血细胞凝集试验对兔群进行检查，查出病兔，立即淘汰，以消除传染来源。

（3）疫苗免疫　应用伪结核耶尔森杆菌多价灭活菌苗进行预防注射，每兔颈部皮下注射或肌内注射 1 毫升，免疫期达 4 个月以上，每兔每年注射 2~3 次，可控制本病的发生与流行。

【治疗】

处方 1：链霉素，15 毫克/千克体重，肌内注射，每日 2 次，连用 3~5 天。

处方 2：卡那霉素，10~20 毫克/千克体重，肌内注射，每日 2 次，连用 3~5 天。

处方 3：四环素，30~50 毫克/千克体重，口服，每日 2 次，连用3～5天。

处方4：甲砜霉素，40毫克/千克体重，口服或肌内注射，每日2次，连用3～5天。

处方5：炙龟甲、潞党参（焙干）各等量。研细末，混匀，每次灌服2克，每天3次。

处方6：白术3克，党参2克，黄芪3克，青皮2克，木香2克，厚朴2克，苍术2克，甘草2克（扶脾健肠散）。共研细末，一日分2次拌料饲喂或开水冲泡，候温灌服。适用于发病前期（食欲不振、被毛蓬乱、间歇性腹泻或便秘、逐渐消瘦者）。个别病情较重者，配合青霉素10万～20万国际单位、庆大霉素4万国际单位，肌内注射，1天2次，连用3～5天；大群流行时，每100千克饲料中添加50克庆大霉素原粉（刘玉平，中国养兔杂志，2003，4）。

处方7：大黄4克，枸橘2克，枳实2克，厚朴2克，当归6克，党参3克，龙眼肉3克，干姜1克，桔梗1克，甘草2克（黄龙汤）。水煎去渣，1天分2次，候温灌服。适用于发病后期（食欲废绝、盲肠蚓突肥厚、肿胀、变硬，心力衰竭者）。对个别肠滞瘀严重者，口服硫酸钠，每次3～6克，加适量温水灌服。同时肌内注射链霉素，20毫克/千克体重，每日2次，连用3～5天（刘玉平，中国养兔杂志，2003，4）。

四、兔波氏杆菌病

【简介】 兔波氏杆菌病也叫兔支气管败血波氏杆菌病，是由支气管败血波氏杆菌（是一种细小的杆菌，革兰染色呈阴性）引起的兔的一种常见的呼吸道传染病。其特征为慢性鼻炎、支气管肺炎和败血症。本病传播广泛，常呈地方性流行，一般以慢性经过为多见，急性败血性死亡较少。

其中以鼻炎型较为常见，常呈地方性流行，多与多杀性巴氏杆菌病并发。多数病例鼻腔流出浆液性或黏液脓性分泌物，症状时轻时重。支气管肺炎型多呈散发，由于细菌侵害支气管或肺部，引起支气管肺炎。有时鼻腔流出白色黏性脓性分泌物，后期呼吸困难，常呈犬坐式姿势，食欲不振，日渐消瘦而死。败血型即为细菌侵入血液引起败血症，不加治疗，很快死亡。

鼻炎型可见鼻腔黏膜充血，有大量浆液或黏液。支气管肺炎型可见支气管黏膜充血，充满黏液，或含有泡沫黏液，有些病例为稀脓液。肺有大小不一（大如鸽蛋、花生米，小如芝麻）的脓疱，脓疱的数量不等，多者可占肺体积的 90％以上，脓疱内积满黏稠、乳油样的乳白色脓汁，肺有部分气肿。有些病例，在肝脏和肾脏也形成黄豆至蚕豆大的脓疱，有时还会引起心包炎、胸膜炎、胸腔脓肿等。脓疱内积满黏稠、乳白色乳油样脓液。在慢性病例中常引起鼻甲骨萎缩。

【预防】

（1）严格饲养管理　加强饲养管理，改善饲养环境，做好防疫工作。兔场最好坚持自繁自养。对新引进的兔，必须隔离观察 1 个月以上，经细菌学与血清学检查为阴性者方可入群。

（2）疫苗预防　可用分离到的支气管败血波氏杆菌制成蜂胶或氢氧化铝灭活菌苗，进行预防注射，每只兔皮下注射 1 毫升，每年2 次。也可用兔巴氏杆菌-波氏杆菌二联苗或巴氏杆菌-波氏杆菌-兔病毒性出血症三联苗进行免疫。

【治疗】

处方 1：卡那霉素，每只兔每次 20～40 毫克，肌内注射，每天 2 次。

处方 2：庆大霉素，每只兔每次 1 万～2 万单位，肌内注射，每天 2 次。

处方 3：四环素，每只兔每次 1 万～2 万单位，肌内注射，每天 2 次。

处方 4：氯霉素，每只兔每次 50～100 毫克，肌内注射，每天2 次。鼻炎型病例也可用氯霉素或链霉素滴鼻，每天 2 次，连用3 天。

处方 5：恩诺沙星，肌内注射，一次量，2.5～5 毫克/千克体重，每天 1～2 次，连用 2～3 天。

处方 6：氟哌酸，每次 0.5～1 毫升，1 日 2 次，连续使用5 天。

处方 7：酞磺胺噻唑，200～300 毫克/千克体重，内服，每日

2次，连用3日。

处方8：蟾毒注射液（江西制药公司以蟾酥蟾壳为原料制作的产品），肌内注射，0.1毫升/千克体重，每天1次，数日可愈。

处方9：杏仁、瓜蒌仁、白前、远志、防风、陈皮各15克。将上述6味药粉碎成细粉，混匀，每次2克，每天2次，温开水调开灌服。

处方10：鲜猪胆汁50毫升，地龙20克。将地龙研粉，与猪胆汁混匀，烘干，研末，每次3克，每天2次，温开水灌服。

注：本病常与巴氏杆菌混合感染。兔群一旦发病，必须查明原因，消除外界刺激因素，隔离感染兔，以控制病原传播。

五、兔大肠杆菌病

【简介】　兔大肠杆菌病是由一定血清型的致病性大肠杆菌及其毒素引起的仔兔、幼兔肠道传染病，以水样或胶冻样粪便和严重脱水为特征。本病一年四季均可发生。各种年龄和性别的兔都易感，但主要发生于断奶前的仔兔，成年兔发病率低。

病兔常精神沉郁，被毛粗乱，废食，有的磨牙，兔粪细小，呈老鼠屎状，常卧于兔笼一角逐渐消瘦死亡，腹泻病兔拉稀便，食欲减退，尾及肛周有粪便污染，精神差，后期两耳发凉，卧伏不动，不时从肛门中流出稀便。急性病例通常在1～2天内死亡，少数可拖至1周，一般很少自然康复。

大肠杆菌可以引起仔兔肠道疾病（也叫仔兔非特异性肠炎）。此病多发生于仔兔，发病较急，可见腹胀、水泻，带有明胶样的黏液，兔体温不高。由于脱水，消瘦很快，四肢发冷，磨牙，常突然死亡。腹泻病兔剖检可见胃膨大，充满大量液体和气体，胃黏膜上有针尖状出血点；十二指肠充满气体并被胆汁黄染；空肠、回肠肠壁薄而透明，内有半透明胶冻样物和气体；结肠和盲肠黏膜充血，浆膜上有时有出血斑点，有的盲肠壁呈半透明，内有大量气体；胆囊亦可见胀大，膀胱常胀大，内充满尿液。便秘病死兔剖检可见盲肠、结肠内容物较硬且成形，上有胶冻，肠壁有时有出血斑点。败血型可见肺部充血、淤血，局部肺实变。仔兔胸腔内有大量灰白色液体，肺实变，纤维素渗出，胸膜与肺粘连。

【预防】

（1）严格饲养管理　平时加强饲养管理，搞好兔舍卫生，定期消毒。减少应激因素，特别是在断奶前后不能突然改变饲料，以免引起仔兔肠道菌群紊乱。

（2）疫苗预防　常发生本病的兔场，可用从本病兔中分离出的大肠杆菌制成灭活苗，每年进行2次预防注射，有一定疗效。

【治疗】　兔一旦发病，应立即隔离或淘汰，死兔应焚烧深埋，兔笼、兔舍用0.1％新洁尔灭或2％火碱水进行消毒。使用药物治疗时，有条件的地方可先做药敏试验。治疗原则是抑菌、止泻、补液。

处方1：链霉素，兔20～30毫克/千克体重，肌内注射，每天2次，连用3～5天。

处方2：多黏菌素，兔2.5万单位/只，肌内注射，连用3～5天。

处方3：庆大霉素，2万～4万单位/只，每天2次，肌内注射，连用3～5天。或庆大霉素3000单位/千克体重，地塞米松0.03毫克/千克体重，肌内注射，连用3～5天。

处方4：病初，肌内注射庆大霉素注射液，每次2万～5万单位。病兔每天一次性灌服口服补液盐2.5～5毫升，并加入1粒氟哌酸片。结合静推等渗糖盐水效果更好；发病过程中，胃出现臌胀的患兔，可灌服10％鱼石脂液2.5～5毫升。

处方5：庆大霉素3000单位/千克体重，地塞米松0.03毫克/千克体重，复方黄连素0.1毫升/千克体重，肌内注射，每日2次，连用3～5天。或丁胺卡那霉素，10～15毫克/千克体重，肌内注射，每天2次，连用3～5天。

处方6：螺旋霉素，10毫克/千克体重，肌内注射，1日2次。

处方7：氨苄西林0.05克/千克体重，地塞米松0.03毫克/千克体重，肌内注射。口服氟哌酸0.02克/千克体重，每日2次，连用3～5天。

处方8：口服土霉素，25毫克/千克体重，每日2次，连用3～5天。

处方9：阿莫西林，10～15毫克/千克体重，内服，每天2～3

次；或肌内注射，一次量，4～7 毫克/千克体重，每天 2～3 次。或氨苄西林，20～40 毫克/千克体重，内服，每天 2～3 次；肌内注射，一次量，10～20 毫克/千克体重，每天 2～3 次。

处方 10：恩诺沙星，内服，一次量，2.5～5 毫克/千克体重，每天 2 次，连用 3～5 天；或肌内注射，一次量，2.5～5 毫克/千克体重，每天 1～2 次，连用 2～3 天。

处方 11：磺胺嘧啶片，100 毫克/千克体重，1 天 3 次；鞣酸蛋白、矽碳银拌湿，每天 2 次。

处方 12：郁金 45 克，金银花 45 克，连翘 45 克，大黄 50 克，栀子 20 克，诃子 35 克，黄连 20 克，白芍 20 克，黄芩 20 克，黄柏 20 克。水煎服，连用 3 天。结合注射氟苯尼考，3 天可控制死亡，5 天后兔群恢复正常（邢君兰，中国养兔杂志，2007，2）。

处方 13：茜草秧 100 克，白头翁 70 克，苦参 70 克，马齿苋 60 克，大青叶 50 克，板蓝根 50 克，蒲公英 50 克，黄连 20 克，黄柏 30 克，茯苓 40 克，苍术 40 克。按配方称量各药后粉碎，过 60 目筛，搅拌混匀。按 10 克剂量加入 1 千克饲料中混匀制成颗粒饲喂，连续用药 5 天，防治效果良好（王自然，中国养兔杂志，2001.2）。

处方 14：白头翁 100 克，苦参 70 克，金银花 60 克，大青叶 50 克，板蓝根 50 克，蒲公英 50 克，黄连 20 克，黄柏 30 克，茯苓 40 克，苍术 40 克。按配方称量各药后粉碎，过 60 目筛，放入立式搅拌机中混匀，装塑料袋密封备用，每袋 250 克。按 10 克/千克饲料混匀制成颗粒饲喂，连续用药 5 天，有防治兔大肠杆菌病的效果（姜前运等，中国养兔杂志，2007，5）。

处方 15：黄连、黄芩各 5 克，葛根 6 克，甘草 2 克。按配方称量各药后粉碎，过 60 目筛，按 10 克/千克饲料搅拌混匀饲喂，连续用药 5～7 天（郭显椿等，中国养兔杂志）。

处方 16：金银花、连翘、赤芍各 5 克，黄柏、生地黄、玄参各 3 克，甘草 2 克。按配方称量各药后粉碎，过 60 目筛，按每千克饲料 10 克搅拌混匀饲喂，连续用药 5 天（郭显椿等，中国养兔杂志）。

处方 17：黄连、木香各 3 克，鱼腥草、马齿苋各 10 克。按配方称量各药后粉碎，过 60 目筛，按每千克饲料 10 克搅拌混匀饲喂，连续用药 5 天（郭显椿等，中国养兔杂志）。

处方 18：金银花、鱼腥草、白茅根、厚朴各 5 克，连翘 3 克，甘草 2 克。按配方称量各药后粉碎，过 60 目筛，按每千克饲料 10 克搅拌混匀饲喂，连续用药 5 天（郭显椿等，中国养兔杂志）。

注：使用上述处方的同时，每只兔静脉注射、皮下注射或腹腔缓慢注射 5%葡萄糖盐水 10～50 毫升，外加维生素 C1 毫升，每天 2 次，效果更好。

六、兔产气荚膜梭菌（A 型）病

【简介】　兔产气荚膜梭菌（A 型）病，又称兔魏氏梭菌病，是由 A 型魏氏梭菌产生的外毒素引起的肠毒血症，以发病突然、急性腹泻、排黑色水样或带血的胶冻样、腥臭粪便、盲肠浆膜出血斑和胃黏膜出血、溃疡为主要特征。本病是一种严重危害兔生产的急性传染病，其发病率、死亡率均高。本病一年四季均可发生。尤其在冬春季节青饲料缺乏时容易发病。各种年龄的兔均可感染发病，但以 1～3 月龄的仔兔发病率最高。

兔发病后精神沉郁，不食，喜饮水；下痢，粪稀呈水样，污褐色，有特殊腥臭味，稀便沾污肛周及后腿皮毛；外观腹部膨胀，轻摇兔身可听到"咣当咣当"的拍水声。提起患兔，粪水即从肛门流出。患病后期，可视黏膜发绀，双耳发凉，肢体无力，严重脱水。发病后最快的在几小时内死亡，多数当日或次日死亡，少数 1 周后最终死亡。

死亡兔可见肛门附近和飞肢后节下端被毛染粪，病尸脱水。打开腹腔即可闻到特殊的腥臭味；胃内充满食物，胃底黏膜脱落，有大小不等的溃疡灶；肠黏膜呈弥漫性出血，小肠充满胶冻样液体并混有大量气体，使肠壁变薄而透明；大肠内有大量气体和黑色水样粪便，有腥臭气味；肝脏稍肿、质地变脆；胆囊肿大、充满胆汁；脾呈深褐色；膀胱积有茶色尿液；肺充血、淤血；心脏表面血管怒张，呈树枝状。

【预防】

（1）加强饲养管理　搞好环境卫生，少喂高蛋白饲料，兔舍内避免拥挤，注意灭鼠灭蝇；严禁引进病兔。

（2）预防接种 繁殖母兔于春、秋季各注射 1 次 A 型魏氏梭菌氢氧化铝灭活苗，仔兔断奶后立即注射疫苗。

【治疗】 发生疫情后，立即隔离或淘汰病兔。兔笼、兔舍用 5％热碱水消毒，病兔分泌物、排泄物等一律焚烧深埋；药物治疗。

处方 1：病初可用特异性高免血清进行治疗，按兔 3～5 毫升/千克体重皮下注射或肌内注射，每天 2 次，连用 2～3 天，疗效显著。

处方 2：金霉素，每千克饲料加 10 毫克，或按兔 20～40 毫克/千克体重肌内注射，每天 2 次，连用 3 天。

处方 3：红霉素，兔 20～30 毫克/千克体重，肌内注射，每天 2 次，连用 3 天。

处方 4：卡那霉素，兔 20～30 毫克/千克体重，肌内注射，每天 2 次，连用 3 天。在使用抗生素的同时，也可在饲料中加活性炭、维生素 B_{12} 等辅助药物。

处方 5：口服喹乙醇，兔 5 毫克/千克体重，每天 2 次，连用 3 天；注意配合对症治疗，口服食母生（5～8 克/只）和胃蛋白酶（1～2 克/只），腹腔注射 5％葡萄糖生理盐水，可提高疗效。

处方 6：仙人掌，茶叶、蒜泥、生姜。将仙人掌捣烂成泥，用纱布包裹后挤出汁滴进兔嘴里，2 次/天；茶叶 4 克加水 100 毫升，煎至 50 毫升，加蒜泥 5 克、生姜 4 克，2 次/天，灌服，连用 2～3 天（注：本方主要起到辅助治疗作用，即用其他方法治疗的同时使用本方，增强疗效）。

处方 7：黄连 100 克，黄柏 100 克，大黄 50 克（600 只左右兔 1 日用量）。将上述药混合加水适量，微火煎煮过滤为第 1 液，取药渣加水适量再煎 1 次过滤为第 2 液，再将两液混合，任兔自饮，病兔灌服，药渣混入饲料内，每日 1 剂，连用 3 天。本方具有清热解毒、活血散瘀作用。兔群恢复健康后注射疫苗（刘建明，医学动物防制，2009，6）。

处方 8：蟾毒注射液（江西制药公司以蟾酥蟾壳为原料制作的产品），肌内注射，0.1 毫升/千克体重，每天 1 次，连用 2～3 天可愈。

七、兔沙门菌病

【简介】　兔沙门菌病是由鼠伤寒沙门菌和肠炎沙门菌引起兔的一种消化道传染病，又名兔副伤寒。主要表现为腹泻、流产和急性死亡，也可呈败血症，对妊娠母兔危害大。本病长年发生，一般以春、秋季发病较多。发病兔无品种、年龄、性别差异，发病死亡率高达90％以上，尤其以幼兔和妊娠母兔发病率和死亡率最高。

少数兔发病呈最急性型，不出现症状而突然死亡。临床上常见的是急性型和慢性型。病兔精神沉郁，食欲废绝，体温升高，呼吸困难，腹泻，排出有泡沫的黏液性粪便。母兔从阴道内排出脓性或黏性液体，阴道黏膜潮红水肿。孕兔发生流产后多数死亡，少数康复兔则不易再受孕。突然死亡的病兔呈败血症病变，多数病兔内脏器官充血和有出血斑，胸、腹腔有大量积液和纤维素性渗出物。病程较长的，可见气管黏膜充血和出血、有红色泡沫，肺水肿、实变，肝脏表面有针尖大小的坏死灶。脾充血肿大，肾肿大。肠黏膜充血、出血，有弥漫性灰白色粟粒大的结节，肠系膜淋巴结充血水肿，怀孕母兔或流产母兔出现化脓性子宫炎及溃疡症状。

【预防】

(1) 加强饲养管理　兔场应与其他畜场分隔开；兔场要做好灭蝇、灭鼠工作，经常用2％火碱或3％来苏尔消毒。搞好饲养管理和环境卫生，消除各种应激因素，可减少本病的发生；兔场要进行定期检疫，淘汰感染兔。引进的种兔要进行隔离观察，淘汰感染兔、带菌兔，建立健康的兔群。

(2) 疫苗免疫　对怀孕初期的母兔可注射沙门杆菌灭活苗，每次颈部皮下注射或肌内注射1毫升，每年注射2次。

【治疗】　发病兔、病死兔应及时治疗、淘汰或销毁。

处方1：链霉素，10万单位/次，肌内注射，每天2次，连用3天。或土霉素，20～50毫克/千克体重，内服，每天2次，连用3～5天。

处方2：黄连素，成年兔2毫升，幼兔1毫升，肌内注射，每天3次，病愈后再用药1～2天。成年兔同时口服磺胺脒0.5克，酵母片0.5克，每天3次，连续3～5天。

处方3：磺胺嘧啶，肌内注射，一次量，50～100毫克/千克体重，每天1～2次。或复方磺胺嘧啶钠，肌内注射，一次量，20～30毫克/千克体重，每天2次；或复方磺胺甲噁唑，内服，20～25毫克/千克体重（以磺胺甲噁唑计），每天2次；或磺胺二甲嘧啶，口服，兔100～200毫克/千克体重，每天1次；或酞磺胺噻唑或琥珀磺胺噻唑，0.2克/千克体重，内服，每天2次，连用3～5天。

处方4：环丙沙星，肌内注射，一次量，2.5毫克/千克体重，每天1～2次，连用2～3天。

处方5：恩诺沙星，内服，一次量，2.5～5毫克/千克体重，每天2次，连用3～5天；肌内注射，一次量，2.5～5毫克/千克体重，每天1～2次，连用2～3天。

处方6：5%诺氟沙星，0.5毫升/千克体重，肌内注射，每日2次，连续数日。

处方7：庆大霉素，肌内注射，2万国际单位/千克体重，每天2次，连用3～4天。

处方8：痢特灵，兔5～10毫克/千克体重，口服，每天2次，连用3天。

注：以上处方辅以5%葡萄糖盐水静脉注射、皮下注射或腹腔注射10～50毫升；酵母片、维生素C各1片，口服，1日2次，5天1个疗程。

处方9：大青叶、白头翁、白背叶各10克，板蓝根、一点红各12克，紫茉莉、五加皮、鸡冠花各15克，紫背金牛、独脚金各10克。水煎灌服，每次15毫升，每天2次。

处方10：车前草、鲜竹叶、马齿苋、鱼腥草各15克，煎水，拌料喂给。或食用鲜草。

处方11：黄连5克，黄芩10克，马齿苋15克，水煎服。或取1份大蒜，捣碎后，加5份水，调成汁，每只兔服5毫升，每天2～3次，连用5天。

处方12：板蓝根、火炭母、番桃叶各15克。水煎灌服，每次15毫升，每天2次（2007，东北饲料信息）。

处方13：马齿苋5克，白头翁7克，苦参6克。煎服，每日2次，连用4～5日。

八、葡萄球菌病

【简介】　葡萄球菌病是一种常见的兔病。由金黄色葡萄球菌引起，其特征为在各种器官中形成化脓性炎症病灶。根据不同发病部位，可有乳腺炎、局部脓肿和鼻炎等临床表现。当发生菌血症时，可引起败血症，并可能转移至内脏，引起脓毒血症，在幼兔称为脓毒败血症，在成年兔称为转移性脓毒血症。这些疾病的发展取决于病变过程的局限化和家兔的年龄。

【预防】　兔笼、运动场要保持清洁卫生，清除一切锋利的物品。笼内不能太拥挤，将性情暴躁好斗的兔子分开饲养。产箱要用柔软、光滑、干燥而清洁的绒毛或兔毛铺垫。产仔前后，可根据情况适当减少优质精料和多汁饲料，以防产仔后几天内乳汁过多过浓，断乳前减少母兔的多汁饲料，也可以减少乳腺炎的发生。不要让仔兔吃患有乳腺炎母兔的乳汁。可用葡萄球菌病灭活菌苗进行预防注射，每年2次。

【治疗】　本病对多种抗生素敏感，治疗越早越好。

处方1：如发现母兔患有乳腺炎，应立即隔离治疗，停止仔兔吮乳，将仔兔寄养给其他健康兔或人工喂养。仔兔患病初期可肌内注射青霉素，每兔5000～10000单位，每日2次，连续数日。中后期患兔无治疗效果。母兔肌内注射青霉素，每兔10万单位，每日2次，连续3日（治疗仔兔黄尿病）。

处方2：马齿苋50克。水煎灌服，母兔每次6毫升，每天2次。仔兔每次1毫升，每天2次。用注射器抽取药液，拔去针头，喷射到仔兔嘴里，使其慢慢吞下（治疗兔脓毒败血症）。

处方3：磺胺嘧啶或磺胺甲基嘧啶，100～200毫克/千克体重，配合等量的小苏打片口服，每天2次，连用5～7天。

处方4：复方磺胺嘧啶钠，肌内注射，一次量，每千克体重50～100毫克，每天1～2次，连用3～5天。

处方5：阿莫西林，内服，10～15毫克/千克体重，每天2～3次；肌内注射，一次量，4～7毫克/千克体重，每天2～3次。

处方6：氨苄西林，内服，20～40毫克/千克体重，每天2～3次；肌内注射，一次量，10～20毫克/千克体重，每天2～3次。

处方7：恩诺沙星，内服，一次量，2.5～5毫克/千克体重，每天2次，连用3～5天；肌内注射，一次量，2.5～5毫克/千克体重，每天1～2次，连用2～3天。

处方8：卡那霉素，肌内注射，一次量，10～15毫克/千克体重，每天2～3次，连用2～3天。

处方9：对于局部脓肿、脚皮炎和外生殖器官炎，先以手术排脓和清除坏死组织，再用0.1%新洁尔灭、0.1%聚维铜碘溶液或0.1%高锰酸钾溶液冲洗，然后涂以红霉素软膏或金霉素软膏。

九、野兔热（土拉伦斯杆菌病）

【简介】 野兔热是一种广泛分布于啮齿动物中的传染病，也能传染给兔、其他家畜和人。其特征为体温升高，肝、脾、淋巴结肿大、充血和多发性灶性坏死或粟粒状坏死，淋巴结肿大并有针头大干酪样坏死病灶。

急性型不表现临床症状，仅有个别病例于死前表现为精神委靡，食欲不振，运动失调，2～3天内呈急性败血症而死亡；慢性型发生鼻炎，鼻腔流出脓性分泌物，体温升高1～1.5℃。病兔呈高度消瘦。淋巴结，尤其是体表淋巴结（颌下、颈下和腋下）肿胀发硬。最后衰竭而死亡。急性死亡的病兔呈败血症的病理变化，并伴有下述特征性病变：病程较长的病兔，淋巴结显著肿大，呈深红色，可能有针尖大的灰白色干酪样坏死点；脾脏肿大，呈深红色，色泽发暗，表面和切面有灰白色或乳白色的粟粒至豌豆大坏死点；肝脏肿大，并有多发性灶性坏死或粟粒状坏死病灶；肾肿大，并有灰白色粟粒大坏死点；肺充血，并含有块状的实变区。骨髓也可能有坏死病灶。

【预防】

(1) 坚持自繁自养，严禁引进兔源，需引进兔时应进行隔离饲养观察和血清凝集试验检查，阴性者能进入兔场。尤其是严禁从疫区输入家兔。

(2) 消灭鼠类及吸血节肢动物，以及内寄生虫，防止野兔进入饲养场。

(3) 若是发现可疑兔时，应立即扑杀处理，彻底消毒一切用具。并应用凝集反应普查兔群，消灭带菌兔。可疑病兔的皮张喷消毒液消毒，干燥30天后才可供生产用。剖检时事先将家兔浸入消毒药水15～20分钟，以杀灭体表的寄生虫。并注意个人消毒。病兔应立即扑杀、销毁，肉、皮、毛不可利用，可疑病兔肉要充分煮熟，以防止传染给人。

【治疗】　发现病兔要及时隔离治疗，没有治疗效果的进行扑杀处理。尸体及分泌物和排泄物深埋或焚烧，并进行彻底消毒。

处方1：卡那霉素，每兔0.2～0.4克/次，肌内注射，每日2次。

处方2：庆大霉素，每兔1万～2万国际单位/次，肌内注射，每日2次。

处方3：甲砜霉素，20～40毫克/千克体重，肌内注射，每日2次，连用3～4天。

处方4：卡那霉素，10～20毫克/千克体重，肌内注射，每日2次，连用4天。

处方5：雄黄2克，黄柏4克，青黛2克。共研细末，麻油调涂患处。

处方6：紫花地丁、夏枯草各10克，连翘、金银花各5克。水煎灌服，每次15毫升，每天3次。

处方7：海菜5克，夏枯草7克。水煎灌服，每次5毫升，每天3次。

十、坏死杆菌病

【简介】　本病是由坏死杆菌引起的以皮肤和皮下组织（尤其是面部、颈部和舌、口腔黏膜）坏死、溃疡及脓肿为特征的散发性传染病。坏死杆菌广泛分布于自然界，并能存活较长时间。被病畜和病兔的分泌物、排泄物污染的外界环境成为主要传染源。主要通过口腔黏膜，以及损伤的皮肤和消化道进行传染。在肠黏膜发生轻微损伤的条件下，细菌从肠黏膜进入血流，至其他部位的器官造成损害。幼兔比成年兔易感性高。

病兔停止摄食，流涎。一种病型是在唇部、口腔黏膜和齿龈等处发生坚硬的肿块，后坏死。肿块也常发生于颈部以至胸部，经 2～3 周后死亡。另一种病型是在腿部和四肢关节或颌下、颈部、面部以至胸前等处的皮下组织发生坏死性炎症，形成脓肿、溃疡，并可侵入内部的肌肉和其他组织。病灶破溃后发出恶臭。发病过程长达数周到数月。病兔体温升高，体重减轻，最后衰弱或死亡。剖检口腔黏膜、齿龈、舌面、颈部和胸前皮下肌肉坏死。淋巴结、尤其是颌下淋巴结肿大，并有干酪样坏死病灶。许多病例在肝、脾、肺等处见有坏死灶和胸膜炎、心包炎。后腿有深层溃疡病变。有些病例多处见有皮下脓肿，内含黏稠的化脓性或干酪样物，在病变部可见到血栓性静脉炎栓塞的变化。坏死组织具有特殊臭味。在组织切片上可见到坏死杆菌，在病变与健康组织之间的境界线上，细菌呈特殊分布。

【预防】 加强饲养管理，保持兔舍光线充足、干燥、空气流通、卫生清洁，清除笼内尖锐物，防止损伤皮肤，如皮肤已损伤，应加以治疗，以防感染；引进兔要严格检疫；无病兔场应自繁自养；注意合群之后的管理，以减少咬斗。加强消毒兔笼、用具。

【治疗】

处方 1：彻底除去口腔坏死组织，以 0.1％高锰酸钾溶液冲洗，然后涂擦碘甘油或 10％甲砜霉素酒精溶液，每日 2 次。磺胺二甲嘧啶，0.15～0.2 克/千克体重，肌内注射，每日 2 次，连用 3 天。

处方 2：彻底除去坏死组织（除口腔），用 3％双氧水或 0.3％来苏尔液冲洗，然后涂 5％鱼石脂酒精或鱼石脂软膏。当患部出现溃疡时，在清理创面后，涂擦土霉素软膏或青霉素软膏。青霉素、链霉素各 4 万国际单位/千克体重，肌内注射，每日 2 次，连用 3 天。

处方 3：除去坏死组织（口腔以 0.1％高锰酸钾溶液冲洗），然后涂擦碘甘油或 10％氯霉素酒精溶液，每日 1 次。在皮肤炎症的肿胀期，可用 5％来苏尔或 3％双氧水冲洗，然后涂擦 5％鱼石脂酒精溶液或鱼石脂软膏；如局部有溃疡形成，清理创面后涂以抗生素软膏（如土霉素软膏、青霉素软膏）。使用土霉素，20～40 毫克/千克体重，肌内注射，每日 2 次，连用 3 天。

处方 4：香茶菜（铁菱角）全草 10 克，金荞麦 5 克，甘草 1 克。水煎灌服，每次 15 毫升，每天 2 次。

处方5：生绿豆50克。研末，每次10克，开水冲后，待温灌服，每天2次。

十一、链球菌病

【简介】　本病是由一种溶血性链球菌引起的急性败血症。许多动物和家兔呼吸道、口腔、咽喉及阴道中常有致病性链球菌存在，因此，带菌的家畜及病兔是主要传染源，一般经呼吸道传播。病原菌随着分泌物和排泄物污染饲料、用具、空气和水源等，经健康家兔上呼吸道黏膜或扁桃体而传染。当饲养管理不当、受寒或感冒、长途运输等使机体抵抗力降低时，也可诱发本病。一年四季都可发生，但以春、秋两季多见，主要侵害幼兔。

患兔精神沉郁，体温升高，食欲废绝，呼吸困难，间歇性腹泻，呈脓毒败血症而死亡。乙型溶血性链球菌也可引起中耳炎，临床表现为歪头、行动滚转等。有的不显任何症状而死亡。皮下组织呈出血性浆性浸润，脾脏肿胀，出血性肠炎，肠黏膜弥漫性出血，肝和肾脏呈脂肪性变性，心肌出血，心房内积蓄大量血凝块。

【预防】　平时加强饲养管理，防止受凉感冒。发现病兔立即隔离治疗，兔舍、兔笼及场地用3％来苏尔液或1/300菌毒敌进行全面消毒，用具用0.2％农乐消毒；未发病兔可用磺胺药物预防，每兔100～200毫克，每日分2次口服，连用5天；用当地分离的链球菌苗制成活菌苗，每只兔肌内注射1毫升，可预防本病的发生与流行。

【治疗】

处方1：病初用抗溶血性链球菌高兔血清治疗，肌内注射，2毫升/千克体重，每日1次，连用2天效果更佳。

处方2：青霉素，2万～4万单位/千克体重，肌内注射，每日2次，连续3～4天。

处方3：红霉素，15毫克/千克体重，肌内注射，每日2次，连续3天。如发生脓肿，应切开排脓，用2％洗必泰溶液冲洗，涂碘酊或碘仿磺胺粉，每日1次。

处方4：鲜马齿苋50克（干品用6克），大蒜2～3瓣。先将马齿苋洗净，煮熟后，用大蒜拌马齿苋，捣成糊，喂兔。

处方 5：大蒜、葱白以 2：1 的比例捣烂，加适量水，挤汁灌服，每次 15 毫升，每天 2 次。

处方 6：苦参 3 克，白芍 2 克，木香 1.5 克。水煎成 30 毫升灌服，每天 1 剂，分 2 次灌服。

十二、泰泽病

【简介】　兔泰泽病是由毛样芽孢杆菌引起的，以严重下痢、脱水和迅速死亡为特征的急性肠道传染病。本病死亡率高达 95%。多发于秋末至春初。仔兔和成年兔虽均可感染，但主要危害 1.5～3 月龄的幼兔。主要经过消化道感染。病兔是主要传染源，排出的粪便污染饲料、饮水和垫草，健康兔采食后即可发生感染。

临床表现发病急，以严重水泻为主。患兔精神沉郁、不食、虚脱并迅速脱水，发病后 12～24 小时死亡。少数病兔即使耐过也食欲不振，生长停滞。尸体脱水、消瘦；回肠及盲肠后段、结肠前段浆膜充血，浆膜下有出血点，盲肠壁水肿增厚，有出血及纤维素性渗出，盲肠和结肠内含有褐色粪水；肝脏肿大，有大量针帽大灰白色或灰红色的坏死灶；脾脏萎缩，肠系膜淋巴结肿大；部分兔心肌上有灰白色或淡黄色条纹状坏死。

【预防】　加强饲养管理，改善环境条件，定期进行消毒，消除各种应激因素；对已知有本病感染的兔群，在有应激因素作用的时间内使用抗生素，可预防本病发生。

【治疗】　隔离或淘汰病兔；兔舍全面消毒，兔排泄物发酵处理或烧毁，防止病原菌扩散

处方 1：用 0.5% 土霉素饮水，疗效良好。

处方 2：青霉素，兔 10 万单位/千克体重，肌内注射，每天 2次，连用 3～5 天。

处方 3：链霉素，兔 20 毫克/千克体重，肌内注射，每天 2次，连用 3～5 天。青霉素与链霉素联合使用，效果更明显。

处方 4：红霉素，兔 10 毫克/千克体重，分 2 次内服，连用3～5 天。

处方 5：金霉素或四环素，治疗用量为兔每天 2 克/千克体重，内服。对病情严重者，可将上述药物煎汁，用纱布过滤，加少量白

糖灌服。

处方6：大蒜10克，马齿苋20克，糖适量。大蒜捣烂，马齿苋水煎成药液，冲入蒜泥，过滤得汁，加糖少许，每次10毫升，每天2次。

处方7：紫皮独头蒜，捣烂，挤汁灌服10毫升，每天2次。

十三、李氏杆菌病

【简介】　李氏杆菌病又名单核白细胞增多症，能侵害多种动物和人。兔感染后以急性败血症死亡为特征，慢性病例以脑膜炎症为特征。李氏杆菌在各种条件下能长期存活，许多动物和人都可以隐性感染，其中鼠类常为李氏杆菌在自然界的贮藏库。这些带菌动物的粪便和分泌物污染饲料、用具和水源之后，就可传染给家兔。某些因素如冬季缺乏青饲料、体内寄生虫病以及沙门杆菌病等降低了机体抵抗力之后，也易发生本病。在自然条件下由消化道、鼻腔、眼结膜、伤口，以及吸血昆虫而传染。幼兔比成兔更易感。

急性型常见于幼兔，一般表现为精神委顿，不吃，消瘦，鼻黏膜发炎，流出浆液性至黏液性分泌物，体温升高至40℃以上，经几小时或1～2天内死亡；亚急性型，病兔精神委顿，不吃，呼吸加快，出现中枢神经机能障碍，如嚼肌痉挛、全身震颤、眼球凸出、转圈、头颈偏向一侧、运动失调等，如侵害子宫，则可发生流产或胎儿干化，一般经4～7天死亡；慢性型，病兔主要表现为流产、死产、子宫炎等，分娩前2～3天或稍长发生精神委顿，停食，很快消瘦，流产，并从阴道内流出红色或棕褐色的分泌物。有些病例还出现头颈歪斜和运动失调等神经症状。病兔流产后很快康复，但长期不孕，且可从子宫内分离出李氏杆菌。

急性、亚急性型病兔肝脏实质有散在或弥漫性针头大的淡黄色或灰白色坏死点，心肌、肾、脾也有相似的病灶，淋巴结尤其是肠系膜淋巴结和颈部淋巴结肿大或水肿；慢性型病兔脾和淋巴结尤其是肠系膜淋巴结和腹股沟淋巴结显著肿大，子宫内积有化脓性渗出物或暗红色的液体，如母兔死亡，子宫内有变形的胎儿，皮肤出血，或有灰白色凝乳块状物，子宫壁可能有坏死病灶和增厚。有神经症状的病例，脑膜和脑组织充血或水肿。病兔常可见到单核白细胞显著增加，可达白细胞总数的 30%～50%。

【预防】 严格执行兽医卫生防疫制度，搞好环境卫生。正确处理粪便，消灭鼠类；管好饲草、饲料、水源，防止污染，饮用漂白粉消毒过的水；防止野兔及其他畜禽进入兔场；引进种兔要隔离观察。发现病兔要立即隔离治疗，无治疗效果者坚决淘汰。兔笼、用具及场地进行全面消毒，死亡兔要深埋或烧毁；对有病史的兔场和长期不孕的家兔，可采用血液检查，因为单核白细胞的变动是李氏杆菌病隐性传染的结果；由于李氏杆菌对人具有感染性，在剖检病兔和可疑病兔时，必须注意防护，工作完毕后双手用药水消毒。

【治疗】

处方 1：青霉素，2 万～4 万国际单位/千克体重，肌内注射，每日 2 次，连用 3～4 天。或青霉素和链霉素各 1 万国际单位/千克体重，混合，肌内注射，每日 2 次。

处方 2：庆大霉素，1 万～2 万国际单位/千克体重，肌内注射，每日 2 次，连用 3～4 天。

处方 3：金霉素，40 毫克/千克体重，肌内注射，每日 2 次，连用 3～5 日。或土霉素，40 毫克/千克体重，肌内注射，每日 2 次，连用 3～5 日。或四环素，100～200 毫克/次，口服，每日 3 次，连用 3～5 日。

处方 4：磺胺嘧啶或磺胺甲基嘧啶，100～200 毫克/千克体重，配合等量的小苏打片口服，每天 2 次，连用 5～7 天。

处方 5：金银花藤、栀子根、野菊花、茵陈、钩藤根、车前草各 3 克。水煎内服，每天 2 次，每次 30 毫升，连用 2～3 天（适用于脑脊髓炎）。

处方 6：野菊花、鱼腥草各 15 克，土茯苓、败酱草各 12 克，白背叶 10 克，蒲公英、独脚金各 13 克。水煎灌服，每次 15 毫升，每天 2 次（适用于子宫炎）。

十四、兔痢疾

【简介】 本病是痢疾杆菌引起的一种传染病，多发生在夏秋季节。家兔吃了霉变食物或饮了不洁净的水，或气候突变，兔舍潮湿，均易感染此病。病兔粪便稀烂，有时带血，附有鼻涕样黏液，耳冰冷，被毛松乱，食欲减退或废绝，下痢脱水严重，逐日消瘦而死亡。苍蝇是传播此病的媒介之一。

因感染痢疾杆菌的种类不同，兔抵抗力强弱不同，症状也不相同，其共同特点是粪便中黏附半透明胶状物。

【预防】　加强饲养管理，定期消毒兔舍，饲喂洁净饲草，供给清洁饮水。阴雨天可用大蒜捣汁加入饲料中进行预防。

【治疗】　在各类痢疾的治疗过程中，要给兔提供足量的淡盐水，以免兔因失水过多而引起脱水，并缓解因痢疾杆菌产生的中毒症状。治疗中以喂流质饲料为宜。

处方1：止痢片0.5～1片，加等量小苏打，每日2次灌服。

处方2：磺胺脒1片加氯霉素1片，每日2次，连服3日（严重者效果好）。

处方3：碘酒，食用麦面。用碘酒和食用麦面拌和，每只成兔5克，幼兔、中兔酌量，每天2次（适用于轻型痢疾）。

处方4：大蒜，去皮捣烂，浓汁灌服，每次10毫升，日服2次（适用于轻型痢疾）。

处方5：蒜头3～4个，捣浆，取汁，加蜜糖、炭粉适量，灌服，每天1次，连服3日（适用于急性型痢疾）。

处方6：白头翁7.5克，川黄连15克。煎浓汁，分2次灌服（适用于急性型痢疾）。

处方7：干姜、艾叶各1克，莱菔子1.2克。水煎灌服，每次5毫升，每天2次（适用于急性型痢疾）。

处方8：火炭母、一箭球、人苋各15克。水煎灌服，每次15毫升，每天2次（适用暴发型痢疾）。

处方9：蜂蜜30克，花椒15克，大黄6克，甘草6克。加水200毫升煎成100毫升，每只每次灌1～2毫升。

第三节　其他传染病

一、密螺旋体病（兔梅毒）

【简介】　兔密螺旋体病，又称兔梅毒病、性螺旋病、螺旋体病，是兔的一种慢性传染病。以外生殖器、颜面、肛门等皮肤及黏膜发生炎症、结节和溃疡，患部淋巴结发炎为特征。

本病潜伏期为 2～10 周。患病公兔可见龟头、包皮和阴囊肿大。患病母兔先是阴道边缘或肛门周围的皮肤和黏膜潮红、肿胀、发热，形成粟粒大的结节，随后从阴道流出黏液性、脓性分泌物，结成棕色的痂，轻轻剥下痂皮，可露出溃疡面，创面湿润，稍凹陷，边缘不齐，易出血，周围组织出现水肿。病灶内有大量病菌，可因兔的搔抓而由患部带至鼻、眼睑、唇和爪及其他部位，造成脱毛。慢性感染部位多呈干燥鳞片状，稍有突起，腹股沟淋巴结或腘淋巴结可肿大。患病公兔不影响性欲，患病母兔的受胎率大大降低。病兔精神、食欲、体温、大小便等无明显变化。病变仅限于患部的皮肤和黏膜，多不引起内脏器官病变。病变表皮有棘皮症和过度角化现象。溃疡区表皮与真皮连接处有大量多形核白细胞。腹股沟淋巴结和腘淋巴结增生，生发中心增大，有许多未成熟的淋巴网状细胞。

【预防】　兔场要严防引进病兔。新引进的兔必须隔离观察 1 个月，确定无病时方可入群；配种时要详细进行临床检查或做血清学试验，健康者方可配种。对病兔和可疑病兔停止配种，隔离饲养，进行治疗，病重者应淘汰。彻底清除污物，用 1%～2% 烧碱水或 2%～3% 来苏尔液消毒兔笼、用具及环境等。严防发生外伤、咬伤等，一经发生外伤，应及时进行外科处理，以免通过外伤发生感染。

【治疗】

处方 1：初期，青霉素，肌内注射，成年兔 20 万单位/只，每天 2 次，连用 5 天。

处方 2：新胂凡纳明（九一四），兔 40～60 毫克/千克体重，配成 5% 溶液静脉注射，必要时隔 7 天再注射 1 次。青霉素 10 万单位/千克体重，肌内注射，每天 3 次，连用 5 天。或链霉素 15～20 毫克/千克体重，肌内注射，每天 2 次，连用 3～5 天。

处方 3：局部可用 0.1% 高锰酸钾溶液等消毒药清洗，然后涂碘甘油或青霉素软膏。

处方 4：金银花、连翘、黄芩各 5～10 克。水煎灌服，每次 10

毫升，每天 3 次。

处方 5：花生油 100 毫升，青霉素 G 钠（钾）粉 100 万国际单位。取食用花生油盛于洁净的瓶中，加入青霉素 G 钠（钾）粉，搅拌均匀，使用时用棉签蘸药涂患处，每天 1 次，一般 3～5 天后肿胀变小，表面结痂，7～10 天自愈，痂皮脱落，肿胀消失。

二、兔体表真菌病

【简介】　兔体表真菌病又称皮肤霉菌病、毛癣病，是由致病性真菌（毛癣菌和大小孢霉菌）感染皮肤表面及其附属结构毛囊和毛干所引起的一种真菌性传染病。该病的特征是感染皮肤出现不规则的块状或圆形脱毛、断毛及皮肤炎症。

各种年龄与品种的兔均能感染，幼龄兔比成年兔易感。经健康兔与病兔直接接触，相互抓、舔、吮乳、摩擦、交配与蚊虫叮咬等而感染，也可通过各种用具及人员间接传播。本病一年四季均可发生，多为散发。家兔营养不良，污秽不洁的环境条件，如兔舍与兔笼、用具卫生条件差，多雨、潮湿、高温，采光与通风不良，吸血昆虫多等，有利于本病的发生。

本病开始多见于头颈部、口周围及耳部、背部、爪等部位，继之在四肢和腹下呈现圆形或不规则形的被毛脱落及皮肤损害。患部以环形、突起、带灰色或黄色痂皮为特征。3 周左右痂皮脱落，呈现小溃疡，造成毛根和毛囊的破坏。如并发其他细菌感染，常引起毛囊脓肿。另外，在皮肤上也可出现环状、珍珠状的秃毛斑，以及皮肤炎症等症状。其变化特征为表皮过度角质化，真皮有多形白细胞弥漫性浸润。在真皮和毛囊附近，可出现淋巴细胞性浆细胞。

【预防】

（1）坚持消灭鼠类及吸血昆虫，兔舍、兔笼、用具与兔体保持清洁卫生，注意通风、换气与采光。

（2）加强对兔群的饲养管理，不喂发霉的干草和饲料，增加青饲料，并在日粮中添加富含维生素 A 的胡萝卜。经常检查兔体被毛及皮肤状态，发现病兔立即隔离治疗或淘汰。

（3）定期对兔群用配制的咪康唑溶液进行药浴，消灭体外寄生虫。

（4）病兔停止哺乳及配种，严防健康兔与病兔接触。病兔使用过的笼具及用具等用福尔马林熏蒸消毒，污物及粪便、尿用10％～20％石灰乳消毒后深埋，死亡兔一律烧毁，不准食用。本病可传染给人，工作人员及饲养员接触病兔与污染物时，要注意自身的防护。

【治疗】 首先患部剪毛，用软肥皂、温碱水或硫化物溶液洗擦，软化后除去痂皮。

处方1：10％木馏油软膏、碘化硫油剂等，每日外涂2次。灰黄霉素制成水悬剂内服，每日2次，连用14天。

处方2：已发病仔兔，在10～20日龄期间，一次性注射皮癣宁0.5～1.0毫升，严重不愈者重复用药一次。0.08％灰黄霉素拌料饲喂，连喂15天，有良好疗效。

处方3：石炭酸15克，碘酊25毫升，水合氯醛10克。混合外用，每日1次，共用3次，用后即用水洗掉，涂以氧化锌软膏。

处方4：硫酸锌粉25克，凡士林75克，混合制成软膏外用，隔5天1次即可见效。

处方5：水杨酸6克，苯甲酸12克，石炭酸2克，敌百虫5克，凡士林100克，混合外用。体质瘦弱兔可用10％葡萄糖溶液10～15毫升，加维生素C 2毫升，静脉注射，每日1次。

处方6：苦参、甘草各10克，茯苓、白术各15克，糖适量。共研成粉末，加糖适量内服，每只每次服5克，每天2次，连用7天。

处方7：硫黄、猪油或豆油。硫黄拌猪油或豆油搽在患病皮肤上，疗效很好。

处方8：硫黄2份，冰片1份，凡士林7份。硫黄和冰片共研成细末，加凡士林混合拌成膏状，每日涂擦患处1次。

处方9：生姜50克，白酒100毫升。生姜切碎捣烂，放入白酒中浸泡2天，然后外涂患处，每天2次，3天为1个疗程。

◀ 第十三章 寄生虫病的用药与处方 ▶

第一节 原 虫 病

一、兔球虫病

【简介】 兔球虫病是家兔最常见的一种寄生虫病，对养兔业的危害极大。各品种的兔对球虫都有易感性，断奶后至12周龄幼兔最易感染。特别是兔舍卫生条件恶劣造成的饲料与饮水遭受兔粪污染，最易促使本病的发生和传播。

病兔的主要症状为精神不振，食欲减退，伏卧不动，眼、鼻分泌物增多，眼黏膜苍白，腹泻，尿频。按球虫寄生部位本病可分为肠球虫病、肝球虫病及混合型球虫病，以混合型居多。肠球虫病以顽固性下痢，病兔肛门周围被粪便污染，死亡快为典型症状，可见十二指肠、空肠、回肠、盲肠黏膜发炎、充血，有时有出血斑。肝球虫病则以腹围增大下垂，肝肿大，触诊有痛感，可视黏膜轻度黄染为特征，病兔肝肿大，表面有白色或淡黄色结节病灶，呈圆形，大如豌豆，沿胆管分布。发病后期，幼兔往往出现神经症状，表现为四肢痉挛、麻痹，最终因极度衰弱而亡。病兔死亡率为40%～70%，有时高达80%以上。

【预防】 兔舍应保持清洁、干燥。保证饲料、用具的清洁卫生，不被兔粪污染。加强消毒，兔笼、饲槽至少每周用热碱水消毒1次，也可将其在日光下暴晒；选作种用的公、母兔，必须经过多次粪便检查，健康者方可留作种用。购进的新兔也须隔离观察15～20天，确定无球虫病时方可入群；成年兔和幼兔要分开饲养，幼兔断奶后要立即分群；在青饲料上喷洒一些酒精，有较好的预防作用；在球虫流行季节，对断奶的仔兔，在饲料中拌入地克珠利、莫能霉素和盐霉素，用以预防球虫病。

【治疗】　及时将发病兔隔离治疗，病兔的尸体和内脏要烧掉或深埋。注重对环境设备和用具的消毒。由于大多数药物对球虫的早期发育阶段——裂殖生殖有效，所以必须及时用药。当兔群中有个别兔发病时，应立即使用药物对整群兔进行防治。此外，要注意药物的交替使用，以免球虫对药物产生抗药性。

处方1：氯羟吡啶，400～500毫克/千克饲料，连续饲喂7天。预防量减半，连续使用1～2个月。

处方2：杀球灵（或刻利禽、地克珠利），每千克饲料或饮水中加入1毫克，连续用药。可以混入饲料中制作颗粒料，对药效无任何影响；或盐霉素，按50毫克/千克饲料混饲，连用1～2个月。

处方3：氯苯胍，按0.03%浓度拌料喂，连用7天，以后改用0.015%浓度拌料长期饲喂（预防时可按0.015%浓度拌料，连喂45天）。

处方4：磺胺二甲氧嘧啶与二甲氧苄胺嘧啶按5∶1混合后，按0.012%～0.013%浓度拌料饲喂，连喂5～7天，隔7天后再按上述浓度拌料饲喂5～7天。磺胺类药物长期使用易产生出血性综合征、肾损害及生长抑制等毒性反应。

处方5：球痢灵（硝苯酰胺）与3倍量的磷酸钙共研细末，配成25%预混物，再按0.025%浓度拌料饲喂，连喂3～5天（用于预防时，按0.0125%浓度拌料饲喂）。

处方6：复方敌菌净，每天按兔每千克体重30毫克（首次饲喂时药量加倍）拌料，连喂3～5天；或呋喃唑酮（痢特灵），1月龄内的兔3毫克/千克体重，1月龄以上兔4毫克/千克体重，连用7天。

处方7：磺胺二甲基嘧啶（SM2）按0.5%～1%混于饲料或按0.2%混于饮水中投服，连用4～5日；或周效磺胺，75毫克/千克体重，连用7天。或盐霉素，50毫克/千克饲料，混饲。或莫能霉素，40～50毫克/千克饲料混饲。

处方8：黄连、黄柏各6克，黄芩15克，大黄5克，甘草8克（四黄散）。共研细末，每日每只4克，每天分早晚2次喂服，连用3～5天，疗效显著。

处方9：黄连、黄柏、黄芩、鸦胆子、甘草各等份（三黄胆草散）。共研细末，每兔每日3克，添加料中喂给，连用7～10天。

处方10：白僵蚕50克，桃仁25克，生白术15克，白茯苓15

克，猪苓 15 克，生大黄 25 克，地鳖虫 25 克，川桂枝 15 克，泽泻 15 克（球虫九味散）。共研细末，每次服 5 克，每日 2 次，连用 3～5 天，疗效很好。

处方 11：白头翁 500 克，茵陈 500 克，苦参 500 克，甘草 500 克，大青叶 500 克。共为细末，预防时 3 克/千克体重，治疗时 6 克/千克体重，开水泡闷 30 分钟，候温拌料内服，均连用 3 天（山东验方，适用于兔球虫病）。

处方 12：常山、柴胡、白术、茯苓各 15 克，陈皮 10 克，贯众 5 克，松针 20 克，黄芪 30 克，五味子 15 克，甘草 10 克（常山克虫散）。共为细末，混合均匀，每只每天 2～4 克，分早、晚两次喂服，或按 2‰～3‰ 比例拌料喂给，连喂 5～7 天。本方还具促进生长、提高增重率的作用。

二、兔的弓形体病

【简介】　兔弓形虫病是一种人兽共患病。弓形虫病在人畜及野生动物中广泛传播，各种兔均可感染。一年四季均可发生，一般散发或呈地方性流行。兔饲料被含有大量弓形虫卵囊的猫粪污染，是兔场弓形虫病暴发流行的主要原因。

兔弓形虫病临床分急性型、慢性型和隐性型。急性型，主要发生于仔兔，病兔以突然不吃食、体温升高和呼吸加快为特征。有浆液性或浆液脓性眼、鼻分泌物。病兔嗜睡，并于几日内出现全身性惊厥的中枢神经症状。有些病例可发生麻痹，尤其是后肢麻痹。通常在发病 2～8 天后死亡。慢性型，常见于老龄兔，病程较长，病兔厌食而消瘦，常有后躯麻痹症状。病兔可突然死亡，但多数病兔可以康复。隐性型，感染兔不呈现临床症状，但血清学检查呈阳性。

急性型病变以肺、淋巴结、脾、肝、心脏坏死为特征，有广泛性的灰白色坏死灶及大小不一的出血点，肠道黏膜出血及溃疡，胸、腹腔液增多。慢性型主要表现为内脏器官水肿，有散在的坏死灶。隐性型主要表现中枢神经系统受包囊侵害的病变，可见肉芽肿性脑炎，伴有非化脓性脑膜炎。

【预防】　兔场内禁止养猫，并大力灭鼠。管好饲草、饲料，防止被猫粪污染。病死兔尸体要深埋或烧毁。平常应对兔舍、兔笼等加强消毒。

【治疗】   治疗本病要尽早诊断，及时治疗，否则，虽然临床症状可以消失，但不能抑制虫体进入组织包囊，使病兔成为长期带虫者。

处方1：磺胺嘧啶，肌内注射，一次量，50～100毫克/千克体重，每天1～2次。或内服，0.1克/千克体重，每天2次。

处方2：复方磺胺嘧啶钠，肌内注射，一次量，20～30毫克/千克体重（以磺胺嘧啶钠计），每天2次。

处方3：复方磺胺甲噁唑，内服，20～25毫克/千克体重（以磺胺甲噁唑计），每天2次。或磺胺二甲嘧啶，口服，兔100～200毫克/千克体重，每天1次，连用3～5天。

处方4：复方磺胺对甲氧嘧啶钠注射液，肌内注射，一次量，15～20毫克/千克体重（以磺胺对甲氧嘧啶钠计），每天1～2次。

处方5：磺胺间甲氧嘧啶钠注射液，肌内注射，一次量，50毫克/千克体重（以磺胺间甲氧嘧啶钠计），每天1～2次。

处方6：磺胺嘧啶（SD）70毫克/千克体重、三甲氧苄胺嘧啶14毫克/千克体重，每日2次，口服，首次剂量加倍，连用3～5天。或磺胺甲氧吡嗪30毫克/千克体重、三甲氧苄胺嘧啶10毫克/千克体重，每日1次，口服，连用3天。

第二节   蠕虫病

一、豆状囊尾蚴病

【简介】   豆状囊尾蚴是豆状带绦虫的中绦期，它寄生于兔的肝脏、肠系膜及腹腔内，也可寄生于啮齿动物。兔轻度感染豆状囊尾蚴病后一般没有明显的症状，仅表现为生长发育缓慢。感染严重时（囊尾蚴数目达100～200个），可导致肝脏发炎、肝功能严重受损。慢性病例表现为消化紊乱、不喜活动等；病情进一步恶化时，表现为腹围增大，精神不振，嗜睡，食欲减退，逐渐消瘦，最终因体力衰竭而死亡。豆状囊尾蚴侵入大脑时，可破坏中枢和脑血管，急性发作时可引起病兔突然死亡。

剖检时常在肠系膜、网膜、肝脏表面及肌肉中见到数量不等、大小不一的灰白色透明的囊泡。囊泡常呈葡萄串状。肝脏肿大，肝实质有幼虫移行的痕迹。急性肝炎病兔，肝表面和切面有黑红色或黄白色条纹状病灶。病程较长的病例可转为肝硬变。病兔尸体多消瘦，皮下水肿，有大量的黄色腹水。

【预防】　兔场内禁止养狗、猫，以防止其粪便污染兔的饲料和饮水。同时也应阻止外来狗、猫等动物与兔舍接触；对兔尸肉和内脏进行检疫，严禁用含有豆状囊尾蚴的动物脏器和肉喂狗、猫。同时对狗、猫定期驱虫，驱虫药可用吡喹酮，用量按动物 5 毫克/千克体重口服，驱虫后对其粪便严格消毒。

【治疗】

处方 1：吡喹酮，25 毫克/千克体重，皮下注射，每天 1 次，连用 5 天。或 100 毫克/千克体重，口服，连用 2 天。

处方 2：甲苯唑或丙硫苯咪唑，35 毫克/千克体重，口服，每天 1 次，连用 3 天。

处方 3：南瓜子炒熟，取 10～20 粒，研末，蜂蜜调服，每天 2 次。或用新鲜南瓜子 1 小碟，早晚喂兔，就可驱除绦虫。或将南瓜子炒熟，取 30 粒去壳，研面，以蜂蜜调服，每天 2 次。

处方 4：南瓜子 50 克，槟榔 80～100 克。早晨空腹服生南瓜子 50 克（或炒熟去皮碾成末），2 小时后喂服槟榔 80～100 克煎剂，再经半小时喂服硫酸镁溶液。

处方 5：党参、黑丑、木香、白术、大黄各 2.5 克，槟榔片 3.5 克。共研面，每次 1.5 克，糖水灌服，每天 2 次。

二、兔蛲虫病

【简介】　兔蛲虫病是由蛔虫目栓尾属的兔栓尾线虫寄生于兔的盲肠和结肠而引起的一种消化道线虫病。该病的发生影响兔的生长发育，严重时可导致兔的大批死亡。该病虽为兔的常见病、多发病，却往往被忽视，致使本病长期存在。

少量感染时一般不表现临床症状。严重感染时，患兔眼睛流泪，有较重的结膜炎，食欲降低，精神沉郁，被毛粗乱，进行性消瘦，并相继出现轻微下痢，用嘴啃肛门处，可在患兔的肛门外看到爬出的成虫，也可在排出的粪便中发现虫体。患兔肠黏膜受损，有时发生溃疡及大肠炎，这是由于幼虫在盲肠黏膜隐窝内发育，并以黏膜为食引起的。

【预防】　加强管理，提高兔体的抵抗力。注意搞好兔舍卫生，定期对环境进行消毒，及时清理粪便并堆积发酵处理，被病兔粪便污染的笼舍、饲槽、饮水槽要及时清洗消毒；定期给兔驱虫，每半年驱虫一次，驱虫药物可用阿维菌素粉或抗蠕敏片等。

【治疗】

处方1：左旋咪唑，5～6毫克/千克体重，口服，每天1次，连用2天；

处方2：硫化二苯胺，以2%的比例拌料饲喂。

处方3：2‰阿维菌素粉，0.25克/千克体重，拌料饲喂，10天后重复用药一次。

处方4：抗蠕敏（丙硫苯咪唑），15毫克/千克体重，研碎拌料饲喂，10天后重复用药一次。

注：结合患兔有轻微腹泻症状，用复方敌菌净1片/千克体重，每只兔每次用酵母片2片，研碎拌料饲喂，每天2次，连用数天，直到病兔腹泻症状消失。

处方5：大蒜，切碎，拌入饲料，大蒜占饲料的10%，连喂3天；或将大蒜捣烂，加菜油少许拌匀，涂兔肛门周围，连续7天。

处方6：生向日葵籽，喂兔，每次30克，每日2～3次，连喂3天。

处方7：南瓜子，研末，开水调，待温灌服，每次12毫升，每天2次，连服3～4天。

处方8：雄黄、雷丸、木香、使君子、槟榔片各10克，冰片1克。共研细面，涂在家兔肛门周围。

三、兔蛔虫病

【简介】　在饮水和饲料中混进蛔虫卵，通过消化道进入兔体内而引发此病。病重时，病兔食欲减退，消瘦，肠道堵塞，被毛无光泽，贫血，下痢或便秘。

【预防】 加强管理，提高兔体的抵抗力。注意搞好兔舍卫生，定期对环境进行消毒，及时清理粪便并堆积发酵处理，被病兔粪便污染的笼舍、饲槽、饮水槽要及时清洗消毒；定期给兔驱虫，每半年驱虫一次。驱虫药物可用阿维菌素粉或抗螨敏片等。

【治疗】

处方1：左旋咪唑，5～6毫克/千克体重，口服，每天1次，连用2天。

处方2：2‰阿维菌素粉，0.25克/千克体重，拌料饲喂，10天后重复用药一次。

处方3：南瓜子15克，带壳，一次喂兔。或将南瓜子炒熟，一次喂给。

处方4：胡萝卜籽，微炒香，研面，和花椒末等份，每天早晨灌服1克。

处方5：雄黄、木香、使君子、槟榔片、雷丸各10克，冰片15克。共研面，每次水调灌服5克，每天1次。或雷丸研面，每次2克，每天2次。

第三节 体外寄生虫病

一、疥癣病

【简介】 疥癣病又叫兔螨病，是由寄生于兔体表的痒螨或疥螨引起的一种外寄生性皮肤病。其中以寄生于耳壳内的痒螨最为常见，危害也较为严重，其次为寄生于足部的疥螨。本病的传染性很强，以接触感染为主，轻者使兔消瘦，影响生产性能，严重者常造成死亡。本病多发生于秋、冬季及初春季节，具有高度传染性。病兔是该病的传染源。健兔与病兔直接接触可致染病，被病兔污染的环境、兔舍、工具等可传播病原，狗及其他动物也能成为传播媒介。笼舍潮湿、饲养密集、卫生不良等均可促使本病蔓延。瘦弱和幼龄兔易遭侵袭。

本病常发生于兔的头部、嘴唇四周、鼻端、面部和四肢末端毛较短的部位，严重时可感染全身。患部皮肤充血，稍微肿胀，局部脱毛。病兔瘙痒不安，常用嘴咬腿爪或用脚爪搔抓嘴及鼻孔。皮肤被搔伤或咬伤后发生炎症，逐渐形成痂皮。随病情的发展，病兔脚爪出现灰白色的痂皮，患部逐渐扩大，蔓延到鼻梁、眼圈、脚爪底面，同时伴有消瘦、结痂等症状。严重时病兔会衰竭死亡。

痒螨病一般在兔耳壳基部开始发病。病初在耳内出现灰白色至黄褐色渗出物，渗出物干燥后形成黄色痂皮，严重时可堵塞耳孔，局部脱毛，病兔不安、消瘦、食欲减退，不断摇头，用脚爪抓挠耳朵，严重时可引起中耳炎、耳聋和癫痫等。

【预防】

（1）加强饲养管理　营养状态好的兔，得螨病少或发病较轻，因此，一定要喂给全价饲料，特别是含维生素较多的青饲料，如胡萝卜等；兔舍应保持干燥卫生，通风透光，勤换垫草，勤清粪便。

（2）兔舍、笼具要全面消毒　可用三氯杀螨醇、0.05%敌百虫等杀螨剂喷洒。

（3）新购进的兔要隔离饲养，确定无病后再混群。经常检查兔群，发现病兔及时隔离治疗。已治愈的兔应治愈20～30天后再混群。

【治疗】　本病具有高度的传染性，遗漏一个小的患部，散布少许病料，就有继续蔓延的可能（因兔不耐药浴，治疗本病时不宜药浴），所以，治疗本病时要遵循以下原则：一要全面检查，治疗前，应详细检查所有病兔，一只不漏，并找出所有患部。二要彻底治疗。为使药物和虫体充分接触，将患部及其周围3～4厘米处的被毛剪去，用温肥皂水彻底刷洗，除掉硬痂和污物，最好用5%来苏尔液刷洗1次，擦干后涂药。三要重复用药。治疗本病的药物，大多数对螨卵没有杀灭作用，因此，即使患部不大，疗效显著，也必须治疗2～3次（每次间隔5天），以便杀死新孵出的幼虫。四要环境消毒。处理病兔的同时，要注意把笼具、用具等彻底消毒（用杀螨剂）。

处方1：伊维菌素（又名获灭、阿佛菌素，对兔的线虫、螨、蜱、蝇蛆等体内外寄生虫均有较强的驱杀作用。本药低毒，对人畜安全，皮下注射，方便快捷，药物可达全身各部，不会造成患部溃疡），0.02～0.04毫克/千克体重，皮下注射，7天后再注射1次，一般病例2次可治愈，重症者隔7天再注射1次。

处方 2：阿维菌素，0.2 毫升/千克体重，肌内注射或外涂。

处方 3：双甲脒（其成分为有机氮类，高效低毒。现市场上供应的多为 12.5％的双甲脒），按 1：250 倍加水稀释成 0.05％的水溶液，涂擦患部。对耳螨可用棉球蘸取 0.05％的水溶液涂擦患部后，将棉球放入外耳道，棉球的含药量不要太多，以挤压无药液流出为度。

处方 4：三氯杀螨醇，与植物油按 5％～10％的比例混匀后，涂于患部，1 次即愈。用 500～1000 倍稀释的三氯杀螨醇水溶液喷洒兔舍、笼具，可以杀死虫卵、幼虫及成螨，对兔无不良反应。

处方 5：双氢除虫菌素（据报道，本药品具有高效低毒的特点，药物成本低于伊维菌素），400 微克/千克体重，皮下注射，7 天后再注射 1 次，疗效较好。

处方 6：1％敌百虫溶液洗耳后撒布青霉素；或 2％敌百虫凡士林油膏外涂。

处方 7：75％酒精 90 份、水杨酸钠粉 6 份、醋酸 4 份，混匀冲洗患部。

处方 8：食用醋 500 毫升，粗烟丝 50 克（食用醋加粗烟丝，煮沸后再续煮 10 分钟煎成粥状，即成醋烟煎汁）。先剪掉兔患部周围的毛，再用 3％～5％的温肥皂水洗患处，去痂皮。洗后隔半天到 1 天，再用软牙刷蘸取温的醋烟煎汁，遍涂患处。或烟叶 30 克，加醋 300 毫升，煎后去渣，熬成浓液，涂擦患部就可长出新毛，再继续擦 3～4 次即痊愈。也可用土烟丝浸米醋，1 周后去渣留汁擦敷兔患处。

处方 9：辣椒粉 8 克，植物油 100 毫升。油炸辣椒，凉后涂搽。适用于兔疥癣病（山东验方）。

处方 10：花生油或棉籽油 100 毫升，辣椒粉 5 克。将花生油或棉籽油在锅内烧沸，再把辣椒粉放入油内，快速搅匀，凉后备用。使用时，先用肥皂水洗净患部，2～3 分钟后，用小剪刀剪去痂皮，使露出新鲜组织，再用棉花蘸辣椒油涂擦，每天 1 次，一般擦 2～3 次患部即长出新毛。

处方 11：茶叶 100 克，食醋 1000 毫升。浸泡 7 日，取汁涂搽，每日数次，连用 3～5 日。适用于兔疥癣病（四川验方）。

二、兔虱病

【简介】　本病是由兔虱寄生于兔体表所引起的一种慢性寄生虫病。主要是接触传染。病兔和健康兔直接接触，或通过接触被污染的兔笼、用具均有可染病。

兔虱在吸血时能分泌含有毒素的唾液，刺激神经末梢发生痒感，引起兔子不安，影响采食和休息。有时在皮肤内出现小结节、小出血点，甚至坏死灶。病兔啃咬或到处擦痒生成皮肤损伤，可继发细菌感染，引起化脓性皮炎。患兔消瘦，幼兔发育不良。因此，本病对幼兔危害严重，且降低毛皮质量。用手拨开患兔被毛，肉眼可以看到黑色小兔虱在活动，在毛根部可见淡黄色的虫卵。

【预防】　首先要防止将患虱病的兔引入健康兔场。对兔群定期检查，发现病兔立即隔离治疗。兔舍要经常保持清洁、干燥、阳光充足，并定期消毒和驱虫。

【治疗】

处方 1：伊维菌素，0.02 毫克/千克体重，1 次皮下注射。

处方 2：0.0023％的蝇毒磷或 0.5％～1％敌百虫溶液涂擦，最好间隔 10 天左右进行第 2 次治疗，疗效较好。

处方 3：20％氰戊菊酯 5000～7500 倍稀释液涂擦。

处方 4：烟草粉或硫黄粉。将药粉撒布兔体驱虫，经过治疗的兔子应另放在清扫过的笼中。为了彻底消灭兔虱，在第 1 次治疗后10 天左右，再治疗 1 次，可将虱卵孵出的幼虫杀死。

处方 5：百部根 1 份，清水 7 份，煮 20～30 分钟，待冷却到与兔体温一样时，用棉花蘸取药液涂于患处，在 24 小时内就可杀死兔虱。

处方 6：烟叶或烟茎 0.5 千克，加水 1500 毫升，煮成红色，放温后，洗患部，每天 2 次，5～6 天即将虱灭掉。

处方 7：用菜油涂擦兔体患处。涂擦前，用水把患处洗净，每天涂擦 1 次，连续涂擦 5～6 次。为了彻底根治，隔 7 天再治 1 个疗程，就不会有新孵化的幼兔虱。

第十四章　普通病的用药与处方

第一节　中　毒　病

一、霉变饲料中毒

【简介】　饲料被烟曲霉、镰刀菌、黄曲霉菌、赭曲霉、白霉菌、黑霉菌等污染，霉菌产生毒素，兔采食而发生中毒。

病兔口唇、皮肤发紫，全身衰弱、麻痹，初期食欲减退甚至拒食，精神不振，可视黏膜黄染，被毛干燥粗乱，不愿活动，常将两后肢膝关节凸出于臀部呈山字形爬卧在笼内。粪便软稀、带有黏液或血液。随病情加重，出现神经症状，后肢软瘫，全身麻痹死亡。日龄小的仔兔、幼兔及日龄大而体弱的兔发病多，死亡率高。妊娠母兔可发生流产，发情母兔不受孕，公兔不配种。剖检可见肠胃出血性坏死性炎症，胃与小肠充血、出血；肝肿大、质脆易碎，表面有出血点；肺水肿，表面有小结节；肾脏淤血。

【预防】　平时应加强饲料保管，防止霉变。霉变饲料不能喂兔。

【治疗】　霉菌中毒尚无特效、特定的药物治疗，一般采取对症治疗措施。首先停喂有毒饲料，采取洗胃的办法清除毒物，饮清洁饮水。

处方1：0.1%高锰酸钾溶液或2%碳酸氢钠溶液洗胃，灌肠，然后内服5%硫酸钠溶液50毫升缓泻。静脉注射5%葡萄糖氯化钠液50～100毫升、维生素C 0.5～1克，每日1～2次。

处方2：乌韭、甘草各20克，金银花5克。煎成浓汁，和空心菜汁一起灌服，解毒效果好。

处方3：出现肌肉痉挛或全身痉挛，可肌内注射盐酸氯丙嗪3毫克/千克体重，或静脉注射5%水合氯醛1毫升/千克体重。

处方 4：生白萝卜 500 克，捣汁，每次服 25 毫升，每天 2 次。

处方 5：绿豆、生甘草各 20 克。水煎灌服，每次 30 毫升，每天 3 次。

二、亚硝酸盐中毒

【简介】 亚硝酸盐中毒是由于兔吃了含有亚硝酸盐的植物所致。如果给兔长期大量饲喂贮存过久的胡萝卜、青萝卜及青菜、白菜、甘蓝、牛皮菜、空心菜、菠菜等，易导致兔中毒。这是由于这些饲料在其存放时堆积发热、腐败，饲料中的硝酸盐还原成亚硝酸盐造成的。

最急性病例表现躁动不安，站立不稳，很快倒地死亡。急性病兔腹泻，呼吸困难，稀粪便带血，血尿，精神沉郁，流涎，卧笼不起，全身发绀，死亡前嘶叫。死亡症状与球虫病相近。剖检可见血液呈黑褐色，肠道积水量大，呈黄色，伴有血液，肠黏膜脱剥，肝、肾肿大。

【预防】 禁止喂变黄发霉的青绿饲料。

【治疗】 立即停喂含有亚硝酸盐的饲料和饲草。

处方 1：用 0.1％高锰酸钾洗胃，5％葡萄糖 10～100 毫升静脉注射，内服 1％鞣酸或活性炭。服用具有刺激造血机能、抗坏血、抵抗传染等作用的维生素 C 100～300 毫克。

处方 2：1％美蓝（亚甲蓝）2 毫升，加适量 20％葡萄糖一次静脉注射。

处方 3：金粉蕨 150 克，茜草、鸡血藤、青木香、田七各 15 克，香附 9 克，冰片 3 克。水煎灌服，每次 10 毫升，每天 2 次（此方能解各种中毒）。

处方 4：绿豆 200 克，甘草 100 克，石膏 150 克。水煎后加白糖 150 克，让兔饮用。

三、氢氰酸中毒

【简介】 氢氰酸中毒是由于家畜采食富含氰苷配糖体的青饲料（高粱和玉米的新鲜幼苗、南方地区的木薯、蔷薇科植物如桃、李、梅、杏、枇杷、樱桃的叶和种子中都含有氰苷配糖体），在胃内由于酶和胃酸的作用，产生游离的氢氰酸，而发生中毒。大家畜发病较多，兔也发生。

氢氰酸中毒的主要特征为呼吸困难，呼出的气体有苦杏仁味，震颤抽搐，腹泻，气胀等。重度中毒的病例表现惊厥，口腔黏膜鲜红，衰竭死亡，出现血红蛋白败血症。剖检病兔，血液凝固不良，鲜红色；气管、支气管内有大量泡沫性液体，肺水肿，实质器官变性；胃肠黏膜和浆膜有出血，内容物有苦杏仁味。

【预防】　禁止或少喂富含氰苷配糖体的青饲料。

【治疗】　本病发展迅速，往往来不及治疗。发病后用药越早越好。

处方1：早期治疗可用亚硝酸钠20～40毫克配成5%的溶液静脉注射。

处方2：1%美蓝3～5毫升静脉注射，同时静脉注射5%～10%硫代硫酸钠3～5毫升，后每隔4小时一次。

处方3：绿豆30克，甘草、金银花各20克，滑石15克。煎汤灌服，每次10毫升，每天2次。

四、食盐中毒

【简介】　有些地区用咸水（含盐量可达1.3%）作兔的饮用水；或在饲料中添加盐过多，而且饮水不足，易发生食盐中毒。

病初食欲减退，精神沉郁，结膜潮红，下痢，口渴，口黏膜充血。继而出现兴奋不安，头部震颤，步样蹒跚。严重的呈癫痫样痉挛，角弓反张，呼吸困难，最后卧地不起而死。病兔胃肠黏膜出血性炎症，肝脏、脾脏、肾脏肿大。

【预防】　饮水含盐量不能过高，日粮中的含盐量不应超过0.5%，平时要供应充足的饮水。

【治疗】

处方1：发现食盐中毒的兔要勤饮水，可以内服油类泻剂5～10毫升。根据症状，可采用镇静、补液、强心治疗措施。如静脉注射10%葡萄糖注射液30～50毫升。

处方2：生黄豆、绿豆各50克，研末，加水适量，搅匀，澄清，去渣灌服，每次6～8毫升，每天2～3次。

五、兔棉籽饼中毒

【简介】　棉籽饼是良好的精料之一，常作为日粮的辅助成分饲喂家兔。但棉籽饼中含有一定的有毒物质，长期过量喂给家兔棉籽饼，即可引起中毒。

病初精神沉郁，食欲减退，有轻度的震颤，继而出现明显的胃肠功能紊乱，病兔食欲废绝，先便秘后腹泻，粪便中常混有黏液或血液，体温正常或略升高，脉搏疾速，呼吸促迫，尿频，有时排尿带痛，尿液呈红色。胃肠道呈出血性炎症。肾脏肿大、水肿，皮质有点状出血，肺淤血、水肿。

【预防】　平时不能以棉籽饼作为主饲料喂给家兔。适当添加时，为安全起见可采取下述方法处理，使之减毒或无毒：按质量比向棉籽饼内加入 10％大麦粉或面粉后，掺水煮沸 1 小时，可使游离棉酚变为结合状态而失去毒性。在含有棉籽饼的日粮中，加入适量的碳酸钙或硫酸亚铁，可在胃内减毒。

【治疗】　发现中毒立即停喂棉籽饼。

处方 1：全群饮用 0.05％的高锰酸钾水和对病兔耳静脉注射维生素 C 3 毫升、25％葡萄糖 15 毫升，并补充维生素 A 或胡萝卜、钙和铁，配合青绿饲料等可以提高疗效。

处方 2：藕粉或淀粉，鞣酸蛋白。用藕粉或淀粉糊灌服以保护胃黏膜。中毒严重者灌服鞣酸蛋白 0.3～0.5 克。

六、菜籽饼中毒

【简介】　菜籽饼是油菜籽榨油后剩余的副产品。菜籽饼中含有芥子苷、芥子酸等成分。芥子苷在芥子酶的作用下，可水解形成异硫氰酸盐等毒性很强的物质，若长期饲喂不经去毒处理的菜籽饼，即可引起中毒。

病兔呼吸增速，可视黏膜发绀，肚腹胀满，有轻微的腹痛表现，继而出现腹泻，粪便中带血。严重的口流白沫，瞳孔散大，四肢末梢部发凉，全身无力，站立不稳。孕兔可能发生流产。皮下、肝、脾、肺、心、肾、大小肠均有散在性出血点，肝、脾肿大，胃肠黏膜剥脱。

【预防】　喂饲前，对菜籽饼要进行去毒处理。

【治疗】　本病无特效解毒药。发现中毒后，立即停喂菜籽饼，灌服 0.1% 高锰酸钾液。根据病兔的表现，可实施对症治疗，应着重于保肝，维护心、肾机能；在用药过程中，可配伍维生素 C 制剂。可用以下中药治疗。

处方：绿豆 100 克，甘草 250 克，山栀子 50 克，蜂蜜 500 毫升。绿豆、甘草、山栀子加水适量，煎 1 小时，取汁候温，加蜂蜜 500 毫升，让兔群自饮，每 3 小时一次，用药 5 次后痊愈。

七、马铃薯中毒

【简介】　马铃薯含有马铃薯毒素，又称龙葵素，幼芽中含量最多（0.5%），其次是绿叶（0.25%）。发芽或腐烂的马铃薯，以及由开花到结有绿果的茎叶含毒量最多，家兔大量采食后，极易引起中毒。

马铃薯毒素吸收后损伤胃肠黏膜，还能作用于中枢神经系统，出现神经机能紊乱。病兔精神沉郁，结膜潮红或发绀；消化机能紊乱，拒食，流涎，有轻度腹痛、腹泻，粪便中常混有血液，有时出现腹胀；四肢、阴囊、乳房、头颈部出现疹块。晚期可能出现进行性麻痹，呈现站立不稳、步态摇晃等神经症状。胃肠黏膜充血、出血，上皮细胞脱落。肝、脾肿大、淤血。有时见有肾炎病变。

【预防】　用马铃薯做饲料时，喂量不宜过多，应逐渐增加喂量；不宜饲喂发芽或腐烂的马铃薯，如要利用，则应除去幼芽，煮熟后再喂。煮过马铃薯的水，内含大量的龙葵素，不应混入饲料内。马铃薯茎叶用开水烫过后，方可做饲料。

【治疗】　停喂马铃薯类饲料。对中毒兔先服盐类或油类泻剂，之后根据病情，采取适当的对症治疗措施。

处方：土豆秧 40 克，水煎，待凉后灌服，每次 7～8 毫升，每天 2 次。

八、有机磷中毒

【简介】 有机磷农药是我国目前应用最广泛的一类高效杀虫剂，引起兔中毒的主要农药有1605、1059、3911、马拉硫磷、乐果等。兔中毒多是由于采食了喷洒过这类农药的蔬菜、青草、粮食等引起，有些则是由于用敌百虫治疗体表寄生虫病时引起的。

兔常在采食含有有机磷农药的饲料后不久出现症状，初期表现流涎，腹痛，腹泻，兴奋不安，全身肌肉震颤、抽搐，心跳加快，呼吸困难等症状，严重者表现为可视黏膜苍白，瞳孔缩小，最后昏迷死亡。轻度中毒病例只表现流涎和腹泻。

急性中毒病例，剖开肠胃，肠胃内容物散发出有机磷农药的特殊气味，胃肠黏膜充血、出血、肿胀，黏膜易剥脱，肺充血水肿。

【预防】 喷洒过有机磷农药尚有残留的植物和各种菜类不能用来喂兔。用有机磷药物进行体表驱虫时，应掌握好剂量与浓度，并加强护理，严防舐食。

【治疗】

处方1：经口中毒的可用清水洗胃或盐水洗胃（禁用高锰酸钾液洗胃），并灌服活性炭。迅速注射解磷定，按15毫克/千克体重静脉注射或皮下注射，每日2～3次，连用2～3天。

处方2：经口中毒的可用清水洗胃或盐水洗胃（禁用高锰酸钾液洗胃），并灌服活性炭。迅速注射阿托品，每次皮下注射1～2毫升，每日2～3次，直至症状消失为止。

处方3：生南瓜瓤、生萝卜片等量。捣烂绞汁灌服，每次15毫升，每天3次。

处方4：甘草、绿豆各5克。水煎待凉透，灌服，每次15毫升，每天2次。

九、有机氯中毒

【简介】 有机氯农药是人工合成的杀虫剂，不溶或难溶于水，而溶于脂肪和有机溶剂中。该农药的种类比较多，主要有滴滴涕、六六六、氯丹、硫丹、七氯、毒杀芬、艾氏剂、狄氏剂等。家兔误食被有机氯农药污染的饲料、饲草或饮水，可引发本病。使用含有机氯药物治疗外寄生虫病时，涂药面积过大等，也可引起中毒。

急性中毒病例，多于接触毒物后 24 小时左右突然发病，表现为极度兴奋，惊恐不安，肌肉震颤或呈强直性收缩，四肢强拘，步态不稳，卧地不起，最后昏迷死亡。慢性中毒病例，一般在毒物侵入机体内并贮存数周或更长时间后，缓慢发病。

胃肠道黏膜充血、出血，黏膜易剥脱。肝、脾显著肿大。肾肿大，肾小管脂肪变性，出血，质脆。胆囊膨大、充满，胆汁浓稠。肺气肿明显。

【预防】　遵守农药安全使用和管理制度，禁用被有机氯农药污染的饲料和饮水。有机氯农药喷洒过的蔬菜、青草、谷物，应在药后 1 个月才能饲用。用有机氯农药治疗体外寄生虫病时，应按规定剂量、浓度使用，避免舐食，防止中毒。

【治疗】　有机氯中毒尚无有效的治疗方法，一般采取对症治疗。

处方 1：中断毒源，灌服 2％的碳酸氢钠或石灰水，也可灌服盐类泻药。皮肤中毒可用肥皂水、石灰水冲洗后，再用清水冲洗。急性中毒兔应立即用生理盐水，或 2％～3％碳酸氢钠液，或 0.3％石灰水洗胃，然后服以盐类泻剂（禁用油类泻剂）。静脉注射葡萄糖液和维生素 C。对兴奋不安的病例，可应用镇静剂，如肌内注射安定注射液，或内服苯妥英钠片，每次 10～20 毫克，每日 1～2次。维护肝脏，可用浓糖或葡萄糖酸钙注射液。

处方 2：绿豆 30 克，黄豆 50 克，黑豆 30 克，生甘草 10 克。将绿豆、黄豆、黑豆洗净，在凉水中浸泡 20 分钟左右，捣烂绞汁，同时甘草也用适量凉水浸泡，洗米水（凉）适量，混合，灌服，每次 15 毫升，每天 3 次。

处方 3：甘草、大黄各 10 克，明矾 3 克。水煎冷服，每次 8～10 毫升，每天 2 次。

十、灭鼠药中毒

【简介】　灭鼠药的种类较多，目前我国使用的不下 20 余种，根据毒性作用速度分为两类：一类是速效药，主要包括磷化锌、毒鼠磷、甘氟等；另一类是缓效药，主要有敌鼠钠盐、杀鼠灵、氯鼠酮等。将上述药制成0.5%～2%的毒饵，是当前的主要灭鼠方法。灭鼠药中毒皆因家兔误食灭鼠毒饵所致。

【预防】 凡买进灭鼠药，都必须弄清药物种类、药性，并由专人保管。不用禁止使用的氟乙酰胺、氟乙酸钠、毒鼠强、毒鼠药；在兔舍及饲料间投放毒饵时，一定将药物放在家兔活动不到的地方，距饲料堆要有一定的距离，同时要注意及时清理；严禁使用饲喂用具盛放毒品。

【治疗】 中毒不久，毒物尚在胃内时，用温水、0.1%高锰酸钾液、5%小苏打水反复洗胃；毒物已进入肠道时，内服盐类泻剂，以促进毒物排出。根据病情可适当采取补液、强心、镇痉等疗法。

处方1：毒鼠磷中毒，可皮下注射或肌内注射硫酸阿托品注射液，每次0.5毫克；或肌内注射或静脉注射碘解磷定，30毫克/千克体重；也可应用氯解磷定或双复磷注射液，用量及用法与碘解磷定相同。

处方2：氟乙酰胺（已禁用）中毒，可肌内注射乙酰胺（解氟灵注射液），剂量为0.1毫克/千克体重，每日2次，连用5～7天。

处方3：氟乙酸钠（已禁用）中毒，可肌内注射乙二醇乙酸酯，剂量为0.2～0.5毫克/千克体重，每日2次，连用3～5天。

处方4：绿豆、甘草各10克。水煎，待凉透灌服，每次8～10毫升，每天2～3次。

第二节　营养代谢病

一、佝偻病和软骨症

【简介】 维生素D缺乏或钙、磷缺乏，以及钙、磷比例失调都可以造成骨质疏松，引起幼兔佝偻病或成年兔软骨症。本病是一种营养性骨病，各种年龄的兔均可发生，但尤以妊娠母兔、哺乳母兔、生长较快的幼兔多发。幼兔、仔兔主要表现为骨质松软，腿骨弯曲，脊柱弯曲成弓状，骨端粗大；青年兔表现为消化机能紊乱，异嗜、骨骼严重变形，易发生骨折等；妊娠母兔表现为分娩后瘫痪。典型病兔患病初期食欲下降或废绝，精神沉郁，有的表现为轻度兴奋，随即后肢瘫痪。

【预防】　平时注意合理配制日粮中钙、磷的含量及比例，饲喂含钙、磷丰富的饲料，如骨粉、蛋壳粉、豆科干草、糠麸等；由于钙、磷的吸收代谢依赖于维生素 D 的含量，故日粮中应有足够的维生素 D，让兔多晒太阳、多运动，尤其是冬季，这样能促进体内维生素 D 的形成和钙、磷的吸收。

【治疗】

处方 1：幼兔，饲料中添加优质骨粉，肌内注射维丁胶性钙，每次 1000～5000 国际单位，每日 1 次，连用 3～5 天。或肌内注射维生素 AD，每次 0.5～1 毫升，每日 1 次，连用 3～5 天。

处方 2：成兔软骨病，可以内服鱼肝油 1～2 毫升，并配合内服磷酸钙 1 克、乳酸钙 0.5～2 克、骨粉 2～3 克。同时注射胶性钙注射液，肌内注射，每次 1000～5000 国际单位，每天 2 次。

处方 3：龟甲、骨碎补、潞党参各 3 克。水煎灌服，每次 15 毫升，每天 2 次（佝偻病验方）。

处方 4：当归 3 克，川芎 2 克，赤芍 2 克，生地黄 2 克，乳香 2 克，没药 2.5 克，川断 2.5 克，骨碎补 1.5 克，牡蛎 2.3 克，煅龙骨 3 克，鹿角霜 2 克。将上述药共研成粉，开水冲服，隔日灌服 5～6 克（软骨病验方）。

二、全身性缺钙

【简介】　钙不仅是动物骨骼的重要成分，而且也参与全身性物质代谢，维持组织中的渗透压，同时也是血浆的重要成分。钙缺乏主要表现为全身性骨质软化。

病兔食欲减退，异嗜，啃吃被粪尿污染的垫草或吞食被毛。由于血钙不足，便动用骨骼中的储备钙，钙质从骨骼中溶解出来，致使骨骼软化、膨大，并易发生骨折。成年兔表面骨、长管骨肿大，跛行。幼兔可出现骨骼弯曲。最后可导致痉挛或麻痹。

【预防】　饲料组成多样化，妊娠和哺乳期的母兔，应在日粮中补加无机盐，如骨粉、南京石粉、贝壳粉或市售钙制剂等，及时治疗肠道疾病。

【治疗】

处方1：静脉注射10％葡萄糖酸钙注射液，0.5～1.5毫升/千克体重，每日1～2次，连用5～7天。

处方2：肌内注射或皮下注射维生素制剂，如维生素D_3胶性钙注射液或维生素D_3注射液，用法、用量参照佝偻病的治疗。

处方3：糖钙片2～3片，鱼肝油2粒，维生素D 80国际单位，每天1次，内服，连用5～7天。

三、维生素A缺乏症

【简介】　维生素A对于兔的正常生长发育和保持黏膜的完整性及良好的视觉都具有重要作用。维生素A缺乏症主要表现为生长发育不良，器官黏膜损害，并以干眼病和夜盲症为特征。本病主要发生于冬季和早春季节。

兔维生素A缺乏时，可表现为生长停滞、体质衰弱、被毛蓬松、步态不稳、不能站立、活动减少。有时可出现与寄生虫性耳炎相似的神经症状，即头偏向一侧转圈，左右摇摆，倒地或无力回顾，或腿麻痹或偶尔惊厥。幼兔出现下痢，严重者死亡。母兔发情率与受胎率低，并出现妊娠障碍，表现为早产、死胎或难产，分娩衰弱的仔兔或畸形；患隐性维生素A缺乏症的母兔虽然能正常产仔，但仔兔在产后几周内出现脑水肿或其他临床症状。成兔和幼兔都出现眼的损害，发生化脓性结膜炎、角膜炎，病情恶化则出现溃疡性坏死。机体上皮细胞受损，可引起呼吸器官和消化器官炎症，泌尿器官黏膜损伤（炎症、感染）。有的病例出现干眼及夜盲。

【预防】　饲料中添加含有多种维生素的添加剂或维生素A、维生素D_3粉等，日粮中常补给青绿饲料，如绿色蔬菜、胡萝卜等。不可饲喂存放过久或霉败变质饲料，及时给妊娠母兔和哺乳期母兔添加鱼肝油或维生素A添加剂，每天添加维生素A250单位/千克体重。

【治疗】

处方1：注射鱼肝油制剂，按0.2毫升/千克体重给量。也可将维生素A、维生素D_3粉或鱼肝油混入饲料中喂给。也可使用水可弥散性维生素制剂如速补-14 等饮水。但应注意，维生素 A 摄入过多会引起中毒。

处方 2：生石膏 5 克，葛根、金银花、菊花、白芍各 3 克，黄芩、甘草各 2 克，黄连 1.5 克，全蝎、蜈蚣各 1 克。水煎灌服，每次 15 毫升，每天 2 次（初患麻痹症治疗验方）。

处方 3：黄芩、葛根、黄连各 1 克，石膏 2 克，金银花、白芍各 1.5 克，甘草 0.5 克，全蝎、蜈蚣各 1 条。水煎灌服，每次 15 毫升，每天 3 次（患麻痹症比较严重的治疗验方）。

四、维生素 E 及硒缺乏症

【简介】 维生素 E 又叫生育酚，属脂溶性维生素，具有抗不育作用。维生素 E 是一种天然的抗氧化剂，不仅对兔的繁殖产生影响，而且参加新陈代谢，调节腺体功能和影响包括心肌在内的肌肉活动。如果饲料中维生素 E 含量不足和地方性缺硒可引起维生素 E 缺乏（维生素 E 和硒的营养作用密切相关）。

患兔表现不同程度的肌营养不良，可视黏膜出血，触摸皮下有液体渗出，出现肌酸尿，肢体发僵，而后进行性肌无力，食欲下降或不食，体重减轻，喜卧少动或不动，不同程度的运动障碍，步态不稳，甚至瘫软，有的可出现神经症状，最终衰竭死亡。幼兔生长发育受阻。母兔受胎率下降，发生流产或死胎。公兔可导致睾丸损伤和精子生成受阻，精液品质下降。初生仔兔死亡率高。肉眼可见全身性渗出和出血，膈肌、骨骼肌萎缩、变性、坏死，外观苍白。

【预防】 进行饲料的合理调配和加工，最好使用全价配合饲料，适当添加多种维生素或含多种维生素的添加剂；加强对妊娠、哺乳母兔及幼兔的饲养管理，补充青饲料，避免饲喂霉败变质饲料，及时治疗肝脏疾病；由于维生素 E 和硒有协同作用，适当补充硒可减少维生素 E 的添加量，使用含硒添加剂可有效防治维生素 E 缺乏。

【治疗】

处方 1：发病后维生素 E 可按 0.32～1.4 毫克/千克体重添加饲料中饲喂，也可使用市售的亚硒酸钠维生素 E。

处方 2：严重病例可肌内注射维生素 E 注射液，每次 1000 国际单位，每天 2 次，连用 2～3 天；并肌内注射 0.2％的亚硒酸钠溶液 1 毫升，每隔 3～5 天注射 1 次，共 2～3 次。

处方 3：肌内注射亚硒酸钠维生素 E 注射液 1 毫升，每隔 3～5 天注射 1 次，共 2～3 次。

五、维生素 D 缺乏症

【简介】 维生素 D 缺乏症是由于维生素 D 缺乏或光照不足所引起的疾病。其病因是母兔在怀孕期营养失调或缺乏日光照射、运动不足，以及日粮中缺乏维生素 D；幼兔断奶过早，饲料中钙、磷、维生素 D 和蛋白质不足，缺乏光照，以及长期消化不良、腹泻等胃肠疾病均可导致本病的发生。维生素 A 具有抗维生素 D 的作用，过量使用维生素 A 也可引起维生素 D 的相对缺乏。

幼兔表现为精神沉郁，食欲减退，消化不良，异嗜癖，肚子大，肌内软弱无力，喜卧少动，生长缓慢，甚至停止，骨钙化不良，四肢弯曲，关节肿大、变形，背凹陷，肋骨弯曲，呈现佝偻病症状；成年兔食欲减退，消化紊乱，异嗜癖，跛行或瘫痪，骨质疏松，头变松大，四肢骨骼变粗，关节肿大，肋骨与肋软骨接合处肿大，呈典型的"骨串珠"，易发生骨折。母兔受胎率低，怀孕母兔易发生流产或死胎，胎儿发育不良、弱胎或畸形。严重病兔可出现抽搐，甚至死亡。兔维生素 D 缺乏时，血清碱性磷酸酶升高。

【预防】 合理调配饲料，饲料中添加多种维生素添加剂，使用颗粒饲料时应适当加大维生素添加剂的使用量。适当增加运动和光照。对妊娠期和哺乳期母兔增加维生素 D 的给量。不要饲喂贮存过久的饲料，及时控制球虫病和肠炎以避免本病的发生。钙、磷不足或比例不当，都会增加维生素 D 的需要量，注意饲料中钙、磷的平衡。大量使用维生素 A 时应注意配合使用维生素 D。

【治疗】

处方 1：饲料中增加维生素 D 给予量，为预防量（100～200 国际单位/千克体重）的 2～4 倍。

处方 2：重病兔可以肌内注射维生素 D，每次 0.5～1.0 毫升，每日 1 次，连用 3～5 天。

处方 3：维丁胶性钙，每次 1000～5000 国际单位，每日 1 次，连用 2～3 天。

处方 4：内服鱼肝油 1～2 毫升，配合内服磷酸钙 1.0 克、乳酸钙 0.5～2.0 克、骨粉 2～3 克拌料混饲，连用 3～5 天。也可使用水可弥散性维生素制剂如速补-14 等饮水。

六、维生素 B_1 缺乏症

【简介】 维生素 B_1 又叫硫胺素，一般青绿饲料、酵母、麸皮中含量较丰富，在健康的兔肠道内可以形成足够数量的维生素 B_1 满足其需要。但饲料中维生素 B_1 含量不足或饲料处理不当使维生素 B_1 破坏，慢性肠道疾病使维生素 B_1 合成与吸收减少，长期使用抗生素药物，抑制了肠道微生物合成维生素 B_1 等，都可以发生维生素 B_1 缺乏症。家兔采食粪便量减少或完全不能采食粪便，尤其在笼养时，如饲料中维生素 B_1 添加量不足也可引起维生素 B_1 缺乏症。快速饲养的幼兔维生素 B_1 的需要量大，而且本身肠道微生物合成不足，如不注意添加，可引起维生素 B_1 缺乏症。长期大量使用抗球虫药物如氨丙啉时由于其与维生素 B_1 有拮抗作用，可造成维生素 B_1 缺乏症。

病兔食欲减退，腹泻或便秘，逐渐消瘦，精神不振，不爱活动，活动时易发生抽搐和痉挛，共济失调，软弱瘫痪，怀孕母兔易发生死胎、畸形胎或木乃伊化胚胎，甚至导致妊娠母兔死亡。此外，病兔出现泌尿功能不规则和渐进性水肿，最终发生严重的神经系统损坏。幼兔呈现生长停滞。严重病例不及时治疗可造成昏迷以至死亡。

【预防】 首先注意日粮调配，使用富含维生素 B_1 的饲料，日粮中可适当添加酵母和谷物等。禁止饲喂变质饲料，不能长期服用抗生素类药物，在母兔妊娠期和哺乳期补充维生素 B_1 或使用复合维生素添加剂。不要大量长期使用氨丙啉类抗球虫药物，使用时应配合使用维生素 B_1。

【治疗】

处方 1：早期可在饲料中添加维生素 B_1，10～20 毫克/千克饲料，连用 1～2 周。

处方 2：肌内注射 5% 维生素 B_1 注射液，0.2～0.5 毫克/次，每天 1 次，连用 3～5 天。

处方 3：使用速溶多维或速补-14 等饮水。

七、维生素 B_2 缺乏症

【简介】 维生素 B_2 又称核黄素，属水溶性维生素，为橙黄色结晶化合物，水溶液呈现黄绿色。饲料中维生素 B_2 含量较为丰富，几乎不会出现缺乏，许多蔬菜和豆荚中都含有维生素 B_2。当日粮中缺少维生素 B_2，饲料变质或加工不当，或患有胃肠炎和吸收障碍也可以发生本病。维生素 B_2 缺乏症病兔主要表现为消瘦，厌食，生长缓慢，被毛粗糙、易脱落脱色，黏膜黄染，流泪，流涎；长期缺乏可致母兔不育或所产仔兔畸形，泌乳减少，繁殖率下降，新生仔兔灰黄色。

【预防】 由于兔肠道细菌可以合成其机体所需的维生素 B_2，高碳水化合物有助于肠道细菌合成维生素 B_2，合理调配日粮，适当添加动物性饲料和酵母或饲喂含维生素 B_2 的添加剂，可有效预防本病的发生。

【治疗】

处方 1：每千克饲料添加 20 毫克维生素 B_2，连用 1～2 周，之后减半。

处方 2：肌内注射或皮下注射维生素 B_2 注射液，连续使用 1 周。

处方 3：使用速溶多维或速补-14 等饮水。

八、维生素 B_{12} 缺乏症

【简介】 维生素 B_{12} 又叫氰钴胺，属水溶性维生素。其中含有 9.5% 的金属钴，是已发现的唯一含有金属元素的维生素。病因是兔饲料中不使用动物性饲料，并且未添加维生素 B_{12}，而导致本病的发生。饲料中缺乏微量元素钴和铁时，维生素 B_{12} 合成不足，肠道疾病可阻止微生物合成维生素 B_{12} 或使之吸收利用障碍等，也可诱发本病的发生。

患兔的主要症状是厌食，营养不良，贫血，消瘦，黏膜苍白，幼兔、仔兔生长发育停滞，也出现胃肠炎、腹泻、便秘等。剖检血

液稀薄,颜色发淡,肝脏黄色而脆,肝细胞坏死和脂肪变性,全身贫血。

【预防】 饲料中添加含维生素 B_{12} 及含钴和铁的添加剂,可有效预防本病的发生。饲料中适当添加动物性饲料和酵母等,能够起到补充维生素 B_{12} 的作用。由于兔肠道内微生物可以合成维生素 B_{12},可以让兔适当采食健康兔的软粪来获得维生素 B_{12}。母兔在妊娠期要注意加强维生素 B_{12} 的添加量,每千克饲料含维生素 B_{12} 0.04 毫克。

【治疗】

处方 1:每千克饲料添加维生素 B_{12} 0.4 毫克,同时添加含钴和铁的添加剂,病情好转后再恢复到预防量。

处方 2:有价值的种兔可肌内注射维生素 B_{12} 注射液治疗。

九、维生素 B_6 缺乏症

【简介】 维生素 B_6 也称为吡哆醇或抗皮炎素,属水溶性维生素。病因是兔日粮中维生素 B_6 不足;饲料加工调制不当,使饲料中维生素 B_6 被破坏;肠道疾病,使肠道不能合成足量的维生素 B_6 等。另外,由于饲喂高蛋白质饲料对维生素 B_6 的需要增多,也能引起维生素 B_6 缺乏症。

一般维生素 B_6 轻微缺乏时对兔的影响不大,严重缺乏时,引起兔皮肤损害,兔耳周边出现皮肤增厚和鳞片,鼻端或爪出现疮痂,眼睛发生结膜炎,神经功能紊乱,骚动不安,生长发育受阻,不孕率增高,死胎增加,妊娠后期出现尿石症;仔兔生长缓慢。

【预防】 使用全价配合饲料,适当添加鱼粉、肉骨粉、酵母等饲料。或适当加入维生素 B_6 添加剂或复合多种维生素添加剂。每千克日粮 0.6~1 毫克维生素 B_6 可预防本病的发生。

【治疗】

处方 1:可用维生素 B_6 制剂,发情期 1.2 毫克/千克体重,被毛生长前期 0.9 毫克/千克体重,被毛生长后期 0.6 毫克/千克体重,可得到良好的治疗效果。

处方 2:使用速溶多维、速补-14 等维生素制剂饮水。

十、吞食仔兔癖

【简介】 本病是一种新陈代谢紊乱和营养缺乏的综合征，表现为一种病态的食仔恶癖。可见母兔吞食刚生下或产后数天的仔兔。有些将胎儿全部吃掉，仅发现笼地或巢箱内有血迹，有些则在笼内或地板下发现仔兔部分肢体。

【预防】 供给孕兔和哺乳母兔富含维生素的饲料。另外，每日加喂青绿饲料 0.1 千克。并经常喂些胡萝卜等；产前产后不要断水，产前供给足够的温开水，产后立即喂 1 碗温开水，并保证清水供给不间断；仔兔身上不要沾染粪味，手不洁净不要摸仔兔，暂时移开仔兔时，要戴洁净手套；产箱内不能用旧棉絮等做窝；不作异味处理的仔兔不要让母兔代养，需要代养的仔兔应将代养的母兔粪尿抹在被代养的仔兔身上，再放入窝内；甲窝仔兔跑入乙窝，需要做异味处理后再放回甲窝，应将乙窝粪尿洗去，再将甲窝母兔的粪尿抹在仔兔的阴部，就不会被吃掉；母兔产仔时不要惊吓、震响、围看、喧哗，要保持兔舍周围安静，防止生人及其他动物进入兔舍内。

【治疗】

处方 1：有吃仔兔癖的母兔，要在产仔后立即将其移开，进行定时哺乳。

处方 2：将家用香研末，涂搽在仔兔爪子上。

处方 3：1 块咸猪肉。对有食仔恶癖的母兔，产后喂食。

第三节 生殖系统疾病

一、乳腺炎

【简介】 母兔的乳腺炎是母兔泌乳期中的常发疾病，多发生于产后 3 周内的母兔。根据乳房肿胀、发热、疼痛、敏感，继之发红，以至变成蓝紫色，以及病兔行走困难、拒绝仔兔泌乳等可以初步诊断。

【预防】

（1）必须保持兔笼和运动场的卫生，定期清扫消毒，清除一切锋利物，防止损伤母兔乳房和周围皮肤。

（2）母兔产前 3 天减少精料的给量，不喂过多的青绿多汁饲料，精料和多汁饲料的比例应适当，以保持乳汁的正常分泌。产后仔细观察母兔的乳汁是否充足，乳汁少的适当添加优质多汁饲料。

（3）母兔产前、产后 2～4 天可口服 1 片长效磺胺，预防效果好。

【治疗】

处方 1：用温热毛巾敷乳房，每次 15 分钟，每天 2～3 次，同时肌内注射庆大霉素（3～5 毫克/千克体重），每天 2～3 次。或肌内注射青霉素 20 万国际单位，每日 2 次。控制病情后，口服复方新诺明，每次 1 片，每日 2 次，连用 3 天（初期）。

处方 2：青霉素 20 万国际单位、0.25% 盐酸普鲁卡因 20 毫升混合，在乳房患部周围进行注射封闭（封闭疗法），每日 1 次，连用 3 天；同时肌内注射青霉素 20 万国际单位，每日 2 次，连用 3 天（初期）。

处方 3：对已经成熟的脓肿可切开排脓，乳腺体腐烂的要彻底切除，后用高锰酸钾或 3% 的双氧水冲洗疮面，再涂以紫药水或魏氏流浸膏等药物。同时肌内注射青霉素 20 万国际单位，每天 2 次；阿莫西林，一次量，4～7 毫克/千克体重，每天 2～3 次；恩诺沙星，一次量，2.5～5 毫克/千克体重，每天 1～2 次，连用 2～3 天。

处方 4：蒲公英 12 克，紫花地丁 12 克，紫背天葵 6 克，金银花 3 克，野菊花 3 克。水煎 2 次，浓缩至 50 毫升左右一次内服，每天 1 剂，连服 3～5 剂。具有清热解毒、消肿散结之功效。本方治疗兔乳腺炎疗效极佳，优于青霉素和复方新诺明（黄良虎. 中国养兔杂志，1994，6）。

处方 5：用冷毛巾敷盖患处，挤出乳汁，1 天后用热毛巾进行热敷，每天 3 次，每次 15～20 分钟。同时饲喂蒲公英、紫花地丁、败酱草。

二、无乳或少乳症

【简介】 母兔无乳和少乳症是指母兔分娩后在哺乳期内出现无乳或少乳的一种综合征。无乳症是母兔围产期出现泌乳阻塞或停止的一种症状。母兔无乳和少乳症会导致产后几天内成窝或许多仔兔的死亡，因此本病对养兔生产有极大的危害。根据仔兔吃奶次数多，在巢内鸣叫、爬动不安，消瘦，以及用手挤乳腺时不出乳或少乳可以初步诊断。

【预防】 加强饲养管理，饲喂全价饲料，增加日粮中的精、绿饲料，防止早配，淘汰过老母兔，选育饲养母性好、泌乳足的种母兔。

【治疗】

处方 1：内服人用催乳灵 1 片，每日 1 次，连用 3～5 天。

处方 2：垂体后叶素 10 单位，一次皮下注射或肌内注射；或苯甲酸雌二醇 0.5～1 毫升，肌内注射。

处方 3：南瓜子 25 克，红糖适量。将南瓜子捣碎、煮熟，再加上红糖混合灌服，可用 2 次。

处方 4：王不留行 20 克，通草、穿山甲、白术各 7 克，白芍、山楂、陈皮、党参各 10 克。粉碎，混匀。在饲料中添加，每兔每次 20 克。

三、流产与死产

【简介】 母兔怀孕终止，排出未足月的胎儿，称为流产；怀孕足月，但产出死的胎儿，称为死产。一般在流产与死产前无明显症状，或仅有精神、食欲的轻微变化，不易被注意到，常常是在笼舍内见到母兔产出的未足月胎儿或死胎时才发现。

【预防】 加强饲养管理，找出流产的原因并加以排除。防止早配和近亲繁殖，发现有流产预兆的母兔，可肌内注射黄体酮 15 毫克保胎。对习惯性流产的母兔，应及时淘汰。

【治疗】 对流产后的母兔，应保持安静，注意休息，喂给营养充足的饲料，并加 3% 食盐。及时应用磺胺、抗生素类药物，局部清洗消毒，控制炎症以防止继发性感染。

四、难产

【简介】　家兔难产不多见。孕兔已到产期，撕毛做窝，有子宫阵缩努责等分娩预兆，但不能顺利产出仔兔。或产出部分仔兔后仍起卧不安，鸣叫，频频排尿，腹围不见变小，腹后部可触及胎儿，有时可见胎儿部分肢体露于阴门外。

【预防】　加强饲养管理，适时配种，防止早配和近亲繁殖。母兔分娩时要保持绝对安静。

【治疗】　应根据原因和性质，采取相应的助产措施。对产力不足者，可应用脑垂体后叶素或催产素，配合腹部按摩助产。

催产无效或因骨盆狭窄及胎头过大，胎位、胎向、胎势不正不能产出时，可局部消毒，往产道内注入温肥皂水或润滑剂，用手指或助产器械矫正胎位、胎向、胎势后将仔兔拉出。拉出困难，或强拉会损伤产道时，则应剖腹取胎。

家兔剖腹产时，仰卧保定，在耻骨前沿腹正中线或最后肋骨后方肷部切开；术部剃毛，用75%酒精或0.1%新洁尔灭液消毒，用0.5%盐酸普鲁卡因液局部浸润麻醉，切开腹壁，拉出子宫，并用大纱布围绕，使其与腹腔隔离，于子宫大弯处纵向切开子宫，取出胎儿及胎衣，然后清洗消毒、缝合、还纳子宫，按常规方法缝合膜、腹肌及皮肤。术后应用抗生素3～5天。剖腹宜早不宜迟，否则胎儿腐败，预后不良。

五、产后瘫痪

【简介】　本病多在母兔分娩后3～5日发生。病兔精神沉郁，食欲减少或废绝。病初粪粒干、硬、小，呈黑色，以后停止排粪排尿，乳汁分泌减少或停止泌乳。重者后肢麻痹，精神委靡，对周围环境失去反应能力，呈昏睡状态。

【预防】　加强饲养管理。通常在饲料中添加2%～3%骨粉或1%～1.5%贝壳粉可预防本病发生。

【治疗】　对有治疗价值的种母兔，可试行按摩、电疗、补钙等措施；采取内服油类泻剂、灌肠等对症治疗。

处方 1：将猪、牛骨头或其他新鲜畜禽骨头洗净、烘干，研成粉末，拌入饲料中喂兔，每只每天喂 5 克。对病重母兔，用 5% 氯化钙注射液 3～5 毫升 1 次静脉注射。

处方 2：静脉注射 10% 葡萄糖酸钙注射液 5～10 毫升，每天 1 次，连用 5～7 天。

处方 3：肌内注射维丁胶性钙注射液 2～4 毫升，每天 1 次，连用 3 天。

处方 4：50% 葡萄糖注射液 20 毫升、生理盐水 30 毫升、维生素 C 注射液 2 毫升、维生素 B_1 注射液 2 毫升，混合静脉注射，每天 1 次。

处方 5：鱼肝油丸，口服，每次 1 粒，每天 2 次。

处方 6：当归 3 克，川芎 3 克，鸡血藤 6 克。煎水灌服，每天 1 次，连服 3～5 天（适用于母兔产后不食及瘫痪）。

六、子宫出血

【简介】　子宫出血是由于绒毛膜或子宫壁的血管破裂所引起。出血少时，血液积于子宫壁与胎膜之间，不向外流出，不易确诊，可见先兆性流产症状。出血量大时，除腹痛不安、频频起卧等流产预兆外，阴道流出褐色血块，严重时可视黏膜苍白，肌肉颤抖，甚至死亡。

【预防】　防止孕兔腹部受到暴力袭击。

【治疗】　发现子宫出血后，让孕兔安静休息，同时腰部冷敷。禁用强心和输液疗法，少做不必要的阴道内检查。可皮下注射 0.1% 肾上腺素 0.05 毫升或应用其他止血药。病兔兴奋不安时，可给予镇静剂。出血不易制止，危及病兔生命时，应及时进行人工流产，流产后注射垂体后叶素 1 毫升或麦角新碱注射液 1 毫升，或内服麦角精 1/4 片，以促使子宫收缩，制止出血。

七、不孕症

【简介】　母兔不孕比较常见，其原因是多方面的。兔体过肥或过瘦、饲料质量差、种兔性机能障碍、饲养环境不良及母兔患有子宫炎、卵巢肿瘤、阴道炎等生殖器官疾病，以及患有葡萄球菌病、李氏杆菌病、兔梅毒等，也可造成不孕。

【预防】　提供全价饲料，保证光照时间，每天 10～12 小时。及时治疗生殖器官疾病，屡配不孕的母兔，应予淘汰。调剂营养，避免兔过肥和过瘦，配种前 5～10 天适当补充维生素 E。

【治疗】

处方 1：异性诱导法。将母兔每天两次放入公兔笼内，通过公兔的追逐爬跨刺激，一般 2 天后就会有发情表现。

处方 2：复配和双配。复配是同一只公兔，与母兔第 1 次交配后，过 8～10 小时再交配 1 次。双配是用 2 只公兔与 1 只母兔交配，间隔时间是 10～15 分钟。

处方 3：刺激发情。在母兔的阴户上涂抹一点清凉油，涂后 5～6 分钟，母兔则愿意和公兔交配。

处方 4：如果因母兔卵巢机能降低而不孕，可试用激素治疗，皮下注射或肌内注射促卵泡素（FSH），每次 0.6 毫克，用 4 毫升生理盐水溶解，每天 2 次，连用 3 天。于第 4 日早晨母兔发情后，再耳静脉注射 2.5 毫克促黄体素，之后马上配种。用量要准确，用量大反而效果不好。

处方 5：巴戟天、肉苁蓉、党参各 10 克，补骨脂 8 克，当归 6 克，附子、甘草各 3 克。用水 200 毫升，煎成 20％的浓药液，加糖适量内服，每只母兔一次服 10 毫升，3 次/天（催情排卵）。

处方 6：益母草 12 克，黑豆适量。将益母草、黑豆一起放入锅中，加足水煮沸 20～30 分钟后晾凉，用过滤的水喂兔，或用黑豆喂兔。也可连汤和豆一起拌料喂给，每天 1 次，连喂 5～7 天后，便可达到理想的效果。

第四节　其他疾病

一、便秘

【简介】　兔的便秘主要是由于肠内容物停滞、变干、变硬，致使排粪困难，严重时可造成肠阻塞的一种腹痛性疾病。它是兔消化道疾病的常见病症之一，其中幼兔、老龄兔多见。兔患病初期肠道不完全阻塞，精神稍差，食欲减退，喜欢饮水，排粪困难，粪量少，粪球干硬，粪粒两头尖；完全阻塞时，食欲废绝，数天不见排粪，腹痛不安，有的频做排粪姿势，但无粪排出。当阻塞前段肠管产气、积液时，可见腹部膨胀，不安；触诊腹部，在盲肠与结肠部可触到内容物坚硬似腊肠或念珠状坚硬的粪块。

【预防】 夏季要有足够的青饲料。冬季喂干粗饲料时，应保证充足、清洁的饮水。精、粗、青绿饲料的合理搭配，定时定量饲喂，防止贪食过多；适当增加运动，保持料槽的清洁卫生，及时清除槽内泥沙、被毛等异物。

【治疗】 发病初期可适当喂青绿多汁饲料，待粪便变软后减少饲喂量。对病重的兔要立即停食，增加饮水量并且按摩兔的腹部，慢慢地压碎粪球、粪块，同时使用药物促进肠蠕动，增加肠腺的分泌，以软化粪便。

处方1：成年兔，硫酸钠2～8克或人工盐10～15克加温水适量1次灌服，幼兔可减半灌服。

处方2：液体石蜡、植物油，成年兔10～20毫升，加温水适量1次灌服。

处方3：温肥皂水或2%碳酸氢钠水灌肠。操作方法是：用粗细能插入肛门的橡皮管或软塑料管，事先涂上液体石蜡或植物油，缓缓插入肛门5～8厘米，灌入40～45℃的温肥皂水或2%碳酸氢钠水，为了防止肠内容物发酵、产气，可口服5%乳酸5毫升、食醋15毫升。

处方4：硫酸钠4～8克，植物油（花生油、豆油）10～20毫升，蜂蜜10克。将硫酸钠、植物油和蜂蜜（缓泻剂）用开水冲后，待凉灌服。

处方5：豆油25毫升，蜂蜜10毫升，加温水10毫升，口服。

处方6：芒硝，大兔5～6克，幼兔2.5克，加水灌服，每次10～15毫升，每天2次。

处方7：生大蒜1个，捣烂，冲3倍水灌服，每天1剂。

二、积食

【简介】 积食又称胃扩张。兔贪食过量适口性好的饲料，特别是含露水的豆科饲料，较难消化的玉米、小麦，食后易产生臌胀的饲料，腐败和冰冻饲料等可导致本病发生。积食也可继发于其他疾病，如肠便秘、肠臌气或球虫病的过程中。一般2～6月龄的幼兔容易发生。

通常在采食几小时后开始发病。病兔卧伏不动或不安，胃部肿大，流涎，呼吸困难，表现痛苦，眼半闭或睁大，磨牙，四肢集于腹下，时常改变蹲伏的位置。触诊腹部，可以感到胃体积明显胀大，如果胃继续扩张，最后导致胃破裂死亡。慢性发作的常伴有肠臌气和胃肠炎。

【预防】　平时饲喂要定时定量，加强管理，切勿饥饱不均。幼兔断奶不宜过早；更换干、青饲料时要逐渐过渡。禁止喂给雨淋、带露水的饲料或晾干再喂；禁止饲喂腐败、冰冻饲料，少喂难消化的饲料。

【治疗】

处方1：停止饲喂，灌服植物油或石蜡油10～20毫升、萝卜汁10～20毫升、食醋40～50毫升，口服小苏打片和大黄片1～2片，服药后，人工按摩病兔腹部，增加运动，使内容物软化后移。必要时皮下注射新斯的明注射液0.1～0.25毫克。多给饮水，后可给易消化的柔软的青绿饲料。

处方2：蓖麻油10～15毫升，内服。或花生油20毫升，加水5毫升，再加适量的蜂蜜灌服，每天2次。

处方3：姜酊2毫升，大黄酊1毫升，温水灌服。

处方4：神曲3克，麦芽3克，山楂3克。加水煎汁灌服。小兔酌减。

处方5：菖蒲、青木香、山楂肉各6克，橘皮、神曲各2克。煎水喂服。

三、胃肠炎

【简介】　胃肠炎是胃肠表层黏膜及其深层组织炎症。兔采食品质不良的草料，如霉败、霜冻饲料以及有毒植物、化学药品处理过的种子等，或者饲料、饮水不清洁，兔舍潮湿，饲草被泥水污染均可导致本病的发生。断奶幼兔，体质较差，常因贪食过多饲料发生肠臌气，在此基础上继发胃肠炎。继发性胃肠炎见于胃扩张、胃臌气、出血性败血症、副伤寒及球虫病等。病兔食欲废绝，精神迟钝，舌苔重，口恶臭，四肢、鼻端等末梢发凉。腹泻是胃肠炎的主要特征之一。不同年龄的兔都可发生，幼兔发生后死亡率比较高。

【预防】　加强日粮管理，给予营养平衡的饲料，不可突然改变饲料，防止贪食；定时定量给食。严禁饲喂腐败变质饲料，保持兔舍卫生。对于断奶的幼兔要给予优质全价饲料。

【治疗】

处方1：口服补液盐，让病兔自由饮用。内服链霉素粉0.01～0.02克/千克体重或新霉素0.025克/千克体重。投服药用炭悬浮液，也可内服小苏打，每次0.25～0.1克/千克体重，1日3次。严重者应静脉注射或腹腔注射葡萄糖氯化钠注射液500～1000毫升，皮下注射维生素C，增强病兔抵抗力，防止脱水。

处方2：土霉素150～250毫克/只，5％葡萄糖生理盐水20～40毫升，一次耳静脉注射。

处方3：口服补液盐适量（口服补液盐配方：氯化钠3.5克，碳酸氢钠2.5克，氯化钾1.5克，葡萄糖20克，加凉开水至1000毫升），自由饮用。氟哌酸，10毫克/千克体重，一次内服，或按100千克饲料5克氟哌酸混饲。

处方4：白头翁、黄连、秦皮各10克，甘草8克。水煎为浓药液，每只每次灌服10毫升，每日3次。

处方5：黄连2克，木香3克，白头翁6克，滑石10克。共研为细末，加蔗糖适量，分4次内服，每日3次。

四、肠臌气

【简介】　肠臌气多为急性发生，如不及时进行治疗，很快导致死亡。兔采食容易发酵的饲料，如大豆秸、紫云英、三叶草，堆积发热的青草，腐败冰冻饲料，以及多汁、易发酵的青贮料，或突然更换饲料，造成贪食也可发病。一般2～6周龄的幼兔最易发病。本病也可继发结肠阻塞、便秘等肠阻塞疾病。病兔食欲减退直至废绝，卧于一角，不愿走动，表现不安，呼吸困难，磨牙，并经常改换蹲伏部位，有悲鸣声。腹部增大、充满气体，用手触摸胃部像气球，肠内粪球干硬、变小，可视黏膜潮红甚至发绀。

【预防】　严禁给兔饲喂大量易发酵、易臌胀饲料。注意加强饲料保管，防止发霉、冰冻、腐烂，一旦变质，不能用来喂兔。更换饲料要逐渐进行，以免兔贪食。断奶幼兔少食多餐，同时要加强日常运动，对便秘、结肠阻塞的病兔要及时治疗，做好球虫病的防治工作。

【治疗】

处方1：短时间内形成的急性肠臌气，可手术治疗。先用手按住腹部以固定肠道，在臌气最突出的地方剪毛、消毒后，用12号针头穿刺放气，消退后，灌服大黄苏打片2～4片，为预防霉菌性肠炎，用制霉菌素5万单位，每天3次，连用2～3天。

处方2：对于病情比较稳定的患兔，内服适量植物油，不仅能疏通肠道，且对泡沫性臌气有效。应用制酵药，大蒜（捣烂）6克，醋15～30毫升，一次内服；或醋30～60毫升内服；或姜酊2毫升，大黄酊1毫升，加温水适量内服。

处方3：对于便秘性臌气，可用硫酸镁10克、液状石蜡10毫升，一次灌服。为缓解心肺功能障碍，可肌内注射10%安钠咖注射液0.5毫升。

处方4：取适量穿心莲片并研成粉末，用毛笔蘸取穿心莲粉后插入病兔的嘴里，让兔慢慢咀嚼，隔8～12分钟1次，重复5～7次，不久，胃肠臌气症状即逐渐好转（吴天靖，中兽医学杂志，2004，3）。

注：若去除肠臌气，患兔还需隔一段时间喂料，以免复发。最好喂易消化的干草，再逐步过渡到正常饲料。

五、毛球病

【简介】　毛球病主要是由于兔食入被毛所引起的，临床上发生较多，长毛兔多发。病兔表现为食欲不振，好卧，喜饮水，大便秘结，粪便中带毛，有时成串。由于饲料、绒毛混合成毛团，阻塞肠道，当形成肠阻塞和肠梗阻时，病兔停止采食，因为胃内饲料发酵产气，所以胃体积大且臌胀。触诊能感觉到胃内有毛球。患兔贫血、消瘦，衰弱甚至死亡。剖检可见胃内或小肠内有毛球。

【预防】　加强饲养管理，保证供给全价日粮，增加矿物质和富含维生素的青饲料，补充富含蛋氨酸（禾本科牧草、玉米等）和胱氨酸（苜蓿、豌豆等）的饲料；患有食毛癖的兔要隔离饲养，把它身上的毛剪去，多喂一些干草。在饲料中加些盐和骨粉，多饮水，这样就能很快矫正过来。喂兔时要注意不要让饲料渣沾在兔的身上，在交配时，如发现公兔嘴里有叼下的毛时，应立即用手撕下来。要经常注意梳毛。

【治疗】

处方 1：口服多酶片，每日 1 次，每次 4 片，使毛球逐渐酶解软化，然后灌服植物油使毛球下移；也可用温肥皂水灌肠，每日 3 次，每次 50～100 毫升，兴奋肠蠕动，利于毛球排出。毛球排出后，应给予易消化的饲料，口服健胃药如酵母等，促进胃肠功能的恢复。

处方 2：食物油、芹菜、橘子皮等。用各种食物油 10～15 毫升，一次灌服，使兔毛泻下，通便后，多饮水，喂多汁饲料。毛球排出后，喂给提味的芹菜、橘子皮等，食欲基本恢复后，补给富含维生素的饲料，如胡萝卜、品质好的青草，饮足量 1‰ 的盐水。

处方 3：蜂蜜 20 毫升，香油 15 毫升。用沸水将蜂蜜和香油冲调灌服，每次 10～15 毫升，每天 2 次。

处方 4：用温肥皂水 50～100 毫升，蓖麻油 5 毫升。用温肥皂水深部灌肠，同时灌蓖麻油，每天 2～3 次，可将毛球排出。

六、腹泻

【简介】　腹泻不是独立性疾病，泛指临床上具有腹泻症状的疾病，主要表现是粪便不成球，稀软，呈粥状或水样。

【预防】　加强饲养管理，注意饲料品质，饮水要清洁。兔舍要保温、通风、干燥和卫生。做到定期驱虫，及早治疗原发病。

【治疗】

处方 1：一般应用磺胺类药物和抗生素类药物均有效果。对脱水严重的病兔，可静脉注射林格氏液、5% 葡萄糖氯化钠注射液 20～30 毫升。心脏功能不好的，要配伍三磷酸腺苷和辅酶 A 制剂。也可灌服补液盐（其配方为：氯化钠 3.5 克，碳酸氢钠 2.5 克，氯化钾 1.5 克，葡萄糖 20 克，加凉开水 1000 毫升），让病兔自由饮用。

处方 2：把玉米面大饼子烧枯或用烧糊的红高粱、烧焦的窝头，掺在饲料里喂兔。或喂兔去了粒的高粱穗（普通腹泻和胃肠炎型腹泻验方）。

处方 3：磺胺片 0.5 片，仁丹 8 粒，锅底灰 5 克。研成末，用温水溶解后，灌服，每次 1～2 克，每天 2～3 次（普通腹泻和胃肠炎型腹泻验方）。

处方 4：锅底灰、白矾各 10 克。每次 3 克，每天 2 次，水调灌服（消化不良型腹泻验方）。

处方 5：神曲、麦芽等量，炒后拌入饲料里喂给（消化不良型腹泻验方）。

处方 6：白头翁、黄连、金银花、槐花各 2.5 克。水煎灌服，每次 10 毫升，每天 2 次（消化不良型腹泻验方）。

七、消化不良

【简介】　消化不良亦称胃肠卡他，即卡他性胃肠炎，是胃肠黏膜表层炎症和消化紊乱的总称。按疾病经过，分为急性消化不良（主要表现为精神沉郁，食欲减退或废绝，排稀软便、粥样便或水样便，并混有大量的黏液，个别的甚至混有血液或灰白色纤维素膜，有难闻的臭味）和慢性消化不良（兔食欲不定，往往出现异嗜，舔食平时不爱吃的东西，如泥沙、被毛或粪尿浸染的垫草。粪便干稀不定，便秘与腹泻交替发生）。

【预防】　经常注意观察饲料品质，一旦发现霉败变质，应立即停喂，及时更换饲料。禁喂冰冻饲料。饮喂要定时定量，防止饥饱失常。

【治疗】　消化不良的治疗原则如下。

（1）消除病因　这是消化不良得以康复、不再复发的根本措施。本病如果是饲料品质所致，要改换为优质饲料；如是由齿牙不良所致，要及时修整牙齿；如是胃肠道寄生虫所致，要尽快彻底驱虫等。

（2）改善饮食　实行减饲，并实行食饵疗法，对消化不良的康复至关重要。在病初减食 1～2 天，给予柔软易消化的饲料，充分饮水。待彻底康复后，再逐渐转为正常的饲料量。切忌采食过量，以增加胃肠负担，反而使病情加重。

（3）清肠制酵　是指清理胃肠内容物，制止腐败发酵过程，具有减轻胃肠负荷和刺激胃肠的作用。取硫酸钠或人工盐 2～3 克，加水 140～150 毫升，内服。对于伴有腹胀（气胀）的病例，在缓泻剂内加适当的制酵剂，如克辽林 1～2 毫升。

（4）调整胃肠功能 可服用各种健胃剂，加大蒜酊、苦味酊、陈皮酊、龙胆酊 2～4 毫升。各种酊剂可单独使用，也可配伍使用，配伍使用时，剂量酌情减少，也可配合应用胃蛋白酶、酵母片、乳酸杆菌等助消化剂，以增加胃肠分泌和蠕动，效果更佳。

处方 1：腹泻轻者，用人工盐 2～3 克，加水 40～50 毫升，内服，后用大黄健胃；重者，用庆大霉素 4000～6000 单位/千克体重，肌内注射，每天 2 次，连用 2～3 天。或诺氟沙星（氟哌酸），20～30 毫克/千克体重，口服，每天 1 次，连用 3 天。

处方 2：少量苏打或苹果。停食 1 天，只饮水，喂少量苏打，1 天后再少量喂食。或将苹果切成小块喂，轻的 1 次见效，重的可每天喂 3 次，并强迫运动，用手按摩胃部。

处方 3：山楂、槟榔片、神曲、麦芽各 5 克。研成粉末，混合，水调灌服，每次 2～3 克，每天 2 次。

处方 4：芹菜、茴香苗、嫩胡萝卜缨、苜蓿、橘子皮、橘子叶等。直接饲喂（这些物质具有提味作用，可以增强食欲和消化机能）。

处方 5：胡椒粉、生姜、紫苏各 1 克。水煎灌服，母兔每次 4～6 毫升，仔兔每次 1 毫升，每天 3 次（幼兔消化不良）。

处方 6：山楂 5 克，橘皮 3 克，生姜 1 片。水煎灌服或饮用（幼兔消化不良）。

八、感冒

【简介】 本病是由寒冷刺激引起的，以发热和上呼吸道黏膜表层炎症为主的一种急性全身性疾病。病兔精神沉郁，不爱活动，眼呈半闭状，食欲减退或废绝，体温升高，可达 40℃ 以上。皮温不均，四肢末端及耳尖发凉，出现怕寒战栗。结膜潮红，伴发结膜炎时，怕光流泪。由呼吸道炎症而致咳嗽，鼻部发痒，打喷嚏，流水样鼻液。

【预防】 要保持兔舍干燥、卫生清洁、通风良好、冬暖夏凉。另外，还可以在饲料中添加一些抗寒饲料和饲料添加剂，如酒糟、稻谷籽实、黄豆籽实等暖性饲料，生姜、松针和辣椒等暖性饲料添加剂，以及鱼肝油、维生素 E、维生素 C 等，增强动物抗病力。

【治疗】　本病的主要治疗原则是解热镇痛和防止继发感染。对病兔要精心饲养，避风保暖，喂给易消化的青绿饲料，充分供给清洁饮水。

处方 1：内服扑热息痛，每次 0.5 克，每日 2 次，连服 2～3 天；青霉素 20 万～40 万国际单位，或链霉素 0.25～0.5 克，或病毒灵注射液 2～3 毫升，肌内注射，每日 2 次。

处方 2：皮下注射或肌内注射复方氨基比林注射液，每次 1 毫升，每日 2 次，连服 2～3 天。肌内注射磺胺二甲嘧啶，每次 70 毫克/千克体重，每日 2 次。

处方 3：皮下注射或肌内注射安痛定注射液，每次 0.3～0.6 毫升，每日 2 次，连服 2～3 天；肌内注射磺胺二甲嘧啶，每次 70 毫克/千克体重，每日 2 次。或肌内注射青霉素 20 万～40 万国际单位（或链霉素 0.25～0.5 克），每日 2 次。

处方 4：大蒜洗鼻法。大蒜 10 份捣烂，加水 90 份，浸泡半日，取液洗鼻，每天数次。

处方 5：路边菊 10 克，山芝麻 15 克，草鞋根、青蒿各 12 克。水煎灌服，每次 20 毫升，每天 2 次。加减法：热重者加榄核莲、一点红、栀子等；咳嗽加鱼腥草、牛尾菜、枇杷叶等；合并眼结膜炎者，加犁头草、蒲公英等。

九、支气管炎

【简介】　本病是支气管黏膜的急、慢性炎症，以咳嗽、流鼻液、胸部听诊有啰音为特征，是家兔的常见病，老龄和幼弱兔更易发生。病兔精神沉郁，食欲减退，体温稍升高，全身倦怠，咳嗽，初期为干痛咳，以后随炎性渗出物的增加，变为湿长咳。

【预防】　平时要加强饲养管理，喂给营养丰富、容易消化、适口性强的饲料，使家兔体质好，抗病能力强。要保证兔舍光线充足，通风良好，冬暖夏凉。

【治疗】

处方 1：肌内注射青霉素 20 万～40 万国际单位（或链霉素

0.25～0.5 克），每日 2 次。磷酸可待因，22 毫克/千克体重，内服，每日 2～3 次，连服 2～3 天。

处方 2：肌内注射或皮下注射北里霉素注射液，每次 5～25 毫克/千克体重，每日 1 次；或肌内注射硫酸卡那霉素注射液，每次 10～20 毫克/千克体重，每日 2 次，连用 3～5 天。咳必清，每次 10～20 毫升，内服，每日 2～3 次，连服 2～3 天。

处方 3：肌内注射 10%增效磺胺嘧啶钠注射液 2～4 毫升，每日 1 次，连用 3 天。并用磷酸可待因或咳必清祛痰止咳。

处方 4：贝母 10 克，杏仁 1 克。共研成细末，水调后，每次 1 克，每天 2 次。

处方 5：白头翁 3 克，厚朴 3 克，枳实 2 克，砂仁 1 克。共研成细末，一次喂服。

十、肺炎

【简介】　肺炎是肺实质的炎症。根据侵犯范围分为小叶性肺炎和大叶性肺炎。小叶性肺炎又可分为卡他性肺炎和化脓性肺炎。家兔以卡他性肺炎较为多发，而且多见于幼兔。病兔精神不振，食欲减退或废绝，结膜潮红或发绀，呼吸增速、浅表，有不同程度的呼吸困难，严重时伸颈或头向上仰；咳嗽，鼻腔有黏液性或脓性分泌物；肺泡呼吸音增强，可听到湿性啰音。

【预防】　平时要加强饲养管理，饲料要营养丰富、适口性强、容易消化。兔舍要阳光充足、通风良好、冬暖夏凉，使家兔健康生长、膘肥体壮，具有较强的抗病力。

【治疗】　将病兔隔离在温暖、干燥与通风良好的环境中饲养，并给予营养丰富、易消化的饲料；充分保证饮水，注意防寒保暖。

处方 1：青霉素 2 万～4 万国际单位/千克体重，链霉素，10～15 毫克/千克体重，均为肌内注射，1 日 2 次，两药联合应用效果更佳。磷酸可待因，22 毫克/千克体重，内服，每日 2～3 次，连服 2～3 天。

处方 2：氨苄青霉素钠，10～20 毫克/千克体重，肌内注射或静脉注射，每日 2 次。并用磷酸可待因或咳必清祛痰止咳。

处方 3：头孢菌素Ⅴ，5～10 毫克/千克体重，肌内注射或静脉注射，每日2次；或白霉素注射液，5～25毫克/千克体重，肌内注射，每日2次。并用磷酸可待因或咳必清祛痰止咳。

处方4：环丙沙星注射液，1毫升/千克体重，肌内注射，每日2次；或土霉素或四环素，30～50毫克/千克体重，肌内注射，每日3次。并用磷酸可待因或咳必清祛痰止咳。

处方5：磺胺嘧啶钠，肌内注射，一次量，50～100毫克/千克体重，每天1～2次。

处方6：板蓝根、银花藤各15克，鱼腥草12克，牛尾菜根10克。水煎灌服，每次15毫升，每天2次（方解：板蓝根、银花藤清热解毒，并有抑菌作用。鱼腥草清热宣肺，化痰止咳。牛尾菜根含皂苷、蒽醌苷，有较明显的镇咳祛痰作用。加减法：咳嗽重者，加磨盘根、鹅不食草各适量）。

处方7：金银花、连翘、竹叶各8克，豆豉、牛蒡子、荆芥、薄荷、桔梗、甘草各6克。用法：用水200毫升煎为20%浓度的药液，加入糖适量，每只每次灌服15～20毫升，每日3次（治疗肺炎球菌引起的肺炎，对病兔先用青霉素或新霉素按4万～8万国际单位/千克体重进行肌内注射，每日2次，再服用中药，效果良好）。

十一、兔眼结膜炎

【简介】 眼结膜炎为眼睑结膜、眼球结膜的炎症，是眼病中的多发疾病；分为黏液性结膜炎（初期，结膜轻度潮红、肿胀，分泌物为浆液性且量少，随着病程的发展分泌物变为黏液性，流出的量也增多，眼睑闭合）和化脓性结膜炎（肿胀明显，疼痛剧烈，睑裂变小，从眼内流出或在结膜囊内积聚大量黄白脓性分泌物，病程久者脓汁浓稠，上下眼睑充血、肿胀，常黏着在一起）。

【预防】 保持兔笼、兔舍的清洁卫生，防止沙尘等异物落入眼内或防止发生眼部外伤；夏季避免强日光的直射；用化学消毒剂消毒时，要注意合理配制消毒剂的浓度及消毒时间；经常喂给富含维生素A的饲料，如胡萝卜、南瓜、黄玉米、青干草等。

【治疗】

处方1：2%～3%硼酸液，或生理盐水，或0.1%新洁尔灭液等，清洗患眼。清除异物后，1%甲砜霉素眼药水、眼膏，或

0.6%黄连素眼药水，或0.5%金霉素眼膏，或四环素可的松眼膏，或0.5%醋酸氢化可的松眼药水等滴眼或涂敷。

注：如疼痛剧烈，可用1%～3%普鲁卡因青霉素液滴眼。分泌物多时，选用0.25%硫酸锌眼药水。对角膜浑浊者，可涂敷1%黄氧化汞软膏；或将甘汞和葡萄糖粉等量混匀吹入眼内；或用新鲜鸡蛋清2毫升，皮下注射，每日1次。重症者可应用抗生素或磺胺疗法。

处方2：蒲公英32克。头煎内服，二煎点眼。或将野菊花煎汤，用澄清液凉后洗眼、点眼。或蒲公英茎，取汁点眼。或蒲公英、金银花各10克，水煎灌服，每天2～3次，每次10毫升。

处方3：黄连2克，黄芩、龙胆各3克。水煎灌服，每天2次，每次10毫升。同时用龙胆草、狗肝菜、野菊花各10克，水煎外洗。

十二、中暑

【简介】　中暑又称日射病、热射病（重症表现），是因烈日暴晒，潮湿闷热，体热散发困难所引起的一种急性病。临床上以体温升高、循环衰竭和一定的神经症状为特征。各种年龄的家兔都能发病，但以成年兔、怀孕兔和毛用兔多发。病初患兔精神不振，全身无力，食欲废绝，体温显著升高，可达42℃以上，触摸体表有烫手感。可视黏膜潮红、发绀，心搏动增强、急速。呼吸困难、增数、浅表，呼出气灼热。病情进一步发展，出现神经症状，开始呈现出短时间的兴奋，随即转入沉郁、昏迷，倒地不起，四肢抽搐，意识丧失，口吐白沫或粉红色泡沫，最后多因窒息或心脏麻痹而死。

【预防】　在炎热季节，兔舍要通风良好，保持空气新鲜、凉快。温度过高时可用喷洒水的方法降温。兔笼要宽敞，防止家兔过于拥挤。露天兔场，要设凉棚，避免日光直射，并保证充足的饮水。长途运输最好在凉爽天气进行，否则车船内要保持一定的温度和充足的饮水，装运家兔的密度不宜过大。

【治疗】　立即将病兔置于阴凉通风处。

处方1：为促进体热散发，可用毛巾或布浸冷水后放在病兔头部或躯体部，每3～5分钟更换1次，或用冷水灌肠。为降低颅内压和缓解肺水肿，病初可实施静脉少量放血，或静脉注射20%甘露醇注射液 10～30 毫升，或静脉注射 25％山梨醇注射液 10～30 毫升。体温正常、症状缓解时，可进行补液和强心，以维护全身机能。

处方 2：藿香水灌服，大兔 5 毫升，小兔 2 毫升，每日 2 次，1～2 天可愈。

处方 3：放血法。耳静脉放几毫升血，以减轻脑和肺部充血。

处方 4：病兔昏倒时，用大蒜汁、韭菜汁、生姜汁滴鼻；或韭菜汁灌服 10 毫升，每天 3 次。或上述药同捣汁灌服，每次 2 毫升。

处方 5：金鸡草、积雪草、金银花各 10～15 克，煎水喂服。病兔昏倒时，可用大蒜汁、韭菜汁或生姜汁滴鼻，效果迅速显著。

十三、外伤

【简介】　各种机械性的外力作用均可造成外伤。如笼舍的铁皮、铁钉、铁丝断头等锐利物的刺（划）伤；互相咬斗及其他动物的咬伤；剪毛时的误伤等。

【预防】　消除笼舍内的尖锐物，笼内养兔不能过密，同性别成年兔分开饲养，防止猫、狗等进入兔舍，小心剪毛。

【治疗】　轻伤，局部剪毛，涂擦碘酊即可痊愈。新鲜创，首先止血，除用压迫、钳夹、结扎等方法外，可局部应用止血粉。必要时全身应用止血剂，如安络血、维生素 K、氯化钙等。清创，先用消毒纱布盖住伤口，剪除周围被毛，用生理盐水或 0.1％新洁尔灭洗净创围，用 2％碘酊消毒创围。除去纱布，仔细清除创内异物和脱落组织，反复用生理盐水洗涤创内，并用纱布吸干，撒布磺胺粉或青霉素粉，之后包扎或缝合。创缘整齐，创面清洁，外科处理较彻底时，可行密闭缝合；有感染危险时，行部分缝合。

伤口小而深或污染严重时，及时注射破伤风抗毒素。对化脓创，清洁创围后，用高锰酸钾液、3％双氧水或 0.1％新洁尔灭液等冲洗创面，除去深部异物和坏死组织，排出脓汁，创内涂抹魏氏流膏、松碘流膏等。

对肉芽创，清理创围，用生理盐水轻轻清洗创面后，涂抹刺激性小、能促进肉芽及上皮生长的药物，如松碘流膏、大黄软膏、3％龙胆紫等。肉芽赘生时，可切除或用硫酸铜腐蚀消除。

十四、脓肿

【简介】　任何组织或器官，因化脓性炎症形成局限性脓汁积聚，并被脓肿膜包裹，称为脓肿。多数脓肿是小伤口感染病菌而引起的，注射治疗时消毒不严格也可引起脓肿，也有经血液和淋巴液转移而形成脓肿的。脓肿有急性脓肿和慢性脓肿、浅在性脓肿和深在性脓肿之分。

【预防】　该病应消除引起外伤的原因并加强饲养管理，补充富含维生素和蛋白质的饲料。

【治疗】　初期脓肿尚未成熟时，连续应用足量抗生素或磺胺类药物；患部剪毛消毒后，涂醋调的复方醋酸铅散、雄黄散等，以促进炎症消散。当局部出现明显的波动感，脓肿已成熟时，应立即进行手术治疗。具体方法是：①脓汁抽出法。局部剪毛消毒后，用注射器抽出脓汁，然后反复注入生理盐水，冲洗脓腔，再抽净腔中液体，最后灌注青霉素溶液。本法适用于关节部脓肿膜形成良好的小脓肿。②脓肿切开法，适用于较大脓肿。首先局部剃毛，用碘酊消毒，在最软化部位切开，同时应尽量在波动区最下部切开，但不应超过脓肿壁。切开后任脓汁自行流出，不许压挤或擦拭脓肿腔，然后用消毒剂冲洗，除去脓汁及异物等。必要时引流，扩大切口或做相对口。

处方1：白矾5份，雄黄3份，诃子（焙干）2份，蟾酥1份。研细末，用醋调成膏，敷患部，留出排液孔，每日换药1～2次，用药前用花椒适量煎汁洗净脓污。治脓肿已溃，久不收敛。

处方2：黄柏、大黄、生石膏各等份。共研细末，用水豆腐拌成稀糊状，敷患部。治肿疖硬病、发热、无脓。

处方3：鲜垂柳叶2份，大蒜1份，南瓜蒂（焙干研末）3份。共同捣烂，用熟猪油调膏，涂患部，留出排液孔，每日换药1～2次，涂药前先用花椒适量煎汁洗净脓污。治脓肿已溃，局部热痒，患畜瘙痒摩擦不安。

十五、仔兔受冻

【简介】　兔舍保温不好，冬季产仔易使仔兔受冻，如不及时处理，易引起死亡。病仔兔身体肿胀，疼痛，不能活动。

【预防】　经常检查产箱，发现仔兔掉出窝外时，应及时送回产箱。在严寒季节，注意兔笼、兔舍的保温，多加垫草，以及采取其他取暖措施。北方严寒地区，宜养耐寒品种的家兔。

【治疗】

处方1：毛巾裹暖法。即用净而软的毛巾包裹仔兔，仅露出头部，放置在炉边或装有温水的热水袋上，不断翻动，待仔兔蠕动发出叫声后，即可放入原群中。

处方2：水温法。将仔兔浸入40℃左右的温水中（水温不可过高），露出口、鼻。用手指托着仔兔的头部，在水中慢慢晃动，经10分钟左右，仔兔即出现蠕动，发出叫声，这时可将仔兔取出，用干毛巾擦干，放回原群。

处方3：体温法。将受冻的仔兔立即放在人怀中，借人体温使仔兔复活。也可将受冻的仔兔放入同窝或者放入比受冻仔兔稍大一点的仔兔中去（切不可放入太大的仔兔中，以防踩伤），然后用洁净的毛巾或布将此窝兔全部盖上（不可盖得过厚，以防闷死），2～3小时后，受冻仔兔即可复苏。

处方4：炕温法。将受冻的仔兔用毛巾包裹，放在热炕上，经10多分钟仔兔即可活动，放回原群。注意炕不要太热。

十六、幼兔衰弱症

【简介】　母兔繁殖频繁，一次产仔过多，有的仔兔经常吃不饱奶，幼兔离奶太早等，都可引发此病。幼兔无精神，毛色无光泽，瘦弱，生命力不强，易患病。

【预防】　母兔不能繁殖过频，当一次产仔过多时，可实行人工喂养或代养，幼兔断奶不能太早。

【治疗】

处方1：乳羊奶。人工哺乳羊奶，白天喂3～4次，夜间1次，定时定量。

处方2：鹅不食草30克，独脚金30克，金钱草60克，铁扫帚30克。晒干研末，与精料混合喂给。

处方3：水豆腐100克，大油4克，姜3克。将水豆腐、大油在锅里炖好，把姜捣碎，然后混合在一起，一次灌下，每5天灌1次，2～3次见效。

◀ 附　　录 ▶

一、药物配伍禁忌

附表 1　药物配伍禁忌

类别	药物	禁忌配合的药物	变化
抗生素	青霉素	酸性药液如盐酸氯丙嗪、四环素类抗生素的注射液	沉淀、分解失效
		碱性药液如磺胺药、碳酸氢钠的注射液	沉淀、分解失效
		高浓度酒精、重金属盐	破坏失效
		氧化剂如高锰酸钾	破坏失效
		快效抑菌剂如四环素、氯霉素	疗效减低
	红霉素	碱性溶液如磺胺、碳酸氢钠注射液	沉淀、析出游离碱
		氯化钠、氯化钙	浑浊、沉淀
		林可霉素	出现拮抗作用
	链霉素	较强的酸、碱性液	破坏、失效
		氧化剂、还原剂	破坏、失效
		利尿酸	对肾毒性增大
		多黏菌素 E	骨骼肌松弛
	多黏菌素 E	骨骼肌松弛药	毒性增强
		先锋霉素 I	毒性增强
	四环素类抗生素如四环素、土霉素、金霉素、强力霉素	中性及碱性溶液如碳酸氢钠注射液	分解失效
		生物碱沉淀剂	沉淀、失效
		阳离子(一价、二价或三价离子)	形成不溶性难吸收的络合物
	氯霉素	铁剂、叶酸、维生素 B_{12}	抑制红细胞生成
		青霉素类抗生素	疗效减低
	先锋霉素 II	强效利尿药	增大对肾脏毒性

类别	药物	禁忌配合的药物	变化
化学合成抗菌药	磺胺类药物	酸性药物	析出沉淀
		普鲁卡因	疗效减低或无效
		氧化铵	增大对肾脏毒性
	氟喹诺酮类药物如诺氟沙星、环丙沙星、洛美沙星、恩诺沙星等	氯霉素、呋喃类药物	疗效减低
		金属阳离子	形成不溶性难吸收的络合物
		强酸性药液或强碱性药液	析出沉淀
消毒防腐药	漂白粉	酸类	分解放出氯
	酒精	氧化剂、矿物质等	氧化、沉淀
	硼酸	碱性物质	生成硼酸盐
		鞣酸	疗效减弱
	碘及其制剂	氨水、铵盐类	生成爆炸性碘化氮
		重金属盐	沉淀
		生物碱类药物	析出生物碱沉淀
		淀粉	呈蓝色
		龙胆紫	疗效减弱
		挥发油	分解失效
	阳离子表面活性剂	阴离子如肥皂类、合成洗涤剂	作用相互拮抗
		高锰酸钾、碘化物	沉淀
	高锰酸钾	氨及其制剂	沉淀
		甘油、酒精	失效
		鞣酸、甘油、药用炭	研磨时爆炸
	过氧化氢溶液	碘及其制剂、高锰酸钾、碱类、药用炭	分解、失效
	过氧乙酸	碱类如氢氧化钠、氨溶液	中和失效
	氨溶液	酸及酸性盐	中和失效
		碘溶液如碘酊	生成爆炸性的碘化氮

类别	药物	禁忌配合的药物	变化
抗蛔虫药	左旋咪唑	碱类药物	分解、失效
	敌百虫	碱类、新斯的明、肌松药	毒性增强
	硫双二氯酚	乙醇、稀碱液、四氯化碳	增强毒性
抗球虫药	氨丙啉	维生素 B_1	疗效减低
	二甲硫胺	维生素 B_1	疗效减低
	莫能菌素或盐霉素或马杜霉素或拉沙洛菌素	泰牧霉素、竹桃霉素	抑制动物生长,甚至中毒死亡
中枢兴奋药	咖啡因(碱)	盐酸四环素、鞣酸、碘化物	析出沉淀
	尼可刹米	碱类	水解、沉淀
	山梗菜碱	碱类	沉淀
镇静药	氯丙嗪	碳酸氢钠、巴比妥类钠盐、氧化剂	析出沉淀,变红色
	溴化钠	酸类、氧化剂	游离出溴
		生物碱类	析出沉淀
	巴比妥钠	酸类	析出沉淀
		氯化铵	析出氨、游离出巴妥酸
镇痛药	吗啡	碱类	毒性增强
	盐酸哌替啶(度冷丁)	巴比妥类	析出沉淀
解热镇痛药	阿司匹林	碱类药物如碳酸氢钠、氨茶碱、碳酸钠等	分解、失效
	水杨酸钠	铁等金属离子制剂	氧化、变色
	安乃近	氯丙嗪	体温剧降
	氨基比林	氧化剂	氧化、失效
麻醉药与化学保定药	水合氯醛	碱性溶液	分解、失效
	戊巴比妥钠	酸类药液	沉淀
	苯巴比妥钠	酸类药液	沉淀

续表

类别	药物	禁忌配合的药物	变化
麻醉药与化学保定药	普鲁卡因	磺胺药、氧化剂	疗效减弱或失效、氧化、失效
	琥珀胆碱	水合氯醛、氯丙嗪、普鲁卡因、氨基苷类抗生素	肌肉松弛过度
	盐酸二甲苯胺噻唑	碱类药液	沉淀
植物神经药物	硝酸毛果芸香碱	碱性药物、鞣质、碘及阳离子表面活性剂	沉淀或分解失效
	硫酸阿托品	碱性药物、鞣质、碘及碘化物、硼砂	分解或沉淀
	肾上腺素、去甲肾上腺素	碱类、氧化物、碘酊	易氧化变棕色、失效
		三氯化铁	失效
		洋地黄制剂	引起心律失常
强心药	毒毛旋花子苷K	碱性药液如碳酸氢钠、氨茶碱	分解、失效
	洋地黄毒苷	钙盐	增强洋地黄毒性
		钾盐	对抗洋地黄作用
		酸或碱性药物	分解、失效
		鞣酸、重金属盐	沉淀
止血药	安络血	脑垂体后叶素、青霉素G、盐酸氯丙嗪	变色、分解、失效
	止血敏	抗组胺药、抗胆碱药	止血作用减弱
		磺胺嘧啶钠、盐酸氯丙嗪	浑浊、沉淀
	维生素K	还原剂、碱类药液	分解、失效
		巴比妥类药物	加速维生素K的代谢
抗凝血药	肝素钠	酸性药液	分解、失效
		碳酸氢钠、乳酸钠	加强肝素钠抗凝血作用
	枸橼酸钠	钙制剂如氯化钙、葡萄糖酸钙	作用减弱

续表

类别	药物	禁忌配合的药物	变化
抗贫血药	硫酸亚铁	四环素类药物	妨碍吸收
		氧化剂	氧化变质
祛痰药	氯化铵	碳酸氢钠、碳酸钠等碱性药物	分解
		磺胺药	增强磺胺的肾毒性
	碘化钾	酸类或酸性盐	变色游离出碘
平喘药	氨茶碱	酸性药液如维生素C,四环素类药物	中和反应、析出茶碱
		盐酸盐、盐酸氯丙嗪等	沉淀
	麻黄素(碱)	肾上腺素、去甲肾上腺素	增强毒性
健胃与助消化药	胃蛋白酶	强酸、强碱、重金属盐、鞣酸溶液	沉淀
	乳酶生	酊剂、抗菌剂、鞣酸蛋白、铋制剂	疗效减弱
	干酵母	磺胺类药物	疗效减弱
	稀盐酸	有机酸盐如水杨酸钠	沉淀
	人工盐	酸性药液	中和、疗效减弱
	胰 酶	酸性药物如稀盐酸	疗效减弱或失效
	碳酸氢钠	酸及酸性盐类	中和失效
		鞣酸及其含有物	分解
		生物碱类、镁盐、钙盐	沉淀
		次硝酸铋	疗效减弱
泻药	硫酸钠	钙盐、钡盐、铅盐	沉淀
	硫酸镁	中枢抑制药	增强中枢抑制
利尿药	呋喃苯胺酸(速尿)	氨基苷类抗生素如链霉素、卡那霉素、新霉素、庆大霉素	增强耳中毒
		头孢噻啶	增强肾毒性
		骨骼肌松弛剂	骨骼肌松弛加重
脱水药	甘露醇、山梨醇	生理盐水或高渗盐	疗效减弱

续表

类别	药物	禁忌配合的药物	变化
糖皮质激素	盐酸可的松、强的松氢化可的松、强的松龙	苯巴比妥钠、苯妥英钠	代谢加快
		强效利尿药	排钾增多
		水杨酸钠	消除加快
		降血糖药	疗效降低
生殖系统药	促黄体素	抗胆碱药、抗肾上腺素药、抗惊厥药、麻醉药、安定药	疗效降低
	绒毛膜促性腺激素	氧	水解、失效
影响组织代谢药	维生素 B_1	生物碱、碱	沉淀
		氧化剂、还原剂	分解、失效
		氨苄西林、头孢菌素Ⅰ和Ⅱ、氯霉素、多黏菌素	破坏、失效
	维生素 B_2	碱性药液	破坏、失效
		氨苄西林素、头孢菌素Ⅰ和Ⅱ、氯霉素、多黏菌素、四环素、金霉素、土霉素、红霉素、新霉素、链霉素、卡那霉素、林可霉素	破坏、灭活
	维生素 C	氧化剂	破坏、失效
		碱性药液如氨茶碱	氧化、失效
		钙制剂溶液	沉淀
		氨苄西林素、头孢菌素Ⅰ和Ⅱ、氯霉素、多黏菌素、四环素、金霉素、土霉素、红霉素、新霉素、链霉素、卡那霉素、氯霉素、林可霉素	破坏、灭活
	氯化钙、葡萄糖酸钙	碳酸氢钠、碳酸钠溶液	沉淀
		水杨酸盐、苯甲酸盐溶液	沉淀
解毒药	碘解磷定	碱性药物	水解为氰化物
	亚甲蓝	强碱性药物、氧化剂、还原剂及碘化物	破坏、失效
	亚硝酸钠	酸类	分解成亚硝酸
		碘化物	游离出碘
		氧化剂、金属盐	被还原

续表

类别	药物	禁忌配合的药物	变化
解毒药	硫代硫酸钠	酸类	分解沉淀
		氧化剂如亚硝酸钠	分解失效
	依地酸钙钠	铁制剂如硫酸亚铁	干扰作用

注：氧化剂：漂白粉、双氧水、过氧乙酸、高锰酸钾等；还原剂：碘化物、硫代硫酸钠、维生素 C 等；重金属盐：汞盐、银盐、铁盐、铜盐、锌盐等；酸类药物：稀盐酸、硼酸、鞣酸、醋酸、乳酸等；碱类药物：氢氧化钠、碳酸氢钠、氨水等；生物碱类药物：阿托品、安钠咖、肾上腺素、毛果芸香碱、氨茶碱、普鲁卡因等；有机酸盐类药物：水杨酸钠、醋酸钾等；生物碱沉淀剂：氢氧化钾、碘、鞣酸、重金属；药液显酸性的药物：氯化钙、葡萄糖、硫酸镁、氯化铵、盐酸、肾上腺素、硫酸阿托品、水合氯醛、盐酸氯丙嗪、盐酸金霉素、盐酸四环素、盐酸普鲁卡因、糖盐水、葡萄糖酸钙注射液等；药液显碱性的药物：安钠咖、碳酸氢钠、氨茶碱、乳酸钠、磺胺嘧啶钠、乌洛托品等。

二、允许作治疗使用，但不得在动物性食品中检出残留的兽药

附表 2　允许作治疗使用，但不得在动物性食品中检出残留的兽药

药物及其他化合物名称	标志残留物	动物种类	靶组织
氯丙嗪	氯丙嗪	所有食品动物	所有可食组织
地西泮（安定）	地西泮	所有食品动物	所有可食组织
地美硝唑	地美硝唑	所有食品动物	所有可食组织
苯甲酸雌二醇	雌二醇	所有食品动物	所有可食组织
雌二醇	雌二醇	猪/鸡	可食组织（鸡蛋）
甲硝唑	甲硝唑	所有食品动物	所有可食组织
苯丙酸诺龙	诺龙	所有食品动物	所有可食组织
丙酸睾酮	丙酸睾酮	所有食品动物	所有可食组织
赛拉嗪	赛拉嗪	产奶动物	奶

三、禁止使用,并在动物性食品中不得检出残留的兽药

附表3 禁止使用,并在动物性食品中不得检出残留的兽药

药物及其他化合物名称	禁用动物	靶组织
氯霉素及其盐、酯及制剂	所有食品动物	所有可食组织
兴奋剂类:克仑特罗、沙丁胺醇、西马特罗及其盐、酯	所有食品动物	所有可食组织
性激素类:己烯雌酚及其盐、酯及制剂	所有食品动物	所有可食组织
氨苯砜	所有食品动物	所有可食组织
硝基呋喃类:呋喃唑酮、呋喃它酮、呋喃苯烯酸钠及制剂	所有食品动物	所有可食组织
催眠镇静类:安眠酮及制剂	所有食品动物	所有可食组织
具有雌激素样作用的物质:玉米赤霉醇、去甲雄三烯醇酮、醋酸甲孕酮及制剂	所有食品动物	所有可食组织
硝基化合物:硝基酚钠、硝呋烯腙	所有食品动物	所有可食组织
林丹	水生食品动物	所有可食组织
毒杀芬(氯化烯)	所有食品动物	所有可食组织
呋喃丹(克百威)	所有食品动物	所有可食组织
杀虫脒(克死螨)	所有食品动物	所有可食组织
双甲脒	所有食品动物	所有可食组织
酒石酸锑钾	所有食品动物	所有可食组织
孔雀石绿	所有食品动物	所有可食组织
锥虫胂胺	所有食品动物	所有可食组织
五氯酚酸钠	所有食品动物	所有可食组织
各种汞制剂:氯化亚汞(甘汞)、硝酸亚汞、醋酸汞、吡啶基醋酸汞	所有食品动物	所有可食组织
雌激素类:甲基睾丸酮、苯甲酸雌二醇及其盐、酯及制剂	所有食品动物	所有可食组织
洛硝达唑	所有食品动物	所有可食组织
群勃龙	所有食品动物	所有可食组织

注:食品动物是指各种供人食用或其产品供人食用的动物。

参 考 文 献

[1]　中华人民共和国农业部发布. 中华人民共和国行业标准：无公害食品 [S]. 北京：中国标准出版社，2001.

[2]　中华人民共和国农业部发布. 中华人民共和国行业标准：绿色食品，兽药使用指南 [S]. 北京：中国标准出版社，2001.

[3]　胡功政等主编. 新全实用兽药手册 [M]. 郑州：河南科技技术出版社，2008.

[4]　赵兴绪等主编. 畜禽疾病处方指南. 第 2 版. [M]. 北京：金盾出版社，2011.

[5]　金笑梅主编. 兽医手册（修订版）[M]. 上海：上海科技出版社，2010.

[6]　魏刚才主编. 养殖场消毒指南 [M]. 北京：化学工业出版社，2011.

[7]　阎继业主编. 畜禽药物手册 [M]. 北京：金盾出版社，2007.